Couverture supérieure manquante

Original en couleur

NF Z 43-120-0

COUVERTURE SUPERIEURE D'IMPRIMEUR.

COUVERTURE INFERIEURE D'IMPRIMEUR.

LES

DROITS DU MARI

LIBRAIRIE E. DENTU, ÉDITEUR

DU MÊME AUTEUR :

LA CROISADE NOIRE, 8ᵉ édition, 1 vol. gr. in-18 jésus...... 3 50
CHAIR A CANON, 3ᵉ édition, 1 vol. gr. in-18 jésus.......... 3 50
LES CRIMES DE L'AMOUR, 1 vol. gr. in-18 jésus............ 3 50
LES FORÇATS DU MARIAGE, 3ᵉ édition, 1 vol. gr. in-18 jésus. 3 50

Imprimerie Eugène Heutte et Cᵉ, à Saint-Germain.

LES

DROITS DU MARI

PAR

M.-L. GAGNEUR

PARIS

E. DENTU, LIBRAIRE-ÉDITEUR

PALAIS-ROYAL, 15-17-19, GALERIE D'ORLÉANS

—

1876

LES

DROITS DU MARI

I

La comtesse Théodora de Broissac était grande, svelte, avec une attitude altière frisant l'impertinence.

Elle approchait quarante ans, mais elle en avouait à peine vingt-huit.

Pour dissimuler les quelques fils d'argent qui commençaient à poindre, elle se poudrait légèrement les cheveux. Cet « œil de poudre », adoucissait l'expression sèche de son visage.

Maquillée avec « un soupçon de rouge », qui rehaussait l'éclat des yeux, elle passait encore pour une jolie femme.

Sa prunelle vert clair aux rayons d'or avait une expression féline très-caressante parfois, voluptueuse même.

En certains moments, ces yeux verdâtres à reflets fauves devenaient terribles.

Elle portait habituellement un binocle, et comme elle posait pour la grande dame, elle regardait de haut, en fermant un peu les yeux.

Son nez aquilin, trop pointu, coupé à angle droit, sa narine fermée, immobile, sa bouche mince et dédaigneuse repoussaient d'abord la sympathie, qu'elle gagnait ensuite par d'insinuantes flatteries.

Quand elle le voulait, elle savait assouplir sa raideur et donner à sa voix, ordinairement aigre, impérieuse, des intonations languissantes et douces.

Cette femme vaniteuse, d'une ambition et d'un égoïsme féroces, implacable dans ses haines, inflexible dans ses calculs, affectait l'aménité, l'insouciance. Elle minaudait avec des rires et des gestes d'une mignardise enfantine.

Et dans ses poses, dans les ondulations du cou et du buste, comme dans la manière de draper sa maigreur, on devinait une coquette experte en l'art de plaire, presque une artiste.

Sous l'empire, la comtesse de Broissac allait aux Tuileries, et grâce, disaient les mauvaises langues, à quelques services occultes, elle y jouissait d'un certain crédit.

Ce crédit, son luxe plus bizarre que vraiment distingué, son titre, ses mœurs galantes, son esprit incisif, ses prétentions surtout et jusqu'à sa morgue lui avaient fait une réputation de femme à la mode, parmi cette société bigarrée, tapageuse, corrompue, dont les fastueuses débauches jetèrent sur le régime impérial un honteux éclat.

C'était une éblouissante matinée de mai. La comtesse dormait encore, mais d'un sommeil pénible.

Un indiscret rayon de soleil, se coulant à travers les

triples rideaux de mousseline chargés de broderies et les transparents roses du lit et des fenêtres, vint frapper le front soucieux de la belle Théodora.

Elle s'éveilla, se dressa vivement sur son lit, jeta un coup d'œil à la pendule.

— Huit heures et demie ! murmura-t-elle, le courrier de province est arrivé.

Et coquette même pour sa camériste, malgré sa préoccupation, elle se regarda dans une petite glace à main; rajusta son bonnet de dentelle et ses cheveux dérangés par l'agitation de la nuit.

Elle sonna.

— Y a-t-il une lettre ? demanda-t-elle.

— Non, madame, répondit la femme de chambre.

— Le facteur est passé ?

— Oui, madame.

— Alors, vite, Caro, habille-moi.

Cette camériste se nommait Caroline; mais quand la comtesse était de riante humeur, elle l'appelait par abréviation Caro.

— Ah ! madame est contente aujourd'hui. Il fait si beau temps ! Il y a courses, je crois...

Elle lui jeta sur les épaules un douillet peignoir.

Théodora lui tendit ses petits pieds blancs veinés de bleu. Caro coupa en amandes les ongles roses, les polit et y passa un fin vernis.

— M. de Tancray arrive donc enfin ? se permit-elle de questionner.

— Peut-être, répondit Théodora. En tout cas, soigne ma toilette; aujourd'hui je veux être belle.

Caro était une femme de chambre de grand talent. Elle avait conscience de sa valeur. Non-seulement elle se faisait payer fort cher, mais encore elle exigeait des égards.

Aussi Théodora montrait-elle une certaine familiarité, de l'affection presque, à l'artiste de qui dépendait sa beauté.

— Soyez tranquille, madame, reprit Caroline. On voit que vous avez mal dormi, les lignes des yeux sont dures. J'effacerai ce cerne.

— Non, pas trop. Je veux être belle, mais avec un peu de langueur. On croirait même que j'ai pleuré...

— Oh! oh! fit la camériste en hochant la tête.

— Quoi donc?

— Madame me permettrait une réflexion?

— Parle.

— Eh bien! j'ai souvent entendu dire à la marquise de Beaujeu que, pour ramener ou retenir un amant, les larmes sont le pire des moyens. L'indifférence, la froideur même, qui piquent sa vanité, valent cent fois mieux.

— Tu as raison, Caro; fais-moi ma figure de dix-huit ans.

Caroline se mit au travail. La comtesse suivait avec une attention extrême tous ses mouvements, donnant à tout instant des conseils :

— Non, ce trait est trop sec... Accuse un peu plus le sourcil gauche... Une veine sur la tempe droite... Là, bien! Où donc as-tu pris ce fard?

— C'est du fard indien, madame, que j'ai acheté en même temps que le crayon mystérieux et l'écrin de Ko-heuil.

La figure achevée, Caro s'occupa d'édifier la coiffure : rouleaux, boucles postiches, coques plantureuses, nattes massives, ondulés vaporeux, savamment étagés, composaient un colossal fouillis, qui, cependant, n'était pas sans grâce.

Puis elle plaça dans ce haut édifice un nœud rose pâle coquettement chiffonné.

Ensuite elle l'habilla, et l'attirant devant la psyché :

— Voyez, madame, si vous êtes jeune, et mignonne à ravir, et piquante surtout. M. de Tancray vous trouvera certainement embellie.

En effet, avec sa robe de chambre Pompadour, ouverte en carré, foisonnant de ruches et de rubans roses, avec sa poitrine bombée demi-nue, sa taille élégante, avec ses pantoufles à hauts talons, à bouffettes de dentelles, ses bas à jour, son jupon garni de valenciennes et qui découvrait la cheville, elle était fort séduisante. Elle représentait admirablement un portrait du siècle passé du plus pur Louis XV. Rien n'y manquait, pas même la peinture.

En ce moment le valet de pied, frappant discrètement à la porte, annonça M. de Salbris.

— Fais-le entrer, Caro, ordonna la comtesse.

Caro ouvrit la porte et dit avec une certaine emphase, en montrant son œuvre :

— Monsieur le baron est admis à admirer.

— Ravissant! Ravissant! exclama M. de Salbris. C'est à regretter ses vingt-cinq ans. Qui donc attendez-vous aujourd'hui, ma belle amie?

— Mais vous, baron. Tous ces frais-là, c'est pour vous plaire, mon bon ami.

M. de Salbris était un vieillard septuagénaire, à l'air noble, aux belles manières. Ancien avocat général de province, il conservait en public la raideur du magistrat. A la suite d'un grand héritage, il avait quitté la magistrature pour laquelle, du reste, il n'était pas né. Il n'avait jamais eu qu'une vocation, une seule : adorer les femmes. Ayant passé l'âge de plaire, il avait abdiqué toutes prétentions, mais il était resté leur ami. Il aimait à frétiller autour d'elles; il se connaissait en chiffons et prétendait pénétrer tous les replis du cœur féminin.

Théodora l'amusait par son babil spirituel et caustique. Elle l'entourait en outre de tant de soins, de câlineries, elle lui témoignait surtout une confiance si entière, l'appelant « son cher confesseur », qu'il se plaisait auprès d'elle.

Toutefois, il entrait plus de calcul que d'affection réelle dans cette grande amitié que lui témoignait la coquette.

Elle tenait à exhiber dans son salon quelques hommes graves, de haute *respectability*, et M. de Salbris, par sa fortune, son ancienne situation dans la magistrature et son grand air, lui faisait honneur.

— Caro, mets donc un peu d'ordre dans ce désordre.

— Point! Je vous en prie, se récria M. de Salbris. J'adore le désordre dans une chambre de jolie femme. Quoi de plus adorable que ces deux babouches de satin, un peu froissées, l'une devant la toilette, l'autre au pied du lit! Caroline, pas de sacrilège! respectez ce divin chaos.

— Toujours charmant, galant et bon, car je suis sûre que vous avez fait mon ennuyeuse commission.

— Voici les quittances.

Et il sortit de sa poche une liasse de papiers.

— Merci, merci! s'écria Théodora en lui tendant sa petite main, que baisa avec reconnaissance le galantin.

— Est-il heureux, ce Tancray, d'être aimé ainsi de la plus jolie femme de Paris!

— Vous le lui direz, n'est-ce pas?

— Voyons, comtesse, vous avez un but. Il n'est pas possible que vous aimiez sérieusement, uniquement pour lui-même, ce gros garçon du Berry. Il est bon enfant, c'est vrai. Il est d'excellente race, soit. Il dépense son argent en gentilhomme. Mais encore il ne me paraît pas posséder cette exquise distinction d'esprit, de goûts et de manières que doit rechercher une raffinée comme vous.

— Seriez-vous jaloux ?

— La réponse est délicate. Eh bien, oui, un peu, platoniquement, s'entend. A votre tour, soyez sincère.

— Je l'aime, que voulez-vous que j'y fasse ? dit en souriant malicieusement la comtesse.

— Ne suis-je donc plus votre confident ? Avouez-le, vous songez à l'épouser !

— Et quand cela serait ?

— Ma foi ! cela m'ennuierait un peu, car, une fois mariée, peut-être ne m'accorderiez-vous plus mes petites entrées.

— Toujours, je vous le promets.

— Mais en attendant, vous vous ruinez pour lui. Payer ainsi quatre-vingt-cinq mille francs de dettes !

— C'est une surprise que je veux lui faire.

— Une surprise bien onéreuse...

— Bah ! je rattraperai cela, je ferai des économies.

En ce moment Caroline entra, apportant une lettre sur un plateau d'argent.

Théodora reconnut aussitôt l'écriture.

— A quelle heure, demanda-t-elle vivement, cette lettre est-elle arrivée ?

— A l'instant. Il y a eu, paraît-il, un retard dans la distribution.

Théodora, les lèvres serrées, le regard anxieux, tenait cette lettre comme si elle lui eût brûlé les doigts.

— Eh bien ! lisez donc, dit le baron.

Mais elle jeta négligemment la lettre sur un guéridon, sans l'ouvrir.

— Tout à l'heure, fit-elle en surmontant son trouble.

Toutefois, elle n'écouta que distraitement les racontars de M. de Salbris. Une grande émotion intérieure dilatait sa pupille qui ne laissait plus paraître qu'un mince filet verdâtre, et cette prunelle ardente et profonde faisait peur.

Théodora souriait pourtant, mais d'un sourire forcé qui contournait douloureusement ses lèvres minces.

Évidemment elle souffrait.

— Allons, je reviendrai demain, si vous le permettez, dit M. de Salbris.

— Oui, demain, à moins...

— A moins?

— Peut-être vous écrirai-je auparavant.

A peine M. de Salbris eut-il franchi le seuil de sa chambre, que Théodora s'élança vers le guéridon; d'une main fiévreuse elle saisit la lettre, en brisa l'enveloppe, et sa terrible prunelle dévora le papier.

En lisant, sa figure se décomposait, sa main tremblait. Elle resta un moment debout, immobile, comme atterrée. Puis sa bouche haleta, et un cri rauque s'échappa de sa poitrine.

Elle laissa tomber la lettre, s'assit, et ses deux mains s'abattirent sur les bras du fauteuil, qu'elles serraient convulsivement.

Elle resta quelque temps ainsi, l'œil plein d'éclairs.

Tout à coup elle se leva, fit deux fois le tour de sa chambre, en passant sur son front ses mains fébriles.

— Le lâche! c'en est trop, oh! c'en est trop! au moment même où j'acquittais ses dettes!...

Elle sonna.

— Faites mes malles, je pars tout à l'heure.

— Pour longtemps?

— Je ne sais pas.

— Mais alors quelles malles faut-il faire?

— Je ne sais pas, vous dis-je ; laissez-moi.

Caroline sortie, la comtesse, un peu plus calme, se rassit et regarda fixement une fleur du tapis.

Quel était donc le contenu de cette lettre qui bouleversait ainsi la belle et hautaine Théodora?

Mais, auparavant, il importe de bien exposer la situation respective de M. de Tancray et de Mme de Broissac.

Née Hortense Papillon, fille d'un modeste notaire de campagne, la comtesse Théodora était originaire du bourg de Trévières, berceau de la famille de Tancray, l'une des plus anciennes et des plus puissantes du Berry.

Restée orpheline fort jeune, sans fortune, son imagination aventureuse la conduisait à Paris, où elle chercha à se créer une position. Les hasards d'une vie fort accidentée lui firent rencontrer le comte de Broissac, un colonel d'artillerie qui avait laissé une jambe au siège de Sébastopol.

Elle l'épousa.

Les bons amis prétendaient que ce mariage était problématique. Quoi qu'il en fût, elle hérita de la grande fortune du comte, et, à tort ou à raison, garda le titre de comtesse de Broissac.

La belle Théodora était à l'apogée de sa galante carrière, penchant un peu sur le déclin, quand elle s'enamoura de Raoul de Tancray.

Il avait alors vingt-cinq ans, juste dix ans de moins que la séduisante comtesse.

Sorti fruit sec du collège d'Issoudun, et ne possédant qu'une médiocre fortune, il n'avait eu jusqu'à cette époque d'autre ambition que de jouer au hobereau, vivant

1.

dans un antique manoir, entre deux oncles non moins antiques par les préjugés et par l'âge. Grand chasseur, chasseur de femmes surtout, grand fumeur et grand buveur d'absinthe, jamais il n'avait pris d'autre souci que de courir les bois, hanter les cafés, embrasser les filles.

« C'est un beau mâle, » disaient les commères en le voyant passer.

Et cet éloge suffisait à la vanité du bellâtre.

Un jour cependant la fantaisie lui vint d'aller à Paris chercher d'autres plaisirs et d'autres amours.

Hortense Papillon se rappela ce nom de Tancray qui avait si souvent retenti à ses oreilles et à son imagination de jeune fille ambitieuse.

Ce beau garçon qui apportait de ses bois un parfum de sauvagerie et de prodigieux appétits, parut à cette femme blasée une conquête intéressante. Elle s'amuserait à le policer, à le raffiner. Il avait réalisé un de ses domaines patrimoniaux et ainsi possédait en poche deux cent mille francs. Puis il avait en perspective l'héritage de ses deux oncles, héritage qu'il pourrait escompter au besoin. En un mot, il valait la peine qu'on s'occupât de lui. Elle se chargea de le lancer.

Théodora habitait les Champs-Élysées. D'après ses conseils, il prit un entre-sol avenue d'Antin.

Il eut deux chevaux pour son coupé, un cheval de selle, un valet de pied et un groom.

Les amis affluèrent.

Il devint joueur, viveur, soupeur. La comtesse ne dédaignait point ces plaisirs excentriques que les grandes dames de l'empire avaient mis en faveur.

Raoul de Tancray portait de gueule, coupé d'or, écartelé d'azur, avec un griffon, le tout l'un en l'autre, et trois merlettes en pointe. Ces armoiries étaient superbes. Et ce blason authentique, qui remontait aux croisades, tentait fort la belle Hortense Papillon, dont on avait souvent plaisanté les prétentions aristocratiques.

Son ambition secrète était d'épouser M. de Tancray, dès qu'il hériterait du titre et de la fortune de son oncle le marquis.

Donc, avec la constance opiniâtre des femmes qui ne sont plus jeunes, elle s'était sérieusement attachée à son élève. De son côté, Raoul, très-flatté d'être ainsi distingué par une femme en vue, lui était resté fidèle. Elle l'avait si bien enchaîné qu'elle le considérait comme sa chose, comme une sorte de premier valet qui, croyait-elle, n'échapperait jamais à sa domination.

Cependant les petits deux cent mille francs de Raoul furent promptement dévorés. Il acheva son patrimoine, puis recourut au marquis ; puis il emprunta aux usuriers. Bref, il partit un beau jour pour fuir ses nombreux et acharnés créanciers.

Il avait dit à Théodora qu'il s'absentait pour deux semaines au plus, et deux mois s'étaient écoulés.

Théodora écrivait lettre sur lettre. Il répondait de temps à autre. Dans ces réponses, toujours de plus en plus éloignées, de plus en plus courtes, il alléguait des embarras d'argent inextricables.

Anxieuse, la comtesse le somma une dernière fois de venir, le menaçant, s'il n'arrivait pas, de partir pour le rejoindre, au risque d'un esclandre.

C'est à cet ultimatum que répondait Raoul.

Voici sa lettre :

« Chère amie,

« Combien votre inquiétude me touche ! Combien votre affectueuse sollicitude augmente mes regrets !

« Ah ! comment vous annoncer cela ? J'aurais voulu courir à Paris, me jeter à vos pieds, implorer mon pardon. Mais aller à Paris en ce moment, c'est impossible. Et vous-même vous ne pouvez venir ici.

« Vous êtes philosophe, et puis vous êtes si séduisante, si recherchée, que vous aurez bientôt oublié l'infortuné Raoul qui vous a si fidèlement adorée.

« En venant à Trévières, j'espérais toucher mes vieux oncles; mais le chanoine n'est pas riche, et le marquis refuse d'aliéner la seigneurie de Tancray; car il se croit toujours à la veille d'une restauration monarchique. Il croit même, le digne homme, dans sa foi légitimiste, au rétablissement des majorats. Enfin, tous deux se conservent admirablement: c'est à croire qu'ils se baignent dans d'esprit-de-vin. Le marquis, tout squelette qu'il soit, et malgré ses soixante-dix-sept ans, est alerte comme un jeune homme, et peut vivre jusqu'à cent cinquante ans. Quant au chanoine, une indigestion seule pourrait l'enlever à notre tendresse; mais il a un estomac blindé.

« Donc, avec votre esprit éminemment pratique, vous reconnaîtrez, chère amie, qu'à une telle situation il n'y avait que cette issue héroïque : faire un riche mariage. Or, l'occasion s'étant présentée, un beau million comptant, sans parler des espérances, je me suis laissé tenter. En un mot, je me marie, la chose est conclue irrévocablement, le contrat est signé.

« A trente ans, faire une si triste fin !

« Je ne me le dissimule pas, me voilà mort, enterré. J'entends d'ici tous nos amis entonner un lugubre *de profundis*. Et du fond de mon vieux manoir, je pousse aussi mon cri lamentable.

« Ce que je regrette, ce n'est ni ma fortune si joyeusement engloutie, ni mes jeunes années si bien employées, ni 'la vie à grandes guides, ni les plaisirs étourdissants, ni les triomphes du turf, ni les émotions du baccarat; c'est avant tout et uniquement votre bonne affection. Je ne puis oublier tout ce que je vous dois : d'un sauvage, vous avez fait un homme à peu près policé; vous avez dégrossi mon intelligence, élevé mes instincts. Grâce à vous, j'ai connu tous les luxes, tous les bonheurs qu'un mortel peut souhaiter dans la civilisation la plus raffinée. J'ai été complètement heureux. Après avoir été aimé par vous, quel autre amour pourrais-je ambitionner désormais?

« Aussi, croyez-le bien, votre souvenir me sera toujours cher, et vous trouverez toujours en moi le plus absolu dévouement.

« Adieu donc! mais pourquoi ce mot terrible? Je ne puis le prononcer sans que tout mon être se révolte. C'est au revoir qu'il faut dire, car vous me pardonnerez, je l'espère, et vous garderez un peu d'amitié à votre pauvre, désolé caniche, qui, lui, conservera toujours pour sa belle Théo, c'est-à-dire pour sa divinité, le culte le plus constant.

« RAOUL DE TANCRAY. »

— Il se marie! il se marie! répétait Théodora en froissant le papier dans ses doigts crispés. Oh! je me vengerai! je me vengerai!

Pour la dixième fois, elle relut la lettre.

— Quel plat madrigal! marivauder en un pareil moment! Il n'y a rien là-dedans, pas un regret véritable, pas un cri du cœur, rien que des phrases apprêtées, banales. Malgré ses protestations, il ne m'aime plus. Je l'ai amusé et je ne l'amuse plus, voilà tout! Il me sacrifie à de misérables questions d'intérêt, et pendant ce temps, moi, je payais ses dettes. Le pleutre! Ah! c'en est trop...

Elle prit son front à deux mains, comme pour contenir la tempête de son cerveau. Mille pensées, mille projets se pressaient en tumulte dans son esprit éperdu.

Tout à coup elle se calma.

— Voyons, dit-elle à haute voix, comme pour mieux dominer son trouble, que faire ? Lui écrire que j'ai payé ses créanciers ! Que je l'aime assez pour l'épouser ?... Et s'il refusait ?... Mais qui épouse-t-il ? Qui ? qui... Pas un mot sur cette femme... Il l'aime peut-être ! L'aime-t-il ?... Aimer, lui, allons donc ! Cœur et cerveau vides, rien que la vanité. Ils sont tous ainsi, les lâches ! Ah ! qu'il prenne garde ! ma vengeance sera terrible... Peut-être est-elle jeune, elle... Et depuis deux mois il me cache ses projets, depuis deux mois il fait la cour à une petite péronnelle de province ! Et je lui étais fidèle !

Elle sonna de nouveau.

Caroline reparut.

— Un indicateur, tout de suite ! demanda la comtesse.

— Lequel ?

— Ligne de Tours.

Caroline revint bientôt avec l'indicateur demandé.

Théodora le consulta fièvreusement.

— Je ne pourrai partir que ce soir, dit-elle avec dépit. Préparez ma toilette de voyage. Je serai huit jours dehors, faites mes malles en conséquence.

II

Le même jour, à la même heure, Raoul de Tancray se rendait à Trévières, où l'attendait à déjeuner M. Chapuzot, son futur beau-père.

Le mariage devait se conclure le lendemain ; le contrat avait été signé la veille.

Raoul descendait par un chemin tournant la colline boisée, presque à pic, au sommet de laquelle était perché comme une aire le sombre et vaste château de Tancray.

Depuis la vallée de la Braine, on n'apercevait de cette construction irrégulière et massive qu'une épaisse tourelle, style roman, et son haut toit de briques, en partie masqué par un groupe de pins gigantesques.

Dans son isolement, au milieu de la verdure sombre, ce château, qui se découpait par une ligne dure sur la pureté du ciel, avait un aspect vraiment sinistre. Il contrastait avec le gracieux paysage, l'un des plus riants du Berry.

Le vallon s'étendait entre des collines aux contours arrondis. Sur les flancs de ces coteaux s'étageaient de gais villages, des vergers et des bouquets de bois, coupés de vignes et de prairies. Et au fond de ce riche vallon serpentait la Braine, qui jetait à travers son rideau de peupliers le sourire de ses eaux cristallines.

A l'une des extrémités, au bord de la rivière, se groupait la petite ville de Trévières, avec son haut clocher aux arêtes de fer blanc qui scintillaient.

C'était une chaude et radieuse journée. Le soleil resplendissait au zénith et répandait sur la vallée une lumière crue, une chaleur brutale.

Sous le feuillage épais, l'oiseau se taisait, cachant ses amours, couvant son nid. Le grillon seul poussait sa note aiguë.

Le laboureur, les manches retroussées jusqu'aux coudes, montrait ses bras nus, bruns et musclés. Intrépide, il piquait ses bœufs haletants.

M. de Tancray, à cheval, s'avançait sur la route de

Trévières. Il portait un costume du dernier goût, des bottes à l'écuyère et des gants de couleur éclatante.

La tête en arrière, de trois quarts, le poing sur la hanche, il avait vraiment une superbe mine.

Il ne comprenait pas sans doute la poésie de ce paysage et de ce beau jour ; mais il en subissait l'impression.

Il regardait devant lui, indifférent aux splendeurs qui l'entouraient. Son visage accusait le contentement de soi-même. De temps à autre, il souriait sous son épaisse moustache.

Tour à tour, il songeait à sa fiancée, la douce Hermine Chapuzot, qu'il croyait avoir fascinée, et à Théodora, dont le fol amour gonflait sa vanité.

Bouffi d'orgueil et d'arrogance, crânement campé sur son cheval, la figure échauffée par le soleil sous son feutre à larges bords, il ressemblait à ces fiers cavaliers hollandais peints par Albert Cuyp.

Il se sentait imposant et se complaisait à chevaucher au petit trot sur son alezan de race, qui rongeait le mors et qui portait beau comme son maître.

Le fat recueillait d'un air royal les saluts des paysans, qui le regardaient curieusement.

Comme il s'engageait dans un chemin de traverse, un chemin montant bordé de vignes, il mit son cheval au pas.

Tout à coup surgit au-dessus de la haie une belle et grande paysanne. Occupée à effeuiller les pousses trop vigoureuses de la vigne, elle était restée cachée jusqu'alors aux regards de Raoul.

Un simple corsage de toile laissait voir tout entiers ses bras. Ses cheveux roux tombaient en boucles folles sur son front et son cou hâlés. Ses yeux bleus riaient ; ses joues roses et drues, où se modelaient des fossettes, et sa bouche vermeille, aux dents blanches et moqueuses, riaient aussi d'un air étonné et admiratif. Les poings posés sur les hanches, elle s'écria :

— Oh ! les deux belles bêtes !

A ce cri flatteur, Raoul regarda la plantureuse fille et arrêta brusquement son cheval.

— Tiens ! c'est vous, Suzon ?

Et, oubliant qu'il allait se marier le lendemain, obéissant à ses instincts de Lovelace, il sauta à terre, jeta la bride sur le cou de son cheval, gravit le talus, enjamba la haie, et en un clin d'œil rejoignit Suzon.

— Politesse pour politesse, lui dit-il.

Et il fit résonner deux vigoureux baisers sur les joues fermes de la paysanne, qui ne se défendit pas.

Mais soudain une tête de paysan surgit à son tour; sous une chevelure inculte brillaient deux yeux farouches.

— Ah ! ah ! Clochepin, exclama Raoul, tu étais là ! vilain jaloux !

Clochepin, pour toute réponse, fondit sur lui, menaçant. Mais M. de Tancray, d'un mouvement leste, l'évita et lui cingla le visage de sa cravache.

— Tu oserais me toucher, manant ?

D'un bond, il fut dans le chemin. Il remonta en selle et partit au galop. Et, comme pour narguer Clochepin, il envoya un baiser à Suzon, en riant aux éclats.

Le paysan le regardait, planté sur ses jambes, serrant les dents, fermant les poings.

— Tu me revaudras ça, freluquet ! cria-t-il.

III

Lorsque M. de Tancray pénétra dans la cour de la luxueuse habitation que M. Chapuzot, le riche notaire de Trévières, s'était fait construire à l'entrée du bourg, il riait encore de la naïve admiration de Suzon, et de la piteuse figure de Clochepin.

La fiancée de Raoul se trouvait alors au salon, avec son amie de pension, Mme Emma Bornier.

— C'est lui! fit Hermine, entendant le pas d'un cheval.

Et son œil bleu sombre prit soudain la fixité de l'effroi.

Emma courut à la fenêtre.

— Oui, c'est lui! Quel beau cavalier! viens voir.

Hermine, toute pâle, ne bougea pas. Elle mettait la main sur son cœur, pour en comprimer les battements.

— Monte-t-il?

— Non, M. Chapuzot l'entraîne au jardin.

La figure d'Hermine se détendit.

— Quelle émotion! dit Emma en riant. Comment, tu l'aimes à ce point-là?

— Il me fait peur.

— Peur?

— Oui, depuis que le contrat est signé, je crois rouler dans un abîme.

— Que dis-tu? Un si magnifique mariage!

— Ah! je le sais bien; c'est là ce qu'on appelle un beau mariage.

— Qu'est-ce qui peut donc t'effrayer dans M. de Tancray? Il est bel homme; il passe pour un bon vivant...

— Dis plutôt viveur.

— Bah ! il se rangera.

— Ah ! ce n'était pas là le mari que j'avais rêvé, soupira Hermine.

— Je gage que tu le trouves trop bien portant. Tu le voudrais mince, pâle, avec un air distingué, c'est-à-dire un peu poitrinaire. Je connais ça : le rêve de toutes les jeunes filles qui sortent de pension. Que veux-tu donc de plus distingué que M. de Tancray ? Peu de fortune, il est vrai, mais un grand nom. Et puis, songe ! à la mort du vieil oncle, il hérite à la fois du château et du titre de marquis. Hein ! on t'appellera : Madame la marquise. Quelle ravissante petite marquise ! Si j'étais à ta place, ce titre seul suffirait à me tourner la tête.

— Tu le sais bien, reprit Hermine, je n'ai jamais eu d'ambition. J'eusse préféré vivre à l'ombre. J'ai le caractère craintif de ma pauvre mère. Le bruit, l'éclat me fatiguent, me font mal. Aimer mon mari, en être aimée, je ne formais pas d'autre souhait.

— Mais M. de Tancray t'adore, il te trouve ravissante, il me le disait hier...

— S'il parle tant de son amour, c'est crainte qu'on ne l'accuse de se mésallier, de vendre son nom. Supposes-tu donc qu'il eût songé à m'épouser, moi une Chapuzot, si je ne lui apportais un million de dot ?

— Je ne dis pas. Mais puisqu'il trouve à la fois un million et une femme charmante, il serait bien sot de repousser cette double aubaine. L'ambition n'exclut pas l'amour. Tu as tort, je t'assure, de suspecter les sentiments de M. de Tancray.

— Ah ! chère amie, crois-tu que je ne sente pas le mépris qu'au fond il a pour nous ? Ce mépris perce à chaque instant dans le ton plaisant, presque gouailleur, dont il parle à mon père, dans la condescendance même qu'il affecte à mon égard.

— Il a bien quelques préjugés, j'en conviens. Quant à moi, un peu de hauteur ne me déplaît pas.

— Ce n'est pas cela seulement. Depuis un mois je cherche son cœur et je ne trouve que de la vanité. Enfin, que veux-tu que j'y fasse? Cet homme me fait peur. Je tremble devant lui. Ah! quelle monstruosité que ces soi-disant mariages de convenance, ces mariages bâclés du jour au lendemain entre un monsieur très comme il faut, c'est possible, mais inconnu, et une demoiselle, ou plutôt une enfant ignorante des choses du cœur! On les lie pour la vie, entends-tu, pour la vie! sans savoir si ces deux êtres, indifférents la veille, ne se haïront pas le lende-main. C'est affreux, je te dis que c'est affreux!

— Mais alors, pourquoi as-tu consenti?

— C'était le cinquième parti que me présentait mon père. Il m'imposa son choix en termes tels que je ne me sentis pas l'énergie de résister. Et puis quelles objections pouvais-je élever? Comment motiver mon refus aux yeux de mon père, dont ce mariage flatte toutes les vanités! Refuser, c'eût été me créer la pire des existences, car mon père ne me l'aurait jamais pardonné. D'ailleurs, un autre prétendant, avec nos coutumes qui interdisent toute intimité entre fiancés, pouvais-je espérer le mieux connaître? Et puis je me disais: je m'habituerai; demain, peut-être, m'inspirera-t-il moins de crainte... Le len-demain, j'essayais de surmonter ma timidité; mais il refoulait aussitôt mes velléités d'expansion par sa morgue écrasante. Car il manque absolument de cette délicate bienveillance qu'on peut appeler le tact du cœur. Enfin, est-ce un homme digne d'être aimé, celui qui ne cherche même pas à savoir si, dans cette femme qu'il va épouser, il y a un cœur, une intelligence, une âme ?

En parlant ainsi, Hermine s'était animée peu à peu jusqu'à l'exaltation.

— Quelle petite tête romanesque ! s'écria Mme Bornier. Eh ! moi, je n'en ai pas pensé si long quand j'ai épousé M. Bornier ; je ne le connaissais pas plus que toi, M. de Tancray. Et, certes, il n'a rien de bien séduisant, M. Bornier. Tu vois pourtant que nous faisons un excellent ménage. Il est si bon, il ne me refuse rien, il devine tous mes désirs, il s'évertue même à me forger des caprices. Il se peut que M. de Tancray n'ait pas comme toi des aspirations transcendantes ; — elle appuya comiquement sur ces derniers mots, — mais, avec ta nature fine et profonde, tu le domineras d'autant plus aisément que ces hommes à complexion exubérante n'ont souvent aucune énergie morale. Enfin, ma chère Hermine, il est bien tard pour faire toutes ces réflexions. Demain, tu vas jurer d'aimer M. de Tancray ; tu devras l'aimer.

— Ah ! oui, je devrai l'aimer... Je devrai... Je ferai tout ce que je pourrai pour tenir mon serment... et même tout à l'heure...

Elle hésita.

— Eh bien !

— Je veux lui parler, avoir avec lui une explication.

— Que lui diras-tu ?

Hermine se tut.

— Prends garde, mon enfant, reprit Mme Bornier, de faire quelque maladresse. M. de Tancray me paraît avoir beaucoup d'amour-propre.

— Tu conviens donc ?...

— Oui, je ne prétends pas qu'il soit sans défauts. Fais attention de ne pas le blesser, et surtout de ne jamais lui faire sentir ta supériorité. Voilà ce que les hommes comme M. de Tancray pardonnent le moins. Or, une femme d'esprit, qui a quelque souci de son bonheur, doit s'attacher à découvrir les défauts de son mari, afin de les tourner, si je puis m'exprimer ainsi, sans les heurter jamais. Voyons, que lui diras-tu ?

— Tu ne me comprendrais pas.

— En pension, n'avais-je pas ta confiance; n'était-ce pas moi qui te consolais toujours de tes grandes peines, de tes gros chagrins ?

— C'est vrai. Eh bien, je lui dirai...

Au même instant, on annonça que le déjeuner était servi.

Après déjeuner, dans le jardin, Hermine chercha un tête-à-tête avec Raoul. Une fois, elle parvint à se trouver seule avec lui; et, faisant un effort sur sa timidité, elle voulut parler. Mais devant l'outrecuidance et la froideur hautaine de son fiancé, elle éprouva la même hésitation que les jours précédents; sa gorge se serra, elle ne put articuler un mot.

Elle remit au soir sa confidence. Dans la demi-obscurité du crépuscule elle aurait plus de courage. Mais on vint appeler M. de Tancray pour des préparatifs urgents, et il partit sans même daigner s'apercevoir du trouble et de l'anxiété de sa fiancée.

Le lendemain, avant le mariage, toute confidence fut plus impossible encore.

Chacun remarqua la pâleur de la mariée. Mais dans une circonstance aussi grave, l'émotion était si naturelle que personne ne songea à s'en inquiéter.

IV

Minuit allait sonner.

Le bal, à son apogée, envoyait par les fenêtres ouvertes ses gerbes de lumière, ses flots de bruyante musique, ses rires folâtres, ses bourdonnants caquetages.

A travers les massifs du jardin tremblotaient les lueurs expirantes d'une illumination. Girandoles et lanternes vénitiennes s'éteignaient peu à peu. De temps à autre, cependant, une fusée, un pétard, un feu de Bengale jetaient encore au milieu de la nuit leur brusque et joyeux éclat.

Dans une grande chambre luxueuse, mais de ce luxe banal qui rappelle aussi bien la riche hôtellerie que la préfecture de première classe, Hermine et Emma se profilaient devant une vaste cheminée de marbre noir, surmontée d'une massive pendule rocaille, et encombrée de tous ces bibelots inutiles et coûteux que les parents et les amis prodiguent à une mariée.

Leur toilette claire se détachait sur la tenture de velours sombre.

Hermine était tout en blanc, avec son bouquet de fleurs d'oranger. Debout, élégante et svelte, pâle et fière, elle ressemblait, dans sa longue robe blanche, à un chaste et beau lys.

Emma, plus petite, vive et rieuse, jolie comme un doux pastel, était enveloppée d'un tel fouillis de tulle, de mousseline, de fleurs, de dentelles, de soie rose, que l'œil en était ébloui.

— Quelle ravissante boite à gants ! disait Emma. C'est ton mari sans doute qui t'a fait ce présent ?

— Non, répondit Hermine distraitement. Je l'ai depuis quelque temps. Je n'ai jamais pu savoir d'où me venait ce mystérieux envoi.

— Bah ! c'est M. de Tancray, qui t'aimait déjà, sans oser te le dire. Demande-le lui tout à l'heure. Mais, à propos, où en es-tu de tes confidences ?

Soudain, un pas rapide se fit entendre dans la chambre voisine. La porte s'ouvrit brusquement, et l'on vit apparaître sur le seuil, le front en arrière, la lèvre empourprée, dans toute la majesté d'un heureux conquérant sûr et content de lui-même, le beau Raoul de Tancray.

C'était véritablement un bel homme, dans l'acception vulgaire du mot. Il était grand, large d'épaules, et, comme les orgueilleux, il portait haut la tête. Son cou épais et trop court, ses yeux bleu-clair, saillants, sa narine ouverte, sa bouche grasse, tout en lui dénotait un homme emporté dans ses passions, violent jusqu'à la brutalité.

En le voyant entrer, Hermine frissonna.

Mme Bornier, qui avait fait jouer le ressort du coffret à gants, négligea de le refermer. Elle embrassa tendrement son amie.

— Et surtout, sois raisonnable, lui dit-elle à l'oreille.

Pour sortir, elle passa devant le glorieux Raoul, qui lui baisa la main avec une fatuité superbe.

Légèrement ému par ses libations, il accentua même ce baiser plus qu'il n'était convenable.

Il s'approcha alors d'Hermine, qui se tenait immobile, les yeux baissés.

— Eh bien ! mademoiselle... madame... fit-il d'une voix pateline, à quoi songez-vous donc ?

Hermine leva sur lui ses grands yeux pleins d'un effroi contenu.

— Est-ce que je vous fais peur, ma chère enfant? demanda-t-il d'un ton de protection.

Il lui prit la main.

Cette main moite et glacée tremblait.

Il approcha ses lèvres brûlées par le rhum et le cigare du front pur et pâle de la jeune fille.

Elle fit en arrière un mouvement brusque, involontaire, un mouvement de répulsion.

— Ah ! ah ! exclama M. de Tancray, sans rien perdre de son assurance olympienne, vous êtes coquette! Allons ! tant mieux ! un peu de coquetterie ne me déplaît point; pourvu que ce ne soit qu'un peu.

— Écoutez, monsieur, dit Hermine qui parut faire sur sa timidité un effort suprême.

— Monsieur! vous m'appelez monsieur? Devant le monde, soit! C'est bien porté ; mais dans l'intimité je préfère que vous m'appeliez Raoul.

— Je ne puis pas, soupira la pauvre enfant. Ce que j'ai à vous dire est grave, très-grave.

— Quoi donc?

M. de Tancray était devenu soudain froid et inquiet. Il pensait : Aurais-je été joué par cette petite bourgeoise? Ne m'aurait-on accepté avec tant d'empressement que pour couvrir quelque peccadille de la jeune personne ?

Et son front se plissa.

Cependant Hermine se taisait.

— Avez-vous, demanda-t-il, à m'avouer quelque faute, quelque imprudence ?...

— Oh ! monsieur ! se récria-t-elle, en redressant fièrement la tête.

2

— Tant mieux, car je vous avoue qu'une révélation de ce genre... Voyons donc alors cette confidence.

— Ce n'est pas une confidence, c'est une prière.

— Elle est accordée d'avance.

— Bien vrai ?

— Bien vrai.

— Oh, merci !

Cette fois elle lui tendit la main ; et l'enveloppant d'un regard caressant, attendri, elle reprit :

— C'est toute ma vie que je vais vous dire, c'est l'histoire de mon cœur, de mes pensées, de mes aspirations de jeune fille ; car, devant être désormais toute à vous, je ne veux pas qu'un seul repli de mon âme vous soit caché. Vous le savez, j'avais sept ans quand je perdis ma mère. Mon père, tout occupé de ses affaires, n'a jamais eu le temps de penser à moi, ni de m'aimer. En pension, j'avais une amie, Mme Emma Bornier ; mais elle a maintenant d'autres affections et je ne suis plus qu'un faible intérêt dans sa vie. Eh bien ! depuis que je sens mon cœur, je n'ai eu d'autre désir, d'autre besoin que d'être aimée. Être aimée, est-il un bonheur, une joie comparables ? Posséder un cœur tout à moi, une âme fondue dans la mienne, j'espérais que mon mari me donnerait ce bonheur, cette joie-là. Ah ! je m'étais fait du mariage un si beau et si grand idéal !

En ce moment, M. de Tancray dissimula assez mal un bâillement.

— Je vous ennuie, reprit Hermine anxieuse.

— Au contraire, je vous trouve adorable. Ces petites histoires de pensionnaire sont fort intéressantes. Elles prouvent votre naïveté, ma chère Hermine.

— Eh bien ! continua-t-elle, piquée du ton de supériorité avec lequel lui parlait Raoul, vous ne m'aimez pas comme je voudrais être aimée, et moi je ne vous aime pas encore.

— Vous ne m'aimez pas ! C'est peu flatteur, ce que vous me dites là ! s'écria M. de Tancray en faisant un haut-le-corps. Mais moi, je vous aime.

Il ponctua cette phrase d'un regard et d'un sourire qui firent rougir Hermine.

— Monsieur, reprit-elle plus sévère, voici la prière que j'avais l'intention de vous adresser : Avant d'être réellement votre femme, je voudrais me sentir entraînée vers vous par cette émotion du cœur, qui, ce me semble, doit constituer le véritable amour.

— Que vous ne m'aimiez pas, c'est possible, repartit Raoul d'un ton bref; quant à moi, je vous le répète, je vous aime, palsambleu !

Et lui prenant vivement la taille, il chercha ses lèvres, qu'il étreignit d'un baiser violent.

Hermine, frémissante de colère, se dégagea vivement.

— Laissez-moi, dit-elle, ne me touchez pas.

Et elle le défia d'un regard si fier et si ferme, qu'il en resta un moment interdit.

— Mais alors, murmura M. de Tancray, pourquoi m'avez-vous épousé ?

— Parce que mon père l'a voulu, et que je vous croyais un galant homme.

Depuis un moment, le beau Raoul paraissait en proie à une fureur concentrée.

C'était la première femme qui le traitait ainsi ; et cette femme était la sienne. Une petite provinciale, une enfant, se permettait de ne pas l'aimer, le repoussait même avec dédain.

Ses yeux étaient injectés, et sa lèvre supérieure se relevait avec une contraction de bête fauve.

Il était peu habitué à contenir ses colères. Sa main crispée s'abaissa sur le marbre de la cheminée, et, par un mouvement nerveux, involontaire, elle poussa brusquement les objets qu'elle rencontra.

Le joli coffret ouvert par Mme Bornier roula à terre. Les gants s'éparpillèrent sur le tapis.

Devant l'effroi d'Hermine, il regretta aussitôt sa violence, et se baissa pour ramasser les objets dispersés.

Parmi les gants, se trouvait un billet soigneusement plié.

— Qu'est-ce que cela? dit-il en déployant le papier.

Il s'approcha de la lampe, et lut :

LA ROSE FOULÉE

Pauvre fleur que dans l'allée
Son pied distrait a foulée,
Sur mon cœur vis jusqu'au soir.
Vis pour me parler de celle
Si fière, hélas! et si belle,
Qui te brisa sans te voir.

Sa cruelle indifférence,
Dans une même souffrance,
Nous unit tous deux, ma sœur.
Comme toi, brisé par elle,
Si fière, hélas! et si belle,
N'ai-je pas la mort au cœur!

O fleur, si tu renais femme,
Parfum, si tu deviens âme,
Si Dieu te fait refleurir,
Rose, en un sein de rosière,
Sois aussi belle, et moins fière :
Tu vois qu'on en peut mourir [1].

1. Charles Poncy.

— Ah! vraiment, s'écria-t-il avec emportement, il y a un homme qui se permet de vous exprimer de pareils sentiments, et vous conservez précieusement cette déclaration d'amour. Voilà donc l'explication de vos simagrées, de vos sentimentalités ridicules. Quel est cet insolent? son nom? je veux le savoir.

— Je l'ignore, répondit simplement Hermine. Ce billet a été déposé là à mon insu. Donnez-moi ce papier, peut-être reconnaîtrai-je l'écriture.

Hermine lut à son tour cet aveu si respectueux, si désespéré, si tendre, qui, n'osant s'adresser à elle, se confiait à une fleur.

Pendant que son mari appelait simagrées, sentimentalités ridicules, ses aspirations intimes, un autre y répondait, avec quelle réserve délicate! Un homme de cœur et de talent avait seul pu composer ces vers, aussi harmonieux que sentis.

Elle avait passé à côté de cet amour, de ce bonheur, sans s'en douter! Depuis combien de temps ces vers étaient-ils dans le coffret? Le chagrin causé par son mariage avait dû les inspirer. Elle pensa que l'inconnu qui avait envoyé le coffret y avait aussi déposé les vers.

Comme elle restait songeuse :

— Eh bien, de qui sont-ils? reprit M. de Tancray d'un ton brusque qui la fit tressaillir.

— Je ne le sais pas.

— Une fille sait toujours qui l'aime.

— Je ne le sais pas, vous dis-je, répéta-t-elle avec fierté.

— Ils ne sont pourtant pas venus ici tout seuls.

— Peut-être Madeleine le saura-t-elle.

Elle sonna.

La femme de chambre parut.

2.

— Savez-vous, Madeleine, si quelqu'un est entré dans ma chambre, aujourd'hui ou les jours passés ?

— Non, madame, fit-elle étonnée.

— Ce n'est pas vous qui vous seriez chargée de déposer dans ma boîte à gants ce papier?

— Non, madame.

— Vous pouvez vous retirer.

Madeleine sortit, après avoir jeté un regard stupéfait sur les visages bouleversés des nouveaux mariés.

M. de Tancray, maintenant, se promenait dans la chambre de long en large, d'un air courroucé, martelant le parquet d'un pas lourd et plein, le pas du maître. Les dénégations d'Hermine et de Madeleine n'avaient point calmé ses soupçons ni sa colère, qui, joints aux copieuses libations, troublaient complétement son esprit.

— Ainsi, reprit-il, un monsieur est entré ici, dans votre chambre, dans la mienne. Ces vers sont une insulte, non-seulement pour vous, mais surtout pour moi, votre mari. Ah ! si jamais je le découvre, si jamais je le vois rôder autour de vous, ce rimailleur, malheur à vous, malheur à lui !

Et, de son poing fermé, il frappa sur la table, qui craqua.

Hermine pâle, chancelante, s'appuyait au lit.

L'effroi, l'émotion la rendaient si belle que M. de Tancray sentit renaître son désir, que la jalousie avivait encore.

— Je vous pardonne, dit-il, je veux bien oublier.

— Me pardonner? Mais qu'ai-je fait? demanda Hermine.

— Une femme est toujours un peu complice de l'amour qu'elle inspire.

— Je vous proteste, monsieur...

— C'est bon. Couchez-vous.

Cet ordre, le ton d'autorité dont il fut donné, achevèrent de révolter Hermine.

— Non, répondit-elle brièvement, je ne veux pas.

Et, d'un air noble et résolu, elle se dirigea vers la porte.

Raoul alors s'élança, ferma la porte à clef, et saisissant violemment sa femme par le bras :

— Êtes-vous folle ? allez-vous faire un esclandre, me rendre ridicule !

Hermine voulut se dégager, résister ; mais des mains de fer la broyaient.

— Vous êtes ma femme, vous serez à moi ! dit-il.

Et il la souleva comme un enfant dans ses bras.

A bout de force, Hermine rendit un douloureux gémissement, et s'évanouit.

V

C'est la coutume à Trévières qu'une noce, un peu cossue, doit durer au moins trois jours.

Or, M. Chapuzot tenait, disait-il, à ces mœurs patriarcales. La vérité, c'est que, par des noces de Gamache, il voulait éblouir le pays. Quelques mauvais bruits avaient couru sur le crédit de sa maison ; et il espérait les détruire par l'étalage d'un faste inconnu à Trévières. Pour le même motif, son alliance avec les de Tancray, alliance qui flattait sa vanité, lui semblait une avantageuse spéculation. Elle affermirait la confiance publique, étendrait le cercle de ses relations et de ses clients.

Une autre raison avait encore poussé M. Chapuzot à

sacrifier sa fille, sans hésitation ni remords : c'étaient ses
nouvelles opinions légitimistes.

Sous l'Empire, il était impérialiste, plus impérialiste
que l'empereur.

Mais, après les événements de Sedan, faisant aussitôt
volte-face, il s'était jeté dans la légitimité et la dévotion.
C'était, selon lui, la seule ancre de salut : Henri V et le
drapeau blanc, la Vierge et le Sacré-Cœur, répétait-il
avec les fanatiques du parti, pouvaient seuls relever
l'honneur et le crédit de la France.

De là son alliance avec les de Tancray, fervents partisans du Roy.

A neuf heures du matin, M. de Tancray sortit solen-
nellement de la chambre nuptiale, le cigare aux lèvres,
descendit le perron et s'avança vers M. Chapuzot qui lisait
son journal en se chauffant au soleil.

— Eh bien ! monsieur mon beau-père, lui demanda-t-il
en lui frappant familièrement sur l'épaule, que dit la *Ga-
zette* aujourd'hui ? Parle-t-elle du Roy ?

— Excellentes nouvelles : au pèlerinage de Notre-
Dame d'Auray, l'enthousiasme était à son comble. On a
vu s'accomplir plusieurs miracles. La reine avait envoyé
des présents à la Vierge. Enfin, on prétend que le Roy
est à Bruxelles, d'aucuns disent à Versailles, où il atten-
drait une députation de la Chambre. Les voitures du sacre
sont prêtes. On lui prépare une réception à Chambord.
Les prophéties vont ainsi se réaliser.

— C'est bien temps ! s'écria M. de Tancray. Nous verrons donc la fin de ce gâchis infect qu'ils appellent la
République. La noblesse va reprendre son lustre passé.

— Et la religion triomphera de l'athéisme, ajouta em-
phatiquement Alcide Chapuzot.

— Si le roi revient à Chambord, reprit Raoul, je veux aller lui présenter Mme de Tancray.

La figure du notaire resplendit. Sa fille à lui, simple Chapuzot, serait présentée au roy !

Depuis quelque instants ils s'entretenaient de leurs illusions, avec cet aveuglement candide, propre aux partisans des causes surannées, lorsque M. Chapuzot aperçut au bout de l'allée un jeune homme qui s'éloignait.

Il l'appela :

— Didier ! Didier, un mot, je vous prie !

— Qui ça, ce Didier ? demanda M. de Tancray.

— Mon premier clerc. J'ai à lui parler pour une affaire pressante.

— N'est-ce pas Didier Maurel, le fils du mécanicien ? J'ai été au collége avec lui ; l'Université fait de ces amalgames.

— C'est un brave garçon, un travailleur.

— Un fils de serrurier n'a rien de mieux à faire.

— Il avait cependant rêvé un brillant avenir. Mais son père a eu le bras mutilé par une machine. Sa mère est tombée malade. Il a dû faire vivre ses parents, et il n'a pu entrer à l'école normale, comme c'était son désir.

— Un savantasse de moins, le malheur n'est pas grand.

En ce moment, Didier Maurel rejoignait M. Chapuzot.

— Tiens ! c'est vous... c'est toi, Didier, dit M. de Tancray, d'un ton moitié affable, moitié méprisant. Eh bien ! qu'as-tu fait de toute ta science ? Car je me rappelle qu'au collége tu étais toujours le premier, moi le dernier. Tu vois à quoi ça sert, la science.

Une vive rougeur couvrit le front pâle du jeune homme, qui ne répondit pas.

— Je t'ai aperçu hier au bout de la table, reprit Raoul. Je me disais bien : il me semble reconnaître la figure de ce monsieur si drôlement ficelé avec son habit de première communion, soit dit sans t'offenser. Tu sais que j'aime à plaisanter. Ainsi sans rancune, mon garçon. Une poignée de main, voyons. Nous nous donnions de bonnes frottées au collége. Je suis toujours le même : farceur et rageur, mais bon diable au fond.

Et il accompagna ces mots d'un rire blessant par l'affectation même de la bienveillance.

Didier ne prit pas la main que lui tendait son ancien condisciple.

Sa figure resta grave, mais redevint très-pâle.

Ses grands yeux noirs, voilés sous une arcade sourcilière profonde, entourés d'un cerne maladif, exprimaient une douleur âpre et concentrée.

Que d'amertume dans les plis de ses lèvres aux coins abaissés ! Que de noble résignation, que de puissance dans ce front large et carré, aux méplats vigoureux et fiers ! Si la beauté réside dans la régularité des traits, Didier n'était pas beau. Sa figure était osseuse ; son nez, trop accentué. La bouche grande et triste semblait disgracieuse. Cependant, par moment, quand le feu de la passion ou l'éclair de la pensée l'animait, ce visage était superbe.

Son habit étriqué accusait les imperfections de son corps trop grêle, un peu voûté par le travail de bureau. Sa main pourtant était fine et blanche ; la délicatesse du tissu laissait paraître les réseaux des veines.

Sans doute, il était loin d'avoir la solide charpente, la force musculaire de M. de Tanoray ; mais il possédait cette vigueur nerveuse qui vient du cerveau et qui, en de certains moments, décuple la force des muscles.

Devant le silence et la froideur de Didier, M. de Taneray ajouta :

— Allons ! je vois que vous avez le caractère mal fait.
Je gage que vous êtes républicain, comme tous les mécon-
tents de naissance ou les mauvais estomacs.

— Et vous royaliste, sans doute, comme tous les privi-
légiés de la naissance et de la fortune, ou les cerveaux
infirmes.

— Répétez donc votre phrase, monsieur ! s'écria le beau
Raoul hors de lui.

— Et vous ! la vôtre ? riposta vivement Didier.

Tous deux se toisèrent un instant avec défi.

— Pas de politique, messieurs, intervint M. Chapuzot.
Vous savez, Didier, que j'en ai fait une clause de nos conventions.

Didier ne répliqua point ; mais ses yeux semblèrent se
reployer sur eux-mêmes comme pour retenir la flamme
qui allait jaillir.

— Veuillez être assez bon, mon ami, continua le notaire
très-doucement, pour préparer cet acte dont nous avons
parlé hier, car je n'ai pas le temps de m'en occuper.

— A l'instant même, répondit Didier avec calme.

Et il s'éloigna.

M. Chapuzot le rappela.

— Il va sans dire que vous déjeunez avec nous ?

Didier se retourna et fit un salut d'assentiment.

— Je vous serais obligé, mon gendre, reprit M. Chapuzot, de ménager Didier, car il m'est indispensable.
C'est sur lui que repose l'étude. Moi, je m'occupe d'affaires plus importantes. S'il me quittait, je ne le rempla-
cerais pas.

— Mais Gatinais ! fit Raoul en voyant entrer dans le

jardin un jeune homme en bottes molles, avec un cor de chasse en bandoulière.

— Regardez cet accoutrement. Peut-on prendre au sérieux ce garçon-là? Il ne vient à l'étude que pour écrire ses lettres d'amour. Je le garde uniquement chez moi pour faire plaisir au vieux père Gatinais, l'électeur influent du pays.

Oscar Gatinais revenait de Paris où, sous prétexte de faire son droit, il avait mené une vie de folle dissipation.

Il posait en gommeux et il en affectait le langage.

Il s'avança vers Raoul, qu'il avait souvent rencontré dans le monde interlope.

—Eh bien! comment va, mauvais sujet? demanda M. de Tancray.

— Mal, très-mal, mon cher.

— On ne s'en douterait pas! Vous avez une mine excellente...

— Je vais mal, vous dis-je, moralement, mon cher. On s'encroûte ici, mon cher. Il y a plus de six mois que je n'ai taillé un bac, mon cher. Ici, mon cher, on ne joue que la vertueuse bête ombrée et le bésigue à un sou la fiche. On en crève littéralement, mon cher. Et pas de femmes, mon cher, pas l'ombre d'une femme, dans le sens que nous attachons, nous autres, à ce mot. Pas la moindre Tata... Hein! Tata, quel galbe! mon cher, quel relief! Et un entrain, et des airs canailles... Ah! mon cher, je ne regrette pas les quarante mille francs de mon père, que j'ai mangés avec elle!

Raoul l'écoutait complaisamment.

— Et vous, mon cher, reprit Gatinais, vous êtes revenu ici pour vous marier, sans qu'un père tyrannique vous y ait contraint. Vous marier, vous, mon cher, un homme de votre galbe! Je comprends le mariage, mais comme on le pratique en Turquie. Ah! mon cher, si j'étais Turc! Et si j'avais la caisse à papa! J'aurais cent femmes, et encore, de temps à autre, je renouvellerais mon sérail.

— Peste! A mon avis, il n'y a pas de harem qui vaille une seule de nos Parisiennes.

— Vous seriez monogame?

— Pas précisément. Cependant j'apprécie la constance, du moins chez les femmes.

— Bah! mon cher, vous m'étonnez. Voyons, mon cher, suivez bien mon raisonnement : si les femmes étaient constantes, avec qui serions-nous infidèles? Vive Allah et son prophète, qui permettent la polygamie! Comme disait un profond philosophe de mes amis : si le bon créateur avait voulu que nous fussions fidèles, il nous eût octroyé la constance, au lieu de nous inculquer tant de goût pour la variété. Avouez-le, mon cher, c'est là un argument d'un relief péremptoire, et je défie le plus entêté monogame de le réfuter.

— En effet, dit en riant Raoul.

— Cependant vous prenez chaîne, et de gaieté de cœur! Je ne dis pas, mon cher, la petite Chapuzot... Eh! Eh! elle n'est pas dépourvue de toute espèce de galbe, et même d'un certain relief... Ce sera une éducation à faire. Moi, j'aime les femmes tout élevées, comme votre comtesse, par exemple.

— Chut! fit Raoul.

— Dans son genre, mon cher, elle vaut Tata.

— N'oubliez pas, Gatinais, que vous m'avez promis le secret. D'ailleurs, j'ai complètement rompu.

— Bah! mon cher, pas possible! Pour le moment, le temps de palper la dot; mais après?

— Non, c'est fini. Pensez donc : cela durait depuis cinq ans.

— Cinq ans, presque un mariage! En effet, mon cher, c'est une circonstance atténuante ou aggravante, comme vous voudrez. Et elle accepte la rupture?

— Il le faut bien.

— Sait-elle que vous épousez la fille de M. Chapuzot, de celui-là même qui a racheté l'étude du père Papillon? Cela doit la toucher, car ainsi, mon cher, vous ne sortez pas de la maison.

Cependant les convives arrivaient pour le somptueux déjeuner du second jour.

Le jardin s'emplissait de toilettes chatoyantes, d'ombrelles blanches et roses. Partout on n'entendait que babillages animés, que frais éclats de rire.

La gaieté était dans l'air et l'amour aussi.

Les papillons voltigeaient, coquetant avec les fleurs.

Sur le haut des toits les pigeons roucoulaient, étonnés de voir si nombreuse compagnie, et dans les rayons du soleil les abeilles d'or bourdonnaient.

Tout le monde était là; mais la mariée, où donc était-elle?

— Un peu fatiguée sans doute, disait-on.

Et les plaisanteries grivoises se glissaient à l'oreille avec des sourires narquois.

Il fallut bien pourtant que Hermine parût au déjeuner; ce fut pour elle un nouveau supplice.

Elle était morne. Il semblait même qu'elle eût conservé de l'effroi dans les yeux.

Elle se trouva placée à table entre son mari et le vieux marquis de Tancray, qui, affectant les belles manières d'autrefois, lui baisa la main.

— Eh bien, mon aimable enfant, mon neveu s'est-il montré galant? J'espère que vous ne laisserez pas éteindre notre antique famille. Vous êtes actuellement notre seul espoir. Je veux des petits-neveux le plus tôt possible ; car j'aimerais à les faire sauter sur mes genoux, et vous le voyez, cela presse.

Parmi les convives se trouvait l'auteur de la *Rose foulée*, le poëte inconnu, l'amoureux désespéré.

C'était le premier clerc de M. Chapuzot, ce même Didier Maurel, que son ancien condisciple, M. de Tancray, avait accueilli quelques instants auparavant avec tant d'arrogance.

Il avait assisté au mariage. Jusqu'au bout il avait voulu savourer sa torture. Il espérait ainsi épuiser sa souffrance.

S'il avait accepté l'invitation de M. Chapuzot, c'était que, toujours avide de voir Hermine, il voulait graver plus profondément en lui le souvenir de sa douce beauté. C'était aussi, que, dévoré par une âcre et poignante jalousie, il espérait découvrir, au lendemain de son mariage, ce qui se passait dans son cœur.

Placé comme la veille au bout de la table, il l'observait à la dérobée.

Malgré la distance qui les séparait, il entendit les paroles du marquis. Il vit la rougeur d'Hermine. Elle ne mangeait pas. Elle seule ne riait point. Elle avait dans la tenue une rigidité singulière : on eût dit qu'elle se raidissait contre une souffrance morale. Elle ne parlait pas à son mari, qui lui-même ne lui adressait point la parole.

Pour un observateur *intéressé*, il était aisé de voir que ces deux époux n'étaient unis que par la loi.

En découvrant le malheur de celle qu'il aimait, deux sentiments opposés s'élevèrent en lui : sa bonté, son affection véritable luttèrent un moment contre la jalousie, contre l'égoïsme ordinaire de l'amour. La bonté l'emporta. Il plaignit la touchante victime,

Elle souffrait, elle souffrirait toute sa vie. Or, il eût avec joie versé son sang pour la voir heureuse.

Cependant il n'était pas aimé. Elle ignorait même son grand amour, elle l'ignorerait toujours. Sans doute elle n'avait pas lu ses vers, ses vers où, dans un accès de démence, comme en éprouvent les poëtes et les amoureux, il avait osé lui avouer sa passion.

Depuis plus d'un mois il les avait glissés dans la boîte à gants; si elle les avait trouvés, elle ne leur avait accordé aucune attention. Peut-être même avait-elle froissé dédaigneusement ce chiffon de papier, où cependant il avait déposé son âme.

Depuis le commencement du repas, M. de Tancray, de son côté, observait les convives, cherchant à découvrir l'audacieux, capable d'adresser à sa femme des vers amoureux.

Au dessert, il parut oublier complétement sa mésaventure conjugale. Le vin le mettait en belle humeur.

Les bouchons sautaient. Le champagne pétillait dans les coupes. La gaieté devenue bruyante débordait.

Tout à coup une voix argentine s'éleva. C'était celle d'une petite femme rondelette, qui affectait des poses sentimentales.

— Monsieur Didier, cria-t-elle d'un bout à l'autre de la table, dites-nous donc des vers, de vos beaux vers. Moi, j'adore la poésie.

Didier rougit, balbutia.

Hermine leva sur lui des yeux étonnés. Puis elle pâlit soudain, car son mari se soulevait sur sa chaise d'un air menaçant.

— Ah! ah! exclama-t-il, M. Didier fait des vers?

Mais apercevant la confusion du jeune homme, songeant à sa naissance, à sa pauvreté, il sourit de pitié.

Prendre au sérieux un si piètre rival, c'eût été se couvrir de ridicule.

Il se rassit, calmé soudain; et, élevant son verre :

— Je bois, dit-il, à la santé des poëtes malheureux; mais en même temps à l'extinction de la race, car je déteste les vers.

Il accompagna d'un rire impertinent cette brutale plaisanterie.

— Pardon, mon cher, pardon, s'écria Gatinais qui se leva chancelant, les vers de Didier ont du galbe. Je ne dis pas, mon cher, qu'ils s'élèvent à la hauteur des couplets de la *Belle Hélène* ou de la *Grande-Duchesse;* mais ils ont un relief étonnant. Didier, mon bon, je te nomme mon poëte ordinaire et extraordinaire.

On insista pour que Didier récitât une pièce de circonstance; mais il s'y refusa.

Pour la première fois, Hermine observait avec intérêt le premier clerc de son père.

Il fait des vers, pensait-elle, de beaux vers ; c'est donc lui qui a écrit ceux du coffret.

C'était lui, elle n'en pouvait douter. Il l'aimait. Elle en trouvait mille preuves dans des incidents passés inaperçus, et qui maintenant lui revenaient à la mémoire.

Sa première impression, toutefois, fut un sentiment de pudeur offensée. Comment ce jeune homme, qu'elle n'avait jamais encouragé, osait-il penser à elle? Mais cet amour était si respectueux ! et puis il souffrait ! Elle se souvenait du dernier de ses vers : « Tu vois qu'on en peut mourir... »

Son orgueil alors se fondit. La plaisanterie blessante de son mari acheva de gagner au pauvre poëte toutes ses sympathies.

Elle appuya sur lui son regard. Il sentit le magnétisme de ce regard pénétrant et doux. Et, lui aussi, leva les yeux vers elle, des yeux inspirés, pleins de flammes, baignés de fluide.

Hermine éprouva au cœur comme un choc qui lui causa un trouble profond.

Leurs yeux s'étaient parlé, s'étaient compris. Et cette sorte de pacte s'était conclu en une seconde, devant soixante convives, au milieu du brouhaha d'un repas de noces.

En ce moment un domestique s'approcha de M. de Tancray, et lui remit une lettre.

Raoul regarda l'adresse, fronça le sourcil.

C'était une écriture de femme, et sur un coin de l'enveloppe il lut ces mots : *Très-pressée.*

Il brisa le cachet, parcourut la courte missive ainsi conçue :

« Je suis à Trévières, à l'hôtel de Paris. Je vous attends.

« THÉODORA. »

C'était un véritable coup de foudre. M. de Tancray se leva d'abord, puis se rassit.

— On attend la réponse de Monsieur, dit le domestique.

— Répondez que j'irai tout à l'heure.

VI

Mme de Broissac, dans sa précipitation, dans son trouble, avait pris un train sans correspondance avec la Châtre, la ville la plus rapprochée du bourg de Trévières.

Elle n'avait donc pu arriver que la veille au soir, trop tard pour se rendre au château de Tancray.

Le matin, dès l'aube, elle avait envoyé par un commissionnaire un message à Raoul.

La comtesse occupait la plus belle chambre de l'hôtel de Paris, une grande chambre presque nue, avec un parquet de sapin soigneusement lavé, un lit à rideaux jaunes, un canapé et deux fauteuils *empire*, aux ornements de cuivre représentant des lyres.

Sur la cheminée, une pendule même style et deux vases d'albâtre remplis de fleurs artificielles fanées, protégées par des globes. De chaque côté, les deux inévitables gravures : *Souvenirs et regrets*. Enfin, au milieu de l'immense chambre, une table ovale, recouverte d'un tapis maculé.

Théodora, en élégante toilette de voyage, était assise, les deux mains appuyées sur les bras du fauteuil. La tête baissée, l'œil inquiet, elle prêtait l'oreille et tressaillait au moindre bruit extérieur. Une vive rougeur colorait les pommettes de ses joues : la fièvre de l'attente la brûlait. Les mouvements nerveux de ses doigts trahissaient également son impatience.

Il était trois heures, et depuis le matin elle attendait ainsi son amant.

Abandonnée ! Elle était abandonnée ! Avec quelle indifférence, quel dédain ! Elle était là, et il n'accourait pas ! Il n'envoyait pas même une réponse à son billet !

Tout à coup un pas lourd s'arrêta devant la porte de la chambre. On frappa.

Elle se dressa vivement.

— Entrez ! dit-elle.

C'était le commissionnaire qu'elle avait envoyé à Raoul, au château de Tancray.

— Eh bien ! la réponse ? demanda-t-elle d'une voix altérée.

— Ah ! dame ! la réponse, fit le commissionnaire qui chancelait, je n'en rapporte point.

A son teint aviné, à son rire hébété, aux oscillations de la tête, on devinait aisément qu'il était entré à l'office, sa commission faite, et qu'il avait, lui aussi, trinqué fort au bonheur des époux.

— Vous n'en rapportez pas ! s'écria Théodora frémissante de colère.

— Ah ! si bien, j'y suis maintenant. Il a fait répondre comme ça qu'il viendrait bientôt. Mais tout d'abord, je suis allé au château de Tancray. Il n'y était point. Dame ! C'est tout simple, il ne pouvait pas y être, puisqu'il était à Trévières. Je ne sais pas où j'avais la tête ce matin, tout de même, d'aller le chercher là-bas, car tout le monde sait bien à Trévières qu'il s'est marié hier avec Mlle Chapuzot. Dame ! un beau mariage ! La demoiselle n'est pas piquée des vers. Le boursicaut du papa, non plus. Si vous portez de l'intérêt à M. de Tancray, vous devez être bien aise. Dame ! c'est une fière maison que la maison de M. Chapuzot. Bonne table, bonne cave surtout ! bonne cave !

Et il se mit à rire, comme rient les gens ivres, d'un rire inextinguible.

La comtesse le regardait d'un œil hagard.

Ainsi, ce mariage, qu'elle était venue empêcher, était consommé.

Depuis le matin, attendant à tout instant Raoul, elle n'avait osé questionner les gens de l'hôtel.

Au premier moment, étourdie par le coup, elle ne voulut pas y croire.

— Cet homme est fou ! Il est ivre, murmura-t-elle.

Elle se précipita sur la sonnette.

Un domestique parut.

— Comment donc, dit-elle d'un ton impérieux, me donne-t-on pour commissionnaire cet ivrogne ? Il prétend que M. de Tancray est à Trévières, et qu'il s'est marié hier !

— Oui, madame, c'était hier la cérémonie. Toutes les cloches étaient en branle, et tout Trévières, à l'église. Aujourd'hui, en effet, il y a encore fête chez M. Chapuzot. Il est assez riche pour faire bien les choses. Mlle Hermine est fille unique. On a fait venir un cuisinier de Paris, des saumons et des volailles de chez Véfour. On n'avait jamais vu pareil gala à Trévières.

— C'est bien ! fit la comtesse, qui les congédia d'un geste.

Quand elle fut seule, elle resta un moment debout, immobile, comme atterrée.

— Il est marié. Je suis venue trop tard... un jour trop tard !...

Et maintenant elle marchait dans la chambre, la tête perdue, la bouche haletante. Tout à coup elle s'arrêta, passa les mains sur son front.

— Voyons, dit-elle, — dans son agitation elle parlait à demi-voix, — soyons calme... Il va venir, il viendra... Eh bien !... quoi ?... Que lui dirai-je !... Des reproches... Une scène de désespoir... Non, son cœur... il n'en a pas. Il ne m'aime plus. Qui sait s'il m'a jamais aimée ! Sa vanité !... Oui, il faut piquer sa vanité, son orgueil... La fille d'un notaire ! un notaire ! un Chapuzot !

Elle éclata de rire.

— Lui ! un de Tancray ! L'argent... mais c'est évident, ce ne peut-être qu'un mariage d'argent. Cependant, cet homme vient de me dire que la fille est jolie... Il l'aimerait... une petite provinciale, une niaise ! Elle est jeune,

4.

elle!... Tout à l'heure je saurai... je verrai de mes yeux...
M. Chapuzot, justement le successeur de mon père... oui
c'est cela, j'irai le trouver. Si tout à l'heure Raoul ne
vient pas, j'irai...

Théodora, un peu calmée par ce flot de paroles incohé-
rentes, et par cette résolution, se laissa retomber avec
abattement dans son fauteuil.

— Ah! soupira-t-elle, qui m'eût dit que je reviendrais
ici, dans une chambre d'auberge, pour y subir une humiliation pareille !

Elle se tut, et demeura absorbée.

Ce mariage, cet abandon si brusque l'atteignaient dans
ses ambitions les plus chèrement caressées.

La blessure était cuisante, et l'on conçoit l'amertume
de sa douleur. Néanmoins, si elle avait pleuré, on eût
pensé qu'elle pourrait un jour pardonner; mais cet œil sec
et fixe était vraiment effrayant.

Vers cinq heures, M. de Tancray entra.

La lettre de Théodora l'avait dégrisé.

— Comment, dit-il d'une voix sourde, tremblante de
colère, vous osez venir ici !

Mme de Broissac s'était levée. Elle le toisait en fermant
à demi les paupières.

— Oui, je l'ose, répondit-elle d'un ton de défi.

Ce ton, ces paroles brèves ébranlèrent la force de résistance dont s'était armé Raoul pour braver le courroux
de sa maitresse.

— Cependant, vous avez reçu ma dernière lettre? demanda-t-il d'un ton plus doux.

— Oui, et c'est pourquoi je suis venue.

— Pour empêcher mon mariage?

— Vous êtes marié, je le sais.

— Eh bien, alors?

— Je viens vous apporter les quittances de vos créanciers, dit-elle en jetant sur la table, avec un dédain superbe, une liasse de papiers.

Raoul resta un moment anéanti.

— Comment! tant de bonté, de soin de mes affaires! s'écria-il honteux et attendri.

Il voulut s'approcher pour lui tendre la main.

Elle la retira vivement.

— Pendant ce temps, reprit-elle, de quelle manière reconnaissiez-vous mon affection, mon dévouement, qui pendant cinq ans ne se sont pas un instant démentis?

Raoul faisait piteuse mine.

— Ah! mon amie, je ne puis vous dire ce qu'il m'en a coûté pour me résigner à un tel parti. Combien j'ai hésité! Et tout ce que je souffre aujourd'hui!... Mais il le fallait...

— Il le fallait? Avant de prendre une semblable résolution, ne deviez-vous pas, si vous m'aviez réellement aimée, m'exposer votre situation? Et alors, ensemble, nous aurions avisé.

— Précisément, c'est là ce que je ne voulais point. Je connaissais votre générosité, votre grand cœur. Vous m'auriez offert de partager votre fortune avec moi; et voilà ce qui était impossible.

— Vous avez préféré partager avec une autre, que vous connaissiez à peine, avec une Chapuzot!

— Le mariage légitime aux yeux du monde ces sortes de transactions.

— Et qui vous dit que je ne vous eusse pas épousé?
— Vous!

— Oui, moi! C'était une réparation, une réhabilitation que vous me deviez, à laquelle vous auriez dû penser, ce me semble.

— Non, je vous l'avoue, je n'y ai pas songé. Vous oc-
cupiez à Paris une situation si·brillante, si enviée !...
L'idée qu'une femme comme vous pouvait enchaîner sa
liberté, ne m'est pas venue. Ah! pardonnez-moi, chère
Théodora; cet aveu que vous venez de me faire double
ma douleur, mes regrets...

— Trêve, mon cher, de sentimentalités un peu trop
tardives, interrompit-elle violemment, oubliant sa résolution de rester calme et ironique. Ainsi vous voilà marié ! Et la veille vous m'écrivez une lettre de rupture,
absolument comme vous donneriez congé à une grisette
qui aurait eu quelques bontés pour vous. Ah! je vous l'a-
voue, le choc a été rude. J'étais loin de m'attendre à un
pareil procédé de votre part. Tenez, quand j'y songe, j'en
étouffe. Je me demande comment une semblable nouvelle
ne m'a pas tuée sur le coup. Marié, comme cela, en quinze
jours, sans me prévenir! Vous aviez peur de moi, n'est-ce
pas? Vous saviez que je ne céderais pas ainsi mon bien;
car vous étiez à moi, je le croyais du moins, après tant
de serments. Mais ce n'étaient pas seulement les
serments qui devaient vous lier, c'était l'honneur, la
probité; car je vous avais tout donné, moi, tout sacrifié, ma réputation, ma jeunesse, et, vous ne l'ignorez point,
plus d'un grand mariage. Voilà les hommes! Les misérables! C'est à en devenir folle... J'en deviendrai folle!...
J'en mourrai !...

Elle cacha sa tête dans ses mains, et, les nerfs plus brisés que le cœur, elle éclata en sanglots.

Le beau Raoul était de nature peu sensible. Toutefois,
sous ce débordement de colère et de reproches, il restait
abasourdi, vraiment ému; car il se reconnaissait coupable
envers cette femme, qui lui avait donné tant de réelles
preuves d'attachement; et il n'était pas assez perspicace

pour faire la part, dans cette explosion de désespoir, du sentiment vrai et de la comédie.

— Je vous jure, Théodora, que je n'ai jamais aimé que vous.

— Taisez-vous ! Taisez-vous ! criait-elle au milieu de ses sanglots, je souffre trop. Ne m'exaspérez pas par de nouvelles protestations, par de nouveaux mensonges.

En ce moment, elle parut éprouver un spasme, puis elle resta immobile, comme si elle était évanouie.

M. de Tancray éperdu s'approcha d'elle. Il releva la tête éplorée de sa maîtresse, l'appuya et la berça contre sa poitrine, ainsi qu'on apaise un enfant.

— Mon bébé, calme-toi !

En raison de ses quarante ans, la comtesse adorait cette appellation enfantine.

Elle regarda Raoul d'un air moins courroucé.

— Je t'assure, reprit-il, que ce mariage était néces-saire ; et si je n'ai pas cru devoir t'en prévenir, c'est qu'il ne nous séparera pas. Je ne prends pas le mariage au sé-rieux, avec une Chapuzot surtout. Mais tu sais qu'elle m'apporte une dot considérable. Voilà qui est sérieux. Grâce à ce million, je paye mes dettes, je retourne à Paris ; j'espère laisser ici ma femme, une péronnelle sentimentale avec qui la vie serait insoutenable.

— Alors, vous ne l'aimez pas ?

— Pas le moins du monde.

— On la dit pourtant jolie.

— Une petite pensionnaire, gauche et insignifiante, qui voit le monde à travers les romans approuvés par l'arche-vêque de Tours, et qui veut être aimée pour elle-même. Si c'était moins ennuyeux, ce serait à mourir de rire.

— C'est bon, je la verrai, il faut que je la voie !

— Y pensez-vous ? Je vous en prie, ne faites pas de

scandale. Retournez à Paris, et, dans quelques mois, je vous y rejoindrai.

— Non, je tiens à mon idée. Je veux rester ici, repartit la comtesse.

— Comment ? Sous quel prétexte ?

— Soyez tranquille, je trouverai.

— C'est impossible, vous dis-je !

— C'est très-possible, laissez-moi faire.

— D'ailleurs, nous ne pourrions nous voir.

— Nous nous verrons, et dès demain.

— Songez quels commérages !...

— Au bout de huit jours personne n'y pensera plus. D'ailleurs je le veux, dit-elle d'un ton qui n'admettait pas la réplique. Qui donc pourrait m'en empêcher ?

— C'est imprudent. La dot est promise; mais je ne la tiens pas encore.

— Elle est consignée au contrat, cela suffit.

— Et de quel œil mes oncles, le marquis comme le chanoine, verront-ils votre présence ?

— Peu importe ! N'êtes-vous pas leur seul héritier ? J'ai d'ailleurs des parents dans le pays, et je compte appeler ici mon vieil ami de Salbris. Vous répandrez le bruit que je dois me marier avec lui. Il fera le whist du marquis; tout s'arrangera ainsi à merveille.

— Vous avez tant d'esprit que vous saurez séduire mes oncles, je n'en doute pas; mais le rigide Chapuzot ?

— Rigide, allons donc ! Je ne crois pas aux hommes austères, et moins encore à l'austérité de M. Chapuzot. Je me souviens qu'autrefois il me jetait des regards... en dessous.

— Vous séduiriez cet incorruptible Alcide ! Ce serait drôle... Alors, si je cède, vous me pardonnerez ?

— Oh, oh! nous verrons cela, mon cher, plus tard.

— Donnez-moi du moins votre main.

Il la prit timidement. Elle ne la retira pas.

La comtesse Théodora avait complètement ressaisi son amant.

Comment, en effet, M. de Tancray n'eût-il pas été touché? Cet amour si jaloux, si véhément, si dévoué, prenait à ses yeux le caractère d'une grande passion. Quelle séduction pour sa vanité, et quel dédommagement au mépris d'Hermine!

Il tomba à ses genoux, et elle lui pardonna.

VII

Au moment où M. de Tancray rentrait chez M. Chapuzot, il rencontra Didier qui en sortait.

Tout à son amour, le pauvre poëte, la tête au ciel, ne le vit point et ne le salua pas.

— Eh! eh! monsieur le troubadour, dit le hobereau, comme vous passez vite! Un peu de politesse n'est pas, que je sache, incompatible avec la poésie. Je sais qu'on accorde beaucoup de licence à messieurs les rimailleurs; toutefois, il y a des bornes. Vos vers étaient, par ma foi! assez joliment tournés; mais Mme de Tancray a trouvé l'idée baroque. Une déclaration d'amour le jour de son mariage! elle en a ri comme une folle. Quant à moi, j'aime fort peu ce genre de poésie, je vous en préviens; et, une autre fois, je pourrais bien n'en pas rire: tenez-le vous pour dit.

— Mes vers!... En vérité, de quels vers parlez-vous? repartit Didier, tout déconcerté.

— C'est bien. Vous êtes averti. Bonsoir.

Didier, au lieu de rentrer immédiatement chez lui, se dirigea hors de la ville.

Hâtant le pas, il longea la Braine et gagna le bois. Il s'y enfonça en courant comme un désespéré.

Elle avait ri de son aveu, si respectueux pourtant !

Ses vers, où il avait mis tant de réserve et tant d'âme, elle les avait montrés en riant à son mari, à cet imbécile !

Et ensemble ils en avaient ri !...

Mais pourquoi les lui avait-elle montrés? Pour s'en faire un mérite, peut-être, pour exciter sa jalousie, son amour...

Elle qu'il avait jugée si candide, si pure, ce n'était donc qu'une coquette vulgaire. Tout était donc mensonge en elle : son front candide, ses yeux rêveurs et si doux, cette bouche sereine, attendrie, la chasteté de sa démarche, tout cela mensonges !

Mais non, c'était plutôt un mensonge de ce bellâtre. Elle n'avait pas ri. Autrement, que signifiait ce regard profond, ému, qui avait croisé le sien pendant le repas ? Oui, c'était bien Raoul qui mentait...

Pourtant, comment eût-il lu ces vers, si elle ne les lui avait remis?

Didier errait ainsi dans la nuit sombre, assiégé par mille suppositions, en proie à toutes les perplexités, en proie surtout à la honte de paraître ridicule aux yeux de celle qu'il aimait.

— Après tout, reprenait-il, quand une lueur de raison traversait son esprit, que m'importe ! Elle est mariée, liée pour la vie à ce bélître. Jamais elle ne pourra m'aimer... Me dévouer à elle, je n'eusse demandé que cela ; mais qu'a-t-elle besoin de mon dévouement ?

Mon dévouement, elle en rirait peut-être, elle ne m'en saurait aucun gré ; car si elle a ri de mes vers, c'est qu'elle n'a pas l'âme de ses yeux...

Cependant, mes strophes n'étaient pas signées. Elle n'avait pu en deviner l'auteur. Son étonnement, aujourd'hui, en apprenant que je faisais des vers, le prouve assez. Ce n'est donc pas de moi qu'elle se serait moquée. Peut-être, si elle avait su... aurait-elle été touchée de mon grand amour.

Alors il se rappelait son regard ; il le sentait appuyé sur lui : et ce regard lui brûlait le cœur, enfiévrait son cerveau.

Maintenant qu'il était découvert, comment oserait-il rentrer chez M. Chapuzot, reparaître en face d'Hermine, affronte · les plaisanteries grossières, insolentes de son mari ?

Ah ! s'il était libre, il partirait, s'éloignerait. C'était le seul moyen de guérir, d'échapper à cette passion, qui ne pouvait plus désormais lui apporter que d'inutiles tortures.

Quand il rentra chez lui, il était onze heures. Sa mère n'était pas couchée. Elle l'attendait en tricotant un bas devant une lampe, dont elle aménageait avec soin la lumière pour économiser l'huile.

On lisait dans les rides douloureuses et tranquilles de son visage de longues souffrances patiemment supportées. Rien n'était touchant comme la résignation empreinte dans son œil triste et plein de bonté, et dans cette bouche dont l'amertume était adoucie par un demi-sourire bienveillant.

Elle portait l'ancienne coiffe des paysannes du Berry, et sa tête, qui oscillait à chaque soulèvement des doigts, agitait la haute garniture par un mouvement régulier.

Elle était ainsi une image de ces pauvres vies qui s'écoulent tout entières dans un travail machinal, monotone, incessant.

Le père Maurel était couché ; mais il ne dormait point.

— Que fait donc le fils, qu'il ne rentre pas? disait-il, à sa femme.

— Il est à la noce.

— Ah ! tant mieux, s'il peut prendre un peu de bon temps ! Car il ne s'amuse guère, notre pauvre Didier. Dès qu'il a fini la besogne de son patron, quand il rentre ici, c'est encore pour travailler. On ne peut jamais l'arracher de ses paperasses ni de ses bouquins.

La vieille mère soupira.

— C'est que, vois-tu, Thérèse, continua Maurel, notre fils est un savant ; et les savants sont tous comme ça. Ils passent leur vie à suer leur cerveau sur des livres. Ah ! si cette maudite roue ne m'avait pas broyé le bras... si j'avais pu le pousser, il serait allé loin, notre Didier ; car le principal du collége me l'a dit bien souvent : votre fils sera un grand homme, père Maurel ; mais, enfin, le guignon ne l'a pas voulu, quoi!

— Il faut en prendre son parti, répliqua Mme Maurel. Pour moi, je me console en pensant qu'au moins il reste avec nous. Et même, il y a bien des fois où je voudrais que notre enfant fût mécanicien comme toi, plutôt que clerc chez M. Chapuzot...

— Et pourquoi donc cela? Premier clerc, c'est superbe. Ne gagne-t-il pas dix-huit cents francs, autant qu'un employé de préfecture !

— C'est que, vois-tu, Didier n'est pas heureux ; il est triste et toujours rêvasseur. Quand il est avec nous, il se force pour rire un peu; mais hier, quand je suis entré dans sa chambre, lui, qui ne pleure jamais, il avait des larmes dans les yeux, et toute la nuit je l'ai entendu se promener de long en large. Quelquefois, je suis tentée de croire qu'il a le cœur en chagrin pour une femme qui ne l'aime point.

— Ce sont des idées que tu te forges, ma pauvre Thérèse. Les savants, ça ne s'amuse pas comme nous. Il réfléchit, et voilà ce qui te fait croire qu'il est triste.

En ce moment Didier entra. Ses yeux brillaient d'un feu sombre. La fraîcheur de la nuit avait pâli son visage. Il grelottait la fièvre.

— Mon Dieu, qu'est-il arrivé? s'écria Thérèse en joignant les mains avec épouvante. Tu as l'air tout bouleversé.

— Absolument rien, ma mère. Le dîner s'est prolongé, et il fait un peu froid.

Il se retira aussitôt dans sa chambre, et, au lieu de se coucher, il s'accouda sur la table, la tête dans ses mains.

Soudain, avec cette énergie des âmes fortes, il réagit contre sa douleur; et s'abandonnant à une inspiration généreuse, il traça ces vers, qui calmèrent un peu sa souffrance :

> Le cœur humain ressemble à ce trépied antique
> Où sans cesse brûlait la flamme prophétique.
> Quand l'amour, feu sacré, vient en lui s'allumer,
> Ce n'est qu'en s'éteignant qu'il peut finir d'aimer.
> Hélas! à votre amour, Hermine, je renonce;
> Et bourreau de mon cœur, moi-même je prononce
> Le serment d'y cloîtrer mon malheureux amour,
> Afin que désormais rien n'en transpire au jour.

Que sur mon fol espoir le froid de l'oubli tombe
Et le scelle en mon sein comme dans une tombe!

. . . .

J'accomplis à cette heure un sacrifice immense.
Il le faut : cette lutte engendrait la démence.
Chaque jour je comptais les progrès du poison
Qui dévorait mon cœur ainsi que ma raison.

. . . .

Si mon amour s'était en haine transformé,
J'aurais beaucoup haï, car j'ai beaucoup aimé.
J'ai préféré toujours vous aimer, ô mon ange;
Et dans mon sein brisé par ce renoncement
Vous trouverez toujours tendresse et dévouement!

Vers une heure du matin, sa mère, inquiète de voir encore un rayon de lumière passer sous sa porte, entra doucement. Elle resta un instant sur le seuil, stupéfaite.

Jamais Didier ne lui avait paru si beau. Ses yeux brillants semblaient agrandis. Son front resplendissait.

Il écrivait toujours.

— Grand Dieu! Didier, tu n'es pas malade, au moins?

— Non. Pourquoi vous inquiéter, ma mère? Vous savez que j'aime à travailler la nuit. Venez vous asseoir, et nous causerons... Ma bonne mère, continua-t-il en lui prenant affectueusement les mains, vous savez combien je vous aime, mon père et vous. Ma vie est bien à vous, je vous le jure, et mon cœur aussi. Cependant depuis longtemps je souffre, j'étouffe ici. A la longue, je sens que j'en mourrais; et vous ne voulez pas que je meure, n'est-ce pas?

— O mon Didier, que dis-tu là? Comme tu me bouleverses!

— Pauvre et excellente mère; malgré mon chagrin de vous quitter, il faut que je parte.

— Quand cela ? mon Dieu !

— Le plus tôt possible. Je partirais demain si je le pouvais.

— Mais cela ne se peut pas, Dieu merci ! Et où veux-tu aller ? Pourquoi faire ?

— Pour me créer une autre position.

— Tu veux aller à Paris ?

— Oui, à Paris.

— Paris ! mais c'est un gouffre, mon enfant. Paris m'a toujours fait peur. J'en ai tant vu partir qui ne sont pas revenus, et tant vu revenir plus pauvres qu'avant.

— Il le faut cependant, ma mère. Il n'y a plus qu'une chose au monde qui puisse me donner le courage de vivre... mais vous ne pourriez comprendre cela.

— Dis toujours ; je tâcherai.

— C'est la pensée que j'ai là depuis longtemps et qui me torture...

— Je comprends bien : ce que tu écris, tu voudrais le mettre en livres.

— Oui, je sens en moi une force qui me pousse là-bas.

— Mais aussi, mon garçon, là-bas, avec quoi vivras-tu ? Et puis, loin de toi, nous serions si inquiets !

— Ah ! si j'avais seulement quelques centaines de francs !

— Quelques centaines de francs seulement ! s'écria la brave Thérèse qui, à la pensée de combler les vœux de son fils, oublia ses propres appréhensions. Écoute, j'ai fait mon petit boursicaut. Je me disais : on ne sait ce qui peut arriver. Si notre Didier tombait malade ! Alors, à force d'économies...

— Eh bien ?

— J'ai plus de mille francs, dit-elle toute fière.

Et la tendre mère courut chercher son magot.

Elle revint bientôt, apportant un vieux bas tout reprisé, dont elle avait fait sa bourse. Et le renversant sur la table avec une joie indicible :

— Vois donc, Didier, tout cela est à toi. C'est ton argent, l'argent que tu as gagné.

Les pièces d'or roulèrent sur la table.

Elle les compta. Il y avait treize cents francs.

Didier croyait rêver.

— Treize cents francs, dites-vous, mère, c'est la fortune. Et M. Chapuzot me doit trois cents francs. Cela nous fait seize cents francs. J'en prendrai la moitié et vous laisserai l'autre. Dans un an, je ne vous demande qu'un an, je vous reviendrai riche, heureux... Oui, bien heureux de vous revoir, ma chère mère, ajouta-t-il avec un soupir.

— Mon fils, dit Thérèse, qui ne put retenir ses pleurs, que ta volonté soit faite ! Ce que je veux avant tout, c'est ton bonheur. Pour te voir heureux, je donnerais ma vie. Pars donc, et reste là-bas le moins possible. Mais, surtout, reviens-nous gai et content. Car tu ne sais pas ce que je souffre de te voir cet air malheureux.

Didier, par un mouvement de touchante câlinerie, posa sa tête sur l'épaule de sa mère, et ses larmes mouillèrent le fichu d'indienne de la pauvre femme.

— Ah ! mon Didier, je le devine, tu as une peine que tu nous caches. Tu nous trouves trop simples pour nous confier ton secret. Mais, vois-tu, une mère comprend toujours son enfant. A défaut d'esprit, elle a son cœur. Je suis sûr que c'est une mauvaise femme qui te fait du chagrin.

— C'est une femme, en effet, soupira Didier.

— Tu l'aimes, et elle ne veut pas de toi.

— Elle est mariée, ma mère.

— Mariée! Tu aimes une femme mariée! s'écria l'honnête Thérèse qui joignit les mains avec épouvante.

Et entrevoyant aussitôt mille dangers pour son fils :

— Oh, alors, ajouta-t-elle, tu as raison, il faut partir, l'oublier, ne la revoir jamais. Car c'est un crime, cela, mon enfant, de lever les yeux sur la femme d'un autre.

— Vous avez raison, je veux l'oublier... Je tâcherai... j'y réussirai, je vous le promets.

Thérèse prit le front de Didier à deux mains et le baisa ardemment, comme si elle venait d'arracher son fils à un immense péril.

VIII

M. Chapuzot n'était pas un vulgaire notaire de campagne.

Il tend chaque jour à disparaître, ce type du parfait notaire, personnage intègre, incorruptible, dépositaire des archives des familles. On le représentait, naguère encore, orné de toutes les vertus; et dans les comédies, au quatrième ou au cinquième acte, on le voyait apparaître, digne et grave, cravaté de blanc, tout de noir habillé, frisant le ridicule par excès de bonhomie et de ponctualité, cumulant les fonctions de tabellion et de magistrat : *Deus ex machina* qui dénouait les drames amoureux.

Aujourd'hui, à Paris surtout, le notaire est un homme fringant, luxueux. Ses habits sont du meilleur faiseur. Il roule équipage. Il en est qui jouent à la Bourse.

Presque tous font la banque, et même quelquefois banqueroute.

La province marche de loin encore, il est vrai, sur les traces de Paris. Le notaire s'émancipe, se décrasse, se débarrasse des préjugés antiques.

Mme la notaresse est une élégante, une mondaine, qui tient sa maison sur un bon pied ; et tandis que monsieur lorgne au théâtre l'actrice de passage, madame file peut-être le parfait amour avec un clerc sentimental. C'est ainsi que, sous l'empire du moins, marchait le progrès des mœurs.

M. Alcide Chapuzot était un type de transition, qui avait cependant son originalité personnelle. Il tenait à la fois de l'ancien notaire et du nouveau.

Il se plaignait amèrement de la décadence de sa noble corporation.

Il affectait de revenir aux anciennes coutumes. Quand il rédigeait un acte, il était superbe de solennité et l'importance. Il avait, disait-il, le culte du notariat.

Aussi, possédant une fortune considérable qu'on se plaisait à grossir, président de la Chambre des notaires, conseiller municipal et, suprême honneur ! marguillier de l'église de Trévières, il jouissait de la confiance générale. C'était un Prud'homme doublé d'un Tartuffe.

Pas un mariage, pas un testament, pas un emprunt, pas un partage dont il ne fût chargé.

Les clients encombraient l'étude, les actes s'entassaient, les rôles s'emplissaient, et l'argent d'affluer.

Ce que tout le monde ignorait, c'est que M. Chapuzot, dévoré d'ambition, jouait à la Bourse et avait pris des actions dans les entreprises véreuses de plusieurs grands tripoteurs de l'empire.

M. Chapuzot occupait cinq clercs.

Didier était le premier clerc, le clerc piocheur, le clerc
consciencieux qui minutait, classait les actes, donnait les
petites consultations. Les clients modestes préféraient
exposer leurs affaires à Didier, qui leur imposait moins
que le solennel et « grand Alcide » comme on appelait à
Trévières maître Chapuzot.

Oscar Gatinais avait titre de second clerc, titre purement honorifique, que lui accordait le notaire pour
flatter la vanité du père Gatinais, dont il brassait la fortune liquide et dont il ménageait l'influence ; car, ainsi
qu'il l'avait laissé entendre à Raoul, il caressait en secret
un projet de candidature au conseil général.

Pendant son séjour à Paris, Oscar avait pris ses inscriptions au quartier Bréda.

Il avait escompté la fortune paternelle et fait des dettes
que son père avait payées, à la condition qu'il reviendrait
à Trévières, et entrerait à l'étude de maître Chapuzot.

Malgré le peu de dispositions que se sentait Oscar pour
le notariat, il consentit. Mais chez M. Chapuzot il ne travaillait pas plus qu'à Paris. Tantôt il se promenait dans
la principale rue de Trévières, un binocle sur le nez, le
col raide, la badine à la main, avec des cravates ultra-
fantaisistes, lorgnant les petites ouvrières ; tantôt costu-
mé en chasseur, on le voyait, dès l'aube, traverser
Trévières au galop de son cheval, sonnant du cor, afin de
passer en revue, disait-il, ces bonnes têtes de bourgeoises
accourant aux fenêtres en bonnets de nuit.

De temps en temps, pour se retremper, il faisait une fugue à Paris à l'insu de son père.

Assez bon garçon au fond, il professait pour Didier la
plus grande considération, et même une réelle amitié.
Malgré, ou peut-être à cause de la dissemblance de leurs
caractères, les deux jeunes gens s'étaient assez intimement

4

liés. Non-seulement Didier faisait la besogne de son second ; mais encore il confectionnait les madrigaux de l'incandescent Oscar.

En revanche, Oscar, qui avait traversé le Tout-Paris qui s'amuse, ouvrait au jeune poëte une échappée sur la lumineuse et grande ville, objet de ses rêves. Il lui racontait sur le monde des artistes, des théâtres, des gens de lettres, des anecdotes que Didier écoutait avidement.

Didier, d'ailleurs, malgré les tristesses de sa condition inférieure et laborieuse, avait, comme toutes les natures puissantes, un fond de gaieté qui, joint à la vivacité de son esprit, à sa facilité d'assimilation, rendait sa conversation aussi amusante que brillante.

— Vois-tu, mon cher, lui disait Gatinais, avec tes moyens, avec ton instruction et ta *blague*, avant un an tu serais le premier journaliste de Paris. Tous ceux que j'ai connus, ne t'allaient pas à la cheville.

Didier, sur les conseils de Gatinais, avait publié dans les journaux de Châteauroux quelques articles qui avaient eu du succès. Enfin, ce qui avait achevé de lui donner un certain *relief* aux yeux de Gatinais, c'est que pendant la guerre il s'était vaillamment battu et avait obtenu la médaille militaire. Cette campagne, que les deux jeunes gens avaient faite côte à côte, avait encore resserré leurs liens d'amitié.

Les trois autres clercs de M. Chapuzot, simples gratte-papier, étaient occupés à copier les rôles.

Ils regardaient et écoutaient avec admiration Oscar et Didier, Oscar surtout, qui les émerveillait par ses racontars parisiens, son argot, ses histoires de femmes, son fracas, ses toilettes de haute gomme et son imperturbable fatuité.

Le lendemain du somptueux déjeuner, vers trois heures de l'après-midi, Didier n'avait pas encore paru.

M. Chapuzot était d'une humeur massacrante. Il cherchait des actes qu'il ne trouvait point, et pestait contre le retard de ses clercs.

Oscar entra comme d'habitude, le binocle sur le nez, le cor de chasse en sautoir.

— Ah çà ! s'écria M. Chapuzot, ai-je des clercs, oui ou non ? Vous moquez-vous de moi, monsieur Gatinais ? Est-ce une tenue pour paraître dans une étude de notaire, une étude respectable ? Voyons, trouvez-moi le rôle relatif à la vente de Pré-Gras.

— Pré-Gras ? exclama Gatinais, stupéfait de la colère du patron, connais pas !

— Comment ! C'est vous qui avez dû minuter cet acte.

— Pré-Gras ? Pré-dodu ? répétait Gatinais abasourdi. Je vous assure, patron, que je n'ai jamais entendu parler de ce pré grassouillet. Ma parole d'honneur la plus authentique !

— Je ne plaisante pas, monsieur Gatinais ; et puisque l'occasion se présente, je vous préviens que je me plaindrai sérieusement à votre père.

L'arrivée de Didier coupa court à la mercuriale de M. Chapuzot.

Dès que Didier eut mis entre les mains du patron courroucé les papiers demandés, il lui exposa son intention de quitter l'étude le jour même.

Cette détermination inattendue bouleversa M. Chapuzot.

— Me quitter ainsi, du jour au lendemain ! s'écria-t-il. Mais c'est impossible, vous le savez bien. En m'attelant moi-même à l'étude du matin au soir, je ne pourrais vous remplacer. Je vous en prie, accordez-moi quelques mois, quelques semaines au moins pour vous trouver un successeur.

— Je ne le puis pas, répondit brièvement Didier.

— Pourquoi alors ne m'avoir pas prévenu plus tôt?

— Parce qu'hier même je n'étais pas décidé.

— Et depuis hier vous avez pris une semblable résolution ? Mais alors, c'est un coup de tête ! Ou ce sont mes ennemis qui vous payent pour ruiner mon étude ?

— Non, monsieur Chapuzot, personne ne me paye.

— C'est mon concurrent Cassignol qui vous aura fait des offres supérieures aux miennes. S'il ne s'agissait que de cela, parlez. Je doublerai, s'il le faut, vos appointements.

— Il ne s'agit pas de cela, monsieur Chapuzot.

Le grand Alcide resta silencieux, perplexe.

— Ah ! j'y suis, reprit-il tout à coup. C'est mon gendre qui, hier, vous aura blessé. Mais tranquillisez-vous; je lui ai dit combien je tenais à vous, et dorénavant il s'abstiendra à votre égard de toute plaisanterie. D'ailleurs, dès la semaine prochaine, il va s'établir avec sa femme au château de Tancray.

— Non, monsieur Chapuzot, malgré tous mes regrets de vous quitter, je ne peux rester dans votre maison. Mais puisque vous m'en priez si instamment, je reviendrai pendant quelques jours encore pour mettre mon remplaçant au courant. Voilà tout ce que je puis faire pour vous obliger et reconnaître les bons procédés que vous avez toujours eus pour moi.

Oscar fut pour le moins aussi terrifié que M. Chapuzot du prochain départ de Didier.

— Mais alors qu'est-ce que tu veux que je devienne, mon cher, sans toi, dans ce corbillard? Moi, je t'aimais tout bêtement, mon cher; j'étais habitué à ton galbe. Quelle foucade te prend donc tout à coup? Un désespoir d'amour, je gage! Ah! profond scélérat, je l'ai toujours dit, tu caches ton jeu. Enlèves-tu? Est-ce qu'on t'enlève? A-t-elle au moins du relief, ta princesse? Mais non, j'y suis, c'est moi qui t'ai corrompu. Tu veux aussi goûter à l'ambroisie : tu vas à Paris, je gage. Eh bien! tiens, mon cher, si tu restes, nous ferons une fugue ensemble. Pour te garder, le patron t'accordera bien huit jours. Je te promets, mon cher, de t'ouvrir les boudoirs de nos plus jolies soupeuses.

Une visite fort inattendue vint interrompre cet entretien. Le domestique annonça qu'une très belle dame, une étrangère, demandait à parler sur-le-champ à M. Chapuzot. Grand émoi de Gatinais!

— Une femme! une noble étrangère! C'est moi qui veux l'introduire dans le cabinet du patron.

Il se précipita à sa rencontre. Mais à la vue de la visiteuse, peu s'en fallut qu'il ne tombât à la renverse.

IX

Ce fut la comtesse de Broissac qui entra.

Le binocle aux yeux, avec un aplomb superbe, elle dit au notaire abasourdi :

— Eh bien! cher monsieur Chapuzot, vous ne me reconnaissez donc pas? Faut-il que je me nomme? En vérité, je ne me croyais pas si vieille. Voilà un défaut de mémoire qui n'est pas galant; et si j'étais susceptible... La comtesse de Broissac, monsieur Chapuzot.

Alcide était pâle. Cette femme, qu'on lui avait dit

4.

avoir été la maitresse de son gendre, ici, chez lui, le lendemain du mariage de M. de Tancray, quelle audace !

— Que puis-je pour votre service, madame ? lui demanda-t-il très-froidement en lui désignant un siége.

— Mais, beaucoup de choses, cher monsieur. D'abord, j'ai appris par la voie des journaux que vous avez de fort belles propriétés à vendre, et j'ai des fonds importants à placer. Et puis, mes vieux parents de Fontange veulent, parait-il, faire une donation en ma faveur. Enfin, j'ai l'intention de me marier. Il est possible que le contrat se signe ici, chez ces vieux parents, les seuls qui me restent. Donc, vous le voyez, cher monsieur, ce seraient une vente, une donation, un contrat de mariage dont je pense vous charger, en considération de vos anciennes et bonnes relations avec mon père. Mais, en attendant, je voudrais louer une maison de campagne aux environs. Si même ce magnifique château, dont le journal de Châteauroux annonce la vente dans votre étude, était aussi à louer, je le louerais volontiers, d'abord pour une saison. J'en connaitrais ainsi les avantages et les inconvénients. Sinon, comme je suis un peu souffrante, je désirerais une campagne située à Trévières même ou dans les environs. Auriez-vous quelque chose dans le genre de votre habitation, par exemple ? Je l'admirais tout à l'heure en entrant : c'est à la fois cossu, simple et coquet; une construction toute récente, n'est-ce pas ?

Pendant ce papotage, M. Chapuzot avait eu le temps de se remettre de sa surprise. Les derniers mots de la comtesse, surtout, le flattaient dans la plus chère de ses vanités, sa vanité de propriétaire.

— Oui, toute récente, madame, répondit-il. C'est moi qui ai fait bâtir la maison et dessiné le jardin.

— Un petit palais! En vérité, c'est charmant, c'est

charmant ! répétait Théodora, qui s'était vivement approchée de la porte vitrée ouvrant sur le jardin. Et combien tout cela vous a-t-il coûté ?

— Je n'ai jamais osé en faire l'addition. La conduite d'eau qui forme ce bassin là-bas a coûté seule vingt mille francs. J'ai voulu de l'eau à tout prix ; car une propriété sans eau est comme une belle femme sans yeux. Vous le voyez, j'ai fait des folies.

— Bah ! qu'est-ce que cela ? On vous dit si riche ! Pour en revenir à nos affaires, vous n'auriez rien en vue ?

M. Chapuzot sonna, et fit demander le registre des propriétés à vendre ou à louer.

Didier apporta le registre en question.

Il salua ; mais Mme de Broissac ne daigna pas lui rendre son salut. Un clerc de notaire !

Il feuilleta le registre. Elle parut trouver la campagne qu'elle souhaitait.

— Demain, madame, si vous le désirez, mon clerc vous conduira visiter la propriété, car le propriétaire, un Anglais spleenétique, est absent.

— C'est cela, fit-elle.

Puis, s'adressant à Didier, du même ton qu'elle eût pris à l'égard d'un cocher :

— Eh bien ! mon ami, venez me chercher avec une voiture demain à onze heures, à l'hôtel de Paris.

Et sans attendre la réponse de Didier :

— C'est entendu, n'est-ce pas ?... monsieur Chapuzot, ajouta-t-elle au moment de sortir ; et, comme se ravisant tout à coup : ne serait-il pas indiscret de vous demander votre bras un instant pour visiter votre délicieux jardin ?

L'ancien bel Alcide se piquait de galanterie et de belles manières. Il se souvenait fort bien de la petite Hortense Papillon, à laquelle il avait adressé autrefois de brûlantes

œillades. Il la trouvait admirablement conservée, malgré ses cheveux poudrés. Elle avait surtout un fort grand
air qui le subjuguait. Il offrit donc son bras avec un empressement aimable.

Ce jardin, en réalité, était du plus mauvais goût.

M. Chapuzot avait accumulé, dans un espace fort res-
treint, tout ce que peut contenir un véritable parc anglais :
grottes, jets d'eau, cascades, ruisseaux, îles, presqu'îles,
accidents de terrain, ruines grecques, kiosques chinois,
tonnelles, massifs d'arbres verts, labyrinthes, parterres.
Et quel fouillis de végétation! Toutes les essences les
plus rares, et achetées à grand prix, s'étouffant à qui
mieux mieux. Puis, comme objets d'art, des statues en
carton-pâte et en simili-marbre. C'était affreux.

Cependant la sublime comtesse, du haut de son binocle,
admirait ces prétendues merveilles. Elle s'extasiait devant les cascades desséchées, les ponts rustiques maniérés
et les petits rochers artificiels qu'on rencontrait à chaque
pas.

M. Chapuzot, trop ravi de son œuvre pour suspecter
la sincérité de cette admiration, n'apercevait point l'ironie
qui, à tout instant, soulevait la lèvre de la comtesse.

Cependant cette promenade de Mme de Broissac avait
un but. Depuis la porte vitrée du cabinet, elle avait entrevu une robe blanche. Ce devait être Mme de Tancray.
Elle voulait la voir. Et voilà ce qu'elle cherchait à travers
les méandres si compliqués du jardin.

Hermine, en effet, se promenait, pensive et triste,
attendant l'heure du déjeuner.

Le mouvement, le bruit de la fête n'avaient pu la distraire de sa douloureuse situation ; car ces deux jours de
mariage avaient encore accru sa répulsion pour M. de
Tancray.

Elle éprouvait le besoin de se retrouver, de se recueillir ; elle cherchait un peu d'apaisement dans la solitude. Elle semblait donc mettre autant de soin à fuir Mme de Broissac que celle-ci, à la rejoindre.

Mais tout à coup la comtesse, avec cette impatience de la femme jalouse qui ne connaît pas d'obstacles, franchit une de ces pelouses-miniatures qui déchiquetaient le jardin, et, entraînant M. Chapuzot sous prétexte d'admirer un magnifique rhododendron dont elle entrevoyait les luxuriantes corolles, elle vint précisément se poster à l'entrée d'une allée où s'avançait Hermine.

La jeune femme, ainsi surprise, ne pouvait se retourner sans une flagrante impolitesse.

— Je vous présente ma fille, dit M. Chapuzot, fort embarrassé par cette rencontre, qu'il n'avait pas prévue.

Mme de Broissac enveloppa sa rivale d'un regard inquisiteur, qui acheva d'intimider Hermine.

— Mademoiselle... ou madame ? interrogea-t-elle.

— Madame de Tancray, fit le notaire.

— Madame de Tancray ! exclama la baronne, affectant un immense étonnement. Est-ce que par hasard le beau Raoul de Tancray serait devenu votre gendre ?

— Justement, madame.

— Comment ! Il s'est donc rangé, ce mauvais sujet-là. Je l'ai rencontré souvent à Paris. Excellent garçon ! Pas méchant ! Oh ! pas méchant du tout ! ajouta-t-elle aussitôt avec une nuance d'ironie. Il y a un siècle que je n'ai entendu parler de lui. Il se mariait, le sournois ; et il ne m'a pas même envoyé une lettre de faire part ! Où donc est-il, que je lui fasse des reproches... et des compliments ?

Le ton tout à fait naturel avec lequel parlait Mme de Broissac, complètement maîtresse d'elle-même, rassura

M. Chapuzot ; car il craignait, d'après le bruit public, que les relations de son gendre avec la comtesse ne fussent rompues que depuis fort peu de temps.

— M. de Tancray est allé ce matin, répondit-il, au château de Tancray, où l'on prépare un appartement convenable pour sa femme et lui.

— Et il va revenir ?

— Tout à l'heure ; nous l'attendons pour déjeuner.

— Je vous en prie, madame, dit la comtesse avec une grâce captivante, veuillez me permettre d'attendre son retour. Je serai charmée de revoir ce vieil ami. Je me réjouis à l'avance de sa surprise.

Hermine s'inclina en signe d'acquiescement.

La promenade continua ; et l'adroite coquette acheva d'ensorceler par ses flatteries le vaniteux Chapuzot. Mais, tout en parlant, elle observait Hermine, cherchant à deviner quel degré d'amour M. de Tancray pouvait éprouver pour sa femme.

Elle l'observait comme sait observer une rivale. Ce fut une inspection minutieuse, depuis le bout de sa mignonne pantoufle jusqu'aux boucles soyeuses de son abondante chevelure, d'un blond cendré, vaporeux.

Comment Théodora n'eût-elle pas été jalouse de cette main molle et blanche, aux doigts effilés, aux ongles roses, une main qu'eût enviée une duchesse ; de cette taille souple qui accentuait la marche par un mouvement cambré plein d'élégance et de noblesse ; de cette ligne du cou si gracieuse, un peu timide, mais qui se redressait parfois avec une fierté inattendue ; de ces yeux azur sombre, si naïfs et en même temps si profonds qu'ils semblaient s'éveiller d'un songe où ils auraient entrevu l'infini ; et de cette bouche suave comme une rose du Bengale, si touchante dans sa mignardise un peu triste ;

et surtout enfin de cette carnation transparente, délicatement nuancée de veines bleues, et qui, à la plus légère
émotion, se colorait d'une rougeur pudique. Jusqu'à son
air embarrassé, un peu gauche, qui semblait à la galante
comtesse une grâce, un charme de plus.

— Certainement, pensait-elle, il m'a trompée! Il aime
sa femme. Comment ne l'aimerait-il pas? Elle a précisément ce qui me manque : la jeunesse et la pureté, ce pi-
ment des cœurs blasés.

Et à mesure qu'elle analysait la beauté de sa rivale, la
jalousie la mordait de plus en plus; elle ressentait pour
cette innocente enfant une haine implacable.

Puis, continuant le parallèle avec elle-même, elle se
disait encore :

— Sans doute, elle est belle, elle est charmante; mais
elle n'a ni mon esprit, ni mon élégance, ni surtout ma
connaissance du monde et des hommes. Raoul l'aimera
quinze jours, un mois. Et fatigué bientôt de cette beauté
niaise, il me reviendra plus épris, plus soumis que jamais.
Mais elle, aime-t-elle son mari? Je le saurai bien.

Ces pensées mauvaises se heurtaient dans son esprit,
pendant qu'elle débitait à M. Chapuzot, avec la plus complète liberté d'esprit, des banalités flatteuses qui ache-
vaient de l'étourdir.

M. de Tancray arriva enfin.

En entrant au jardin, quelle fut sa stupéfaction, sa
terreur presque, quand il aperçut, entre sa femme et son
beau-père, la redoutable comtesse !

Il les aborda froid et inquiet. Mais Théodora, lui tendant aussitôt la main avec une aisance parfaite :

— Comment, monsieur de Tancray, vous voilà marié,
et je ne le savais pas! Moi, qui me comptais au nombre

de vos meilleures amies! Pas d'excuses! Je vous pardonne tout de suite en faveur de votre choix. Je vous
félicite. Votre femme est ravissante. Je ne me serais jamais douté qu'une semblable perle pût éclore à Trévières.

— Vous voulez dire sur un pareil banc de mollusques,
riposta Raoul, riant de sa grossière facétie.

Rassuré par l'attitude de la comtesse, il voulait affecter
la même tranquillité.

— En vérité, continua Théodora, vous raillez à tort les
gens de Trévières. L'intelligence et l'esprit aimable de
M. Chapuzot donnent à votre mauvaise plaisanterie le
plus flagrant démenti.

— Je vous prie de croire, madame, repartit le notaire,
que je n'ai pas pris pour moi la boutade de mon gendre.

— Quant à moi, reprit Mᵐᵉ de Broissac, je ne partage
aucunement les préventions des Parisiens contre la province. Si le Parisien est primesautier, brillant, spirituel,
le provincial, menant une vie moins fiévreuse, réfléchissant davantage, a plus d'observation, de bon sens, de
profondeur dans ses aperçus. Aussi n'aurais-je aucune
répugnance à venir passer ici quelques mois chaque année, et même à m'y établir. Voilà qui va bien vous étonner, mon cher monsieur de Tancray; car vous ne m'auriez jamais crue capable de vivre hors de Paris. Eh bien !
je viens justement à Trévières pour y acheter une propriété, et je vais demain visiter le château de Bellesaygues,
un site délicieux, paraît-il. Trouverai-je au moins une
voiture passable pour m'y conduire?

— Mais, madame, s'empressa galamment M. Chapuzot,
je serai trop heureux de mettre la mienne à votre disposition.

M. de Tancray, abasourdi par tant d'audace et de présence d'esprit, se taisait.

Cependant la comtesse le regardait; et à travers ses paupières à demi closes sa prunelle glauque brillait.

Raoul connaissait ce regard. Il frémit. Qu'allait-il se passer? Qu'allait-elle exiger?

— Oserais-je vous prier de m'accompagner avec madame? lui dit-elle de la même voix calme, en se tournant gracieusement vers Hermine. Vous ne pouvez vous refuser, mon vieil ami, au désir très-vif que j'éprouve de devenir aussi l'amie de votre charmante femme.

En parlant ainsi, elle attachait sur lui un regard plein de menace et d'autorité.

Raoul, aux abois, ne savait que répondre.

Accéder à ce désir, mettre en présence sa femme et sa maîtresse, c'était plein de périls. Mais refuser lui parut plus dangereux encore : il savait Théodora capable d'arriver coûte que coûte à ses fins, en brisant au besoin toutes les vitres.

— J'aurai, certainement, répondit-il, le plus grand plaisir à vous accompagner. Quant à M\u1d50\u1d49 de Tancray, c'est elle qui décidera.

Il croyait être sûr, par avance, de son refus.

M. Chapuzot répondit pour sa fille :

— C'est une promenade fort intéressante, et qui lui fera du bien. Il y a à Bellesaygues un lac très-pittoresque qu'elle ne connaît pas.

Hermine, indifférente, se borna à saluer en signe d'assentiment.

On convint de l'heure du départ, et M\u1d50\u1d49 de Broissac se retira.

X

Dans l'après-midi, M. Chapuzot prit son gendre à part.

— Ce que je redoutais est arrivé, dit-il; Didier me quitte. Vous m'en voyez tout bouleversé; car son départ va me mettre dans un grand embarras. Je vous en prie, tâchez qu'il reste.

M. de Tancray fit un haut-le-corps.

— Je ne vous demande certes pas de lui faire des excuses, continua M. Chapuzot; mais peut-être qu'en prenant avec lui un ton plus amical...

— Non, c'est impossible, répondit sèchement Raoul.

Il raconta alors à son beau-père l'histoire des vers trouvés dans le coffret et la coïncidence qui les lui faisait attribuer à Didier.

— Cela n'est pas, cela ne se peut pas. Un garçon si modeste! s'écria le notaire, stupéfait d'une semblable accusation. Et à supposer même qu'il en soit l'auteur, ce que je nie, vous attachez sans doute beaucoup trop d'importance à cette bagatelle poétique. Les poëtes, le plus souvent, riment pour rimer; et j'ai toujours entendu dire que, de tous les amoureux, les rimailleurs sont les moins dangereux. D'ailleurs, Hermine ne lui a pas adressé quatre fois la parole et n'éprouve certainement aucun sentiment pour lui.

— Je l'espère bien... Autrement!... fit M. de Tancray, dont les yeux s'injectèrent.

— Enfin, mon gendre, non-seulement Didier m'est indispensable pour mon étude, mais encore il connaît les secrets de plusieurs familles, secrets dont la divulgation pourrait me causer les plus graves préjudices. Il accompagnera demain Mme de Broissac au château de Belles-aygues, dont je suis régisseur. Vous trouverez donc tout naturellement l'occasion de vous réconcilier avec lui. Je vais, d'ailleurs, demander sur-le-champ une explication à Hermine.

— Au fait, repartit M. de Tancray, peut-être me suis-je trompé. Rien ne me prouve, en effet, que Didier ait écrit ces vers. Après tout, cet amour, existât-il, serait si grotesque que je regarderais comme indigne de moi de m'en préoccuper. Gardez donc M. Didier; je n'y vois aucun inconvénient.

M. Chapuzot avait encore un autre motif pour conserver son premier clerc. Didier non-seulement dirigeait l'étude, mais connaissait aussi en partie ses affaires de banque et de bourse. Le notaire redoutait surtout la révélation de ses tripotages financiers.

Si réellement Didier aimait Hermine, Hermine saurait le retenir.

Enfin, comme M. de Tancray, il ne pouvait croire qu'un amour aussi disproportionné offrît le moindre danger.

Il se rendit auprès de sa fille.

Hermine s'était retirée dans sa chambre en attendant le dîner, qui devait réunir de nombreux convives.

Ayant poussé le verrou de sa porte :

— Ah! seule enfin! dit-elle.

Un soupir d'allégement souleva sa poitrine.

Et tout émue, les yeux voilés, tremblante comme si elle allait commettre un crime, elle s'avança vers un petit meuble élégant, une sorte de chiffonnier en bois de rose.

Elle ouvrit l'un des tiroirs, et soulevant un flot de rubans et de dentelles, elle en sortit ce coffret à gants, dont elle avait tant bien que mal rajusté le couvercle brisé. Du coffret elle retira un chiffon de papier froissé et déchiré, mais replié avec soin. Elle l'appuya un moment sur son cœur, et le déploya.

C'étaient les vers de Didier.

D'abord elle les lut tout bas, puis à demi-voix, comme pour mieux en sentir l'harmonie; elle les relut encore, pour les graver dans sa mémoire.

Alors, laissant retomber sur ses genoux la main qui tenait le papier ouvert, elle resta immobile et rêveuse.

Il y avait en elle la femme et l'artiste : la femme avec son goût délicat, ses instincts d'élégance, ses préjugés d'éducation, ses idées de devoir dans le mariage, et l'artiste, avec ses aspirations vers l'idéal, son besoin d'inconnu, d'émotion, son amour de la beauté morale, de la poésie, de tout ce qui élève le cœur et la pensée.

La femme repoussait Didier, qui n'était ni beau, ni élégant, qui ne réalisait pas le portrait d'amoureux créé par son imagination de jeune fille. Elle le repoussait aussi parce que l'aimer lui semblait un crime, et que cet amour la jetterait dans une vie de tourments et de remords.

Mais l'artiste, au contraire, éprouvait pour cette vie d'agitation une curiosité vive; l'artiste appelait l'amour : son imagination en souhaitait tous les enthousiasmes et son cœur, toutes les tendresses. En outre, aux yeux de l'artiste, Didier n'était pas un homme vulgaire; c'était une âme noble, généreuse, un grand esprit. Les hasards de la naissance l'avaient fait fils d'artisan; mais il pouvait ambitionner et atteindre des destinées plus hautes. S'il n'était pas beau, il avait cette expression puissante, ce regard magnétique qui subjuguent. Enfin, il savait aimer comme elle voulait l'être.

Et puis, quand elle pensait à la souffrance de Didier, son cœur se fondait. Elle l'aimait déjà, malgré la femme qui se révoltait en elle et qui luttait. Mais cette lutte même, cette préoccupation absorbante, pleine d'attrait, c'était un danger qu'elle n'apercevait pas, et contre lequel elle se trouvait désarmée.

Enfin cet amour naissant s'augmentait de toute l'aversion que lui inspirait son mari.

Hermine songeait ainsi, quand M. Chapuzot vint frapper à sa porte. Elle jeta en hâte le papier dans le coffret, le coffret dans le chiffonnier, et vint ouvrir, un peu troublée.

— Que faisais-tu donc là, toute seule?

— Rien, répondit-elle rougissante, je me reposais.

— J'ai à te parler, mon enfant.

— Je vous écoute, mon père.

— D'abord, tu n'es pas, j'espère, mécontente de ton mari?

— Non, mon père, dit-elle froidement.

— Tu conviens donc que j'ai eu raison de tenir à ce mariage?

— Sans doute... quoique...

— Quoique?

— J'eusse préféré attendre encore un peu. Le mariage est affaire si grave...

— Enfin, puisque c'est un fait accompli, il faut bien que tu en prennes ton parti.

— Je tâcherai.

— Ton mari m'a parlé d'une petite altercation au sujet

de vers trouvés dans un coffret. De qui sont ces vers?

— Je ne sais pas.

— Tu ne soupçonnes personne?

— J'aurais des soupçons que je ne les dirais pas, craignant de me tromper.

— Ton mari, lui, soupçonne quelqu'un.

— Qui donc?

— Didier Maurel.

Hermine pâlit.

— Et sur quoi, demanda-t-elle, M. de Tancray base-t-il cette supposition?

— Je l'ignore, répondit M. Chapuzot. Mais je crois être sûr qu'il se trompe. Didier est un garçon trop délicat et trop modeste pour avoir un seul instant songé à séduire la fille de son patron.

— C'est aussi mon avis, mon père.

— Mais ces vers, où sont-ils? Je voudrais les lire.

— M. de Tancray les a froissés et déchirés.

— Et tu n'as rien vu dans ces vers qui parût s'adresser à toi?

— Absolument rien.

— Alors tu n'aurais aucune répugnance à te retrouver en face de Didier?

— Aucune, assurément.

— C'est que demain il doit vous accompagner au château de Bellesaygues.

— Mon père, repartit vivement Hermine, je ne pense pas être du voyage. J'ai tant à faire ici... Et puis, surtout, j'ai besoin de repos. Je me sens fatiguée. Enfin, s'il faut tout vous dire, Mme de Broissac ne m'inspire aucune sympathie, et je ne me crois point obligée d'accepter son invitation.

— Sans doute, mon enfant ; mais si je désire que tu l'accompagnes, c'est moins à cause d'elle qu'à cause de Didier.

— De M. Didier?

— Oui, Didier veut me quitter. Il m'a donné son congé, et tu sais combien je tiens à lui.

— Il veut partir, vous quitter! dit Hermine qui sentit ses genoux chanceler.

— Oui. Ton mari, qui l'a blessé, m'a promis, il est vrai, de réparer ses torts ; mais je compte plus encore sur toi, qui as le tact plus fin et qui sauras mieux le décider à rester.

Hermine se taisait.

— Eh bien! Tu ne réponds pas ?

— Non... En vérité... Je ne sais... que voulez-vous que j'y fasse, mon père? S'il veut partir... Eh bien!... Il faut qu'il parte.

— Mais tu ne comprends donc pas? C'est impossible. Je dois faire prochainement un voyage à Paris. Qui donc dirigerait l'étude en mon absence?

— Cependant, mon père, ce n'est pas à moi de retenir M. Didier; et je ne crois pas, d'ailleurs, que mon insistance puisse peser du moindre poids sur ses décisions. Enfin, je vous le répète, cette promenade me serait désagréable.

— En vérité, s'écria avec impatience M. Chapuzot, je ne puis concevoir ce que cette promenade peut avoir pour toi de désagréable. Didier, quand il le veut, est un causeur fort spirituel, et je désire que vous traitiez ce garçon, qui me rend de si grands services, comme s'il était de la famille.

— C'est bien, répondit Hermine, j'irai.

Quand son père fut sorti :

— Il veut partir, s'écria-t-elle, il veut me fuir! Il a

raison. Oui, il faut qu'il parte. A l'émotion que vient de
me causer la nouvelle de son départ, je sens que je l'aimerais, et je ne veux pas l'aimer.

Elle retomba accablée sur sa chaise-longue.

Elle resta longtemps ainsi sans penser à rien. Elle n'a-
vait plus ni ressort ni volonté. Elle était malheureuse,
abandonnée de tous.

A vingt ans, à cet âge où tout doit sourire dans la vie,
où le besoin d'affection, d'expansion, est si impérieux, elle
ne sentait autour d'elle que la nuit, le froid, le vide.

XI

Quelques instants avant le dîner, Hermine fut tirée de
sa rêverie par le froufrou d'une robe.

Mme Bornier, piquante, frétillante et coquette comme
toujours, entra dans sa chambre au milieu d'un flot de
soie vert tendre : une ravissante toilette qui arrivait de
Paris, une nouvelle surprise de son aimable mari.

— Que vois-je? grands dieux! exclama-t-elle, des
yeux rouges, le lendemain d'une noce! Est-ce bien possible? Que s'est-il donc passé? Dis vite. Ah! ce que je
craignais est arrivé! Tu as froissé l'amour-propre de
M. de Tancray. Voyons, parle. Je meurs d'anxiété et d'impatience.

Hermine lui raconta brièvement les incidents de la terrible nuit; puis elle ajouta :

— Cet homme me faisait peur. Maintenant il m'est
odieux. Je ne pourrai jamais l'aimer, jamais, entends-tu?
Mon cœur et ma vie sont brisés. Que veux-tu que je de-

vienne? Il ne daigne même pas s'apercevoir de mon aversion et de ma souffrance.

— Ma chère amie, reprit Mme Bornier, permets que je te parle franchement. Ton mari a eu des torts, j'en conviens ; mais tu en as aussi. Il a froissé tes pudeurs de jeune fille. En cela, il a été maladroit. Mais le mal est fait. C'est à toi maintenant d'aplanir les angles qu'ont fait surgir tes susceptibilités peut-être excessives. Quant à lui, s'il ne semble pas s'inquiéter de ta bouderie, c'est sans doute qu'il compte sur ta raison et sur le temps pour amener dans ton esprit une révolution favorable.

— Non, tu te trompes. C'est uniquement l'orgueil qui le domine. Lui, le mari, le maître, le seigneur, il ne veut pas condescendre à se préoccuper de ce qu'il appelle mes simagrées, mes sentimentalités ridicules. Mais moi non plus, je ne lui ferai pas le sacrifice de ma dignité.

— Que prétends-tu? Comment l'entends-tu, ta dignité? Ma chère amie, la dignité d'une honnête femme est d'aimer son mari et de se soumettre à lui.

Hermine poussa un soupir étouffé.

— Je sais bien, répondit-elle, que le monde l'entend ainsi; mais moi, je pense autrement. Ni les préjugés du monde, ni le devoir que la loi m'impose ne peuvent faire que je ne me sente souillée, flétrie par l'amour brutal d'un homme que je n'aime pas. Cet homme a beau être mon mari, ce n'est pas seulement mon cœur, c'est tout mon être qui se révolte. Ah! si j'avais pu prévoir l'infamie d'un tel mariage, j'aurais eu l'énergie de résister à mon père.

— Mais tu es folle de parler ainsi. Il faut dominer cette révolte.

— C'est impossible. Tout en lui me déplaît. Il n'est pas un de ses gestes, une de ses paroles qui ne m'exaspèrent.

5.

Le son de sa voix, son rire insolent et jusqu'à son insipide beauté et sa prestance orgueilleuse soulèvent en moi une invincible répulsion.

— Grands dieux ! mon Hermine, ma chère bien-aimée, à quoi penses-tu de t'exalter ainsi ?

— Je ne m'exalte pas.

— Si, tu sembles prendre plaisir à te monter la tête contre ton mari. Il s'est mal conduit envers toi le premier jour, j'en conviens ; mais tu dois lui pardonner. Autrement, songe un peu : quel avenir tu te prépares !

— Mon avenir, il est perdu. Tout est fini pour moi. Jamais personne ne m'aimera, ni je n'aimerai personne ! Oh ! mon amie, je préfère la mort à la sombre vie qui désormais sera la mienne.

Elle éclata en sanglots.

Emma Bornier lui prodigua alors les plus maternelles caresses, les plus tendres remontrances. Elle chercha surtout à relever son courage en évoquant l'auguste image du devoir. Elle recourut aussi aux banales exhortations religieuses : elle lui montra la dévotion comme l'inépuisable consolatrice des âmes accablées. Et à force de sages conseils, de câlineries, de protestations affectueuses surtout, elle parvint à ramener chez cette révoltée un peu de calme et de résignation.

XII

A huit heures du matin, la calèche de M. Chapuzot, attelée de deux magnifiques percherons, stationnait devant la maison.

Les chevaux piaffaient. Le cocher, raide sur son siège, les rênes en mains, attendait le signal du départ.

Raoul allait et venait, emplissant la cour de son importance. Il examinait en connaisseur la voiture et l'attelage; mais il s'occupait avec une sollicitude plus particulière des provisions de bouche. Devant lui, il faisait bonder les coffres de pâtés de foie gras, de volailles truffées et de champagne, comme s'il partait pour un voyage de huit jours. Car Bellesaygues, disait-il, est un pays perdu; on y est exposé à mourir de faim.

Gatinais, le lorgnon sur l'œil, les mains dans les poches, flairant les victuailles, rôdait aux alentours, dans l'espoir de se faire inviter.

— Allons, allons, Gatinais, lui cria M. Chapuzot, depuis la fenêtre de l'étude, c'est vous aujourd'hui qui devez remplacer Didier; vite à la besogne!

— Au diable l'étude! dit Oscar à M. de Tancray. Si j'avais pu vous accompagner à cheval avec mon cor de chasse, hein, mon cher, quel relief renversant!

— Mon pauvre Oscar, ce n'est pas une partie de plaisir, mais un voyage d'affaires.

— Des affaires aux truffes et au champagne, pas dégoûtés, vous autres! Mon cher, c'est comme cela que je les rêve. Il me semble que cette affaire-là me revenait de droit; car enfin, mon cher, j'ai le galbe de la chose.

Sur une seconde sommation de M. Chapuzot, il rentra, l'oreille basse.

Didier arriva. Il était vêtu d'un costume d'été de drap fin, de coupe récente et qui, mieux que l'habit étriqué et démodé de la noce, dissimulait ses formes un peu anguleuses. Son feutre seyait mieux également à sa figure expressive que le disgracieux chapeau noir de haute forme. Sa pâleur, sa maigreur elle-même lui donnaient un air distingué.

— Allons! retardataire, dépêche-toi donc, lui dit M. de Tancray d'une voix amicale. Eh bien! comment va, ce matin? Tu ne m'en veux pas, j'espère, de mes boutades d'hier? D'abord, qu'est-ce que je t'ai dit? Je ne me le rappelle seulement pas. J'ai le champagne taquin. Mais un bon sommeil m'a remis en équilibre. J'aurai soin de me souvenir aujourd'hui que tu es un homme sérieux. Je me sens même quelque goût pour la poésie; et si tu as de jolis vers à nous dire, je suis capable de les écouter avec plaisir.

Didier ne put s'empêcher de sourire de ce langage si différent de celui de la veille. Il attribuait ce revirement à M. Chapuzot.

— Tranquillisez-vous, répliqua-t-il. Si j'ai la manie de faire des vers, j'ai assez le respect d'autrui pour ne les infliger à personne. Vous ne courez donc avec moi aucun risque de ce genre.

— Vous! Ainsi, nous ne nous tutoyons plus. Alors, soit! mon cher, nous allons *vouvoyer*.

En ce moment apparut derrière la grille Mme de Broissac en élégante toilette de promenade, poudrée et maquillée avec un art extrême, car elle avait à lutter contre une jeune rivale au teint frais et pur. Cependant elle n'avait pas réussi à effacer complètement les marbrures dont les émotions des jours précédents avaient marqué son visage.

Aussitôt qu'il l'aperçut, M. de Tancray s'élança à sa rencontre, et, la débarrassant de son petit sac de voyage et de son ombrelle, il lui offrit le bras jusqu'à la voiture.

Au même instant, Hermine descendait le perron. Elle était vêtue d'une robe de taffetas japonais écru, avec des volants de guipure même nuance, et coiffée d'un chapeau de paille de riz, mode pompadour, garni d'une couronne de roses pâles et de rubans bleu-clair. Ces nuances délicates et ses boucles blondes faisaient à son doux visage un cadre vaporeux et coquet. Les reflets de son ombrelle écrue, doublée de rose, ajoutaient à la transparence de son teint.

Ils montèrent en voiture, les deux femmes au fond; M. de Tancray en face de Théodora, et Didier en face d'Hermine.

Quelle situation pour l'amoureux !

Lui qui jamais n'avait seulement effleuré sa robe, il se trouvait noyé dans ses volants et dans le suave parfum qu'exhalait sa personne.

Il ne pouvait lever les yeux sans rencontrer les siens, sans les pénétrer jusqu'au fond. Et chaque fois, c'était comme un choc électrique qui lui brisait les nerfs, l'anéantissait d'amour.

Didier avait voulu fuir ces dangereuses émotions. La veille, il avait exprimé à M. Chapuzot le désir de se dispenser de ce voyage; mais il avait cru devoir céder à l'insistance très-vive de son patron. En réalité la résignation lui coûtait peu. Une journée entière passée avec Hermine, ce serait à la fois le premier et le dernier bonheur de cet amour sans espoir.

Donc, Didier s'enivrait de la voir, se recueillait dans son ivresse, et il ne parlait point.

Mᵐᵉ de Broissac, d'ailleurs, parlait pour tous.

Elle discourait sur le paysage en femme qui a beaucoup voyagé. M. de Tancray se contentait de fumer son cigare, approuvant par de fréquents signes de tête le papotage prétentieux de la comtesse.

— Vous qui êtes un savant, dit-il à Didier, faites-nous donc l'historique du château et des seigneurs de Belle-saygues.

— Ce serait fort ennuyeux, repartit Didier; je préférerais raconter à ces dames quelqu'une des terribles légendes qui, naguère encore, défrayaient les veillées de nos paysans berrichons.

Comme l'avait dit à Hermine M. Chapuzot, Didier, ordinairement silencieux et froid, était, quand il le voulait, un causeur amusant et spirituel.

En ce moment il voulait plaire, il voulait prendre sa revanche du ridicule que M. de Tancray avait tenté de jeter sur lui pendant le dîner de l'avant-veille.

Encouragé aussi par le désir que manifestait Hermine, il reconstruisit de toutes pièces un de ces sombres drames du moyen-âge, et sut y mettre la couleur, la vie.

Théodora l'écoutait avec plus d'étonnement encore que d'intérêt.

C'était une raffinée. Elle avait acquis dans sa fréquentation avec les artistes et les hommes de lettres, une certaine culture littéraire. Cette connaissance si exacte d'une époque éloignée, ce récit brillant, dramatique, fait en termes choisis et techniques, avec une voix sympathique, l'ébahissaient. Jusqu'alors elle n'avait pas prêté plus d'attention à ce clerc de notaire qu'elle n'en eût accordé à un domestique; mais elle daigna regarder l'agréable conteur.

Elle lui trouvait maintenant une physionomie expressive, attachante, une main fine.

Quel était donc ce jeune homme si instruit, d'un tour d'esprit si original? Un fils de famille, sans doute, destiné au notariat par ses parents, de riches bourgeois de Trévières.

—N'était-il pas regrettable, pensait-elle, qu'un homme de cette distinction s'ensevelît dans une étude de notaire, au fond d'une province?

Hermine, elle, écoutait charmée.

La légende avait un dénouement tragique :

Les abords du château, construit en partie sur le lac, étaient soigneusement gardés chaque nuit par le mari jaloux. Mais l'amant, renouvelant Léandre, nageait entre deux eaux jusqu'à la tourelle où l'attendait la belle châtelaine. La dame alors ouvrait sa fenêtre et lui jetait une échelle de soie.

Une belle nuit, le mari prit la fantaisie de pêcher les vieilles carpes du lac, et tendit un vaste filet. Le lendemain, il retira son filet déchiré et rongé comme avec des dents.

Quel monstre le lac recélait-il ? Il conçut des soupçons, veilla, et surprit les amoureux.

La vengeance fut terrible : il les fit clouer vivants dans le même cercueil. On descendit ce cercueil dans le lac, à l'endroit le plus profond. Et le barbare, se frottant les mains, murmurait dans sa barbe épaisse avec un rire féroce :

« Ils serviront de pâture et d'amorce à mes bonnes vieilles carpes ; je saurai maintenant où jeter mon filet. »

— Mais il est affreux, votre dénouement, s'écria Théodora.

— Il est authentique, repartit Didier.

— Ces seigneurs du moyen-âge étaient du moins de crânes hommes, dit Raoul. Ils entendaient la vengeance à nous faire rougir de nos mesquines jalousies et de nos ridicules procès en séparation, où un monsieur vient étaler son déshonneur devant une galerie avide de scandale et qui se moque de lui ; car c'est toujours la femme qu'on plaint, et toujours le mari qu'on bafoue. Au moyen-âge, on savait mieux reconnaître le droit du mari, du maître.

Sans le principe d'autorité absolue, il ne peut y avoir ni bon ménage, ni gouvernement fort.

Didier ne crut pas devoir riposter à cette théorie autoritaire. C'eût été soulever une discussion que le caractère emporté de M. de Tancray eût rendue scabreuse. Il changea de conversation, et appela l'attention sur les beautés du paysage.

Ils traversaient alors une ravissante contrée sur les confins de la Touraine. Les noyers, les marronniers, les haies d'aubépine rose ombrageaient la route, qui était bordée de cottages enfouis sous la verdure, de fermes blanches aux volets verts, entre-bâillés soudain par de frais minois. Et puis, c'étaient de riantes prairies, émaillées de marguerites et de boutons d'or, où paissaient les vaches blondes et les bœufs ruminants, où s'ébattaient des enfants vermeils et barbouillés qui regardaient, ébahis, passer la belle calèche à fond de train lancée.

— C'est un enchantement, une féerie, disait la comtesse; et, pressant de sa bottine le pied de Raoul, elle l'invitait à partager son ravissement.

Hermine ne disait rien. Renversée au fond de la calèche, de temps à autre elle fermait les yeux, comme pour voiler la langueur qui les emplissait.

XIII

Il était onze heures quand ils arrivèrent à Bellesaygues.

Raoul sauta à terre le premier et offrit la main à Mme de Broissac. Puis il la tendit à Hermine, dont le pied, embarrassé dans les garnitures de sa jupe, ne parvenait pas à trouver le marchepied. La prenant alors dans ses bras, il l'enleva de la calèche et la posa à terre.

Ce mouvement qui rappelait l'intimité, raviva la jalousie de Théodora. Sa figure, jusqu'alors souriante et gracieuse, prit soudain une expression de sécheresse et de dureté. C'est à peine si elle regarda le château, dont Didier, quelque peu versé en archéologie, expliquait les divers styles et démontrait la haute antiquité.

Ce château, d'une construction hardie, était, nous l'avons dit, à demi bâti sur le lac. L'aspect en était étrange. Ses tourelles irrégulières et d'époques différentes, ses fenêtres à pinacles, croisées de pierre, son portail gothique rappelaient le moyen-âge, mais un moyen-âge remis à neuf et rebadigeonné.

Il appartenait alors à un Anglais maniaque qui s'était plu à le restaurer avec le soin le plus minutieux, en s'évertuant à conserver dans les moindres détails le style du temps.

Tout entière à sa jalousie, la comtesse voulut, avant le déjeuner, faire une promenade dans le parc, pour prendre appétit, disait-elle, mais en réalité pour se ménager un aparté avec son amant.

Ce parc s'étendait sur la colline boisée contre laquelle s'appuyait le château.

C'était un véritable parc anglais, avec des bouquets de bois gracieusement dessinés, des métairies gothiques et des prairies où pâturaient des vaches et des moutons, où picoraient des poules, des pintades et des paons. C'était à la fois peigné et agreste, vivant et poétique.

Théodora ne s'arrêta pas à contempler ce parc, naturel à force d'art. Elle prit le bras de Raoul et, l'entraînant rapidement, elle laissa en arrière à quelque distance Hermine et Didier.

Dès qu'elle fut certaine de n'être pas entendue :

— Enfin! dit-elle d'une voix altérée par la colère, nous voilà seuls un instant. Hier au soir, je vous attendais. Pourquoi n'êtes-vous pas venu?

— Était-ce possible? mon amie. Vous connaissez bien Trévières. Les maisons y sont de verre.

— Ah! quelle nuit j'ai passée! Vous aimez votre femme, vous l'aimez!

— Je vous jure...

— Ne mentez pas. Elle est bien votre femme, n'est-ce pas?

Raoul ne put réprimer un sourire.

— Ne riez pas ainsi, reprit-elle.

— Je ne ris pas.

— Vous avez souri, et moi, je souffre, je meurs.

— En vérité, calmez-vous. Si l'on nous entendait!...

— Eh! que m'importe? Être obligée de me cacher! moi!... tandis qu'une autre... Ah! tenez, par moments, quand je songe à votre trahison, il me semble que ma tête éclate. Pensez-vous que je puisse supporter bien longtemps une pareille existence? Non, je ne le puis pas. Vous romprez avec elle.

— Rompre, le lendemain de mon mariage! Pour quel motif?

— Vous l'aimez! vous l'aimez! vous dis-je; et je n'en veux pour preuve que votre inquiétude en ce moment. A peine m'écoutez-vous. Vous êtes préoccupé. A tout instant vous tournez la tête. Pourquoi?

— Parce que je crains qu'ils ne nous entendent, ou qu'ils ne trouvent étrange notre soin à les fuir. Si vous m'en croyez, rejoignons-les.

— Ah! vous vous dévoilez! s'écria Théodora en dar-

dant sur M. de Tancray sa prunelle verdâtre. Je le savais
bien ; vous êtes jaloux. Donc vous l'aimez.

— Jaloux ! De qui ? grands dieux !

— De ce Didier.

— De Didier ? Allons donc ! fit-il avec un bruyant éclat
de rire. .

— Pourquoi donc pas ? Un Didier Maurel peut aimer
une Chapuzot.

— Mais cette Chapuzot s'appelle actuellement Mme de
Tancray.

— Ah ! répétez-le-moi donc, de crainte que je ne
l'oublie.

Puis, tout à coup, se calmant, comme si une idée soudaine venait de traverser son esprit :

— Quel est-il, ce jeune homme ? Il est fort distingué.
Il a un faux air du *Jeune homme pauvre*, de Feuillet.

— Vous n'y êtes pas du tout, ma chère. Ce jeune
homme est tout simplement le fils d'un mécanicien de
Trévières.

— Mais il est fort instruit, beau diseur, spirituel ; et, à
notre époque, l'esprit vaut bien quelques quartiers de
noblesse.

— Tenez, reprit M. de Tancray en fronçant le sourcil,
je les aperçois là-bas qui semblent nous chercher.

— Soit ! rejoignons-les, je le veux bien, dit-elle .avec
un sourire vindicatif.

.

Cependant Hermine et Didier ne les cherchaient pas.

Ils marchaient côte à côte, de ce pas lent et rhythmé
des amoureux. Didier n'avait pas osé lui offrir son bras.
Parfois ils s'arrêtaient en extase devant un arbre, une
fleur, un agneau folâtre, un aspect inattendu. Mais ils
parlaient peu. Quand le silence devenait trop éloquent,

par cela même embarrassant, ils le rompaient par quelque banalité sur le ciel si pur, sur la température si favorable, sur la beauté du site.

Mais chacune de ces paroles insignifiantes, prononcées d'une voix émue, vibrante et couverte, équivalait à un aveu.

Ils étaient si heureux ainsi, seuls, réunis, confondus dans le même rayonnement, qu'ils oubliaient le reste du monde.

Et quand la comtesse et Raoul les rejoignirent, ils furent aussi contrariés et confus que s'ils eussent été surpris au milieu d'un tête-à-tête coupable.

Ils revinrent au château.

L'intérieur du château, réparé à grands frais, était encore plus moyen-âge que l'extérieur. C'était une véritable débauche de gothique : les boiseries, les poutrelles, les cheminées, les tentures, les tapisseries, les bahuts, la bibliothèque, les chaises, les tables, les horloges et jusqu'aux clefs des appartements rappelaient le plus pur style du temps.

Ce gothique effréné rendait l'habitation un peu sombre. Aussi l'Anglais y avait-il pris le spleen. Mais la comtesse, qui posait en amateur d'archéologie, s'en montra enthousiasmée, et pour un instant en oublia son âpre jalousie.

Il était midi. Depuis plus d'une heure M. de Tancray réclamait le déjeuner. On se mit à table. La femme du jardinier avait dressé le couvert dans l'immense salle à manger du château.

Didier hasarda quelques épigrammes sur l'abus du gothique, sur les dossiers sculptés et anguleux des siéges en vieux chêne, lesquels n'avaient rien d'absolument voluptueux.

Théodora se divertit volontiers des plaisanteries de Didier. Elle se montra pour lui d'une amabilité excessive. Elle l'excitait même à la riposte.

Didier, enhardi par le succès de sa légende, lâcha la bride à sa verve gaie et caustique. La comtesse daigna le trouver fort amusant, et elle lui versa elle-même du champagne.

Hermine l'écoutait souriante, étonnée, un peu inquiète même. Elle l'eût préféré moins brillant et moins spirituel.

Quant à Raoul, il trouvait que ce clerc parlait beaucoup, et que Théodora lui accordait plus d'attention qu'il ne convenait.

Plus elle semblait s'amuser, plus il devenait maussade.

Mᵐᵉ de Broissac, satisfaite du résultat de son jeu de coquetterie, commençait, sans s'en apercevoir, à le prendre au sérieux. Didier l'intéressait réellement. En effet, l'animation du repas et de la causerie, et surtout son amour pour Hermine, le transfiguraient. Or, la comtesse était assez experte en galanterie pour deviner que l'amour n'était pas étranger à cette irradiation. Seulement, elle se trompait sur l'objet de ce sentiment. Comment pouvait-elle supposer que Didier aimât Hermine? Il osait à peine la regarder. C'était donc à elle-même, la Parisienne, la grande dame, qu'il souhaitait de plaire; son amour-propre de coquette l'en persuada aisément.

Ainsi, elle tenait là une vengeance toute prête. Elle se ferait aimer quand elle le voudrait. Didier était, il est vrai, fils d'un artisan; mais l'amour, se disait-elle, comble les distances. Elle le produirait à Paris, l'hiver prochain. Si elle n'en faisait pas son amant, elle en ferait du moins son *patito*, et surtout, elle s'en servirait pour exciter la jalousie de Raoul.

Elle se crut assez habile, assez sûre de ses charmes pour séduire ce clerc de notaire.

L'amour d'une femme du monde n'est-il pas, pensait-elle, le rêve de tous les jeunes ambitieux ? Or, Didier, ses facultés étant données, devait être ambitieux et facilement amoureux.

Telles étaient les réflexions qui se succédaient dans son esprit, pendant qu'elle écoutait les saillies originales et les récits pittoresques du jeune poëte.

XIV

Après déjeuner, la comtesse désira faire une promenade sur le lac. Didier lui montrerait l'endroit où le vindicatif seigneur de Bellesaygues avait englouti les amants coupables. Mais le jardinier du château, qui d'ordinaire servait de batelier, était absent.

Cependant Théodora insista. Elle avisa à l'une des extrémités du lac un homme qui pêchait. Sans doute, il saurait conduire la barque ; il fallait l'appeler.

Raoul le héla. Mais, l'homme ne bougeant pas, il alla à lui. Son étonnement fut grand en reconnaissant Clochepin qui le regardait avec ses yeux farouches.

Il le connaissait de longue date, l'ayant souvent employé autrefois dans ses parties de pêche comme pêcheur de profession.

— Comment ! c'est toi, Clochepin ! exclama-t-il, et tu ne me réponds pas ? Tu me gardes rancune, à ce qu'il paraît. Voyons, je t'achète ta pêche et ta journée par-dessus le marché. Tiens, voilà une belle pièce d'or, prends et ne me boude plus. Je ne savais pas que Suzon fût ta femme. Elle m'avait fait un compliment ; j'ai voulu lui rendre sa politesse ; pas davantage.

Cependant Clochepin hésitait, regardant de côté la pièce d'or qui évidemment le tentait.

— Ces dames, reprit Raoul, ont envie de faire une promenade sur le lac. Tu es, je m'en souviens, un habile rameur ; viens nous conduire.

L'œil rusé de Clochepin s'illumina soudain. Il avança la main, mit la pièce dans sa poche, chargea sur son épaule son filet et sa pêche, et, sans mot dire, suivit Raoul de son pas lent et lourd.

Ils montèrent dans la barque. Théodora s'empara de la première banquette. Elle invita Didier à s'asseoir en face d'elle, et Hermine se plaça à côté de lui. Raoul occupait le troisième banc. Clochepin se tenait à l'arrière.

Le lac profond reflétait l'azur du ciel, un azur laiteux. Une brise légère ridait à peine les eaux limpides.

Il était trois heures environ.

Le soleil, à demi voilé par une vapeur transparente comme une gaze, jetait une lumière adoucie sur le calme et sévère paysage.

— Quelle ravissante promenade ! s'écria la comtesse. Quel temps enivrant ! Comme il fait langoureux !

Elle appuya sur ce dernier mot et regarda Didier, en donnant à sa prunelle féline une expression voluptueuse.

Didier, intimidé par ce regard, baissa les yeux.

— Il est timide, un peu novice sans doute, pensa-t-elle, satisfaite d'ailleurs de cette découverte.

Cependant ils avançaient vers l'endroit désigné, c'est-à-dire le plus profond du lac.

— Je suis las, dit tout à coup Clochepin à Raoul ; j'aurais plus d'aisance si vous étiez à ma place, et moi, à la vôtre.

Raoul aussitôt se leva et se dirigea en oscillant à l'arrière du bateau. Il allait atteindre la banquette, quand soudain Clochepin imprima à la barque une brusque secousse.

M. de Tancray perdit l'équilibre et tomba dans l'eau, entraîné par sa haute taille.

Hermine et Théodora poussèrent un cri.

Clochepin, lui, riait silencieusement.

Il pensait : J'ai la pièce, et tout de même je me suis vengé.

Cependant Raoul, étourdi par sa chute, et obéissant à un mouvement instinctif, saisit vivement le bord de la barque, qui chavira.

Les quatre personnes qu'elle contenait furent instantanément englouties.

Trois têtes reparurent aussitôt au-dessus de l'eau, celles de Clochepin, de Raoul et de Didier. Tous trois savaient nager.

Les deux femmes avaient disparu.

Didier et Raoul plongèrent.

La tête de Clochepin s'enfonça aussi ; mais il ne plongeait pas. Il nageait entre deux eaux, et gagnait rapidement la rive pour s'enfuir ; car il redoutait les suites de sa dangereuse farce.

Hermine s'était laissée tomber à l'eau presque avec insouciance. Mais la comtesse s'était cramponnée à l'embarcation, qui l'avait entièrement couverte. Un bras seul dépassait. Raoul le saisit. Aussitôt il se sentit enlacé, paralysé dans ses mouvements. Il dut user de force pour se dégager ; autrement, tous deux étaient perdus. Cette lutte dura quelques instants, pendant lesquels ses forces s'épuisaient. Le danger était grand ; car ils se trouvaient près du trou profond où le lac forme une sorte de tourbillon.

Didier, plus heureux, avait aperçu Hermine ; et, la saisissant d'une main, il nagea rapidement vers la rive la plus proche, qu'il atteignit sans nouvel incident. Ils se trouvaient précisément sur le bord opposé au château.

Ayant déposé sur le gazon Hermine évanouie, Didier jeta sur le lac un rapide coup d'œil. Malgré la distance, il aperçut M. de Tancray ainsi qu'une robe flottante, la robe de Mme de Broissac. Il dut les croire également sauvés; il ne s'occupa donc plus que d'Hermine.

Un moment, en la voyant inanimée et si pâle, il la crut morte. Une terreur folle s'empara de lui. Il se jeta sur ce corps rigide, cherchant à le ranimer de sa propre vie.

— Hermine ! Hermine ! criait-il.

Éperdu, il la couvrait de baisers ardents.

Reprenant un peu de sang-froid, il pensa à écouter les battements du cœur : elle vivait !

Sa joie fut égale au désespoir qu'il venait d'éprouver.

Et il l'appelait de nouveau dans une sorte de délire :

— Hermine ! regardez-moi ! parlez-moi !

La jeune femme, enfin, ouvrit de grands yeux tout étonnés, tout craintifs.

— Ah ! je me souviens ! murmura-t-elle.

Elle sourit à Didier.

Alors il se fit en lui une réaction nerveuse. Il se laissa tomber comme anéanti, et ses yeux s'emplirent de larmes. Mais il domina promptement cette faiblesse.

— Vite, dit-il, courons; vous ne pouvez rester ainsi, avec ces vêtements mouillés. J'aperçois de la fumée au-dessus de ces arbres; nous devons trouver là une habitation.

Hermine, en effet, grelottait.

Il la mit debout; mais ses jambes s'entrechoquaient et se dérobaient sous elle.

6

Alors, avec une force dont on n'aurait pu le croire capable, une force doublée par l'imminence du péril, il souleva la jeune femme sur ses bras comme il eût fait d'un enfant, et la porta en marchant vite.

Hermine, à se sentir ainsi portée par cet homme qui l'aimait, éprouvait une sensation indéfinissable, comme une ivresse de cœur, un bien-être profond.

Didier la regardait avec une tendresse émue, presque paternelle ; et comme elle entendait les battements de son cœur, elle murmura :

— Pauvre cœur !

En ce moment elle oubliait le reste du monde : son mari, la comtesse, le lieu où ils se trouvaient, l'événement même qui les réunissait. Elle ne sentait plus ses vêtements mouillés et glacés. Elle se réchauffait à la flamme de ce grand amour.

Il s'établissait entre eux comme un courant magnétique qui les faisait vivre de la même vie et qui les unissait par un lien puissant.

Il semblait à Hermine qu'ainsi aimée et protégée, aucune douleur ne pourrait plus l'atteindre.

Elle referma les yeux et appuya doucement sa tête contre la poitrine de Didier.

Le rêve fut court, mais délicieux.

XV

Didier, avec son précieux fardeau, atteignit la ferme dont il avait aperçu la fumée.

On s'empressa de les secourir.

On prêta à Didier des vêtements de paysan. On désha-
billa Hermine; on l'enveloppa dans des couvertures de
laine, et on la frictionna devant un grand feu ; puis on la
coucha dans un lit à rideaux de cotonnade bleue rayée de
blanc.

Alors Didier, rassuré, se préoccupa des autres nau-
fragés. Il dépêcha un garçon de ferme au château de Bellesaygues pour demander des nouvelles et donner des
siennes. Quant à lui, il ne songeait pas à quitter Hermine.
Il se persuada qu'elle pouvait encore avoir besoin de lui ;
mais, en réalité, c'était l'amour qui le retenait auprès d'elle.

Hermine s'était assoupie. Les gens de la ferme, un instant réunis pour les recevoir, se dispersèrent de nouveau
au dehors.

Didier, assis devant la haute cheminée, regardait flam-
ber le feu clair qui pétillait.

Les vêtements d'Hermine et les siens séchaient sur les
dossiers des chaises, et répandaient comme une buée.

Il songeait à l'ironie cruelle de la destinée, qui le réunissait ainsi à celle qu'il aimait, alors que tout espoir de
bonheur lui était interdit. Par instants, la révolte s'élevait en lui.

Tantôt il regardait avec attendrissement la robe d'Hermine. Tantôt il examinait d'un œil ardent ces bas si fins
qu'ils auraient tenu dans le creux de la main, et ces mi-
gnons souliers, des souliers d'enfant. Il en prit un, le
contempla avec amour, puis le baisa.

Ensuite, c'étaient les jupes, garnies de broderies et
de dentelles, et la guimpe, et le corsage où il cherchait à
retrouver les formes exquises de ce corps charmant, qu'un
instant auparavant il tenait entre ses bras.

Et elle était là, à deux pas, qui dormait. Et le cerveau
du pauvre amoureux s'exaltait de plus en plus.

Cependant, Hermine fit un mouvement.

Alors, tout tremblant, il s'approcha d'elle.

Il écarta le rideau. Elle semblait toujours assoupie. Au milieu de ses beaux cheveux, épars sur l'oreiller pour sécher plus vite, son pur et calme visage apparaissait comme entouré d'un nimbe.

Sa main délicate et son bras un peu menu, mais d'un modelé parfait, pendaient hors du lit.

Il toucha cette main. Elle était tiède et moite.

Hermine ouvrit les yeux, et avec un sourire attendri :

— Merci, mon sauveur, dit-elle.

Puis elle soupira.

— Pourquoi ce soupir ? demanda-t-il.

Hermine se tut.

— Vous n'êtes pas heureuse ?

— Non.

— Et je ne puis rien pour vous ?

Avec une grâce touchante, elle mit un doigt sur ses lèvres.

— Je suis indiscret ? reprit Didier.

La jeune femme lui pressa doucement la main.

Et, comme il continuait à la regarder avec une expression anxieuse, elle attira sur l'oreiller la main qu'elle tenait dans la sienne, et posant sur cette main sa joue, elle dit tout bas :

— Ne parlons pas. Ne me demandez rien. Il me semble que je fais un rêve. Je me sens comme engourdie. Je suis bien ainsi. Ne m'éveillez pas.

Didier obéit. Ivre de bonheur, il la contemplait, immobile, retenant son souffle. On eût dit qu'il craignait de rompre, par le plus léger mouvement, le charme d'une situation qu'il n'eût jamais osé ambitionner.

Mais tout à coup il sentit sa main mouillée. Des larmes ! Hermine pleurait.

— Vous pleurez ! s'écria-t-il ; vous êtes malheureuse !
Ah ! ce mariage !...

— Non, je ne vous dirai rien.

Elle repoussa la main de Didier.

— Vous me croyez indigne de votre confiance. Vous
refusez mon affection...

— Non, monsieur Didier. L'affection est une fleur magnifique. C'est l'épanouissement, le parfum du cœur. Et
jamais je n'ai foulé aucune fleur.

Elle appuya sur ces mots pour lui faire comprendre
qu'elle avait lu ses vers : *La Rose foulée.*

— Depuis que je sais... — Elle se reprit — depuis un
moment surtout, votre affection m'est précieuse, si toutefois, elle n'est pas coupable. Jurez-moi qu'elle restera
toujours dans les bornes d'une fraternelle amitié.

— Ah ! madame, ma sœur, mon amie, elle sera ce que
vous voudrez qu'elle soit.

— Vrai ? bien vrai ?

— Je vous le jure.

Hermine redressa la tête pour mieux lire dans les yeux
de Didier et s'assurer de la sincérité de son serment.

Aussitôt elle se laissa retomber avec accablement.

— Mais vous allez partir ! murmura-t-elle. Mon père
m'a dit que vous étiez résolu à nous quitter. Hier, je pensais que vous aviez raison...

— Et aujourd'hui ?

— Aujourd'hui, mon cœur se serre à la pensée de perdre déjà mon ami, mon frère...

— Si vous le désirez, je resterai, répondit le jeune
homme, la voix altérée par la perspective des souffrances
auxquelles allait le condamner un semblable engagement.

— Oh ! oui, restez, s'écria Hermine avec une naïve
effusion. Et toujours vous m'aimerez ?

6.

— Toujours! répéta Didier, qui déposa sur la main de Mᵐᵉ de Tancray un baiser chaste et recueilli.

Mais aussitôt il s'éloigna d'elle, craignant de ne pouvoir plus longtemps dissimuler son trouble.

XVI

L'émissaire envoyé au château de Bellesaygues rentra en ce moment; et annonça que la comtesse et M. de Tancray étaient également sains et saufs.

Grâce au grand feu de sarments, les vêtements étaient à peu près secs.

La fermière voulut repasser la robe d'Hermine. Leur départ de la ferme en fut encore retardé.

Mais comment M. de Tancray n'accourait-il pas auprès de sa femme?

Une scène bien différente, et quasi comique, se passait de l'autre côté du lac.

Raoul était parvenu enfin à sauver Mᵐᵉ de Broissac. A plusieurs reprises il l'avait saisie; mais chaque fois elle s'était cramponnée à lui de manière à paralyser ses efforts; il avait dû lui faire lâcher prise.

Il ne réussit à l'entraîner que lorsqu'un commencement d'asphyxie l'eut privée de tout mouvement.

Il nagea alors vers le château, en la soutenant par sa robe; mais lorsqu'il aborda, il la crut morte, car elle ne donnait plus aucun signe de vie.

La femme du jardinier, avons-nous dit, se trouvait seule. Tout secours était éloigné. Le cocher qui les avait amenés, était allé au village voisin voir un ami.

Raoul abandonna la comtesse aux mains de cette femme, après lui avoir prescrit les premiers soins à donner, et il se jeta de nouveau à la nage pour rechercher Hermine ; car, tout occupé de sauver sa maîtresse, il n'avait aperçu ni sa femme ni Didier. Mais, ne découvrant rien, il revint au château.

Théodora commençait à reprendre ses sens. Il la trouva couchée, et assez gravement indisposée. Néanmoins elle tenait déjà un miroir. Sa plus grande préoccupation paraissait être de réparer les avaries que son immersion avait causées à son maquillage. L'eau avait tracé sur cette peinture les sillons les plus incohérents. Au rouge et au blanc confondus venaient s'ajouter par plaques le bleu et le noir des sourcils et des paupières. Et elle ne retrouvait pas sa boîte à poudre !

Quand Raoul rentra, elle se blottit au plus profond de l'alcôve.

De son côté, M. de Tancray parut devant sa maîtresse dans un accoutrement non-seulement ridicule, mais fort incommode. Comme il avait dû quitter ses vêtements mouillés, la femme du jardinier n'avait pu lui procurer que ceux de son mari, beaucoup plus petit et plus mince que lui. Avec ce pantalon qui lui allait à mi-jambes, avec ce paletot étriqué, court de taille et qui lui tenait les bras en arrière, le colosse avait la tournure la plus grotesque qu'on pût imaginer. Rien n'eût décidé ce bellâtre à courir dans un pareil costume à la recherche de sa femme.

On n'avait pu envoyer à la découverte qu'un enfant qui, au bout d'une heure, après avoir fait le tour du lac, revint sans nouvelles.

Raoul crut donc à la mort d'Hermine. Il était veuf et, par conséquent, privé de la dot acquise au prix d'une mésalliance ! Cette catastrophe le plongeait dans un véritable abattement.

En revanche, Mme de Broissac contenait difficilement sa joie. Cette rivale qu'elle haïssait, un accident fortuit s'était chargé de la faire disparaître.

Assis au pied du lit de Théodora, Raoul atterré ne parlait pas.

A peu près remise, la comtesse épiait tous les bruits du dehors, les yeux attachés sur la pendule, avec une anxiété qui diminuait à mesure que l'aiguille avançait.

Tout à coup, oubliant la décomposition de son visage, elle se dressa sur son séant.

— Cinq heures ! fit-elle, dissimulant à peine une expression de triomphe.

Raoul tressauta.

— Vous pouvez pleurer votre femme, ajouta-t-elle de sa voix acérée ; il est certain maintenant que vous ne la reverrez pas.

Au même instant, la femme du jardinier introduisait un paysan, celui qu'avait envoyé Didier.

En apprenant qu'Hermine vivait, Mme de Broissac faillit s'évanouir.

— Merci, mon ami, répondit allègrement M. de Tancray. Tiens, voilà pour ta peine et pour ta bonne nouvelle.

Il lui glissa dans la main une pièce d'or.

Théodora se taisait. Sa déception la suffoquait. On serait venu lui annoncer qu'un ennemi qu'elle croyait à jamais disparu, ressuscitait plus puissant, plus redoutable, qu'elle n'eût pas éprouvé plus d'angoisses, plus de sourde colère. Ah ! comment se débarrasser de cette rivale !...

Hermine et Didier ne purent revenir qu'à la tombée de

la nuit à Bellesaygues, où ils trouvèrent Mme de Broissac en proie à une fièvre ardente.

Impossible de retourner le soir même à Trévières. On envoya donc un exprès à M. Chapuzot pour lui annoncer l'accident et rapporter des vêtements.

Le retour ne s'effectua que le lendemain dans l'après-midi. Mais combien ce voyage fut différent de celui de la veille !

Le ciel était sombre. Il faisait un temps d'orage énervant. A tout instant il tombait des ondées qui dégageaient une odeur âcre de terre et d'herbes humides, sans parvenir à rafraîchir l'atmosphère.

Il avait fallu rabattre la capote de la calèche. Il semblait ainsi que les voyageurs fussent plus rapprochés les uns des autres.

Théodora avait prié Didier de s'asseoir en face d'elle. Actuellement elle jouait la langueur, elle prenait des poses attendries. Elle tournait vers lui des regards voluptueusement éteints, qui l'embarrassaient. Elle s'expliquait cet embarras par le respect que son rang et sa beauté lui imposaient.

Mais en réalité, Didier, la pensée toute remplie d'Hermine, restait insensible aux provocations de la coquette.

Hermine, elle, se recueillait dans son bonheur. Maintenant, elle avait un ami, un cœur tout à elle. Elle lui abandonnait le sien sans réserve.

Quant à Raoul, courbaturé et maussade, il fumait son éternel cigare sans penser à rien.

XVII

Le lendemain de cette partie de campagne, M. de Tancray devait conduire sa femme au château de Tancray, qui serait désormais leur résidence d'été.

Hermine aurait voulu prolonger son séjour à Trévières. A l'idée d'aller habiter, avec son mari et deux vieillards inconnus, ce château isolé au milieu des bois, une angoisse qu'elle prenait pour un sinistre pressentiment lui serrait le cœur.

Sans doute, elle viendrait fréquemment à Trévières ; mais quelles occasions aurait-elle de rencontrer, Didier ?

M. de Tancray lui inspirait une telle crainte qu'elle n'osa tenter personnellement aucune objection.

Cependant, en apprenant à son père que Didier consentait à rester, elle le pria d'obtenir de son mari l'ajournement de leur installation à Tancray.

Raoul accéda tout d'abord à ce désir. Mais le jour suivant, il insista pour hâter le départ. Il prétexta la nécessité de surveiller divers travaux de réparation. En réalité, il obéissait à Mme de Broissac, qui ordonnait le déménagement immédiat.

Elle-même venait de louer une campagne : le cottage des Valtis, situé entre le château de Tancray et Trévières. Or, elle comptait sur cette proximité et sur la liberté de la vie de campagne pour continuer leurs relations. Puis, chez M. Chapuzot, les époux, par la disposition même du local, vivaient dans une intimité forcée, et l'impérieuse

comtesse exigeait qu'ils missent entre eux la distance
d'un corps de bâtiment, ou du moins d'un étage.

M. de Tancray, pour complaire à sa maîtresse, décida
qu'Hermine habiterait la partie restaurée, située au premier étage de l'aile Nord, et que lui, reprendrait, au
rez-de-chaussée de l'aile Sud, son ancien appartement de
garçon.

Les nouveaux mariés arrivèrent le soir au château de
Tancray.

En pénétrant dans cette lugubre demeure, en traversant
les grands couloirs sombres, aux dalles sonores, Hermine
se sentit oppressée, et elle éprouva le froid de la peur.

Cependant, pour les recevoir, le galant marquis avait
fait pavoiser le château et poser quelques lampions le
long des fenêtres. Mais rien ne pouvait égayer le noir et
massif édifice.

Raoul conduisit sa femme dans l'immense salon, si
vaste que les deux lampes qui l'éclairaient, semblaient
éclairer le vide.

Le vieux marquis vint à sa rencontre; mais le chanoine
ne bougea point, estimant sans doute qu'une Chapuzot ne
méritait pas tant de considération.

Pour la première fois, Hermine examinait attentivement
ces deux vieillards, en face desquels allait se passer, ou
plutôt se consumer sa vie.

Les deux frères, qui vivaient dans un éternel tête-à-
tête, formaient une vivante antithèse.

Le marquis était de haute taille, un peu courbé, de maigreur excessive. Ses longues jambes ankylosées et ses
longs bras étaient si grêles, sa tête si décharnée, qu'on
eût dit un grand insecte.

Sa tenue était toujours irréprochable. Il portait des
manchettes et un jabot plissés.

En causant, il tenait constamment à la main sa tabatière, une tabatière ornée d'un portrait de femme, sur
lequel il arrêtait souvent un regard souriant et rêveur.
Et tandis qu'il parlait, il la faisait glisser entre ses doigts
décolorés, d'un pôle à l'autre, pour revenir au point de
départ et recommencer ce manège sans fin.

Le marquis était d'ailleurs, et il s'en piquait, le type
de l'ancien chevalier français, respectueux et galant avec
les dames, et très-chatouilleux sur le point d'honneur.

Le chanoine, son cadet, différait de lui en tous points.
Ces deux êtres si opposés, s'ajustaient pourtant assez bien
l'un à l'autre.

Bien qu'on l'appelât M. le chanoine, il n'avait jamais
reçu les ordres. On l'avait destiné dans sa jeunesse à
l'épiscopat. Mais il sortit promptement du séminaire, rebuté par les austérités de la règle. Cependant il était né
chanoine comme d'autres naissent poètes. Aussi avait-il
adopté la vie proverbialement indolente et matérielle de
ces gros sinécuristes.

A côté du marquis, de ce vieillard réduit à sa plus mince
expression, s'étalait le plantureux et rutilant personnage
à triple menton, aux joues mafflues, martelées de couleurs violentes, aux lèvres pendantes et violettes. Avec
sa bedaine à plein bât, il semblait n'avoir été mis au
monde que pour prouver jusqu'où peut s'étendre la peau
humaine.

De copieuses et laborieuses digestions lui avaient
voilé le cerveau, oblitéré l'intelligence. Il ne vivait plus
que pour manger; il était glouton comme Panurge
et gourmet comme un chat de dévote. Son phénoménal
appétit l'avait fait encore surnommer le chanoine Panta-
gruel.

C'était lui qui présidait au ménage, qui commandait à

Germaine la cuisinière, un cordon bleu de grande renommée. Avec elle, il conférait longuement, et souvent
allait la visiter à ses fourneaux, goûtant aux fins ragoûts
et faisant ses critiques.

Aussi redoutait-il l'arrivée d'une femme, qui sans
doute voudrait empiéter sur ses attributions.

Sa fonction favorite était l'aménagement du cellier. Il
se chargeait, expert dégustateur, de combler les vides
qu'y creusait sa vaste et inextinguible soif.

En homme consciencieux, il se croyait, disait-il, obligé
de boire et de manger pour deux; car, pour compléter le
contraste, le marquis suivait un régime d'anachorète. Il
pesait lui-même ses aliments, et il n'eût pas dépassé d'un
centigramme la dose prescrite.

Entre les deux frères, il existait pourtant un point de
ressemblance. Chacun d'eux ne lisait qu'un livre.

Pour le chanoine, c'était la vie des ascètes. Il espérait
par leur entremise obtenir le pardon de ses gourmandises.
Ce vieux livre graisseux, il ne l'entr'ouvrait que lorsqu'il
éprouvait le besoin de dormir; en effet, au bout de dix
minutes, le livre lui tombait des doigts, et un ronflement
sonore remplaçait la pieuse lecture.

Pour le marquis, c'était un recueil d'histoires galantes.
Quand le livre était fini, il le recommençait, et cela depuis
quarante ans. Il souriait aux mêmes passages. Aux
mêmes scènes graveleuses ou sentimentales, il tirait sa
tabatière et en regardait amoureusement la miniature,
cherchant sans doute à ressaisir les tendres souvenirs du
passé.

— Nous vous regardons désormais, ma gentille nièce,
comme notre châtelaine, dit gracieusement le marquis à
Hermine. A vous de commander. Nous ne sommes que vos
humbles vassaux.

7

— Seulement... seulement, hasarda d'une voix de crécelle enrouée le ventripotent chanoine, je fais une réserve, une seule. Je me trompe, il y en a deux. Je voudrais conserver la direction de la cuisine et garder Germaine, notre vieille et fidèle servante; car à mon âge, un changement de cuisine, ce serait la mort. J'ai, en outre, une longue habitude des provisions. Les pêcheurs me connaissent, et ces mauvais braconniers aussi. Ils me réservent toujours les meilleures pièces; et au lieu de leur dire : allez, et ne pêchez plus, je leur dis : allez et pêchez toujours.

C'était peut-être la centième fois qu'il répétait cette plaisanterie. Néanmoins il fit entendre un rire épais qui, pendant un instant, ébranla, de haut en bas et de bas en haut, cet immense cucurbitacé.

Hermine s'empressa de le rassurer. Elle ne connaissait rien aux détails du ménage. Elle se trouvait donc heureuse qu'il voulût bien la décharger de ce souci. Enfin, en toutes choses, elle saurait se conformer à leurs goûts et à leurs habitudes.

— Ce n'est pas ainsi que je l'entends, ma chère nièce, repartit vivement le marquis. Vous êtes ici chez vous, et maîtresse absolue. Seulement, — lui aussi avait un seulement, — je vous demanderai de maintenir dans ses fonctions mon fidèle Baptiste. Ensuite, nous avons quelques vieux amis qui viennent habituellement faire notre whist, et je vous prierai de les bien accueillir. Enfin, à notre âge, recevoir trop nombreuse et bruyante compagnie, cela pourrait nous fatiguer un peu; et si je veux faire sauter mes petits neveux sur mes genoux, il faut que je me ménage.

Hermine comprit.

Elle serait maîtresse ; mais à la condition de ne jamais

donner aucun ordre, de ne rien désirer, de respecter les anciens serviteurs, qui peut-être ne la respecteraient pas, de subir les amis des vieux oncles et d'éloigner les siens.

Elle protesta néanmoins de son entière condescendance avec une douceur et une grâce qui touchèrent les deux vieillards.

M. de Tancray la conduisit ensuite dans son appartement, sur la décoration duquel il n'avait même pas daigné la consulter.

Elle regarda avec indifférence et dit :

— C'est bien.

Mais quand son mari, au lieu de s'installer auprès d'elle, lui annonça qu'il occuperait un appartement un peu éloigné du sien, elle ressentit une joie qu'elle eut peine à dissimuler.

— Les avis à ce sujet sont fort partagés, fit en riant M. de Tancray ; mais moi, je crois qu'une vie trop étroite entre mari et femme est funeste à l'amour. N'est-ce pas aussi votre opinion?

— Oui, c'est également la mienne, s'empressa-t-elle de répondre.

— Bonsoir donc, madame, et bonne nuit !

Il la baisa au front et sortit.

Restée seule, Hermine laissa éclater sa joie.

— Seule! seule! répétait-elle, le visage radieux. L'amour! il a parlé d'amour! Si je ne le haïssais, je l'aimerais presque de me laisser un peu de solitude et de liberté.

Ainsi, elle pourrait quelquefois penser, souffrir, vivre seule. Elle n'endurerait plus la présence constante et forcée d'un homme détesté.

Ce bonheur inespéré la dédommageait un peu de ses douleurs passées. Elle pourrait songer à Didier sans être

distraite par la voix rude, le rire bruyant de son mari, et
ce pas retentissant, plein de suffisance, qui l'énervait.

Dans le désert de sa vie, il y aurait une oasis : sa
chambre, où elle pourrait se retirer, travailler tout à
l'aise.

Où était située cette chambre, dans laquelle allait
s'écouler son existence? Quel horizon aurait-elle sous les
yeux?

Elle ouvrit la fenêtre.

La lune brillante éclairait de sa lumière bleuâtre un
immense panorama. C'était la vallée de la Brainne, mais
rendue plus vaste et plus profonde par les ombres de la
nuit.

Cette vue, dans sa placidité, lui semblait infinie.

Elle resta longtemps accoudée et rêveuse, s'enivrant
de ces splendeurs voilées et du parfum si vivifiant que dégageaient les jeunes pousses aromatiques des grands pins.

Tout à coup, derrière les arbres, elle vit une ombre se
mouvoir.

Il pouvait être minuit; qui donc veillait encore à cette
heure avancée?

C'était Baptiste sans doute, qui faisait une ronde de
nuit.

Cependant, en regardant plus attentivement, elle crut
reconnaître la prestance de son mari.

Il venait de traverser l'avenue de tilleuls et entrait dans
l'écurie.

Son paletot était boutonné jusqu'au menton, son feutre, rabattu sur ses yeux. Mais la lune en ce moment
frappa son visage, et Hermine distingua nettement ses
traits.

C'était bien lui.

Que signifiait cette sortie nocturne?

Elle pensa qu'il allait voir son cheval de selle, pour lequel il montrait une sollicitude particulière.

Craignant d'être surprise en flagrant délit de rêverie nocturne, elle referma doucement sa fenêtre et se coucha.

Fatiguée, elle se sentit presque aussitôt envahir par le sommeil. Il lui sembla pourtant entendre le pas d'un cheval qui s'éloignait. Mais elle n'avait plus les perceptions assez nettes pour distinguer le rêve de la réalité.

Cependant Raoul, une fois dans l'écurie, sella rapidement son cheval, le monta et descendit au pas la colline boisée. On eût dit qu'il craignit d'être entendu. Mais une fois dans la plaine, il lança son cheval au galop dans la direction des Valtis.

Il l'attacha dans un bouquet de bois voisin du cottage, pénétra dans le parc par une petite porte dont il avait la clef, s'approcha de l'habitation en suivant les massifs, et escalada une fenêtre du rez-de-chaussée.

Il était chez la comtesse.

XVIII

Deux mois s'écoulèrent.

Mme de Broissac avait fait venir auprès d'elle sa vieille cousine Fontange, un type bien conservé de la bourgeoise de province. Vive et gauloise dans sa gaieté, elle possédait tout un répertoire d'anecdotes graveleuses, frisant même parfois la grosse plaisanterie, genre d'esprit fort goûté de nos pères.

Elle s'était donc installée aux Valtis, pour la saison, avec M. Jupin. M. Jupin, c'était son inséparable roquet, un ratier pelé, court d'oreilles, une bête grincheuse, qui jouait un très-grand rôle dans son existence, et lui semblait douée de toutes les qualités aimables.

La comtesse avait également appelé aux Valtis son vieil ami du Salbris, de façon à rendre vraisemblable le prétendu projet de mariage qu'elle avait mis adroitement en circulation.

Mme de Broissac s'était ainsi convenablement posée dans le pays, et même avait réussi à conjurer la médisance, bien que son retour à Trévières, après vingt ans d'absence, eût donné lieu à d'inépuisables commentaires.

Chaque jour, les habitants du château de Tancray rendaient visite au cottage, ou les habitants du cottage allaient au château.

Ils faisaient ensemble de fréquentes parties de plaisir, où la comtesse déployait cet entrain, ce brio qui lui avaient valu ses succès à Paris. Elle possédait en effet le merveilleux secret de communiquer la vie, la gaieté à la réunion la plus disparate et la plus morne. Elle savait électriser ses convives.

Elle donna quelques soirées où les bourgeois même les plus collets-montés de Trévières ne dédaignèrent pas d'assister, tant était grande la fascination qu'elle exerçait quand elle y prenait peine.

Didier était de toutes les parties et de tous les raouts. La comtesse ne pouvait se passer de lui. C'était l'indispensable boute-en-train. M. de Trancray lui-même, avec cette grâce d'état particulière aux anciens amants comme aux maris, l'accueillait maintenant avec plaisir, presque avec affection.

Quand Didier était là, la comtesse lui semblait moins impérieuse, moins âcre dans ses jalousies. Hermine aussi était moins froide, moins triste.

De son côté, M. Chapuzot laissait plus de latitude à son premier clerc. Il eût craint de le mécontenter en le retenant trop assidûment à l'étude.

Gatinais, lui, était, cela va de soi, tombé éperdument amoureux de la comtesse. C'était pour elle maintenant qu'il paradait. Elle l'acceptait comme patito, et à ce titre l'accablait de commissions. Aussi passait-il sa vie galopant à cheval sur la route de Trévières aux Valtis.

M. Chapuzot, ne pouvant compter sur lui, s'était adjoint un nouveau clerc, qui en même temps déchargeait un peu Didier.

Depuis qu'il se savait aimé, depuis qu'il souffrait moins, Didier se laissait vivre.

Et, bien qu'il se reprochât d'accepter trop facilement les invitations de la comtesse, qui le lançait dans un monde auquel il n'accordait ni estime ni sympathie, cependant, pour voir Hermine, il faisait taire ses scrupules.

Il n'avait, en effet, d'autre moyen de l'approcher, de lui parler. Quelques instants passés à côté d'elle, quelques mots échangés, et il emportait pour une semaine de bonheur.

Hermine, également captivée par les gracieuses et flatteuses prévenances de la comtesse, tout en conservant à son égard une sorte de réserve, trouvait dans sa société une distraction agréable, et sentait diminuer peu à peu son antipathie première.

D'ailleurs, la seule perspective de rencontrer Didier la faisait descendre avec empressement du triste château vers le riant cottage.

Cependant, avec son tact d'observation, ce tact que possède l'artiste au même degré que la femme, Didier apercevait fort bien les intentions de M.me de Broissac.

Quoique peu initié aux mœurs galantes, il devinait que

les provocations de la comtesse avaient un but. Lequel?
Voilà ce qu'il cherchait, ce qu'il saurait découvrir.

En attendant, ce jeu l'intéressait comme une étude de
caractère. Il s'en trouvait flatté, s'en amusait, certain
d'ailleurs de pouvoir y résister.

Il sut donc avec une rare habileté d'équilibriste, se tenir sur la corde raide d'une situation scabreuse, dont il
entrevoyait les périls.

Son amour pour Hermine le préservait de toutes tenta-
tions malsaines.

Il conservait vis-à-vis de Mme de Broissac une attitude
respectueuse en même temps qu'empressée.

Dans ses paroles comme dans ses regards, il lui montrait une sorte de réserve admirative qui la flattait infiniment et qu'elle continuait à interpréter ainsi :

— Il n'ose pas!...

Et il lui dédiait des sonnets et des élégies où jamais, cependant, le mot amour n'était prononcé.

Elle commençait à se piquer au jeu. Comment ne se
déclarait-il pas?

En raison de son âge inquiétant pour sa coquetterie,
elle eût souhaité d'inspirer à ce jeune homme une passion violente qui la rassurât sur ses charmes un peu
mûrs.

Elle redoubla donc d'amabilités encourageantes.

Bien mieux, elle qui s'était flattée de le convertir à ses
idées légitimistes et cléricales, elle affecta tout à coup
d'être convertie par lui. Et au grand scandale de son entourage, on l'entendit à tout propos se lancer dans des
déclamations de commande sur le sort des classes laborieuses, sur le droit des peuples à se gouverner eux-
mêmes et, *proh pudor !* sur l'inconsistance du droit
divin.

Sa vieille cousine jetait les hauts cris; M. de Salbris se contentait de sourire, car il devinait la cause de cette conversion.

Quant à Raoul, sentant la laisse un peu lâchée, il reprenait tout doucement ses anciennes habitudes. Il hantait les foires du voisinage, où il rencontrait ses amis d'autrefois. De nouveau il fréquentait les cafés; mais sa grande préoccupation c'était la prochaine ouverture de la chasse. Il fallait organiser sa meute, découvrir un habile piqueur, renouveler en un mot tout l'attirail.

La comtesse, comme une lionne au repos, semblait avoir oublié sa jalousie; mais le réveil devait être terrible.

XIX

M. Chapuzot, à la nouvelle d'une opération de Bourse désastreuse, fut frappé d'une congestion qui mit pendant quelques jours sa vie en danger.

Hermine vint s'établir auprès de lui pour le soigner.

Didier, la voyant chaque jour et à toute heure, partageant ses inquiétudes, s'abstint d'aller aux Valtis.

A une invitation pressante, presque suppliante de la comtesse, il répondit par un billet aussi laconique que cérémonieux.

Cependant Théodora, d'après l'insistance de sa lettre, ne supposait pas un refus; elle l'attendait.

C'était un dimanche. Il ne pouvait donc prétexter l'étude.

A onze heures, la comtesse, devant sa toilette, préparait toutes ses séductions.

7.

Caroline lui avait fait sa figure la plus jeune. Dans le haut édifice de sa coiffure elle venait de placer coquettement une rose de haie au milieu d'un bouquet de myosotis. Sur un transparent de soie bleu tendre, elle portait un long peignoir de mousseline blanche rattaché négligemment par des nœuds rose pâle.

Elle avait jeté au miroir son dernier coup d'œil, quand on lui apporta le billet de Didier.

En le lisant, son front hautain se plissa, et le papier qu'elle tenait à la main trembla légèrement.

— Quelle robe mettra madame? demanda Caroline.

Mᵐᵉ de Broissac ne répondit pas. Elle s'était laissée tomber sur sa chaise longue.

— Madame pense-t-elle sortir aujourd'hui? questionna encore la camériste.

— Non! je ne m'habillerai pas.

Et d'un geste elle la congédia.

Par ce refus sec de Didier, la comtesse venait d'être frappée en plein cœur.

Évidemment, ce billet, dans lequel il alléguait la maladie de M. Chapuzot, n'était qu'un prétexte.

Mais alors que signifiaient cette absence prolongée et opiniâtre, ce silence sur les véritables motifs qui le tenaient éloigné?

Souffrait-il? Voulait-il rompre des relations qui ne lui permettaient aucun espoir? Ne l'aimait-il pas comme elle l'avait cru? La trouvait-il trop imposante? L'aurait-on froissé, sans y prendre garde? Oui, c'était cela : Mᵐᵉ Fontange était souvent blessante, et M. de Salbris, malgré l'affabilité de ses manières, dédaigneux et mordant. Mais peut-être encore avait-il découvert son jeu. Peut-être la dédaignait-il.

Elle était tout enfiévrée par ces suppositions, par ce refus qu'elle ne pouvait expliquer; sa coquetterie offensée prit soudain le caractère de la passion.

Elle ressentait une blessure aiguë. Sans se rendre compte que son amour-propre souffrait plus que son cœur, elle crut aimer Didier. En ce moment peut-être l'aimait-elle.

Soudain, comme si elle venait de prendre une grande résolution, elle se leva et sonna.

Caroline rentra.

— Habillez-moi, dit la comtesse.

— Faut-il une toilette de visite ou de promenade?

— De visite.

— Visite de cérémonie?

— Non, intime.

— Intime?... fit la camériste étonnée. A une femme?

— Une robe demi-toilette, demi-négligée.

— Ah! j'y suis, reprit l'intelligente camériste. Votre robe réséda, cachemire et taffetas?

— Oui.

— Et le chapeau pareil avec des touffes de roses?

— C'est cela.

Elle se laissa habiller distraitement, donnant des signes fréquents d'impatience, et parfois poussant un soupir, comme si une angoisse l'oppressait.

— Madame a les mains bien chaudes, fit observer Caroline, fortement intriguée. Madame a, je crois, un peu de fièvre.

— Le temps est à l'orage, sans doute.

— Mais, au contraire, il fait une brise fraîche fort agréable. Madame aura un beau temps pour sa visite. Faut-il mettre dans la voiture les manteaux pour le soir?

— Non, je rentrerai de bonne heure.

— Je prie en grâce madame, reprit Caroline blessée de la réserve de sa maîtresse, de ne pas s'inquiéter comme en ce moment. Cela donne au regard un air dur que le crayon de Chine ne saurait adoucir. Et puis l'inquiétude vieillit : cela cerne les yeux et plisse les lèvres.

Devant cette menace, la coquette essaya de sourire ; mais sa bouche, au lieu de sourire, grimaça.

— Madame me désole, reprit encore Caroline. Je gage que madame se fait du mauvais sang pour qui n'en vaut pas la peine. Madame est si impressionnable ! Tenez, j'aperçois sur la joue gauche de madame une marbrure qui n'y était pas tout à l'heure. Madame se rappelle le proverbe de sa grand'mère : Pour conserver sa beauté, il ne faut aimer, rire et pleurer qu'à moitié.

— Mais il me semble que je ne fais ni l'un ni l'autre, repartit la comtesse avec impatience, et je vous prie de me faire grâce de vos observations.

Caroline continua d'habiller sa maîtresse, mais en silence.

A déjeuner Théodora mangea du bout des dents. En vain M. de Salbris redoubla-t-il d'amabilité. En vain la vieille cousine conta-t-elle les anecdotes les plus décolletées de son répertoire. En vain Jupin, le choyé Jupin, piqué de n'être ni regardé, ni caressé, fit-il entendre ses grognements les plus expressifs, elle resta absorbée et fiévreuse jusqu'à la fin du déjeuner.

Alors, s'adressant à M. de Salbris :

— Mon ami, dit-elle, je suis obligée de sortir tout à l'heure. M. Chapuzot est assez gravement malade. Je vais prendre de ses nouvelles. Je compte sur vous, en mon absence, pour faire l'écarté de ma chère Fontange.

Elle se leva et ordonna d'atteler.

Outre un cheval de selle, Mᵐᵉ de Broissac avait fait venir de Paris un élégant panier et deux chevaux nains, bais à crins noirs, avec colliers de grelots. Cet attelage bizarre excitait à Trévières, chaque fois qu'il traversait le bourg, une rumeur de curiosité.

Les jours précédents, on avait enlevé les grelots. Elle les fit remettre.

Où allait-elle ainsi ?

Elle allait chez Didier. Elle voulait s'y rendre avec éclat, avec fracas. Elle pensait lui donner ainsi une preuve de sa haute estime, et par cette démarche insolite et flatteuse combler la distance qui les séparait.

Toutefois, pour ménager les pudibondes susceptibilités des bourgeois de Trévières et prévenir les reproches de M. de Tancray, elle résolut d'entraîner Hermine dans cette singulière visite.

Si elle devait être quelque peu compromise, Mme de Tancray le serait aussi.

Donc, elle descendit d'abord chez M. Chapuzot, qu'elle trouva debout, presque complètement guéri, se promenant avec sa fille dans le jardin.

Elle apprit, en les questionnant adroitement, que Didier n'avait pas eu plus d'occupations qu'à l'ordinaire.

Ainsi qu'elle l'avait pensé, l'excuse donnée par Didier n'était qu'un prétexte.

— Ma chère belle, dit-elle à Hermine, vous paraissez un peu fatiguée.

— En effet, la pauvre enfant a passé trois nuits à mon chevet, repartit M. Chapuzot, et c'est pour lui faire prendre un peu l'air que j'ai voulu descendre au jardin.

— Ma voiture est là, reprit vivement Mme de Broissac. Une sortie d'une heure ou deux vous ferait plus de bien encore. Il y a longtemps que je ne vous ai vue. Votre aimable présence me manque tout à fait. Vous me feriez si

grand plaisir de m'accompagner dans ma promenade !
Ainsi je vous enlève.

Cédant aux instances de son père, Hermine consentit.

Au retour, quand la voiture entra dans la grande rue,
Théodora dit tout à coup, comme si cette idée venait d'é-
clore dans son esprit :

— N'est-ce pas cette rue qu'habite M. Didier ? Si nous
allions lui faire une visite ? Depuis longtemps j'ai envie
de voir un vieux bahut dont il m'a parlé.

A cette proposition inattendue, Hermine rougit et balbutia.

— Eh bien ! quoi ? fit la comtesse, n'habite-il pas avec
sa mère ?

— Mais on n'attribuera pas notre visite à Mme Maurel,
répondit la jeune femme. Et puis ce sont des artisans.
Et peut-être M. Didier se trouverait-il blessé de notre
curiosité.

— Bah ! un homme d'esprit comme lui n'a pas de telles
petitesses.

Cet argument parut à Hermine sans réplique. Elle suivit Mme de Broissac, qui d'ailleurs avait déjà sauté hors de
la voiture. Au fond, elle était heureuse de voir cet intérieur, de pénétrer ainsi dans la vie intime de son ami.

Thérèse, occupée à des détails de ménage, se montra
fort embarrassée à la vue de ces belles visiteuses.

Elle connaissait Mme de Tancray, et elle devina que
cette autre dame, à longs falbalas, devait être la comtesse
Papillon, ainsi qu'on la surnommait ironiquement dans le
pays.

— Pardonnez-nous, madame, de vous déranger ainsi,
dit Théodora, avec sa plus onctueuse aménité. M. Didier
nous a souvent parlé de vous, de la grande affection qu'il
vous porte. Nous étions désireuses de faire votre connais-

sance. Le caractère comme le talent de M. votre fils nous inspirent l'intérêt le plus vif, pour lui et pour ceux qui le touchent.

La bonne femme semblait toute interdite par ces paroles si gracieuses.

Tel était donc le beau monde pour lequel son Didier la négligeait depuis quelque temps !

— Mon fils est au jardin, mesdames ; si vous voulez bien m'attendre un instant, je cours le chercher.

Elle ouvrit une porte et les introduisit dans la plus belle chambre du pauvre logis : c'était celle de Didier.

Restées seules, Hermine et Théodora examinèrent cette chambre avec des sentiments bien différents.

— C'est là qu'il travaille, qu'il pense à moi, se disait Hermine.

Et elle regardait avec un tendre intérêt ces mille riens qui trahissent les habitudes les plus intimes.

La comtesse, elle, inspectait cette chambre en femme satisfaite de ne pas avoir trop mal placé son affection.

— Voilà, pensait-elle, un garçon de goût et de tact. Il sait être artiste, tout en restant dans sa condition.

Ce n'était pas la chambre d'un bohème, mais d'un homme sérieux qui ne dédaignait pas cependant l'élégance.

On voyait d'ailleurs que le plumeau de l'attentive et soigneuse Thérèse avait passé sur tous ces meubles.

Cette pièce spacieuse était tapissée d'un papier de coutil semblable aux rideaux et aux housses des siéges. Le lit était un simple lit de fer, un lit cénobitique. La grande table de travail en vieux chêne était austère aussi, mais remarquable par ses sculptures anciennes. Sur cette table étaient épars les papiers de Didier.

Quant au bahut dont avait parlé la comtesse, c'était, on

effet, un meuble fort curieux. Les figurines qui l'ornaient étaient artistement fouillées.

Mme de Broissac s'exclama sur ces merveilleuses sculptures.

Mais, avisant tout à coup un album, elle le prit et l'ouvrit avec cette indiscrétion particulière aux femmes coquettes et gâtées.

— Ah! dit-elle, je croyais trouver des dessins, et ce sont des vers.

En faisant voler les feuillets sous son pouce, un papier s'échappa.

Elle le ramassa et lut :

« Le cœur humain ressemble à ce trépied antique
Où sans cesse brûlait la flamme prophétique.
Quand l'amour, feu sacré, vient en lui s'allumer,
Ce n'est qu'en s'éteignant qu'il peut finir d'aimer.
Hélas! à votre amour...... je renonce... »

C'étaient les vers que Didier avait composés dans cette nuit de désespoir où il avait résolu d'anéantir son amour.

— Quoi! exclama Mme de Broissac, un nom en blanc! Ces vers sont adressés à une personne qu'il n'ose nommer. Quel peut être ce nom?

Et tout bas, scandant les syllabes, elle refaisait ce cinquième vers en y adaptant son nom! Théodora! Ce n'était pas cela. Mais comtesse! Oui. Ces vers s'adressaient à elle. Elle les lut avidement. Cette grande passion, c'était elle qui l'avait inspirée. C'était elle qui, chaque jour, versait

Le poison
Qui dévorait son cœur ainsi que sa raison.

Elle s'expliqua alors le silence et la retraite de Didier. Il luttait contre cet amour «qui engendre la démence.» Son rêve était donc réalisé. Elle était aimée comme toute sa vie elle avait souhaité de l'être, non-seulement jusqu'à la folie, mais encore avec « tendresse et dévouement ».

Sa figure rayonna. En un instant toutes ses anxiétés disparurent.

Hermine, elle, avait immédiatement deviné le nom de l'inconnue à laquelle Didier adressait ces vers. En pensant aux luttes et aux tortures de son ami, elle ressentait un attendrissement profond, une pitié infinie.

Didier entra, embarrassé, troublé même de cette visite inattendue.

Mᵐᵉ de Broissac, tout absorbée dans sa personnalité, se crut l'unique cause de cette émotion.

Cependant le regard caressant et bon d'Hermine raffermit Didier.

— Mesdames, dit-il, qu'est-ce qui me vaut l'honneur d'une pareille surprise ?

— Une fantaisie de femme désœuvrée, répondit la comtesse. Depuis un siècle vous ne nous avez fait le plaisir de venir nous voir. Or, on s'ennuie aux Valtis sans vous, monsieur le poëte. Ah ! nous allons joliment vous faire expier votre indifférence. Nous sommes sur les traces de vos secrets, ajouta-t-elle avec coquetterie. Il faudra bien que vous nous fassiez votre confession.

Elle feuilletait l'album.

— Quoi ! ces mauvais vers ? balbutia Didier.

— Des vers ravissants. Une feuille détachée qui nous est tombée entre les mains et qui nous intrigue énormément.

— Quelle feuille ? demanda-t-il.

— Une pièce intitulée : *Renoncement.*

Didier rougit, puis pâlit.

— Je vous en prie, dit-il, rendez-moi ce chiffon de papier. Car les vers ne sont pas terminés, et je tiens à remplir les vides que j'y ai laissés.

— Point ! Je les trouve excellents, et je les garde. Je ne vous les rendrai que lorsque vous m'aurez avoué le nom resté en blanc.

— Pure imagination, je vous le certifie. Il me manquait trois pieds. Mettez-y le premier nom venu : Hélène, par exemple.

— Pourquoi ne l'avoir pas mis vous-même ? Encore une fois, vous n'aurez ces vers que si vous me dites ce nom mystérieux.

Elle glissa la feuille dans l'ouverture de son corsage.

— A demain, n'est-ce pas ? votre grand secret. Je vous attendrai à dîner. Comme M. Chapuzot est guéri, M. et Mᵐᵉ de Tancray seront aussi des nôtres. J'emporte votre promesse et vos beaux vers.

Didier essaya d'une excuse.

— Comment ! je viens moi-même, chez vous, vous inviter, et vous me refusez !

Sur un regard d'Hermine, il accepta.

Après avoir examiné en connaisseur la table et le bahut, Mᵐᵉ de Broissac se retira, suivie d'Hermine.

Quand elles rejoignirent la voiture qui stationnait devant la porte, une haie d'enfants l'entourait. Les boutiquiers sur leurs portes et les bourgeoises aux fenêtres regardaient curieusement.

Didier reconduisit les visiteuses. Il se trouvait beaucoup plus confus que flatté de cette escapade qui le mettait en vue, et allait défrayer les commérages des voisins.

Thérèse crut aussi connaître le secret de Didier. En

vain, depuis deux mois, cherchait-elle à expliquer son changement d'humeur et d'habitudes, et surtout le rayonnement qui avait remplacé sur son visage la tristesse d'autrefois. Pourquoi restait-il à Trévières après un si vif désir de le quitter ? Pourquoi cette expression de bonheur ? C'était ce bonheur surtout qui la faisait frémir.

Didier ne lui avait-il pas dit qu'il aimait une femme mariée ? Que s'était-il passé ?

Elle essaya de l'interroger ; mais il éluda ses questions. Il lui assura toutefois qu'en restant à Trévières, il n'avait fait que céder aux instances de M. Chapuzot.

Cependant ce n'était pas pour M. Chapuzot que Didier se montrait maintenant si recherché dans sa toilette, et qu'il portait des gants : ce qui semblait à Thérèse la dernière limite de l'élégance.

Or, en voyant ces deux grandes dames faire visite à son fils, elle pensa que Didier devait être amoureux de la comtesse.

— Ces dames sont bien aimables, dit-elle à son fils, et bien belles. Cependant la Parisienne a un air qui ne me plaît point. Ah, mon pauvre enfant, il faut garder son cœur d'aimer plus haut que soi.

— Tranquillisez-vous, mère ; Mᵐᵉ de Broissac est sans doute fort aimable, mais je ne l'aime pas.

— Est-ce qu'elle est veuve ? demanda Thérèse.

— Oui, depuis longtemps.

Mᵐᵉ Maurel fit alors ce syllogisme tout simple qui l'atterra.

— Alors, si ce n'est pas la comtesse, c'est donc Mᵐᵉ de Tanoray qu'il aime !

XX

Le soir, Didier vint chez M. Chapuzot, sous prétexte de prendre des nouvelles du convalescent.

En réalité, il savait que c'était la dernière soirée qu'Hermine passait à Trévières auprès de son père. Il voulait l'entretenir une fois encore dans cette intimité si douce pour tous deux.

Depuis huit jours qu'ils se voyaient ainsi, souvent seuls, ou en présence de M. Chapuzot somnolent, Hermine s'était habituée à ce bonheur, et cette séparation prochaine lui causait un véritable déchirement.

Durant ces huit jours, ils n'avaient osé parler de leurs sentiments. Soit frayeur instinctive, soit pudeur d'âme, cette pudeur propre aux grandes affections, ils semblaient redouter toute allusion, même indirecte, à l'état de leurs cœurs. Leurs regards évitaient de se rencontrer; ils en éteignaient la flamme; et, en parlant, ils affermissaient leurs voix, de crainte qu'une intonation trop émue ne dévoilât leur trouble intérieur.

M. Chapuzot se retira de bonne heure, et les deux amoureux restèrent seuls au salon.

Ils étaient tristes, embarrassés.

— Ainsi, soupira Didier en baissant les yeux d'un air morne, c'est demain que vous remontez dans votre noir donjon ?

— Oui, demain.

— Ces deux vieillards vous montrent-ils au moins des égards, du respect ?

— Ils sont parfaits pour moi, répondit Hermine. Il est

vrai que je ne les vois guère. Je passe toutes mes journées dans ma chambre, car j'ai une chambre à moi, tout à moi.

Didier leva sur elle un regard rayonnant.

— C'est, ajouta-t-elle, la seule attention que M. de Tancray m'ait jamais montrée. Il s'est établi à l'autre extrémité du château. Je suis donc presque libre.

Maintenant la joie suffoquait Didier ; car, depuis le mariage d'Hermine, il éprouvait des mouvements de jalousie sauvage qui troublaient ses nuits.

En apprenant qu'Hermine vivait séparée de son mari, une réaction se fit en lui. Soudain ses yeux s'emplirent de larmes. Mais il les baissa de nouveau, craignant de laisser deviner dans cette joie ses tortures passées.

— Oh ! dites-moi, je vous en prie, s'écria-t-il, comment se passent vos journées, afin que ma pensée vous accompagne sans cesse.

— J'ai repris ma vie de jeune fille. Mon aquarelle et mon piano m'occupent une partie du jour. Et puis je rêve de longues heures, appuyée à ma fenêtre, car depuis ma fenêtre j'aperçois le toit de notre maison. Et, comme les exilés, je pense longtemps, longtemps à ceux que j'aime.

— Mais votre chambre, peignez-la-moi, afin que je vous voie dans votre cadre.

— C'est une grande chambre bête, un peu sombre, car les murs sont si épais que la fenêtre se trouve située dans un enfoncement.

— La couleur des rideaux ?

— De grands rideaux jaunes. Moi qui ne puis souffrir le jaune !

— Et les meubles ?

— Oh ! des meubles bourgeois, tout neufs, demandés

en fabrique : assortiment complet. Pas le moindre détail
artistique, pas la moindre délicate attention. Un choix
indifférent, brutal, si je puis m'exprimer ainsi, brutal
comme celui qui l'a fait. Cependant, depuis que j'ai pris
possession de cet ameublement banal, insignifiant, je
suis parvenue à lui donner un peu de poésie avec des
vases de fleurs, des étagères, des draperies de mousseline,
qui dissimulent les grands rideaux jaunes d'un ton trop
cru. Et puis, dans cette vaste chambre où je me trouve
comme égarée, je me suis créé un petit coin moins triste
près de la fenêtre, où j'ai fait placer mon bureau de jeune
fille, mon chevalet. Il y a des fleurs tout autour de moi,
j'aime tant les fleurs ! Avec des fleurs il me semble que
je ne suis pas tout à fait seule. C'est là que je brode, que
je rêve, que je lis, que je relis cette jolie pièce de vers
que j'ai conservée, oh ! bien soigneusement : *La Rose
foulée.*

Didier tremblait de bonheur.

— Si je l'osais, dit-il, je vous demanderais comment il
se fait que M. de Tancray ait eu connaissance de ces
vers ?

Alors Hermine, avec toutes sortes de pudeurs et de réticences, lui conta les incidents qui avaient amené la découverte des vers dans le coffret.

— Ah ! si je les avais lus plus tôt ! soupira-t-elle.

— Eh bien ? demanda vivement Didier.

— Je n'eusse jamais épousé M. de Tancray.

En entendant cet aveu, Didier, comme pour échapper
à l'émotion foudroyante qui l'envahit, se leva, poussa un
cri étouffé, puis se laissa retomber aux genoux d'Hermine.

Ainsi Hermine n'avait jamais aimé son mari, qui l'avait
possédée brutalement, de par la loi. Et s'il s'était déclaré,

Il eût pu être préféré! Ainsi il était aimé, aimé d'Hermine!

Toutes ces pensées se heurtaient à la fois dans son cerveau, peu préparé à une semblable révélation. De là son immense bonheur et son désespoir.

Durant cette explosion, Hermine le regardait étonnée, inquiète.

— Mon ami, qu'avez-vous? De grâce, remettez-vous. Elle lui tendit la main.

Il prit cette main, la couvrit de baisers frénétiques.

Hermine ne songeait pas à la lui retirer. Elle sentait l'émotion l'envahir, une émotion énervante, contre laquelle elle voulut résister.

— Monsieur Didier, dit-elle d'une voix éteinte, laissez-moi, vous me faites mal.

Il leva les yeux sur elle. Elle était pâle, alanguie. Lui aussi, il eut peur.

— Adieu! adieu! s'écria-t-il.

Il se leva et, chancelant, se dirigea vers la porte.

— A demain, n'est-ce pas? balbutia-t-elle.

Il s'enfuit sans répondre.

Hermine demeura un instant étourdie, frémissante, étonnée surtout de l'impression étrange qu'elle venait d'éprouver.

Que s'était-il donc passé en elle? Son cœur était à Didier. Mais autre chose était ce frémissement qui secouait tout son être, ce vertige du cerveau, cette torpeur enivrante! C'était bien, elle n'en pouvait douter, l'irrésistible émotion de l'amour.

Au premier instant elle fut bouleversée de cette découverte. Le trouble de Didier, son effroi, sa fuite, tout lui prouvait qu'il avait, lui aussi, ressenti les atteintes d'une passion d'autant plus impérieuse qu'elle avait été plus longtemps refoulée.

Épouvantée, perplexe, elle ne savait que résoudre.

Fallait-il chercher à surmonter ce coupable entraînement ?

Fallait-il échapper au danger par la fuite?

Mais ne plus le revoir, lui, son seul ami, c'était au-dessus de ses forces.

Toutefois, Didier était avant tout un honnête homme. Elle avait en lui une confiance absolue. Elle ferait ce qu'il déciderait. Elle se broierait le cœur, s'il jugeait ce sacrifice nécessaire à leur conscience et à leur repos.

Elle le verrait le lendemain. Ensemble ils aviseraient.

XXI

Toute la nuit, Didier eut le cœur en délire. Irait-il chez la comtesse? Éviterait-il de rencontrer Hermine? Ne devait-il pas d'abord chercher à recouvrer un peu de calme et de raison? Toutefois, c'était moins son propre repos que celui de son amie qui le préoccupait.

Où les conduirait tous deux cet amour? Sans doute il valait mieux couper court à ce dangereux attrait!

Mais les amoureux ont toujours de nombreux et d'ingénieux sophismes au service de leur passion. Il se persuada donc aisément qu'il ne pouvait désobéir à l'ordre que lui avait jeté Hermine dans son dernier cri: A demain !

Quelque brisé qu'il fût par cette révélation et par cette nuit de douloureuses perplexités, il irait aux Valtis.

Retenu à l'étude par un acte à conclure, il ne put s'y rendre qu'un peu tard.

M. et Mme de Tancray s'y trouvaient depuis longtemps déjà.

Gatinais, qui arrivait directement de la campagne de son père, ne pouvait donner aucune explication sur le retard de Didier. Théodora éprouvait une impatience qu'elle ne cherchait même pas à dissimuler.

Ce jour-là, Caroline s'était surpassée. La comtesse était jeune et sémillante à ravir, toutefois avec une veine bleue sous la paupière, qui lui donnait un air de langueur tout à fait séduisant. Mais peu à peu ses traits se contractèrent. La prunelle dilatée par la colère, les lèvres serrées, elle allait sur le perron, puis rentrait au salon, s'asseyait sans mot dire, battait le tapis de sa bottine mordorée.

— Attendre ainsi un clerc de notaire, un Didier Maurel ! pensait-elle. Quand il arrivera, je saurai lui faire sentir l'inconvenance de son retard.

Hermine éprouvait également une anxiété vive. Mais c'était son cœur qui souffrait, et non sa vanité. Aussi son impatience ne se traduisait-elle point par des mouvements de dépit et par une agitation fiévreuse ; de temps à autre elle fermait les yeux, comme pour voiler l'angoisse qui l'oppressait.

— Voyons, messieurs, une énigme, proposa malicieusement Mme Fontange ; quel est le meilleur moyen de réduire une coquette ?

— La violence, fit Raoul.

— Vous n'y êtes point.

— L'indifférence, dit M. de Salbris.

— Vous brûlez.

— La patience, alors ? conclut Gatinais.

La vieille cousine applaudit.

— Ce n'est pas mon avis, s'écria la comtesse. Le seul

8

moyen de réduire une coquette, c'est un [amour véritable.

Puis, se levant soudain, elle sonna.

— Nous ne pouvons attendre plus longtemps. Servez! fit-elle d'un ton sec.

A la façon dont Théodora prononça ces paroles, Hermine pâlit. Si Didier arrivait, Mᵐᵉ de Broissac, avec son caractère impérieux, allait sans doute lui adresser des reproches, l'humilier peut-être. Elle se prit alors à souhaiter que son ami ne vînt pas.

Au même instant, M. Jupin fit entendre un grognement significatif.

C'était Didier.

En le voyant arriver pâle, les joues creuses, l'œil ardent, Théodora se crut certaine d'être aimée. Une grande passion seule avait pu causer ces ravages. Sans doute sa visite de la veille avait produit l'effet qu'elle en avait attendu : les derniers scrupules de Didier étaient vaincus. Il venait, décidé à se déclarer.

Un revirement subit se fit dans les dispositions de la coquette. Au lieu du mot blessant qu'elle avait médité, elle lui adressa son plus gracieux sourire.

Didier s'excusa.

— Vous êtes pardonné d'avance, répondit Théodora.

Le premier moment d'embarras passé, le pauvre amoureux leva timidement les yeux sur Hermine. Leurs regards troublés se rencontrèrent et se comprirent. Tous deux succombaient sous le poids d'un sentiment plus puissant que leur volonté.

Tout entière à sa propre émotion, Théodora ne remarqua point celle des amoureux.

Elle plaça Raoul à sa gauche, M. de Salbris à sa droite ;

en face d'elle, Mme Fontange, ayant à sa droite Gatinais et à sa gauche Didier; à côté de Didier, M. de {Tancray.

Quelle situation pour l'amoureux! {Le frôlement de la robe d'Hermine lui causait des frissonnements, son parfum lui donnait le vertige. Il ne mangeait pas, il parlait à peine. N'osant regarder Hermine, il attachait sur la comtesse ses yeux sombres, pleins d'ardeurs voilées.

Quant à Mme de Tancray, son visage exprimait une émotion pure et contenue. Le voir à ses côtés suffisait à son bonheur. Elle éprouvait une volupté sereine à se blottir dans ce cœur qu'elle sentait tout à elle.

Cependant, le dîner, d'abord silencieux, s'anima peu à peu.

Didier, surmontant son trouble, parvint à montrer quelque esprit, de l'entrain. Gatinais, heureux de se retrouver dans un milieu parisien, lui donnait la réplique avec un certain brio. Théodora excitait Didier, lui versait le champagne à pleine coupe, provoquant sa verve, le grisant de vin et de flatteries.

Elle précipita le service, tant elle avait hâte de se trouver seule avec lui.

— Ce soir même, se disait-elle, je verrai clair dans son cœur, car je ne puis être plus longtemps le jouet de cet amour saugrenu.

. A la pensée que ce clerc de notaire, qu'elle daignait distinguer, ne l'aimait peut-être point, elle éprouvait comme des vertiges de haine et de colère.

Jusqu'à la fin du dîner, elle redoubla pour lui de coquetteries langoureuses.

Le présomptueux Gatinais s'était déjà posé en adorateur de la comtesse; mais les attentions empressées de ce fat l'agaçaient. Elle cherchait sans cesse à se rapprocher de Didier. Comme elle n'arrivait pas à provoquer la déclaration qu'elle souhaitait, elle s'empressa de se débarrasser d'un entourage qui la gênait.

S'approchant de Raoul, elle lui dit à voix basse :

— Je me sens fatiguée ce soir. Veuillez, je vous prie, donner le signal du départ.

Raoul se rendit d'autant plus volontiers à ce désir que, tout à ses projets de chasse, il avait hâte de se retirer, pour être dispos le lendemain de grand matin.

Il entraîna Gatinais, un peu malgré lui.

Didier voulut s'esquiver en même temps, dans l'espoir qu'il pourrait une dernière fois serrer la main d'Hermine, peut-être échanger quelques mots.

Mais Théodora, passant à côté de lui, lui dit vivement à demi-voix :

— Restez, je le veux, j'ai à vous parler.

Didier resta.

Mᵐᵉ Fontange et M. de Salbris entamèrent leur éternel bézigue.

Jupin dormait, roulé sur la jupe de sa maîtresse.

— Ne trouvez-vous pas, dit tout à coup la comtesse à Didier, qu'on étouffe ici? Allons un instant respirer sous la vérandah.

Et, lui prenant familièrement le bras, elle l'entraîna au dehors.

— Quelle belle nuit! s'écria-t-elle. Un vrai ciel d'Italie, profond et lumineux. Voyez ce jet d'eau que la lune fait étinceler, et ces allées profondes, et ces arcades de verdure si sombre, à côté de ces nappes de lumière. Ne dirait-on pas un décor d'opéra? Voulez-vous faire un tour dans le parc?

— Je suis à vos ordres, répondit Didier embarrassé.

La comtesse prit cet embarras pour une timidité d'amoureux.

— Il a peur, se dit-elle. Donc, il m'aime. Je ne m'étais pas trompée.

Elle jeta sur ses cheveux un long voile de gaze garni de blonde. Elle portait une robe gris argenté avec des dentelles noires perlées d'acier bruni, à reflets étincelants.

— Vous ressemblez à ce clair de lune, dit le jeune homme qui affecta d'être galant et de mettre la conversation sur un ton léger. Cette longue jupe de soie pâle, ce sont les grandes traînées de lumière bleuâtre sur les pelouses; ces dentelles, les noirs bocages et les allées sombres; ces perles, ce sont les étoiles, et votre pâle visage avec cette auréole, c'est la rêveuse Phœbé entourée d'une vapeur légère.

— Ah! ah! vous êtes galant. C'est vraiment charmant de se promener par cette belle nuit avec un poëte. Un amoureux vaudrait mieux encore.

La provocation était directe. Didier répondit évasivement:

— Tous les amoureux sont poëtes.
— Et tous les poëtes sont-ils amoureux?
— Plus ou moins.
— Eh bien, et vous, l'êtes-vous plus ou moins?
— Mais c'est une confidence que vous me demandez là.
— Indiscrète?
— Fort indiscrète! répondit-il d'une voix émue.

Sans être fat, Didier comprenait où voulait en venir la comtesse. La situation était difficile. Un homme moins épris, l'eût trouvée fort enviable. La nuit était pleine d'incitations voluptueuses. Théodora, avec sa toilette étrange, était particulièrement provocante.

8.

L'élégance onduleuse de sa taille, son œil félin qui, dans la demi-obscurité, avait un éclat phosphorescent, son parfum irritant, son esprit, sa coquetterie diabolique, tout devait contribuer à exalter l'imagination ardente d'un poëte. Cependant cette femme causait à Didier une peur instinctive. Et puis, entre elle et lui, s'élevait l'image radieuse d'Hermine. Mais en repoussant les avances de Théodora, n'allait-il pas s'en faire une ennemie irréconciliable? Il résolut de continuer à éluder la provocation.

Après un silence, Théodora reprit:

— Il est vrai que je n'ai rien fait encore pour mériter vos confidences, votre amitié.

— Je suis, au contraire, madame, profondément touché de votre bienveillance extrême.

— Eh bien! alors?

— Je craindrais de perdre peut-être cette bienveillance.

— Puisque je vous en prie!

— Ah! madame, cessez ce badinage. Il serait cruel de jouer avec les sentiments d'un pauvre garçon, trop heureux déjà d'obtenir de vous les marques de distinction que vous voulez bien lui accorder.

— Est-il bête! pensa la comtesse.

Toutefois, cette bêtise, cette timidité lui plurent.

Il y eut un nouveau silence.

Tout à coup Théodora parut faire un faux pas, poussa un petit cri, et pesant sur le bras de Didier:

— Mon pied a tourné, dit-elle, et je me suis fait mal.

— Rentrons, alors.

— Ce n'est rien; cela va mieux.

Néanmoins elle s'appuya davantage sur le bras de Didier.

Et quand ils passaient dans les allées sombres, elle se serrait toute frissonnante contre lui.

Elle resta un instant rêveuse, émue.

— Comme cette nuit est imposante! dit-elle à demi-voix. On craint de troubler ce grand silence en parlant haut.

Didier ne répondit pas.

Ils venaient de s'engager sous une épaisse voûte de verdure. Ils marchaient dans des ténèbres remplies de bruissements indécis, de frôlements d'ailes, de baisers de l'air et des feuilles, de chuchotements doux. Sur son bras nu, Théodora sentait palpiter le cœur du jeune homme.

Elle voulut l'enivrer tout à fait. Prenant une attitude alanguie, elle pencha la tête sur son épaule et l'effleura.

Au contact de cette femme amoureuse, il ressentit comme une secousse électrique; ses tempes sifflèrent, son cœur battit avec plus de violence; mais il surmonta bientôt cette émotion toute physique.

— Je crains pour vous, dit-il, la fraîcheur du soir. Il me semble vous avoir sentie tout à l'heure frissonner.

— Au contraire, répondit-elle, le grand air me fait du bien.

En même temps, elle laissa tomber sa petite main fiévreuse sur celle du jeune homme.

Cette main brûlante jeta le feu dans les veines de Didier.

Combien cette impression ressemblait peu à l'émotion de cœur, à l'ivresse douce que lui causait la main d'Hermine, quand elle la lui tendait! Vaincu par la séduction, pénétré par d'énervantes effluves, la raison stupéfiée, les sens ivres, il s'oublia un moment jusqu'à presser contre sa poitrine le bras de Théodora.

Mais tout aussitôt, honteux et effrayé de ce mouvement involontaire, sous prétexte d'écarter une branche d'arbre, il quitta le bras de la comtesse.

— Eh bien, dit-elle de sa voix de sirène, vous m'abandonnez?

— Je ne sais ce que j'éprouve ce soir, répondit Didier en passant la main sur son front, je suis brisé. En venant de Trévières, j'ai marché si vite...

Théodora l'observait.

Il était oppressé; mais ce n'était pas l'oppression de la fatigue. Son œil était plein de flammes. Cet abattement des nerfs, c'était, elle n'en pouvait douter, l'amour qui le causait.

— Vous êtes las, reprit-elle; moi aussi. Cette nuit chaude, pleine d'électricité et de senteurs enivrantes accable en effet. Asseyons-nous un moment dans ce kiosque!

Elle reprit le bras de Didier, qui se laissa conduire. Cette femme, comme une torpille, engourdissait sa volonté.

— Voyons, poète, dit-elle, quand ils furent installés dans le kiosque, faites-moi part, soit en vers, soit en prose, des impressions que vous cause cette promenade nocturne.

— En vérité, madame, je me récuse. Cette nuit a de telles splendeurs, et mes idées, en ce moment, sont si confuses... Je suis comme un homme ivre. Demain, peut-être, le souvenir aidant...

L'habile coquette l'avait conduit au degré d'émotion où elle pensait qu'un aveu s'échapperait enfin de ses lèvres.

Cependant il se taisait.

— Au moins, reprit-elle sans se laisser encore déconcerter, dites-moi le nom de cette femme à laquelle vous adressiez les vers trouvés dans votre album, les vers que j'ai là.

Elle sortit un papier de son corsage entr'ouvert.

— Vous les avez conservés? dit-il en tressaillant, et comme s'il s'éveillait d'un rêve.

Cette question venait de lui rappeler la pure et touchante Hermine un moment oubliée. Il avait honte de l'infidélité que peut-être il allait commettre. Il répondit froidement :

— Je ne le puis pas, madame.

— Vous me refusez encore!

— Je ne le puis pas, répéta Didier.

— Et moi, je le veux! insista-t-elle du ton d'une femme à qui l'on n'a jamais rien refusé.

— C'est impossible.

Théodora se mordit les lèvres avec dépit.

— Allons! pensa-t-elle, il est vraiment par trop niais! Il ne mérite pas l'intérêt que je lui accorde!

Toutefois, avec l'opiniâtreté des femmes et des enfants gâtés, chez qui la résistance produit l'entête-ment, elle reprit :

— Pourquoi est-ce impossible? Cette femme n'est donc pas libre?

— Non.

— Elle est en puissance de mari?

— Oui.

Il y eut un silence terrible. Théodora se sentait souf-fletée en plein visage. Voilà donc ce qui empêchait Didier de se prononcer; il n'était pas timide, mais amou-reux! Et ce n'était pas elle qui était aimée! Toutes ses avances n'avaient réussi qu'à lui causer un trouble mo-mentané, dont il avait triomphé.

Quel était cet amour? Une petite bourgeoise de

Trévières, sans doute. Et une pareille femme l'emportait sur elle, comtesse Théodora de Broissac, renommée pour son élégance, sa beauté, son esprit.

Une telle offense, de la part d'un infime clerc de notaire !

Didier ne put voir dans la nuit le regard de la comtesse ; il ne put voir cette pupille agrandie, ardente, féroce. Autrement il eût été épouvanté de l'expression haineuse de ce regard.

Voulant dissimuler sa déconvenue, elle reprit aussitôt d'un ton légèrement sarcastique :

— C'est une dame de Trévières ?

Didier se tut.

— Vous piquez singulièrement ma curiosité, dit-elle. Voulez-vous parier avec moi qu'avant huit jours je sais votre secret ?

— Personne ne le saura jamais.

— Bah ! les amoureux sont comme les autruches, qui se croient invisibles quand elles se cachent la tête. Leur amour est éclatant comme le soleil, et parce qu'ils ne l'avouent pas, ils se croient en sécurité.

— C'est un amour platonique.

— Vraiment ! Mais alors cela devient excessivement intéressant, prodigieux même. Oh ! contez-moi cela, sans dire le nom de l'héroïne.

— Vous conter mon amour ! Assurément cette confidence soulagerait mon cœur qui étouffe. Mais ne serait-ce pas le profaner que d'oser même en parler, et surtout à une personne indifférente ?

L'émotion avec laquelle Didier prononça ces paroles fit croire de nouveau à la comtesse que c'était bien elle qui inspirait cette grande passion, mais que Didier, ayant surpris sa liaison avec Raoul, craignait un échec

ridicule en le lui avouant, et par ses réponses avait
voulu la dérouter.

— Qu'est-ce qui vous donne à penser, monsieur Didier, que je sois si indifférente à ce qui vous concerne?
Est-ce mon désir de passer une soirée seule avec vous?
Est-ce le soin que j'ai pris de ce chiffon de papier où
vous parlez précisément de cet amour incompris? Est-ce
encore la vive curiosité que je vous témoigne en ce moment?

— Ah! madame, pardonnez-moi; en effet, je suis un
ingrat, tout à fait indigne de l'intérêt que vous voulez
bien me témoigner.

— Eh bien, alors, montrez donc plus de confiance.
Mon ambition, à moi, si adulée pourtant, si choyée,
si entourée, c'eût été précisément de rencontrer un de
ces grands et purs amours. Nulle femme peut-être n'a
été autant adorée; mais aimée, jamais. On m'a souvent accusée de coquetterie. Hélas! pourquoi sommes-
nous coquettes? C'est uniquement parce que nous ne ren-
controns point parmi les hommes de notre entourage
l'idéal que nous cherchons. Aujourd'hui les hommes
n'ont plus le temps d'aimer. Quand, tourmentées par la
fièvre du cœur, nous aspirons au véritable amour, eux,
que cherchent-ils? Une distraction, un plaisir passager
ou une affaire, s'ils veulent épouser.

— Il y a des exceptions.

— Elles sont si rares! soupira Théodora. Et cependant, malgré toutes nos déceptions, c'est toujours
là notre mobile, notre but, à nous, pauvres femmes,
dont toute la destinée se résume dans ce mot: aimer.
Être aimée véritablement, monsieur Didier, voilà donc
mon rêve, un rêve qui [sans doute ne se réalisera jamais.

— Vous avez souffert ainsi, vous, une des reines du monde parisien?

— Ah! triste reine, en vérité! Bien souvent je me suis prise à regretter Trévières, où peut-être, avec moins d'ambition, j'aurais trouvé le bonheur.

La provocation sensuelle n'avait pas réussi. Elle essayait maintenant de jouer le sentiment.

Son accent d'amertume n'était pourtant pas entièrement feint. Souvent, sans doute, elle avait souffert du vide de sa luxueuse et bruyante existence; mais pour rien au monde, pas même pour un amour vrai, elle n'eût voulu la quitter.

— Vous avez raison, madame, répondit simplement Didier. Il y a plus de bonheur dans un sentiment unique et profond, qui absorbe la vie entière, que dans toutes les jouissances de vanité que peuvent donner de nombreuses conquêtes. Je ne troquerais pas mon pauvre amour malheureux contre les plus brillants succès.

— Mais ce grand amour est-il donc absolument sans espoir? Et l'amour sans espoir peut-il toujours durer?

— Il est absolument sans espoir : elle est si pure, si naïve...

A ces paroles, la comtesse éclata d'un rire strident et moqueur. Elle voulait dissimuler cette seconde déception, car évidemment, cette personne si naïve et si pure, ce n'était pas elle.

— Voilà bien encore les amoureux! s'écria-t-elle avec aigreur. O saint aveuglement de l'amour! Toutes les femmes aimées sont angéliques, cela va de soi. Mais ne trouvez-vous pas décidément qu'il fait un peu froid? Si nous rentrions? Je m'aperçois que je grelotte.

Le rire, la voix sèche et cassante de Théodora, ce refroidissement subit firent comprendre à Didier qu'il avait été maladroit en faisant l'éloge, même indirect, de la pureté et de la naïveté. D'un autre côté, il était heureux d'entrevoir la fin d'une situation aussi scabreuse.

Il offrit son bras à la comtesse, qui, au retour, en passant par les mêmes allées sombres, ne frissonnait plus, ne prenait plus de poses alanguies. Avec affectation elle croisait sur sa poitrine sa mantille de blonde, et à peine posait-elle sa main sur le bras de Didier.

— Monsieur Didier, lui dit-elle cependant avant de monter le perron, souvenez-vous que vous aurez toujours en moi une amie. J'ai été sincèrement touchée de votre discrétion, de vos sentiments élevés, de votre grand amour malheureux ; et si je puis jamais vous aider, vous trouverez en moi une confidente aussi discrète que dévouée.

Quand ils rentrèrent au salon, M. de Salbris et la cousine Fontange avaient terminé leur partie de bézigue. Jupin continuait à ronfler aux pieds de sa maîtresse.

— Eh bien ! avez-vous fait une bonne promenade ? demandèrent-ils en les enveloppant tous deux d'un regard où perçait une inquisition malicieuse.

— Ravissante, répondit Théodora.

— Comme vous êtes pâle, ma cousine ! s'écria Mᵐᵉ Fontange. Vos yeux sont brillants de fièvre, et vous grelottez ; vous aurez attrapé un refroidissement.

— En effet, je suis glacée. Mais en me couvrant chaudement cette nuit, demain il n'y paraîtra plus.

Comme Didier se disposait à sortir :

— Bonsoir, dit-elle en lui tendant gracieusement la main, à bientôt.

Mais au moment de franchir le seuil de la porte, Didier aperçut fixée sur lui sa prunelle de panthère. Il ne put s'empêcher de frémir, car il comprit qu'il venait

9

de se faire une ennemie de cette femme. Si jamais elle parvenait à découvrir celle qu'il aimait, il aurait peut-être, par sa maladresse, attiré sur Hermine et sur lui un ressentiment plein de dangers pour tous deux.

XXII

Il cheminait, préoccupé, inquiet des suites de cette soirée, quand, au moment d'atteindre la route boisée qui conduit du château de Tancray au bourg de Trévières, il entendit le pas d'un cheval.

Il craignit d'être vu sortant si tard du cottage, et se dissimula dans un sentier qui bordait la route.

Le cavalier, au lieu de se diriger vers le bourg, prit l'embranchement qui mène aux Valtis.

Que signifiait cette visite nocturne à la comtesse de Broissac? Quel était ce cavalier?

Il se frotta les yeux pour s'assurer qu'il ne dormait pas, et retournant précipitamment sur ses pas, il revint à la croisée des chemins.

Le cavalier maintenant avançait lentement, avec précaution, dirigeant son cheval sur le gazon pour assourdir le bruit du sabot.

Il crut reconnaître la silhouette de M. de Tancray. Mais quelle invraisemblance ! N'était-ce pas plutôt Gatinais? Cette supposition lui sembla plus inadmissible encore.

Il retourna au cottage, sans perdre de vue le cavalier,

qui, ne pouvant se croire surveillé, continuait paisiblement sa route.

Didier le vit s'écarter du chemin, attacher son cheval dans le taillis, puis ouvrir la petite porte du parc.

Emporté par la curiosité, il entra à son tour dans le parc, et, se glissant de massif en massif, il parvint à la pelouse qui entourait le cottage, au moment même où Raoul, franchissant une fenêtre à hauteur d'appui, pénétrait dans la chambre de Théodora.

Derrière les doubles rideaux de mousseline, il entrevit deux ombres se mouvoir, s'embrasser. Ainsi, cette femme qui venait de le provoquer à se déclarer, avait encore pour amant M. de Tancray, le mari d'Hermine, d'Hermine pour laquelle elle affectait une si vive amitié.

Tout d'abord bouleversé de cette découverte, il ne songea pas au bénéfice que son amour pourrait en tirer. Sa première impression fut un sentiment de profond dégoût pour cette astucieuse coquette, puis pour cet homme qui trahissait déjà ses serments.

— Pauvre Hermine ! soupira-t-il. Au milieu de quel monde la vanité de son père l'a-t-elle jetée! Ah ! si jamais son repos était menacé, j'aurais du moins une arme pour la défendre!

Maintenant il trouvait une excuse à son amour. Maintenant il se persuadait qu'il devait la revoir, ne fût-ce que pour la protéger au besoin.

Il regagna la route. Mais instinctivement, machinalement, guidé par un invincible attrait, tournant le dos à Trévières, il se dirigea du côté du château de Tancray.

Pendant près d'une heure il marcha d'un pas nonchalant, la tête baissée, perdu dans ses pensées d'amoureux et de poëte.

Au lieu de suivre le chemin qui tourne la montagne, il coupa par des sentiers abruptes qui abrègent la route. Cet antique château de Tancray, il l'avait souvent visité ; mais depuis qu'Hermine l'habitait, le sombre manoir s'illuminait à ses yeux et exerçait sur lui une sorte de fascination attractive. Il désirait voir de tout près la demeure de la tendre et chaste enfant à laquelle il avait donné son cœur, vivre de l'air qu'elle respirait, se sentir plus rapproché d'elle. Peut-être elle aussi pensait à lui.

La lune qui s'abaissait sur l'horizon, jetait encore sur le château de Tancray quelques pâles lueurs. Toutes les fenêtres étaient noires. Personne ne veillait.

Il s'assit au pied d'un massif de sapins, et resta ainsi longtemps en contemplation.

Quelle différence avec les impressions que lui avait causées Théodora ! Ce n'était plus cette irritation des nerfs, cette flamme malsaine qui faisait bouillonner ses veines. Il ressentait dans tout son être comme une bienfaisante chaleur, une tendresse infinie. Son cœur se fondait dans une adoration fervente.

Il revoyait sa pâle Hermine, comme la veille, le regard ému, baigné de douces larmes. Retrouver auprès d'elle cet instant de félicité, il n'ambitionnait pas d'autre faveur, d'autre volupté.

Et il regardait la haute tourelle où dormait la belle châtelaine de son cœur, d'autant plus aimée qu'elle était plus malheureuse.

Le beau sujet de poëme ! Mais il ne pensait guère à la poésie. Il aimait trop, il souffrait trop pour rimer.

Quant à Théodora, retirée dans sa chambre, après avoir pris congé de ses hôtes, elle s'était laissée tomber dans un fauteuil ; et dans sa colère, elle en tortillait les glands et en effiloquait les guipures.

— Madame veut-elle que je la déshabille ? vint demander Caroline.

— Non, je n'ai pas besoin de vous ce soir.

Restée seule, elle alla devant sa glace, prit sa pose de grande dame, étalant sur le tapis sa longue traîne, cambrant sa taille élancée et posant de trois quarts sa tête arrogante.

— Peuh ! peuh ! la caque sent toujours le hareng, reprit-elle. Il ne comprend pas l'élégance. Où l'aurait-il apprise ? A Trévières ? J'ai sans doute pour rivale une blanchisseuse, moins que cela peut-être. Les poëtes, qui voient tout à travers le mirage de leur imagination, ont de si singuliers goûts !... Cependant, depuis trois mois, c'est le second échec. Raoul a failli m'échapper. Je l'ai ressaisi ; mais le conserverai-je ? Et s'il me quitte, retrouverai-je un autre amant ? Ce petit clerc de notaire vient de me donner une rude leçon.

Elle prit un miroir et, se plaçant sous la lumière de la lampe, elle étudia courageusement, attentivement son visage. Elle écarta les ondulés postiches qui couvraient son front et compta les lignes minces qui le coupaient transversalement, qui sillonnaient les tempes et le dessous des yeux.

— Caroline m'a négligée ce matin, dit-elle avec dépit, je changerai cette fille. Car je suis encore jeune, je me sens jeune. Ah ! ce poëtereau, ce gratte-papier refuse, dédaigne mon amour... Nous verrons bien ! Je saurai découvrir celle qu'il aime. Bah ! à quoi bon me venger de ce piètre garçon ? Je ne puis que l'accabler de mon mépris !... Mon mépris !... mon mépris !...

Elle soupira.

— Depuis qu'il m'a repoussée, il me semble qu'à ma colère se mêle un autre sentiment qui m'oppresse.

Et frappant du pied :

— Allons donc ! moi, Théodora, j'irais m'éprendre de ce rimailleur sentimental !...

Elle tira de son corsage les vers de Didier et les relut.

— C'est peut-être ce qu'on appelle en style poétique une belle âme, c'est-à-dire un imbécile.

Et de nouveau un pesant soupir s'échappa de sa poitrine.

— Je ne serai donc jamais aimée, moi qu'on dit si belle, si séduisante ! J'aurai connu toutes les joies de ce monde, excepté l'amour vrai, qui peut-être est la seule vraie joie. Je l'eusse aimé, cet homme, peut-être déjà je l'aimais !...

C'est en ce moment que Raoul, poussant doucement la fenêtre entr'ouverte, apparut.

Après un moment de surprise et d'hésitation, la comtesse s'élança vers Raoul, lui jeta ses bras au cou.

— Oh ! que tu es aimable, mon amour ! quelle charmante surprise ! tu m'aimes donc, tu m'aimes donc !

— Follement ! tu étais si belle ce soir ! Mais comment n'es-tu pas encore couchée, ni même déshabillée ?

— Caroline avait sa migraine. J'ai pris un livre que j'ai dévoré. Et puis, j'ai pensé à toi ; j'étais jalouse, dit-elle en appuyant avec câlinerie sa tête sur l'épaule de Raoul.

— Bien vrai ?

— Je le jure.

— Eh bien ! moi aussi, et même c'est là ce qui me ramène.

— Jaloux ! toi ! et de qui, grands dieux, dans ce pays perdu ?

— De ce mauvais poëte. Tu n'as d'yeux et d'oreilles que pour lui. Et puis, il est resté après moi; je l'ai bien vu, c'est toi qui l'as retenu.

— Tout au contraire : c'est lui qui voulait rester, et je l'ai renvoyé. Mais tu es jaloux! Quel bonheur! Quelle bonne découverte! Car on n'est jaloux que quand on aime. Et franchement, après cinq ans, cet accès de jalousie, s'il n'est pas absolument sincère, est du moins d'une exquise galanterie.

— Il était sincère. Mais je me trompais, et je ne t'en aime que davantage.

Il la prit dans ses bras et la couvrit de baisers.

Théodora partagea ses transports.

— Tu me trouves toujours belle, bien sûr ? demanda-t-elle en minaudant et en regardant son amant dans les yeux.

— Tu étais adorable pendant le dîner. Il me tardait de revenir auprès de toi pour te le dire.

— Pour me surveiller, m'espionner, vilain jaloux !

— Tu me pardonnes?

— Je t'adore!

Raoul s'agenouilla.

— Permets que je remplace Caro. Donne-moi tes petits pieds, que je les déchausse ! Mais tes souliers sont humides, s'écria-t-il avec un soubresaut.

— J'ai fait un tour dans le parc.

— Avec lui?

— Qui, lui?

— Ce Didier!

— Mais, alors, cela tourne à la monomanie, s'écria la comtesse en riant aux éclats.

— Et ce papier? dit-il en ramassant les vers que Théodora avait laissés tomber à terre.

—Ah ! oui, fit la comtesse, sans se laisser déconcerter, ce sont des vers.

— De lui, encore ! Je reconnais son écriture. Je m'en doutais. Adressés à toi ?

— Non pas à moi, mais à une inconnue.

— Comment alors ces vers se trouvent-ils ici, dans cette chambre ? reprit Raoul, soupçonneux et emporté.

— Encore ? Mon Dieu, que tu es beau ainsi !

— Oui, encore, et je ne plaisante pas, je veux une explication. Il paraît que ce monsieur rime à tort et à travers. Voilà la seconde fois que ses poésies me tombent sous la main.

— Comment, la seconde fois ?

— Ne s'est-il pas avisé d'en adresser aussi à Mᵐᵉ de Tancray ?

— A Hermine ! En vérité, s'écria Théodora, qui, après un mouvement de surprise indescriptible, se laissa nonchalamment retomber dans son fauteuil. Bah ! contez-moi donc cela.

Raoul, en peu de mots, raconta l'histoire du coffret.

— Pardon, dit la comtesse, rendez-moi un instant ce papier.

Et, tout bas, elle scanda le cinquième vers :

> Hélas ! à votre amour, Hermine, je renonce.

— Hermine ! c'est bien cela. C'est elle qu'il aime, pensa Théodora.

La haine, une haine de coquette déçue contracta ses traits.

— Eh bien, quoi ? demanda Raoul, qui remarqua ce mouvement de physionomie.

— Absolument rien. Assez chamaillé, n'est-ce pas ! pour deux ou trois mauvaises rimes. Tiens, voilà le cas que je fais de cette fameuse poésie.

Elle déchira le papier.

Il voulut répliquer.

Elle lui coupa la parole par un baiser d'autant plus tendre qu'elle était plus coupable, et que, repoussée par Didier, elle voulait se rattacher à son ancien amant.

Quand M. de Tancray sortit des Valtis, l'aube blanchissait le ciel.

Didier était encore à la même place devant la tourelle du château, songeant toujours.

Le pas du cheval de Raoul l'arracha à sa rêverie. Il se jeta dans le massif de pins, pour éviter d'être vu. Le cavalier passa à quelques pas de lui. C'était bien la même silhouette qu'il avait aperçue sur la route du cottage. Il le vit s'arrêter, jeter un coup d'œil sur la maison endormie pour s'assurer que personne ne l'avait observé, puis faire entrer son cheval dans l'écurie.

Maintenant il ne pouvait plus conserver aucun doute : M. de Tancray était toujours l'amant de Théodora.

Hermine était donc abandonnée.

Il en ressentit cette fois une joie égoïste, et sa passion s'augmenta de l'espoir que lui permettait cette découverte.

Raoul ayant remisé son cheval, sortit de l'écurie et rentra furtivement au château par la porte dérobée de la tourelle.

Où allait-il? Ah! comme Hermine avait raison de le haïr! Peut-être, pour mieux dissimuler ses sorties nocturnes, osait-il en ce moment paraître chez sa femme, et s'imposer en maître.

A cette pensée un tourbillon de colère aveugla Didier et réveilla en lui une ardeur un moment apaisée par la force de sa volonté et par l'excès même de son amour.

9.

Ivre de jalousie, il descendit en courant le chemin pierreux qui conduit à la route de Trévières.

Cependant Raoul, rentré chez lui, jugeant la nuit trop avancée pour se coucher, ouvrit sa fenêtre et aperçut entre les arbres la silhouette de Didier, qui, ne pouvant se croire observé, ne se cachait plus.

Un homme vêtu de noir, qui s'éloignait en courant, à pareille heure, qu'est-ce que cela signifiait?

Il ne put reconnaître Didier. Mais tout à ses pensées jalouses, il soupçonna que ce devait être lui. Comment expliquer alors cette double conduite? Ce clerc de notaire courtisait donc à la fois sa maîtresse et sa femme? Il voulut aller sur-le-champ trouver Hermine. Toutefois l'accuser sur d'aussi vagues apparences, c'eût été maladroit.

Peu à peu la fraîcheur du matin calma son irritation. Il n'accuserait pas sans être sûr. Il surveillerait!

XXIII

A quelques jours de là, M. de Tancray organisa une grande chasse à courre, à laquelle devait assister l'élite des chasseurs du canton.

Gatinais, l'inévitable Gatinais, était convié.

Et Théodora qui savait, quand elle le voulait, exciter ou apaiser les soupçons jaloux de Raoul, obtint que Didier recevrait aussi une invitation.

Elle ne doutait pas de l'amour de Didier pour Hermine; mais encore elle voulait s'assurer si cet amour était aussi platonique qu'il le prétendait.

Les dames devaient suivre la chasse en voiture; et comme Didier ne montait pas à cheval, il les accompa-

gnerait. Or, la comtesse pensait que les amoureux seraient bien adroits, s'ils parvenaient à lui dissimuler la
vérité.

Dès l'aube, les abords du château de Tancray présen-
taient une animation inaccoutumée.

Les fanfares sonnaient joyeusement. Les chevaux
piaffaient. Raoul et Gatinais, en équipage de chasse, hâ-
taient les préparatifs du départ, allant et venant, jurant
et sacrant, fouaillant les chiens et gourmandant les piqueurs.

C'était une belle matinée de septembre. Le soleil se
dégageait radieux des vapeurs matinales, qui disparais-
saient peu à peu sous l'ardeur de ses rayons. Les teintes
chaudes et dorées du feuillage resplendissaient sous la
rosée. Les oiseaux gazouillaient à l'envi leurs gaies
chansons. Ce n'étaient plus les chants d'amour du printemps ; c'étaient les cris joyeux des jeunes couvées prenant possession de l'air et de la vie ; une de ces belles
matinées enfin, où la nature semble déployer toutes ses
coquetteries pour parer sa décadence.

Pour la première fois depuis leur promenade nocturne,
Didier et Théodora se retrouvaient en présence.

L'embarras de Didier cessa bientôt devant l'aisance
parfaite de la comtesse, et l'accueil empressé et amical
qu'elle lui fit.

'— Décidément, pensa-t-il, c'est une effrénée coquette,
mais une excellente femme.

Depuis une semaine, Hermine et Didier ne s'étaient
vus.

Mme de Tancray était descendue à Trévières. Mais Didier se trouvait absent, M. Chapuzot l'ayant chargé d'un
inventaire après décès qui devait durer plusieurs jours.

Ils n'avaient donc pu se parler depuis cet entretien orageux qui les avait si violemment troublés tous les deux.

Et cependant, Hermine, qui ne voulait pas renoncer à cette affection, avait besoin de retrouver son ami calme et résigné.

Quant à Didier, pendant ces huit longs jours, il avait été dévoré par une fièvre intense. Malgré tout le prosaïsme du travail forcé auquel sa position le condamnait, le souvenir d'Hermine n'avait cessé un instant d'occuper sa pensée. Quels douloureux efforts pour s'arracher à ses souvenirs absorbants ! Et quel délire dans ses nuits ! S'il parvenait à s'endormir, et si, à son réveil, cette image adorée s'était effacée, il croyait rouler dans le néant. Avec quelles ivresses, quelles larmes il la retrouvait, se prosternait devant son idole !

Aussi tous deux portaient-ils sur leurs visages alanguis cette pâleur diaphane que causent les souffrances de l'amour.

Ils ressentirent, quand leurs yeux noyés se rencontrèrent, comme un coup dans le cœur. Mais ils les abaissèrent aussitôt, craignant de laisser deviner leur secret.

Cependant ce regard avait été surpris par Théodora. Et derrière son binocle, ses yeux méchants étincelèrent.

On s'installa dans une grande voiture de chasse à trois banquettes, attelée de quatre chevaux blancs.

Théodora sut manœuvrer de manière à placer Didier à côté d'Hermine.

En voyant le clerc assis à côté de sa femme, Raoul fronça le sourcil. Mais comment les séparer sans faire un esclandre, et sans se montrer ridicule ?

Gatinais, lui, caracolait autour de la voiture en jouant du torse. Il était superbe.

— Allons, s'écriait-il, voilà une chasse qui aura du galbe, temps splendide, femmes enchanteresses!

Et il regardait avec toutes sortes d'intentions fascinatrices Théodora, qui lui riait au nez.

Mme Fontange, placée dans la voiture à côté de M. Chapuzot, s'amusait à scandaliser le dévot notaire par des plaisanteries grivoises sur les curés en général, et en particulier sur le plantureux chanoine, dont la face rubiconde accusait déjà des libations matinales et qui, debout sous le portail gothique, regardait le départ de la chasse, enveloppé dans sa douillette graisseuse.

Le marquis, se rappelant ses jeunes années, donnait des conseils aux piqueurs, et de sa main osseuse, ornée de manchettes, saluait galamment les dames.

Assis l'un à côté de l'autre, recueillis dans leur amour, Hermine et Didier regardaient sans voir, écoutaient sans entendre, et souriaient comme les enfants *rient aux anges* dans leur sommeil. Ils étaient dans le ciel, heureux jusqu'à en souffrir, tant leur cœur gonflé d'amour palpitait.

Tout en parlant, la terrible Théodora observait leur silence, leur attitude contrainte et cet ineffable sourire qui trahissait leur félicité intérieure. Elle les enveloppait de sa haine jalouse, et se jurait de leur faire payer cher ce bonheur.

La fanfare sonna le signal du départ.

Les chiens bondirent. Les cavaliers s'élancèrent. Du haut de son siége élevé, le postillon fit claquer son fouet, et la voiture partit à fond de train. Et aboiements, grelots, sons du cor, galop des chevaux retentirent au loin ; les vieilles murailles du château de Tancray en frémirent.

La voiture fut bientôt distancée.

Vers dix heures, Théodora opina pour qu'on s'arrêtât

au rendez-vous où le déjeuner était préparé, et qu'on attendît le résultat de la chasse.

Cet avis fut acclamé. Les chasseurs étaient fort loin, et tout le monde avait grand'faim.

Au moment de se mettre à table, on vit soudain déboucher l'infortuné Gatinais, qui venait de rouler dans la poussière en voulant franchir une haie.

— Bah! dit-il, me casser le cou pour un animal qui ne me vaut pas, ce serait inepte. Je reviens auprès des dames. Voilà un pâté qui vous a un relief, et même un galbe!...

— Alors, vous ne vous nourrissez pas seulement d'amour et d'eau fraîche, fit observer Théodora. Moi qui voudrais inspirer un amour céladonique! Rougissez, monsieur Gatinais, car voilà M. Didier qui est beaucoup plus éthéré que vous. Depuis une demi-heure il grignote cette aile de poulet.

— Lui! Toi! Tu es donc amoureux, sournois! s'écria Gatinais.

— Ah! quand les philosophes s'y mettent! dit M. de Salbris.

— Mais de qui donc alors?

Hermine rougit; Didier devint fort pâle.

— Amoureux! moi! exclama-t-il en s'efforçant de rire. Tu sais ce que je pense à ce sujet. Pour aimer, il faut un ciel toujours bleu, l'oisiveté et la richesse, c'est-à-dire tous les luxes. L'amour ne s'accommode point avec le travail et la pauvreté.

— Est-ce aussi votre avis, Hermine? demanda la comtesse.

Hermine rougit davantage. Et plus elle sentait que sa rougeur la compromettait, plus elle rougissait. Cependant, surmontant son embarras :

— Il me semble, répondit-elle, que tous les jours le cœur doit donner des démentis à ce paradoxe.

— Bravo! bravo! dit M. de Salbris.

Placé en face d'elle, M. de Salbris la regardait, comme s'il la voyait pour la première fois. Jusqu'alors elle ne lui avait paru qu'une enfant un peu niaise. Cette réponse lui faisait entrevoir une jeune femme d'esprit et de cœur.

Et cette rougeur pudique, qui colorait son visage ordinairement pâle, la rendait si belle qu'il montra un peu trop son admiration.

Théodora s'en aperçut.

— Me prendrait-elle aussi mon vieux Salbris? se dit-elle.

— Le cœur, soupira Mme Fontange, ah! oui, vous avez raison, il fait faire bien des sottises!

— Le cœur n'est qu'un viscère inerte, repartit Didier, qui continua de prendre un ton léger pour détourner tout soupçon. Dites imagination, vanité, caprice, etc., etc.

Hermine regarda son ami avec stupeur. Elle ne comprenait pas cette affectation de scepticisme.

— Pas trop mal pour un poëte, fit Gatinais. Comme disait un profond philosophe de mes amis : Traduisons en chiffres l'amour le plus éthéré : attrait sensuel, 4/10; imagination, 3/10; vanité, 2/10; affection, 1/10. Et, en effet, dans tous les amours, l'attrait sensuel domine. Supprimez-le, et vous aurez beau faire et beau dire, ce ne sera plus de l'amour, mais tout simplement de l'amitié.

— Eh! messieurs les ergoteurs, s'écria l'olympien Chapuzot en humant un verre de champagne, l'amour, c'est l'amour; il y a longtemps qu'on le connaît. On s'aimait quand vous n'étiez pas nés, et l'on s'aimera éternellement, toujours de même, malgré les discours des philosophes.

En disant ces mots, l'austère Alcide, sous l'impression de quelques souvenirs de jeunesse, poussa le pied de la comtesse, qui, par habitude, sans y prendre garde, lui souriait coquettement.

Mais Théodora, le toisant soudain avec son air de reine, coupa court immédiatement à ces galantes effusions.

Elle avait compris le véritable sens de la réponse de Didier. Il avait voulu donner le change sur ses sentiments. Toutefois, comme elle désirait une certitude, elle lui tendrait un autre piége.

Après la collation, elle proposa à Gatinais, à Hermine et à Didier de faire une petite excursion dans la forêt en attendant les chasseurs.

Tous quatre marchèrent de front d'abord; mais bientôt l'obséquieux Gatinais obtint que la comtesse lui donnât son bras.

Didier, lui, n'osait demander celui d'Hermine.

Il se tenait à côté d'elle, écartant les ronces et les branches de son passage.

Hermine le remerciait d'un regard attendri.

Le soleil, un instant voilé, reparut tout à coup.

Ils traversaient alors un pré-bois, c'est-à-dire de vastes pelouses semées de bouquets d'arbres. [On eût dit un parc anglais, tant le gazon était menu, régulier, tant ces bosquets composés d'essences diverses, avaient été gracieusement dessinés par le caprice de la nature: Il y avait de mystérieux fourrés, tapissés de fraisiers en fleurs et de mousses veloutées, aux teintes artistement fondues depuis le vert pâle jusqu'au brun ardent. Le soleil, filtrant à travers les feuilles, faisait resplendir ce merveilleux tapis d'émeraudes et de topazes.

Les promeneurs s'extasiaient devant cette richesse de coloris dont se pare la nature en septembre.

— Ah! mais, s'écria tout à coup Gatinais, ce gredin de soleil vous prend tout à coup un relief, et vous pince la vertèbre! O mon parasol, où es-tu?

— Et moi qui ai oublié mon ombrelle dans la voiture, dit à son tour Théodora. Soyez donc assez bon, mon cher Gatinais, pour me l'aller chercher, si toutefois vous ne craignez pas de fondre en route.

— Comment donc! mais j'y bondis. Et je rapporte ladite ombrelle, au risque de laisser ma moelle sur le chemin.

Il fit quelques pas en courant, puis ralentit sa marche et disparut.

— Tiens! mais je m'aperçois que j'ai aussi oublié mon éventail, ajouta la comtesse, qui se disposa à suivre Gatinais.

— Permettez, madame, se récria Didier, que je m'élance sur les traces du galant Gatinais.

— Non, non. J'ai deux mots à dire à ma cousine. Attendez-nous ici.

Hermine et Didier, se trouvant seuls, restèrent un instant immobiles, comme stupéfaits de ce bonheur inespéré.

Quand Théodora fut hors de vue, leurs genoux fléchirent. Hermine dut s'appuyer contre un arbre. Didier tomba à ses pieds.

Leurs mains n'osaient se toucher. Leurs regards se fuyaient. L'émotion paralysait leurs voix.

— Enfin! enfin! s'écria Didier au milieu de son ivresse, seuls un moment! Hermine, ma sœur, m'aimez-vous toujours? Ah! j'ai soif de cette parole.

Lentement la jeune femme abaissa son doux visage vers

celui de Didier, et sur le front du poëte elle appuya ses lèvres émues, glacées soudain par l'émotion qui avait fait refluer le sang au cœur.

— Je vous aime, murmura-t-elle d'une voix si faible que Didier l'entendit à peine.

Puis, elle ajouta :

— Mais rassurez-moi, mon ami; je crains d'être coupable en vous aimant ainsi.

Didier ne répondit pas. Ce baiser l'avait foudroyé. Il était si pâle qu'Hermine eut peur.

— Qu'avez-vous? de grâce, relevez-vous. Si l'on nous voyait !

Faisant un effort surhumain, Didier surmonta cette faiblesse.

— Vous avez raison, mon amie, pardonnez-moi ce trouble. Ah ! un si grand bonheur, après l'avoir tant souhaité, tant attendu !

— Vous m'aimez bien, n'est-ce pas?

— De toute mon âme. Ma vie est à vous.

— Vous m'aimerez toujours?

— Enfant ! oui, toujours !

— Ah ! c'est que, voyez-vous, je n'ai que vous au monde pour m'aimer, et j'ai besoin qu'on m'aime. Mais, dites-moi, n'est-ce pas un crime de vous donner ainsi mon cœur tout entier? Par instants, j'ai peur. Et puis il me semble que tout le monde lit sur mon visage ce qui se passe en moi.

— Qui donc pourrait supposer que vous m'aimez? Une si grande distance nous sépare ! Vous, belle, riche, parfaite; moi, pauvre, obscur, malheureux.

— C'est votre âme que je cherche, c'est votre cœur que j'aime ! Un cœur bon, aimant, un cœur qui m'appartienne tout entier.

— Oh, oui, tout entier.

— C'est que je suis... jalouse.

— Jalouse, vous? De qui donc?

— Je n'ose pas vous le dire.

— Osez, je vous en supplie, car d'un mot je ferai tomber vos craintes.

— Je suis jalouse de la comtesse.

— Vous, jalouse de cette Hortense Papillon, soi-disant comtesse de Broissac! Vous, si jeune, si pure, jalouse de cette coquette de quarante ans ; vous, si aimante, si douce, de cette femme sèche, hautaine ! O Hermine, douter ainsi de moi ! Je n'aime que vous, ne le voyez-vous pas dans mes yeux? ne le sentez-vous pas dans l'émotion de ma voix?

— Il me semble qu'elle vous regarde beaucoup. Elle est si captieuse, cette femme ! J'ai craint tout à l'heure qu'elle ne devinât notre amour ; son regard, qui nous observait, m'a fait peur.

— Vous n'avez rien à redouter. D'ailleurs j'ai des armes contre elle. Fiez-vous complètement à moi, et qu'aucune crainte désormais ne trouble votre repos !

— Eh bien ! oui, j'ai foi en vous. Quand je vous vois surtout, la confiance me revient. Mais quand je suis seule... Rester huit jours seule...

— Votre mari...

Didier hésita. Hermine reprit :

— M. de Tancray ne quitte plus les Valtis. Je puis donc librement penser à celui qui occupe mon cœur. Ne pouvant vous écrire, j'ai commencé un journal de ma vie que je vous communiquerai, mon ami. Ah! quelles tristes pages !

— Mais pourquoi ne pourrions-nous nous écrire? Pendant ces huit derniers jours de séparation, j'ai tant souffert !

— Nous écrire !... comment ? demanda Hermine, effrayée. Si mon mari surprenait une de ces lettres... Il ne m'aime pas ; mais il est jaloux par orgueil, et il est si violent ! Ah ! sans doute, dans la sombre existence que je mène, une lettre de vous serait comme un rayon de soleil qui me réconforterait, me donnerait le courage de supporter ces longs jours de solitude.

— Eh bien ! mon amie, ne pourrais-je, par exemple, signer mes lettres d'un nom de femme, et vous, les vôtres d'un nom d'homme, en déguisant un peu notre écriture ? Ainsi, nous préviendrions toute surprise. Vous ne me répondez pas ?

— Ce serait pour moi un si grand bonheur qu'il m'épouvante... Eh bien ! oui, j'y consens, quand je devrais payer de ma vie ce bonheur, s'écria Hermine avec exaltation.

Puis Didier lui conta ses souffrances, ses angoisses, ses insomnies douloureuses, et cette nuit d'extase passée sous ses fenêtres.

— Qu'avez-vous fait ? exclama Hermine, pâle de terreur. J'ai la certitude que mon mari sort fréquemment la nuit. Où va-t-il ? je ne sais ; mais plusieurs fois je l'ai vu descendre à cheval la colline. Et s'il vous avait surpris !

Par délicatesse, ne voulant pas jouer un rôle de délateur, Didier s'abstint de révéler à Hermine le but des sorties nocturnes de M. de Tancray.

Cependant, toute cette conversation avait eu un témoin.

Théodora, au lieu de regagner le rendez-vous de chasse, s'était brusquement retournée au détour d'un bosquet, et s'était glissée dans un fourré d'où elle pouvait voir, sinon parfaitement entendre les amoureux.

Elle avait prévu cette première explosion de l'amour comprimé.

Elle avait donc vu Didier aux pieds de Mme de Tancray. Elle avait vu le chaste baiser de la jeune femme. Et le parallèle qu'avait fait Didier entre elle et Hermine, elle l'avait en partie entendu.

Etre traitée ainsi par un homme qu'elle avait daigné remarquer ! Que de fiel s'amassait dans son cœur !

Quand elle sut tout ce qu'elle voulait savoir, elle alla à la rencontre de Gatinais.

Mais en ce moment on entendit sonner l'hallali. Le dix-cors était tombé. Les chasseurs revenaient.

Elle entraîna Gatinais, laissant à dessein les amoureux en arrière.

Hermine et Didier n'étaient plus sur la terre ; ils n'entendirent rien et ne rentrèrent pas.

Raoul obtint les honneurs de la journée ; c'était lui qui avait tué la bête qu'on rapportait en triomphe.

— Pends-toi, brave Gatinais, dit Raoul, j'ai vaincu, et tu n'y étais pas !

— M. Gatinais ménage ses moelles, repartit Théodora.

— Mais où donc est Hermine ? demanda tout à coup M. Chapuzot.

— Au fait ! s'écria la comtesse, nous les avons oubliés dans le bois.

— De qui parlez-vous ? questionna Raoul, posant brusquement son verre de champagne.

— D'Hermine et de Didier.

Il se souleva sur son siége.

— Restez, restez, mon cher, fit Gatinais ; moi, j'ai déjà pris un à-compte, je vais les chercher.

Et embouchant son cor de chasse, il héla les retarda-
taires.

Quand Hermine et son ami parurent, Raoul les toisa
d'un air irrité.

— Nous vous attendions, madame, s'excusa Didier en
s'adressant à Théodora. Nous commencions même à être
fort inquiets.

— En effet, répondit la comtesse avec une gracieuse
bonhomie, car il entrait dans ses plans de ne pas surexci-
ter les soupçons de Raoul, je suis bien coupable et je vous
fais, ma chère Hermine, toutes mes excuses. Mais la faute
en est au soleil ; j'ai craint un instant que la chaleur
excessive ne me donnât ma migraine.

Au retour, Théodora fit monter Didier à côté d'elle, en
ayant soin de tourner le dos à Hermine. Mais lorsque
Raoul vit Didier installé, cette fois, à côté de sa maîtresse, il eut peine à dominer sa colère. Il s'élança vers
la voiture. La comtesse, devinant sa pensée, le contint
du regard.

Quand les grelots, les cors de chasse, les rires, le bruit
des roues rapides sur le chemin rocailleux purent suffisamment couvrir les voix, Mme de Broissac dit à Didier
avec un malicieux sourire, en voilant à demi sa perfide
prunelle :

— Avouez que je suis bonne personne.

— Je n'ai, ce me semble, jamais émis aucun doute à
ce sujet.

— Vraiment ?

— Je vous ai toujours trouvée infiniment gracieuse et
bonne.

— Mais si aujourd'hui votre cœur ne déborde pas de
reconnaissance, vous n'êtes qu'un ingrat.

Didier tressaillit.

— Pourquoi donc ? demanda-t-il.

— Ne faites pas de mystère avec moi ; j'ai découvert votre secret.

— Quel secret ?

— Vous ne vous rappelez pas que j'ai parié connaître avant huit jours l'objet de ce grand amour... platonique...

— Bah ! vous m'étonnez bien. Je n'y songeais plus du tout. Voyons ce que vous avez découvert.

— Chut ! voici M. de Tancray. Il nous observe. S'il allait nous entendre !... Non, il s'éloigne. Elle est ravissante, j'en conviens. C'est cet air de candeur qui vous a charmé, n'est-ce pas ? Et puis, c'était fatal, la voyant chaque jour.

— Je ne vous comprends pas, madame, répliqua Didier, la gorge serrée.

— A quoi bon mentir ? J'avais tout deviné, rien qu'à voir se croiser vos regards. Et c'est par pure discrétion que j'ai envoyé Gatinais chercher mon ombrelle, et que moi-même ai feint d'avoir oublié mon éventail. Je me disais : Pauvres amants ! ne pouvoir se parler, ni rester seuls ensemble un moment !...

— Pardon, madame, je vous arrête... Vous vous trompez absolument. Et je ne puis tolérer un instant une semblable supposition.

— Allons, calmez-vous. Je sais bien qu'un homme d'honneur ne doit jamais laisser soupçonner la femme qu'il aime. Seulement là, il ne s'agit pas de soupçons, mais de certitude.

— De certitude ! s'écria Didier.

Il eut envie d'écraser cette femme qui le torturait en riant.

— J'étais sûre, déjà, repartit Théodora ; mais je n'avais pas de preuves... Or, en vous quittant dans le bois, par pure bonté d'âme, j'ai, je le confesse humblement, été prise d'un mouvement de curiosité. De la part d'une femme, c'est bien pardonnable !...

Elle s'arrêta, jouissant de l'angoisse de Didier.

Il était fort pâle, et la sueur perlait à son front. Il comprenait qu'il s'était laissé prendre au piège comme un enfant.

— J'ai donc pu voir ce qui s'est passé entre vous, reprit-elle.

— Mais rien, absolument rien, je puis le jurer.

— Cela dépend. Comment entendez-vous le mot : rien ? Mais j'ai vu M. Didier tomber aux genoux de Mme de Tancray, et Mme de Tancray se pencher amoureusement vers M. Didier, qui, au contact de cette bouche adorée, fut bien près de s'évanouir.

Didier serrait ses poings nerveux.

— Ai-je bien vu ? insista-t-elle.

— Si vous aviez entendu notre conversation, madame, vous sauriez que cette affection est complétement chaste.

— Pour le moment, sans doute ; mais encore deux ou trois entretiens comme celui-là, et je ne mettrais pas ma main au feu...

— Madame, je suis un honnête homme, interrompit vivement Didier, comme Mme de Tancray est une honnête femme, et pour rien au monde je ne voudrais porter le trouble dans cette âme si pure.

— On dit toujours comme cela. Mais l'occasion, l'herbe tendre et le diable aidant...

— Eh bien ! madame, je vais vous donner une preuve, et la meilleure, que je n'ai à l'égard de Mme de Tancray aucun projet de séduction : c'est que je ne lui ai pas dit le but des sorties nocturnes de son mari.

La coquette se mordit les lèvres.

— Ce but, vous le connaissez donc? questionna-t-elle, affectant un air dégagé.

— Oui, madame, je le connais. L'autre soir, en vous quittant, j'ai vu M. de Tancray prendre le chemin du cottage. Et comme vous, j'ai eu, je le confesse humblement, un mouvement de curiosité. Je suis également revenu sur mes pas, et j'ai vu...

— En vérité, dit la comtesse s'efforçant de rire, qu'avez-vous vu?

— M. de Tancray rentrer dans le parc par une petite porte dont il avait la clef.

— Puis, c'est tout ?

— Non, ce n'est pas tout.

— Ah! vous l'avez suivi !

— Je l'ai suivi.

— Le drame se corse. Qu'avez-vous encore surpris ?

— Vous voulez sérieusement que je continue ?

— Mais oui, cela m'intéresse.

— J'ai vu M. de Tancray entrer par la fenêtre dans votre chambre. Est-ce assez significatif ?

— C'était bien lui ? Vous en êtes sûr?

— Je pensais d'abord à Gatinais...

— Supposition flatteuse pour moi !

— J'étais, je l'avoue, loin de supposer qu'après trois mois de mariage, M. de Tancray...

— Ah oui ! interrompit Théodora d'une voix acérée, vous étiez loin de supposer que M. de Tancray pût préférer cette Hortense Papillon, soi-disant comtesse de Broissac, cette coquette de quarante ans, cette femme sèche, hautaine, à la douce, aimante et pure Hermine.

10

Didier, en reconnaissant ses propres paroles, fut atterré. Il ne répondit pas.

— Croyez, cher monsieur Didier, reprit la comtesse, avec une aménité parfaitement naturelle, que je ne vous en veux pas de ces paroles, quelque blessantes qu'elles soient pour moi. Ce n'est pas que je sois plus parfaite qu'une autre. J'ai bien ma petite dose d'amour-propre. Mais Mᵐᵉ de Tancray exprimait une crainte ; il fallait bien la détruire. Vous avez parlé comme tout amoureux eût fait à votre place. L'homme que vous avez vu entrer chez moi d'une façon si insolite m'a fait une scène aussi à votre sujet. Et je lui ai dit à peu près ce que vous avez répondu à Hermine : Comment pouvez-vous supposer que j'accorde mon amour à ce rimailleur efflanqué, qui se croit un homme de génie, parce qu'il trouve aisément la rime, et coupe avec soin ses hémistiches ? Je le trouve grotesque, avec ses prétentions extravagantes, ses os qui lui percent la peau, et ses longues dents aiguisées par la faim.

Théodora ponctuait chacun de ces mots par de petits éclats de rire sardoniques.

— Je crois comprendre, madame. C'est une déclaration de guerre que vous me faites en ce moment.

— Du tout ! Mais du tout ! C'est une alliance, au contraire, que je viens vous proposer.

— Alors je ne saisis pas. Encore une fois je ne suis pas l'amant de Mᵐᵉ de Tancray et n'ai aucunement l'espoir de le devenir.

— Tandis que moi, n'est-ce pas ! je suis la maîtresse de M. de Tancray ?

Didier fit un signe d'assentiment.

— Eh bien ! reprit la comtesse, si vous gardez mon secret à l'égard d'Hermine, moi, je tairai à Raoul que vous adorez sa femme et qu'elle vous adore.

— Puisque vous nous avez écoutés, madame, vous devez savoir que j'ai assez de délicatesse pour garder religieusement un secret surpris.

— Eh bien ! je vous crois, mon cher ami, et je compte sur votre discrétion, comme vous pouvez compter sur la mienne. M. de Tancray, en effet, est mon amant depuis cinq ans. C'est une liaison sérieuse, comme vous voyez ; j'y tiens, à tort ou à raison, et je ne veux pas que sa femme ou le beau-père viennent troubler notre vieux ménage. Vous comprenez maintenant pourquoi j'avais intérêt à surprendre votre secret. Ce secret, c'est ma tranquillité ; car je redoutais la rivalité d'Hermine, qui en effet est une charmante femme et qui, de plus que moi, a la jeunesse. Vous pouvez donc vous fier à moi sans crainte, et être sûr que jamais je ne troublerai vos amours. Au contraire, vous me voyez toute disposée à les favoriser, même en dehors de tout calcul personnel. Si positive que je paraisse, je suis excessivement romanesque. J'adore les intrigues d'amour. Vous ne sauriez croire à quel point je m'intéresse au sentiment exquis que vous éprouvez l'un pour l'autre. C'est pur et beau comme l'antique ! C'est du Paul et Virginie ! Encore une fois, vous pouvez compter non-seulement sur ma discrétion, mais sur mon dévouement sans bornes.

Elle fit une pause. Mais Didier était tellement abasourdi qu'il ne répondit pas. Elle reprit :

— Je suis très-bonne femme, je vous assure. Je n'ai aucune jalousie mesquine. J'aime les jolies femmes, en général, comme tout ce qui est joli, Hermine, en particulier, comme une sœur, presque comme une fille. Elle est si poétique, si mignonne, avec ses grands yeux rêveurs et sa bouche enfantine. C'est un adorable bébé avec des aspirations de femme passionnée. Ah! je vous assure que

je suis bien heureuse qu'elle n'aime pas Raoul, et que
Raoul ne soit pas assez poëte pour comprendre le parfum suave de cette tendre fleur qui s'entr'ouvre à l'a-
mour. Comme vous lui allez, à cette âme ardente et
douce, avec vos grands sentiments et vos délicatesses de
cœur! Ah! je vous connais bien, mon ami. J'eusse souhaité peut-être d'être aimée ainsi; mais décidément je ne
suis plus assez jeune pour inspirer de telles suavités.
Je me rends justice. Donc je m'intéresse à votre roman, mon cher poëte, comme on s'intéresse à un beau
livre. Je veux y jouer un rôle, celui de confidente et
d'amie. Ah! certes, je n'accorde pas mon amitié à tout le
monde; mais quand une fois je l'ai donnée, c'est pour la
vie.

Malgré toutes ces chaudes protestations, Didier hésitait, ne sachant au juste quelle foi il devait avoir en cette
femme, que jusqu'alors il avait jugée peu favorablement.
Son instinct lui conseillait de refuser l'alliance qu'elle lui
offrait; mais d'un autre côté, sa situation fort délicate,
l'intérêt de son amour le poussaient à l'accepter.

— Allons, reprit Théodora, avec un redoublement de
bonhomie, je vois que je n'ai pas encore conquis votre
amitié et votre confiance; mais je vous forcerai à m'accorder toutes les deux. Avant peu, j'aurai peut-être l'occasion de vous donner des preuves de mon dévouement.

— Si je ne vous réponds pas, madame, dit enfin Didier,
c'est qu'en toute cette affaire il ne s'agit pas de moi seul,
et...

— Il faut que vous parliez à Hermine. Je comprends
cela. Eh bien! dans trois ou quatre jours, je vous
écrirai; venez au cottage, elle y sera, je vous le promets.

Didier voulut refuser, mais il n'en eut pas le temps. La voiture s'arrêtait devant le vieux château. Et la comtesse, la première, sauta prestement à terre.

XXIV

Un repas somptueux attendait les chasseurs.

Le chanoine s'était surpassé dans ses préparatifs. Il aspirait bruyamment le fumet du vin et le parfum savoureux qui s'échappait des cuisines.

Le marquis allait et venait avec des allures juvéniles. Il regardait plus amoureusement sa tabatière.

— Allons, allons! disait-il, les mânes des Tancray doivent tressaillir d'aise. C'est la résurrection du vieux manoir. Seulement, Raoul néglige un peu sa femme. Je lui ferai la leçon. Il nous faut des descendants, qu'en pensez-vous, chanoine?

— Ah! diable! s'écriait en ce moment le chanoine, sans prendre garde au discours du marquis, voilà une bouteille fourvoyée.

— Vous avez raison, veillez de près; il faut soutenir l'honneur de notre maison et de notre cave.

— Cet imbécile de Baptiste, c'est mon plus vieux cognac qu'il a monté!

— Si c'est le meilleur, il a eu raison.

— Baptiste! Baptiste, perfide animal! que prendrai-je dans mes digestions laborieuses? Vite, redescendez cette vénérable centenaire, couchez-la avec les plus grands égards, et remontez du 48.

En ce moment les chasseurs firent irruption dans la grande salle à manger gothique.

10.

Toujours un peu sérieuse, Hermine remplit ses devoirs de maîtresse de maison, avec une aisance simple, une grâce pleine de distinction.

— Vous êtes en beauté ce soir, ma chère nièce, dit galamment le marquis, et la dernière marquise de Tancray n'avait ni plus de noblesse ni plus d'élégance.

En effet, ses cheveux vaporeux, soulevés par la promenade, ses yeux bleus pleins de rayons, son teint animé par le grand air et le bonheur, imprimaient à sa physionomie une vie, un éclat inaccoutumés.

M. de Salbris, placé à côté d'elle, ne tarissait pas d'exclamations flatteuses.

— C'est toute une révélation! s'écriait-il...

Il n'était pas jusqu'au placide chanoine qui, entre deux verres de Tokay, ne coulât un regard oblique sur sa jolie nièce.

Tout le monde, à l'envi, complimenta Raoul de la beauté et des charmes de sa jeune femme.

Théodora, à chacun de ces éloges qui la reléguaient au second plan, tout en souriant à Hermine, frémissait d'une rage sourde.

Plus d'une fois même, dans le regard de Raoul à moitié gris, elle crut surprendre des lueurs phosphorescentes, quand ce regard s'attachait sur sa femme, et alors la jalousie lui soufflait d'atroces vengeances.

Le dîner se prolongea. Puis, sur la proposition de Gatinais, on tailla un bac.

Pendant toute la soirée, Hermine n'avait osé lever les yeux sur Didier. Mais il était là, et cela suffisait à sa félicité.

Aussitôt après le départ des convives, elle courut s'enfermer dans sa chambre.

Elle ne sentait pas la fatigue. La fièvre du bonheur la portait, comme elle la transfigurait.

Au lieu de se déshabiller, elle s'enfonça dans un fauteuil, pour s'enivrer longtemps au souvenir de son entretien avec Didier, et des incidents de cette journée, la plus belle de sa vie.

Tout à coup elle tressaillit. Elle venait d'entendre dans le couloir le pas de son mari. Sa porte, qu'elle avait négligé de verrouiller, s'ouvrit brusquement.

Raoul, en pantoufles, en veston, apparut sur le seuil.

C'était la première fois, depuis son installation au château de Tancray, que son mari se présentait dans sa chambre à pareille heure.

Bouleversée par cette visite inattendue, elle se leva, froide, presque hautaine, en attachant sur Raoul un regard plein d'interrogation.

Raoul, le teint animé, l'œil brillant, titubait un peu. Il ne dit rien non plus. Et sans ôter le cigare qu'il avait à la bouche, il s'assit en maître, prenant ainsi possession de cette chambre dont Hermine avait fait son sanctuaire.

Elle restait debout, immobile, et peu à peu, son regard, de l'inquiétude, passait à l'effroi.

Elle se rappelait la scène terrible de la première nuit.

— Eh bien ! ma chère, que faites-vous donc là à me regarder ainsi ?

— Je me demande ce qui me vaut l'honneur de votre visite.

— La demande est bizarre ! ne suis-je pas votre mari ?

— Aux yeux de la loi, oui.

— Aux yeux de qui ne le suis-je pas ?

Hermine se tut.

— Voyons, parlez, reprit Raoul en ricanant.

— Je suis excessivement fatiguée ce soir. Vous devez l'être également. Et je vous serais fort obligée de vouloir bien remettre à demain cette conversation.

— Non point ! Puisque je suis ici, je veux que vous répondiez à ma question : Aux yeux de qui ne suis-je point votre mari ?

— Aux miens ! répondit Hermine avec un frissonnement d'indépendance.

— Bah ! en vérité, voilà qui est fort divertissant. Il me semble, au contraire, que vous m'appartenez bel et bien de toutes les manières.

— Malgré moi !

— Peu importe ! la loi me suffit. Et j'entends, quand bon me semble, être obéi.

— Et si je ne veux pas, repartit Hermine, que feriez-vous ? La première fois, vous croyiez peut-être n'avoir à vaincre que la résistance d'une jeune fille ignorante ; mais aujourd'hui, c'est la femme qui vous résiste !

— Vous ne réfléchissez pas assez, ma chère, aux conséquences d'une semblable résistance.

— Voilà trois mois que j'y réfléchis.

— Je veux bien reconnaître que j'ai manqué à votre égard de galanterie, d'empressement, que vous avez passé une assez triste lune de miel. Mais puisque je reviens à vous, il est de votre devoir d'honnête femme d'accorder le pardon que je sollicite.

Hermine conserva une attitude inflexible.

— J'ai été brutal une première fois, reprit Raoul; mais

je vous assure que je l'ai regretté. Aujourd'hui, c'est votre cœur que je voudrais convaincre et séduire.

En disant cela, il se leva de son fauteuil pour se rapprocher d'elle.

Mais Hermine, par un mouvement rapide, saisit un flambeau, et, l'approchant du lit :

— Si vous faites un mouvement, dit-elle, je mets le feu !

Les yeux d'Hermine exprimaient une telle résolution que Raoul s'arrêta.

Il fut soudain dégrisé. Il pâlit, son regard étincela.

— Je comprends, dit-il, je ne comprends que trop. Vous aimez ce Didier Maurel. Sachez, madame, que, quand on a l'honneur de s'appeler Mme de Tancray, on ne s'égare pas ainsi dans un bois, avec un jeune homme, de ce rang-là surtout ! Je vous en préviens: dès aujourd'hui j'entends que toute relation cesse entre vous et ce clerc de notaire. Je puis admettre encore que vous ne m'aimiez pas ; mais je ne veux pas être ridicule, sachez-le bien !

Il appuya sur ce mot, avec un geste de menace.

— Soyez tranquille, monsieur; j'ai avant tout l'estime de moi-même, bien plus encore que l'estime du nom que je porte. Je ne faillirai pas à mes devoirs, bien que votre conduite...

— De quelle conduite parlez-vous, par hasard? De ma conduite de jeune homme? Mon passé ne vous appartient pas.

— De votre conduite actuelle, monsieur. Croyez-vous que j'ignore vos sorties nocturnes, qui sont le sujet des conversations de vos valets et me rendent l'objet de leur pitié railleuse ?

Raoul baissa la tête. Il comprit que sa femme connaissait ses visites aux Valtis.

— Avouez du moins, madame, que votre sot entête-
ment pourrait légitimer ces prétendues sorties nocturnes.

— Aussi ne m'en suis-je jamais plainte. Je vous laisse
votre liberté, monsieur ; mais j'entends que vous respec-
tiez la mienne.

— Ah ! que nenni ! ma chère, je ne vous la laisse point,
votre liberté. Ainsi que j'ai eu l'honneur de vous le dire
tout à l'heure, je veillerai de très près sur votre conduite.
Et malheur à vous si je découvrais la preuve, même d'une
légèreté ! A tort ou à raison, le monde me rend responsable de vos fautes. Mon honneur dépend du vôtre, et je
saurai faire respecter l'un et l'autre.

— Je vous ai entendu, monsieur, et déjà répondu.
Aussi est-ce moins ma liberté que je revendique que le
respect de ma dignité et de ma personne. Qu'il soit bien
entendu une fois pour toutes que nous sommes unis aux
yeux du monde, mais dans l'intimité absolument étrangers
l'un à l'autre !

Elle était si belle, si fière en parlant ainsi, armée de
son flambeau, que Raoul qui, dans sa colère, arpentait la
chambre, s'arrêta tout à coup devant elle.

— Au fait, dit-il, je joue ici le rôle d'un parfait imbécile !

Il fit un pas vers sa femme, l'œil allumé par la con-
voitise.

Mais Hermine, qui l'observait, se rappela ce regard.
Elle eut peur.

— Ne faites pas un pas de plus, monsieur.

Et de nouveau elle approcha la bougie des rideaux de
mousseline.

Soit que Raoul ne crût pas à l'exécution de cette menace, soit que son désir l'emportât sur la crainte du danger, il s'approcha par un mouvement brusque.

Mais avant qu'il pût atteindre le bras d'Hermine, le rideau de mousseline flamba.

En moins d'une seconde, le lit parut en feu.

Raoul fut terrifié. En voulant éteindre la gaze, il se brûla les mains. Toutefois l'alerte dura peu. La mousseline se consuma si rapidement que le feu n'eut pas le temps de pénétrer les lourdes tentures de lampas.

— Vous êtes folle ! absolument folle ! s'écria-t-il exaspéré.

Et de ses mains brûlées, sous l'impression de la souffrance, il fit un geste pour la frapper.

— Frappez donc ! dit Hermine avec défi, presque avec joie.

Il se contint, et sortit en fermant la porte avec un fracas qui se répercuta d'une manière sinistre dans les vastes et sombres couloirs du château.

XXV

Cette nuit-là, Hermine ne put dormir.

Une profonde réaction s'opérait en elle.

Elle était née tendre plutôt que romanesque, calme plutôt que passionnée. Mais ce mariage répulsif transformait sa nature.

Le sentiment de pitié attendrie que lui avait d'abord inspiré Didier, insensiblement s'était changé en amour, et pouvait atteindre, les violences de son mari aidant, jusqu'à la passion.

Ainsi qu'il arrive d'ordinaire, les entraves qui la séparaient de Didier, augmentaient son désir, son impatience de le voir. Leur dernière entrevue à Trévières, et leur entretien de la veille dans le bois, lui avaient fait comprendre que, sous l'affection fraternelle qu'ils s'étaient jurée, se cachait un autre sentiment, plus violent et plus doux.

Au souvenir de l'émotion de Didier, elle se sentait engourdir par une émotion pareille, et voyait sans cesse attaché sur elle ce regard ardent et profond qui l'avait troublée et qui la troublait encore.

Mais peut-être avait-on surpris cet amour. A cette pensée, la rougeur lui montait au front. Toutefois, en songeant aux façons grossières de son mari, le ressentiment dominait la honte et avivait son amour pour Didier, pour Didier si tendre, si timide, si respectueux.

Puisqu'on lui défendait de le voir, elle lui écrirait.

Les infidélités de son mari, infidélités qu'il n'avait point niées, ne lui rendaient-elles pas en quelque sorte sa liberté? Certes, elle était trop pure pour s'arrêter un seul instant à une pensée de représailles. Ainsi qu'elle l'avait dit à M. de Tancray, jamais elle n'oublierait ses devoirs. Elle se fortifiait, au contraire, dans le sentiment de sa dignité.

Mais elle tenait à ce chaste amour comme à sa vie.

Dès l'aube, elle sauta à bas du lit, courut à son bureau, tira d'un compartiment à secret le journal de ses pensées, le feuilleta fiévreusement, puis le déchira.

Qu'avait-elle besoin de ce confident insipide ? Le confident de ses pensées les plus secrètes, ce serait son ami !

Elle alla pousser le verrou de sa chambre et elle écrivit sa première lettre d'amour.

Comme sa main tremblait! comme son cœur battait vite !

Quand la lettre fut achevée, elle la trouva trop froide.

Elle en recommença une seconde qui lui parut trop tendre. Elle s'arrêta à la troisième ; voici ce qu'elle écrivait :

« Ah ! mon ami, quel bonheur de vous écrire ! Dans ma solitude, mon cœur étouffait à souffrir, à aimer et à se taire. Désormais je ne vivrai plus seule ; j'ai maintenant un ami qui m'écoute, qui va me plaindre, qui saura me consoler.

« Il n'y a pas longtemps, je me disais : Quelle existence est la mienne et quelle perspective ! Dans l'avenir comme dans le présent, un enfer de toutes les heures. A vingt ans, à cet âge où tout sourit, où surtout on sent le besoin de répandre son cœur dans un cœur qui nous comprenne, je suis condamnée à un effroyable et éternel isolement. Chacun me croit heureuse et m'envie. Quelle amère dérision du destin !

« Et je versais de brûlantes larmes.

« Aujourd'hui je pleure encore en traçant ces lignes ; mais la joie fait couler ces larmes qui rafraîchissent mon pauvre cœur.

« Depuis hier, mon ami, je suis heureuse. Depuis hier, mon âme rassérénée se baigne dans les profondeurs de votre âme si tendre et vaste comme l'infini. Quelle douleur désormais pourrait m'atteindre ? Je suis aimée, aimée comme je désirais l'être par un homme fort et bon. J'ai la foi radieuse.

« Mon isolement, qui autrefois me pesait, est maintenant pour moi plein de délices. Il est rempli par votre présence. Vivre seule avec votre cher souvenir, ce sera pour moi désormais toute la félicité.

« Tout à l'heure, ma douce Madeleine est venue pour m'habiller. Autrefois, je la voyais entrer avec plaisir. C'était une distraction d'un moment. Aujourd'hui, sa pré-

11

sence m'était importune, car elle détournait de vous ma
pensée, et je souffre quand votre souvenir s'efface un seul
instant de mon esprit.

« Oui, mon ami, vous êtes là sans cesse! Je sens que
nos pensées sont aussi étroitement unies que nos cœurs.

« Si je ferme les yeux, je vous vois à mes côtés, comme
hier dans la forêt. Je m'appuie avec abandon sur votre
bras et, les mains unies, nous nous promenons dans des
jardins magnifiques, parmi des fleurs éblouissantes, sous
des ombrages lumineux, et nos pieds ne touchent pas la
terre.

« Je le sens, quoi qu'il arrive, rien ne pourra jamais
briser ce lien si pur qui ne peut nous apporter ni trouble
ni remords.

« Je vous donne ma vie. »

Elle déguisa son écriture, et signa du nom de Calixte.

Mais par qui faire porter cette lettre à la poste? Une
lettre à l'adresse de Didier! La remettre elle-même au
facteur, cela ne se pouvait pas. Ils n'avaient point songé
à cette difficulté; cependant elle était grande. Hermine,
ne trouvant aucun moyen de la tourner, décida qu'elle tâ-
cherait de voir Didier, quand elle irait à Trévières,
et lui donnerait sa lettre.

Puis la réflexion lui vint. Elle déchira cette lettre.
Quelles inquiétudes, quelles angoisses cette correspondance allait jeter dans sa vie! Ces premières impruden-
ces causent toujours de grandes terreurs. Mais ce n'était
pas pour elle qu'elle tremblait, c'était pour son ami.

Il fallait être circonspect, et, pendant quelque temps
du moins, éviter Didier. En bravant M. de Tancray, elle
compromettrait non-seulement la tranquillité, mais la vie
peut-être de celui qu'elle aimait.

Elle irait à Trévières, sous prétexte de rendre visite à Emma Bornier qui, un peu souffrante, n'avait pu assister à la chasse. Elle parlerait à Didier, ou lui ferait passer un simple mot, pour l'avertir du péril auquel ils s'exposaient en s'écrivant ou en continuant à se voir. En réalité, ses instincts honnêtes l'emportaient ; sa droiture, sa pureté reculaient devant les mensonges et les ruses dégradantes auxquelles allait nécessairement l'entraîner cette affection, irréprochable aux yeux de sa conscience, mais que le monde pouvait juger criminelle.

Hermine descendit au déjeuner, mangea tristement, du bout des dents.

— Eh quoi ! s'écria le marquis, nous ne mangeons rien, ma belle enfant ?

Et s'adressant à Raoul, avec un sourire qui épanouit les mille rides de son visage :

— Est-ce que Mme de Tancray aurait une heureuse nouvelle à nous donner ?

Hermine rougit, et prétexta un mal de tête pour se retirer.

Le marquis continuait à interroger son neveu du regard ; mais ne recevant pas de réponse :

— Ah çà ! je veux des explications. Comment se fait-il, Raoul, que vous ayez pris un appartement si loin de votre charmante femme ? Savez-vous que cela fait jaser ? On prétend vous avoir souvent rencontré la nuit sur les grandes routes. Je veux bien que vous ayez quelques amourettes ; ce sont là jeux de gentilhomme. Je conviens volontiers qu'il est difficile à un garçon taillé comme vous de rester absolument fidèle à sa femme. Au point de vue même de la vieille galanterie française, il est de votre honneur de savoir comprendre une œillade. Mais négliger

votre femme comme vous le faites, au bout de trois mois,
c'est manquer à tous vos devoirs.

Le chanoine approuva de la tête.

— Que diable ! continua le marquis, Hermine est un
peu pâlotte, mais fort jolie, élégante et fine comme une
duchesse, toute Chapuzot qu'elle soit. C'est une ravissante
fleur qui ne demande qu'à éclore. L'amour la ferait épa-
nouir comme une rose au soleil. Enfin, ce qu'il me faut, à
moi, c'est un héritier. Entendez-moi bien, monsieur mon
neveu, si vous ne me donnez pas un héritier dans l'année,
je vous déshérite.

— Souvenez-vous aussi, Raoul, reprit à son tour
le chanoine en humant un petit verre de vespetro authentique, souvenez-vous de cette parole de l'Écriture :
Croissez et multipliez. Quant à moi, si je n'ai pas multi-
plié, je me suis accru autant que ma peau a voulu s'étendre. En cela du moins j'ai rempli la moitié du divin com-
mandement.

Et un rire convulsif agita de haut en bas, et de
bas en haut, le vaste abdomen du plantureux chanoine.

Raoul ne savait que répondre. Avouer ses fredaines ne
le gênait guère. Mais révéler les dédains d'Hermine lui
coûtait davantage, car ces dédains le blessaient cruelle-
ment dans ses prétentions de séducteur irrésistible.

— Bah ! j'ai bien le temps d'entendre brailler des
marmots ! Hermine, d'ailleurs, est délicate, et je craindrais pour elle les épreuves de la maternité.

— Point ! mon cher ami, interrompit le marquis ; j'en
parlais hier au docteur Duverdier ; et il me disait, au
contraire, que la maternité est une évolution nécessaire
pour développer et fortifier la femme. Bref, mon neveu,
je vous trouve trop dédaigneux pour Hermine ; et par

conséquent Hermine est froide pour vous. Moi, qui comptais me réchauffer à votre flamme amoureuse ; et qui me réjouissais d'entendre roucouler des tourtereaux ! Je suis donc mécontent de vous, Raoul, très-mécontent, d'autant plus que je soupçonne cette Hortense Papillon de jeter la bisbille dans votre ménage.

Raoul voulut protester.

— Chut ! avec mes besicles, et même sans besicles, je vois encore assez clair. Cette soi-disant comtesse de Broissac vous a déjà fait faire tant de sottises ! Qu'est-elle venue faire ici ?

— Mais elle y a des parents, des affaires.

— Eh bien ! moi, je vous dis qu'en venant à Trévières, elle a eu un autre mobile.

— Mais, mon oncle, je vous jure...

— Vous avez beau jurer, je me défie de cette femme, car je ne devine pas complètement son jeu. Elle regarde parfois Hermine avec des yeux.....

— Je n'ai rien vu de semblable ; au contraire, elle est parfaite pour Mme de Tancray.

— C'est là justement ce qui m'inquiète. Je vous dis, moi, que cette femme est une tigresse qui cache momentanément ses griffes. J'adore toutes les femmes indistinctement, je les ai toujours adorées, hélas! anges ou démons, chattes ou tigresses, vertueuses ou perverses. Je me flatte de connaitre toutes leurs petites tactiques, et rien ne me divertit comme d'étudier leurs batteries de campagne. Pour moi, toutes ces petites ruses de guerre sont cousues de fil blanc. Songez que voilà quelque soixante ans que je m'adonne à cette étude. Eh bien ! cette tigresse de Broissac, je ne la comprends pas parfaitement, et vous avez beau dire, elle a beau faire, encore une fois, je me défie d'elle.

— Alors, pour vous plaire, mon oncle, que faut-il donc que je fasse? dit Raoul avec impatience.

— Il faudrait que vous fussiez, ou du moins parussiez épris de votre femme. Chère petite Hermine, aux égards qu'elle nous témoigne à nous deux, pauvres vieillards, on voit qu'elle n'a rien à aimer.

— C'est vrai, interrompit le chanoine en essuyant une larme, car il était arrivé à ce degré d'émotion alcoolique où l'attendrissement est facile, tout le monde l'aime ici, excepté vous.

— Enfin, reprit le marquis, hier soir elle était fort entourée, fort adulée; ne craignez-vous pas qu'un jour, lasse de vos dédains, elle ne finisse par accepter d'un autre les hommages qu'elle mérite? Certes, mon neveu, vous l'auriez un peu voulu.

— Quoi! s'écria Raoul dont les yeux s'injectèrent, vous auriez remarqué quelqu'un qui aurait osé....

— Non pas. Calmez-vous!

— Cela n'arrivera jamais, je le jure.

Et Raoul frappa sur la table de son poing fermé.

— A quoi bon cette violence, mon ami? Soyez aimable avec votre femme, cela vaudra mieux. C'est même, à mon avis, le seul moyen de prévenir un malheur.

En cet instant, Raoul entendit le bruit d'une voiture qu'on roulait dans la cour.

Il s'avança précipitamment vers la fenêtre.

— Baptiste sort le coupé. Est-ce vous, mon oncle, qui avez dit d'atteler?

— Aucunement.

— Et vous, chanoine?

— Vous savez bien que je ne me promène jamais pendant ma digestion.

Raoul ouvrit la croisée et appela Baptiste.

— Qui donc vous a ordonné d'atteler ?

— C'est madame.

M. de Tancray devint pourpre. Où allait-elle ? Se rappelant avec quelle énergie elle l'avait repoussé la veille, la jalousie, une jalousie d'amour-propre, de toutes les jalousies la plus implacable, le mordit.

XXVI

Raoul quitta précipitamment la salle à manger et se rendit à la chambre de sa femme.

Il entra sans frapper.

Elle venait de passer une robe de soie mauve garnie de guipures. Elle achevait sa toilette et attachait sur ses épaules un fichu de dentelle noire. Elle était ravissante ainsi, malgré sa pâleur.

Il sembla à M. de Tancray voir cette éclosion par l'amour dont le marquis venait de lui parler.

Et cette pensée lui tourbillonna dans le cerveau comme une tempête : elle va à un rendez-vous !

— Vous sortez ? lui dit-il d'une voix dont il ne pouvait dominer le tremblement.

— Oui.

— Où allez-vous ?

— A Trévières.

— Pourquoi faire ?

— Pour voir mon père d'abord.

— Vous l'avez vu hier.

— Et ensuite pour prendre des nouvelles d'Emma

Bornier. Comme elle était souffrante hier, je suis inquiète.

— Cette Emma Bornier vous tient donc bien au cœur.

— C'est ma meilleure amie, vous le savez bien.

— Il ne me plaît pas que vous alliez aujourd'hui à Trévières.

— En vérité! s'écria Hermine. Puis-je, du moins, connaître le motif de cette défense ?

— Les chevaux sont fatigués.

— Aussi ai-je commandé qu'on attelât la pouliche, qui n'est pas sortie hier.

— La pouliche est malade ; c'est pourquoi je l'avais fait rester à l'écurie.

— Baptiste m'a affirmé qu'elle pouvait, sans aucun inconvénient, me conduire à Trévières ; que cette promenade, au contraire, lui ferait du bien.

— Ce n'est pas Baptiste qui commande ici, c'est moi.

— Cependant, comme il faut que j'aille aujourd'hui à Trévières, j'irai.

— Vous n'irez pas.

— Si je ne puis m'y faire conduire en voiture, j'irai à pied, dit fermement Hermine.

— Non ! fit Raoul, dont les veines se gonflèrent de fureur.

— Prétendez-vous donc me retenir prisonnière ?

— Oui, si c'est mon bon plaisir.

— Monsieur de Tancray, si vous le prenez sur ce ton, je vous répondrai que je n'entends pas être prisonnière ni esclave d'un homme qui n'a épousé en moi qu'une dot. Je vous abandonne la dot ; mais la femme... c'est autre chose !

— En vérité, madame, voilà une distinction subtile

que les lois n'admettent guère. Ces lois me défèrent l'autorité, et je saurai bien vous montrer que je suis le maître.

— Par quels moyens, je vous prie, m'imposerez-vous vos volontés? demanda Hermine avec une nuance de sarcasme.

— Vous le verrez.

— Je désire le savoir sur-le-champ. C'est pourquoi je persiste dans mon projet de descendre à l'instant à Trévières, malgré votre défense.

Hermine se dirigea vers la porte. Raoul lui barra le passage. Elle s'arrêta.

— C'est pour Mᵐᵉ Bornier, que vous avez fait cette toilette?

Mᵐᵉ de Tancray ne répondit pas. Seulement les ailes fines et mobiles de son nez battaient vite.

— Si vous sortez, je vous accompagnerai, dit-il.

— Alors, je préfère rester.

— Vous le voyez bien! Ce n'est pas votre amie que vous allez voir!

Hermine se tut.

— C'est ce Didier! Vous n'oseriez le nier.

— A quoi bon répondre, puisque vous ne me croyez pas!

— Vous persistez à sortir?

— Oui.

Alors Raoul se sentit envahir par une de ces colères qu'il n'avait jamais essayé de vaincre.

Ses tempes sifflèrent. Une légère écume parut à ses lèvres.

Il s'avança furieux, la figure contractée, fermant les poings.

— Non! vous ne sortirez pas.

11.

Et saisissant un volant de sa robe, il le déchira, fendit la jupe, arracha le fichu de dentelle noire et le mit en charpie.

Hermine pâle, immobile, le regard fixe, laissait faire Raoul sans se défendre, sans jeter un cri.

Ce massacre de soie et de dentelle parut calmer le furieux. Peut-être eut-il honte de son emportement; car il sortit aussitôt, en frappant, comme la veille, la porte avec fracas.

Quand elle fut seule, Hermine, encore stupéfaite d'une telle violence, se laissa tomber sur un siège. Elle était accablée.

Elle resta dans cette torpeur pendant quelques instants. Puis elle se leva, alla à son bureau, où se trouvaient encore les fragments de la lettre qu'elle avait écrite le matin et que par honnêteté elle avait déchirée. Les outrages de son mari l'affranchissaient de ses scrupules. Dans son malheur, dans son désespoir, Didier seul pouvait la consoler. Toutefois, devant la nouvelle injure de M. de Tancray, cette lettre lui parut insuffisante. A la hâte elle traça ces mots :

« Mon ami, il faut que je vous parle. Trouvez un moyen de nous rencontrer. On a des doutes, on nous surveille. Je remets mon honneur et ma vie entre vos mains. »

Elle sonna sa femme de chambre.

— Madeleine, va me chercher sur-le-champ le petit berger de la ferme.

Un instant après, Madeleine ramenait l'enfant.

— Sais-tu lire, mon garçon ?

— Mon Dieu non, madame. On n'a jamais eu le loisir de m'envoyer à l'école.

— Combien de temps te faut-il pour aller à Trévières?

— Une bonne heure.

— Alors tu arriveras avant cinq heures, car il n'en est que trois?

— Certainement, madame.

— Eh bien! cours porter cette lettre à la poste. Mets-la dans ta poche pour ne pas la perdre.

Elle la glissa elle-même dans la poche de l'enfant.

— Ne te laisse arrêter par personne, entends-tu? Je te regarde depuis ma fenêtre, tu auras une belle pièce blanche pour ta peine.

L'enfant prit ses sabots à la main pour marcher plus vite, et bientôt disparut derrière les grands sapins. Mais Hermine ne tarda pas à le voir reparaître, courant toujours sur le long ruban qui descend à Trévières, en serpentant à travers les prairies bordées de bouleaux et de peupliers.

Elle resta néanmoins accoudée à sa fenêtre, rêvant à sa malheureuse destinée. Mais elle lutterait. Elle affronterait même, s'il le fallait, un scandale judiciaire.

Tout à coup elle entendit du bruit dans le corridor conduisant à sa chambre. Elle tressaillit. C'était encore le pas de son mari.

Elle s'élança vers la porte et poussa le verrou.

— Ouvrez, dit à demi-voix Raoul, il faut que je vous parle.

Mme de Tancray ne répondit pas.

— Je vous en prie, Hermine!

Le ton presque suppliant dont ces mots furent prononcés ne désarma point la jeune femme qui ne bougea pas.

Alors, d'un mouvement brusque, Raoul fit sauter le verrou.

Hermine se leva, pleine d'effroi.

— Que voulez-vous encore, monsieur? Selon votre défense, je ne suis pas sortie. Mais je vous déclare que mon obéissance a des bornes; je suis lasse de vos brutalités.

— Aussi ne suis-je venu ici que pour implorer mon pardon, dit-il d'un ton moitié repentant, moitié ironique.

Il eût cru manquer à sa dignité en s'humiliant complétement devant sa femme.

— J'en conviens, reprit-il, je me suis conduit tout à l'heure avec trop d'emportement. Vous m'aviez exaspéré par votre obstination. Mais enfin, je reconnais que j'ai eu tort, et je vous demande pardon.

Hermine ne répondit pas. Elle baissait les yeux, et froissait entre ses doigts un ruban arraché à sa toilette.

— Eh bien, me pardonnez-vous?

— Non, monsieur.

— Ainsi, j'ai fait plier mon orgueil, et vous restez insensible à cet effort que je fais sur mon caractère!

Hermine, impassible, continuait à froisser le ruban.

— Il faut donc, reprit Raoul, que je me mette à vos genoux? Eh bien, m'y voici!

— C'est un abaissement inutile, monsieur, relevez-vous. Nous ne pouvons plus rien avoir de commun, car il y a entre nous incompatibilité d'humeur, et surtout d'éducation. Je ne suis pas noble, moi; mais je suis habituée à être traitée avec politesse et déférence. Je ne puis en aucune sorte m'accoutumer à des façons dont rougirait votre palefrenier.

— Mais il est des moments où la colère aveugle, où malgré soi on sort des gonds. Votre indifférence à mon égard, je dirai plus, votre répulsion...

— Mes sentiments à votre égard sont tels que vous les avez voulus.

— Quoi! parce que je n'ai pas pris au sérieux quelques enfantillages? Eh bien! je le reconnais encore. J'aurais dû, en effet, respecter davantage vos susceptibilités de jeune fille.

— Il ne s'agissait pas de cela seulement, monsieur, répondit sévèrement Hermine.

— Pour la troisième fois, j'avoue que j'ai eu tort. Mais puisqu'aujourd'hui je viens à résipiscence...

— Vous daigneriez m'écouter, aujourd'hui?

— Vous le voyez, je sollicite cette confidence.

Hermine réfléchit un instant.

— Non, non! répondit-elle : à présent c'est impossible!

— Pourquoi?

— Avant d'être à vous, je voulais vous connaître. Maintenant je vous connais.

— Et cette connaissance, paraît-il, n'est pas à mon avantage, repartit aigrement Raoul.

Hermine garda le silence.

— Mais si je voulais essayer de vous plaire, de dompter la violence de mon caractère, de me faire aimer, en un mot, croyez-vous que j'y parviendrais?

— Ce serait difficile.

— Parce que vous en aimez un autre, peut-être?

— Parce que, aujourd'hui, répondit Hermine avec fierté, j'ai la certitude que vous n'avez jamais considéré notre mariage que comme un moyen d'acquitter vos dettes; que, par conséquent, ce mariage n'a rien changé à vos habitudes.

— Mais puisque je vous promets de changer. Voyons, ne seriez-vous pas fière, après trois mois de mariage, d'opérer une telle conversion? Il est même de votre devoir de chercher à me ramener à vous.

— C'est vous, monsieur, qui me parlez de devoir !

— Certes. Le devoir d'une honnête femme est de tout
tenter pour gagner l'affection de son mari.

— C'est cela. L'homme a tous les droits, la femme,
tous les devoirs. Pour elle, l'honneur, le but de sa vie,
c'est l'accomplissement de ses devoirs d'esclave : plaire
au maître et lui obéir. Quant à l'homme, il n'a, selon
vous, d'autre obligation envers sa femme que de se laisser
adorer.

— Puisque je vous demande humblement la permis-
sion de vous faire la cour ! dit-il d'un ton demi-gogue-
nard...

Hermine soupira.

— Eh bien ! vous ne répondez rien ?

— Essayez, monsieur, je ne vous en empêche pas.

Elle se leva avec dignité, comme pour clore la conversation.

— Alors, donnez-moi votre main.

Hermine tendit sa main. Mais ce mouvement lui demanda un effort qu'elle ne put dissimuler, car Raoul, en y
déposant un baiser, ajouta :

— Je vois bien que cette main ne m'appartient pas encore ; mais je tâcherai de la conquérir.

Quand il sortit, Hermine poussa un soupir de soulage-
ment.

— Jamais ! murmura-t-elle.

Elle s'accouda de nouveau à sa fenêtre, et reprit sa rêverie.

XXVII

Quand elle vit sur la route l'enfant qui revenait, son cœur battit avec violence.

Elle regarda la pendule; il n'était pas encore cinq heures.

— Il aura ma lettre ce soir, en rentrant chez lui, pensa-t-elle.

Elle ferma les yeux. Elle éprouvait une ivresse profonde, en même temps qu'un sentiment de peur. Elle avait donné son premier rendez-vous !

Qu'allait-il advenir? Elle n'y songeait pas sans frémir. Toutes les femmes, en commettant une première imprudence, frémissent ainsi et cèdent néanmoins à ces émotions vertigineuses.

Cette nuit-là, Hermine ne dormit pas, ni Raoul non plus.

Cependant, il n'alla pas chez Théodora qui l'attendait.

Le lendemain se passa aussi sans qu'il descendît au cottage. Il se borna à écrire à la comtesse qu'une courbature, résultant sans doute des fatigues de la chasse, le retenait en chambre.

Le troisième jour, il reçut un billet ainsi conçu :

« Mon cher Raoul,

« J'ai été moi-même assez indisposée. Pendant deux jours j'ai eu ma migraine : c'est pourquoi je ne suis pas allée vous demander des nouvelles de votre courbature.

« Je suppose qu'elle va mieux, car on m'a dit vous avoir vu vous promener autour du château avec un fusil sur l'épaule.

« Je vous attendrai demain à déjeuner. J'ai une mission importante à vous confier. D'ailleurs, on meurt ici de ne pas vous voir.

« C'est un ordre, monsieur. Ainsi, à demain.

« THÉODORA. »

Depuis deux jours Raoul aimait sa femme, du moins comme il savait aimer. Irrité de son indifférence, de ses dédains, excité par la jalousie, il désirait passionnément vaincre cette résistance.

Jusque-là, il n'avait vu en elle qu'une petite fille assez jolie, mais fort insignifiante. Sa grâce, sa distinction comme maîtresse de maison, l'admiration qu'elle avait provoquée, bien plus, la dignité, la force de caractère qu'elle montrait, lui avaient fait découvrir en elle une tout autre femme que la timide pensionnaire qu'il avait cru épouser.

La plupart des hommes sont ainsi. Les femmes enviées leur paraissent seules enviables. Pour eux les obstacles doublent le prix de l'amour.

Eh quoi ! on lui enviait sa femme, et cette femme se refusait à lui ! Et tous les ridicules dont on couvre les maris jaloux, dédaignés et trompés, lui revenaient à l'esprit ; il frémissait d'humiliation et de rage.

Depuis deux jours il surveillait sa femme avec tous les tourments, toutes les fièvres de l'amoureux le plus épris et le plus soupçonneux.

Hermine ne paraissait qu'aux heures des repas. Le reste du jour elle se tenait enfermée dans sa chambre.

Raoul errait aux alentours du château, épiant la fenétre où Hermine s'accoudait d'ordinaire, autant pour la voir que pour chercher à surprendre quelque télégraphie amoureuse entre elle et Didier.

Mais peu habitué à ce manège, honteux de sa jalousie comme de son amour repoussé, il sentait bien qu'il ne pourrait longtemps continuer cette vie-là sans quelque terrible explosion de son caractère.

Il fut donc heureux du billet de Théodora et de la diversion forcée qu'il lui apportait.

A dix heures et demie, il arrivait au cottage.

— Mais vous vous portez comme un charme! dit la comtesse d'un ton ironique. Il m'est venu à l'idée que vous n'étiez pas malade le moins du monde; mais que vous restiez là-haut à filer le parfait amour aux pieds de votre Omphale. Elle a été fort adulée l'autre jour! Les hommes sont si vaniteux en général, et M. de Tancray en particulier...

— Vous vous trompez, chère amie, se récria vivement Raoul. J'étais tout bêtement en train de me faire frictionner. Enfin, vous l'avouerai-je ? Il paraît que mes visites, la nuit, font du scandale; on en jase, mes oncles m'en ont fait des reproches.

— Bah! vous pensiez donc que nous pourrions éternellement les cacher? Vous êtes naïf, en vérité. Bref, vous êtes guéri, n'est-ce pas ?

— A peu près.

— Il faut que vous le soyez tout à fait. D'ailleurs la mission que je vais vous confier n'a absolument rien de fatigant ni de compromettant. Il s'agit de conduire ma cousine Fontange à Châteauroux pour affaire pressante. Entre nous, je crois qu'elle veut faire son testament, et je ne serais pas fâchée que vous l'accompagnassiez. Vous pourriez à l'occasion lui glisser un bon conseil; vous m'entendez ?

— Je vous comprends à merveille, quoique la mission n'ait rien de particulièrement agréable... Mais j'y songe ; que ne chargez-vous Gatinais de ce soin ? Depuis quelque temps, il vous montre tant d'empressement, en retour de votre extrême affabilité...

— De quel ton vous dites cela ! Et à propos de quoi, je vous prie ?

— A ce propos que je l'aperçois à l'instant qui sonne à la grille.

— En effet, je lui avais donné une commission pour Trévières ; il m'apporte la réponse.

Et Théodora, se levant avec un empressement exagéré, alla à la rencontre du jeune gommeux jusque dans le jardin.

Raoul vit distinctement une lettre qui, de la main de Gatinais, passa dans celle de la comtesse.

Théodora remarqua le froncement de sourcil de Raoul, et comprit qu'il avait surpris le billet. Elle l'ouvrit en sa présence, le lut et le déchira en mille morceaux. Ce billet ne contenait que ces mots:

« Très grand merci, madame, de votre aimable souvenir. J'accepte avec reconnaissance votre invitation. Je me mets à vos pieds. « Didier Maurel. »

Comme Théodora ne voulait pas d'explication avec Raoul, elle retint Gatinais à déjeuner ; et aussitôt après le repas, elle poussa M. de Tancray et Mme Fontange dans la voiture qui attendait tout attelée à la porte.

Raoul n'eut pas même le temps de protester. Il fallut se soumettre.

— Du moins, si je ne pouvais revenir ce soir, vous préviendriez là-haut, dit-il, comme le postillon fouettait les chevaux.

— Soyez tranquille. M. Gatinais va partir à l'instant pour Tancray, afin de tranquilliser votre charmante femme.

Gatinais voulut objecter l'étude et les foudres de M. Chapuzot.

Un regard de Théodora suffit à lui imposer l'obéissance.

Elle lui remit une lettre pour Hermine. Il partit allègrement.

— Vraiment, se disait-il, cette femme a dans l'œil un relief auquel on ne peut résister, un galbe dans toute sa personne qui vous remue de fond en comble. Si elle n'avait pas de vues sur toi, ô trop aimable Gatinais, oserait-elle te faire trotter ainsi comme un simple saute-ruisseau! Quel esprit, et quel savoureux déjeuner! Comme elle entend la vie, cette adorable femme! Évidemment, elle cherche à me séduire. Ma foi, tant pis pour le beau Raoul, je me laisse séduire, je suis séduit. Le tout est d'entamer le jeu, et pour la première fois une femme m'intimide!... Timide, toi, Gatinais! Allons donc! Le sort en est jeté. Au retour, je lance une première escarmouche.

Voici la missive qu'il portait à Hermine :

« Ma chère Hermine,

« Je viens d'envoyer votre Cerbère à Châteauroux pour accompagner ma vénérable cousine Fontange.

« En partant, il m'a chargé du soin de vous distraire ; car il pense sans doute, le fat ! que vous ne pouvez vivre sans lui.

« C'est pourquoi je vous supplie de descendre immédiatement au cottage.

« M. Didier me promet d'être des nôtres.

« Peut-être aussi aurons-nous M. Chapuzot et M. Gatinais.

« Donc, à ce soir sans faute. Tous vos amis mourraient d'ennui si vous ne veniez pas. Et d'ailleurs, il s'agit d'obéir à votre seigneur et maître.

« Votre amie dévouée,

« THÉODORA. »

Cette lettre bouleversa Hermine. Que faire? Didier serait là. C'était lui peut-être qui sollicitait ce rendez-vous. Ne lui avait-elle pas écrit : il faut que je vous voie!... Il obéissait, il venait. Laisserait-t-elle donc échapper cette occasion de lui raconter ses tortures?

Cependant elle hésitait. Était-ce au moment où son mari semblait revenir à elle, qu'elle devait, par cette démarche, encourager l'amour de Didier? Et puis, en acceptant cette invitation, ne s'exposait-elle pas à de nouvelles scènes de jalousie, d'emportement?

Ces pensées traversèrent rapidement son esprit. Mais comme elle cherchait des prétextes, Gatinais, qui voulait remplir sa mission, à la satisfaction de la comtesse, insista avec une si comique faconde qu'Hermine consentit. Elle le chargea de répondre affirmativement à l'invitation de Mme de Broissac.

Sans doute, elle eût pu ensuite écrire, se dégager; mais l'amour, si ingénieux à se disculper, lui persuada aisément que, peut-être, par un refus, elle allait à la fois blesser la comtesse et tromper l'espoir de Didier. Elle se prépara donc à se rendre au cottage.

XXVIII

Gatinais n'attendit pas Mme de Tancray.

Il redescendit en hâte aux Valtis, tout à son idée : profiter de l'occasion pour perpétrer sa déclaration.

— Eh bien ! lui demanda Théodora, vous ne ramenez pas Mme de Tancray ?

— Parfaitement. Elle va venir. Mais moi, j'étais pressé de vous revoir.

— Si pressé que cela ! Voyons, qu'a-t-elle répondu ?

— Eh ! eh ! il y a eu du tirage. Elle prétextait !... que sais-je ! un rhume... l'absence de son mari. Mais le désir de vous plaire m'a soudain communiqué une éloquence à faire pâlir l'ombre de Démosthènes.

— En un mot, vous avez été comme toujours irrésistible.

— Ah ! comtesse, répétez-moi ce mot-là.

— Pourquoi donc ?

— Pour me donner du courage.

— Du courage ! fit Théodora, affectant la surprise. Ah ! je conçois, gourmand, vous voudriez que je vous confiasse encore d'autres commissions.

— Pas précisément.

— Quoi ! vous seriez déjà fatigué ?

— Déjà ! Eh bien ! vrai, ce « déjà ! » a un galbe digne de l'antique. Aller au galop à Trévières, revenir ventre à terre ! Grimper au triple galop à Tancray, redescendre comme une trombe...

— Je comprends que votre cheval soit essoufflé ; mais vous !

— Moi !...

Gatinais poussa un formidable soupir.

— Vous aussi ?

— Essoufflé, non, mais oppressé.

— Vous souffrez?

— Hélas! que ne suis-je poëte comme Didier! Je vous peindrais en vers pleins de relief mon horrible souffrance.

— Je ne comprends pas, fit Théodora d'un air ironique.

— Quoi! vous ne comprenez pas, comtesse, comment il se peut faire que moi, Gatinais, qui avais érigé la paresse et l'égoïsme en système, j'accomplisse tout à coup pour vous plaire, des prodiges d'activité et de dévouement?

— Tout ce que je comprends, c'est que vous savez au moins vous faire valoir.

— Si vous croyez que je m'admire ! Bien au contraire, je me trouve lâche, plat, grotesque.

— Grotesque! approuva la comtesse.

— Pardon. Ce sont de ces compliments qu'on veut bien s'adresser à soi-même, mais qu'on n'aime pas à entendre dire par un autre. C'est d'ailleurs une façon de parler qui veut dire: sublime. Oui, tout bonnement, je suis sublime, et vous ne daignez même pas vous en apercevoir.

— Va pour sublime. Vous êtes sublime, monsieur Gatinais.

— Vous vous moquez encore de moi !

— Mais non, je vous trouve simplement adorable, repartit la comtesse qui affecta de mettre son binocle pour le contempler.

— De grâce, ne me regardez pas ainsi. Vous voyez bien que je tremble devant vous.

Théodora fit entendre un petit éclat de rire argentin.

— Et l'on dit, exclama piteusement Gatinais, que la femme est un être faible, et qu'à ce titre nous lui devons soumission et respect. O ma force, où es-tu ? Ah ! que ne suis-je né à Constantinople, au lieu de naître à Trévières ! Je serais fort, car je serais Turc ! Et le regard d'un être faible ne me terrasserait pas ainsi. Vrai, comtesse, si vous continuez à me regarder de la sorte, je me dérobe.

Théodora rit plus fort.

— Alors, adieu, reprit Gatinais, je pars, je vais me suicider.

— Vrai ! j'aime autant cela, dit la comtesse riant toujours ; car décidément, monsieur Gatinais, vous êtes un homme trop dangereux.

— Ah ! quelle cruelle ironie ! Vous voyez bien que je vous aime, pourtant.

— Qu'ai-je entendu ? Je me bouche les oreilles. Partez, partez vite !

— Eh bien ! oui, adieu.

Il se leva, mais se rassit aussitôt.

Et se parlant à lui-même :

— Allons, Gatinais, mon ami, pars donc ; pars donc, animal ! Ne vois-tu pas qu'on se moque de toi ! Tu ne peux donc pas partir ! Pitié ! madame, ce pauvre Gatinais est ensorcelé.

La comtesse, fatiguée de rire, simula un bâillement.

— Je vous ennuie, à présent. Il ne manquait plus que cela.

— Ne trouvez-vous pas que le temps est accablant ? Il couve un orage. Je crois sérieusement que, si vous voulez éviter les foudres de M. de Chapuzot et les foudres célestes, vous feriez bien de regagner Trévières au plus vite.

— Alors, c'est un congé en relief que vous me donnez là, s'écria Gatinais qui pâlit.

— Mais non, au contraire ; j'espère bien que vous me reviendrez ce soir, avec M. Didier.

— Non, non, jamais ; je ne reviendrai pas. Vous me faites poser. Or, je manque absolument de galbe pour ces poses-là.

— Vous êtes fâché ?

— Furieux.

— Voyons ! sans rancune. A ce soir.

— Non.

Il s'enfuit.

— Monsieur Gatinais ! rappela Théodora.

Il revint.

— Faites-moi une confidence. Couchez-vous avec votre cor de chasse ?

Gatinais devint pourpre.

— Si vous consentiez à vous en séparer... Eh bien ! peut-être...

— Quoi ?

— Essayez.

— Je viendrai ce soir le déposer à vos pieds.

— Je préfère que vous en fassiez hommage à l'une de vos nombreuses victimes de Trévières.

Gatinais sortit de nouveau.

Mais à peine avait-il fermé la porte, qu'il reparut, et faisant un grand geste :

— Comtesse, déclama-t-il, je vous pardonne et je vous bénis, soyez heureuse ! Cette fois, je ne reviendrai plus que vous ne vous traîniez à mes pieds. Vous voyez ça d'ici : Tableau ! Moi, superbe, avec un galbe antique ; vous, humiliée, rampante, sans aucun relief, implorant ma pitié ; et je vous résiste, et je vous refuse mon cor de chasse ! Allons ! réfléchissez. Il est encore temps. Un mot, un signe, et je reste !... Décidément, vous ne me retenez plus ! Eh bien ! adieu.

Mme de Broissac laissa partir Gatinais, car il entrait dans ses plans de n'avoir le soir qu'Hermine et Didier.

XXIX

Théodora reçut Hermine avec cette affabilité qu'elle savait déployer, quand elle voulait captiver.

— Comme vous voilà pâlie ! s'écria-t-elle. L'ennui vous ronge là-haut, dans ce noir donjon. Je m'en doutais. Je ne sais si M. Chapuzot pourra venir ; mais nous aurons M. Didier.

A ce nom, les joues pâles de la jeune femme se couvrirent d'une teinte rosée.

A huit heures, Didier arriva.

Théodora l'accueillit, lui aussi, avec une cordialité admirablement feinte, exempte de toute coquetterie.

Elle portait une toilette négligée, sans aucune prétention. Elle semblait avoir abdiqué tout désir de plaire.

— Vous arrivez à merveille, lui dit-elle en lui tendant amicalement la main. Mme Fontange est partie ce matin avec M. de Tancray pour Châteauroux. M. de Salbris a donc perdu son partner pour l'écarté ! Vous me permettrez de faire la partie de mon vieil ami. Je vous laisse avec Mme de Tancray.

Et prenant le bras de M. de Salbris, elle l'entraîna dans le boudoir attenant au salon.

— Monsieur Didier, ajouta-t-elle en se tournant vers le jeune homme, soyez galant pour notre charmante amie, qui est veuve jusqu'à demain. Récitez-lui vos plus beaux vers, faites-lui même un doigt de cour ; une jolie femme ne s'ennuie jamais avec un jeune homme aimable qui lui chante l'éternelle chanson de l'amour.

— Mais, je vous assure, madame, essaya de protester Hermine toute confuse, que si vous le permettez, nous jouerions aussi volontiers.

— Allons donc ! battre des cartes à votre âge ! D'ailleurs M. de Salbris ne veut que des adversaires éprouvés.

— Le moyen de songer à la dame de pique, quand on a sous les yeux une si jolie dame de cœur ! dit le précieux galantin en saluant Hermine.

Pour la seconde fois, grâce à Théodora, Hermine et Didier se trouvaient en tête-à-tête.

Ils se regardaient, surpris, émus, assez inquiets de ce bonheur si habilement ménagé par la comtesse.

Ou cette femme était d'une bonté surhumaine, ou elle cherchait à se venger.

Telle fut la pensée de Didier.

— Oh ! mon ami !... exclama Hermine.

— Plus bas ! je vous en prie, interrompit Didier. La bonté que nous montre la comtesse m'inspire quelque crainte. J'ai accepté son invitation, parce que vous me disiez de chercher le moyen de vous voir. Mais tenons-nous sur la réserve.

— Je crois que vous avez tort de vous défier. Cette femme est réellement bonne. Elle m'a témoigné tout à l'heure une affection, je dirai plus, une tendresse...

— C'est égal, soyons prudents.

— Cependant, il faut que je vous parle.

En ce moment, Théodora, soulevant la portière :

— Vous me pardonnerez, n'est-ce pas ? si je ferme cette porte ; mais je sens un courant d'air.

Elle leur adressa son plus gracieux sourire, et ferma la porte.

— Parlez, mon amie, dit le jeune homme de plus en plus inquiet.

— Mon Dieu, qu'avez-vous? fit l'ermine, qui crut voir de la froideur dans la réserve de Didier. Il me semble que vous ne m'aimez plus.

— Ah! ne le voyez-vous pas? Depuis trois jours je meurs. Votre lettre m'a rendu fou de désespoir et d'amour.

— Je vous en prie, Didier, ne prononcez pas ce mot-là, qui m'effraie.

— Pardonnez-moi, je perds la tête... L'amitié, oui, je suis avant tout votre ami... Que signifiait cette lettre?

— Mon mari a des doutes. Il est jaloux. Quelles scènes j'ai eu à subir.

— De violence? s'écria Didier.

— Il veut m'empêcher de sortir. Depuis cette chasse, il m'accable d'attentions, de soins empressés qui me sont odieux. Il me surveille incessamment. Nous écrire, c'est bien dangereux; nous voir, encore plus. Et cependant, votre affection, c'est, vous le savez, ma seule consolation, mon seul bonheur. Que vais-je devenir? Oh! mon sort est affreux. L'amour de mon mari m'épouvante. Combien je préférais son indifférence! Que faire? Mon Dieu, que faire! Mais qu'avez-vous, Didier?

Didier était devenu, en effet, d'une pâleur effrayante. Il s'était levé comme suffoqué par un flot de sang qui venait d'affluer à son cœur.

— Rien, mon amie, rien.

— Dites, de grâce.

— Je ne le puis pas.

— Je le veux.

— Vous m'avez défendu de vous parler d'amour. Comment oserais-je vous avouer...

— Quoi?...

— Mes jalousies insensées.

— Vous! jaloux. O Didier?... Je crois comprendre vos craintes. Eh bien! écoutez-moi. C'est un serment solennel que je vais vous faire. Sans doute je ne serai jamais à vous, puisque la loi comme ma conscience s'y opposent; mais je vous jure que jamais, jamais, entendez-vous, je ne serai plus à mon mari.

Et elle lui raconta avec quelle énergie elle s'était défendue quelques jours auparavant.

Puis, elle ajouta :

— Je vous le jure sur notre pure affection, sur ma vie, sur la vôtre. Maintenant, avez-vous confiance?

— Oh! merci, merci! J'ai foi en vous.

Il prit la main qu'Hermine lui tendait, et la couvrit de larmes.

En ce moment, on entendit au dehors les grelots bien connus des poneys qui avaient emmené le matin les deux voyageurs.

Didier se souleva, le regard plein d'effroi.

— Votre mari! s'écria-t-il. Je m'en doutais : c'était un piège.

Mais au même instant, Théodora, également surprise de ce retour imprévu, entra.

— Voilà M. de Taneray, dit-elle. Il est préférable, je crois, qu'il ne vous trouve pas ensemble.

Elle ouvrit la porte vitrée donnant sur le jardin.

— Sortez par là, monsieur Maurel. Attendez un instant devant la fenêtre de ma chambre. Je vais vous donner la clef de la petite porte du parc.

Didier hésitait.

Fuir ainsi ! Admettre même devant Théodora que sa présence pût inspirer de l'inquiétude à M. de Tancray, n'était-ce pas s'avouer coupable, compromettre Hermine ?

— Il me semble que je dois rester, répondit-il.

— Oh ! non, non, fuyez, supplia Hermine.

Il sortit, descendit le perron, prit la clef que lui remit Théodora. Mais comme il se retournait pour gagner les massifs, il vit se détacher sur les murs blancs du cottage la terrible silhouette de Raoul.

Au lieu d'entrer par le vestibule faisant face à la route, Raoul avait fait le tour de l'habitation et se disposait à gagner le salon par le perron descendant au jardin.

— Qui va là ? cria-t-il.

— Comment ! c'est vous, déjà ! dit la comtesse depuis sa fenêtre. Ramenez-vous ma cousine ?

— Non. Jupin a été pris en route d'une indigestion. Elle ne reviendra pas avant sa complète guérison. Mais qui donc est ce personnage que je viens d'entrevoir, et qui paraît fuir à mon arrivée ?

— Chut !

— Comment : chut ?

— Eh bien ! allez-vous me compromettre par vos jalousies intempestives ! Hermine est là.

— C'est Gatinais, sans doute ?

— Peut-être bien. Montez donc. Je vous répète que votre femme est ici. Vous allez justement la reconduire, car elle s'effrayait de remonter toute seule à Tancray.

— Cependant, vous m'expliquerez...

— Je vous le promets.

— Ce soir même ?

— Cette nuit, si vous me faites l'honneur de venir me voir ?

12.

— Je ne cours aucun risque, toutefois, de rencontrer chez vous M. Gatinais?

— Eh! eh! si je vous disais que non, peut-être ne viendriez-vous pas, dit la comtesse avec coquetterie.

— Vous êtes diabolique.

— Encore une fois, hâtez-vous de monter, car on doit s'étonner de ne pas vous voir.

Raoul et Théodora, chacun de leur côté, entrèrent en même temps dans le salon.

C'est à peine si Raoul, pris soudain d'une jalousie nouvelle, remarqua l'émotion d'Hermine, qui venait de reconnaître la voix de son mari dans la direction suivie par Didier.

— Apprêtez-vous, madame, fit-il; on attelle pour nous reconduire à Tancray.

Hermine passa avec la comtesse dans l'antichambre, où elle avait déposé son chapeau.

— Votre mari va vous questionner, lui dit Théodora. Il vous demandera qui se trouvait là tout à l'heure. Répondez-lui que c'était Gatinais.

— Je ne pourrais mentir, répondit Hermine.

Théodora sourit.

— Il faut bien commencer, chère belle. La vie n'est qu'un tissu de mensonges. Dans le mariage surtout, on n'a la paix qu'à ce prix.

Hermine monta dans le coupé, et comme Raoul était descendu à cheval, elle s'attendait à le voir retourner de même à Tancray.

Mais il prit place à côté d'Hermine.

Les premiers instants furent silencieux.

— C'est Gatinais, demanda Raoul, qui vous a porté l'invitation de Mme de Broissac?

— Oui.

— Il est resté toute la journée au cottage ?

— Non.

— Alors il est revenu ce soir ?

— Non.

— Cependant, vous aviez quelqu'un à dîner avec vous ?

— Personne que M. de Salbris.

— Et personne n'est venu prendre le thé ?

— Nous n'avons pas pris le thé.

— Cependant il y avait quelqu'un chez la comtesse, outre M. de Salbris et vous.

— En effet.

— Qui cela ?

Hermine hésita.

— Mme de Broissac, dit-elle, désire que vous l'ignoriez.

— Ah ! Et vous avez promis de me taire le nom de ce mystérieux personnage ?

— J'obéis à son désir.

— Et si je vous suppliais de parler ?

— A quoi bon désobliger cette aimable personne !

— Si je vous l'ordonnais ? s'écria Raoul emporté par son impatience habituelle.

— Je parlerais encore moins, répliqua Hermine avec fierté.

Raoul se contint. Il alluma un cigare et garda le silence.

Au bout d'un instant, il reprit :

— Vous pensez bien que je n'ai qu'à interroger Baptiste.

— Alors, pourquoi me questionner ?

— Parce que je n'attachais aucune importance à cette question, et que maintenant, grâce à vos réticences, ma curiosité se trouve excitée.

Hermine garda le silence.

— Mais cette vie-là, continua-t-il, est intolérable!
C'est un enfer !

— Elle est ce que vous l'avez faite.

— Voyons, Hermine, ayez un bon mouvement. Dites-
moi qui se trouvait chez la comtesse, car il me répugne
d'interroger un domestique.

— Eh bien, c'était M. Maurel.

La main de Raoul, posée sur la portière, se crispa. Il
mâcha violemment son cigare.

— Et la comtesse vous avait défendu de me le dire?

— Vous devez savoir que je ne mens jamais.

— Comment et pourquoi se trouvait-il là?

— Mme de Broissac l'avait invité.

— Est-ce bien elle? Ne serait-ce pas plutôt vous?

— Ce n'est pas moi.

Il y eut un nouveau silence.

Raoul était fort perplexe. Laquelle le trompait? Etait-
ce Hermine ou la comtesse? Que ce fût l'une ou l'autre,
une égale colère lui montait au cerveau. Il saurait bien
découvrir la vérité.

Mais il comprit qu'il était maladroit. Il changea soudain de tactique.

— Hermine? lui dit-il.

— Monsieur?

— Tenez, je suis vraiment sot et ridicule. Je me fais
honte à moi-même avec mes jalousies stupides. Je veux
compter absolument, aveuglément sur votre dignité, sur
votre vertu. Je vous promets de ne plus même prononcer
devant vous le nom de ce Didier. Agissez-donc à votre
guise; pour moi, je serai confiant. Ce sera peut-être le
meilleur moyen de vous garder contre les entraînements
possibles de votre inexpérience et de votre imagination.

— Assurément.

— Et peut-être aussi sera-ce le meilleur moyen de me faire pardonner, de me faire aimer.

Hermine ne répondit pas.

On arrivait à Tancray.

— Avant de nous quitter, reprit Raoul, car vous voulez que nous nous quittions, n'est-ce pas?...

— Oui.

— Donnez-moi de bon cœur votre main.

Elle donna sa main.

Raoul crut la sentir plus chaude, plus sympathique.

— J'ai eu un bon mouvement, et vous m'en savez gré ; merci !

Hermine, rentra chez elle, fort surprise de ce changement dans le ton et les manières de son mari.

Elle était, elle aussi, fort agitée, fort anxieuse. C'était bien de l'amour, un amour jaloux, impétueux, plein de souffrance que Didier éprouvait pour elle.

A cette pensée, que jusque-là elle avait à peine osé formuler, son sang bouillonnait, son cœur palpitait ; elle se sentait envahie par un sentiment plein de trouble et d'ivresse.

Et cela précisément au moment où son mari semblait vouloir faire de sérieux efforts pour dominer les emportements de son caractère et se faire aimer.

Elle se coucha, et le sommeil eut promptement raison de son agitation. Mais elle était à peine endormie qu'elle fut éveillée par une grande rumeur dans la maison. On appelait, Baptiste! Madeleine! Raoul! Elle se leva, passa un peignoir et s'apprêtait à descendre, lorsqu'elle entendit frapper à sa porte.

C'était le marquis.

— Raoul n'est-il pas ici? demanda-t-il. Le chanoine est au plus mal. Ah! maudit civet de lièvre! Duverdier arrivera-t-il à temps?...

Raoul était absent. Où était-il? Personne n'osa faire la question.

Hermine descendit, et trouva le chanoine dans toutes les affres d'une indigestion pantagruélique.

Elle passa la nuit au chevet du malade, et par ses soins pleins d'affectueuse sollicitude le rappela à la vie.

Hermine ne daigna pas questionner son mari sur son absence. Elle rentra chez elle profondément blessée. Ainsi cet homme, qui affectait de vouloir conquérir son affection, continuait à la tromper. Ainsi cette femme, qui lui prodiguait tant de caresses, la trompait aussi!

Et puis, que signifiait cette recommandation de ne pas nommer Didier à Raoul? Et pourquoi encore Didier avait-il paru si effrayé de rencontrer Raoul chez la comtesse? Peu s'en fallut qu'elle ne doutât même de Didier. Tout était donc vice et mensonge autour d'elle!

Ne sachant à quelle foi se rattacher, elle pleura amèrement et, dans son désespoir, elle appelait la mort.

X X X

La jalousie n'est pas une preuve d'amour.

Le véritable et profond amour n'est pas jaloux. Il entre souvent dans la jalousie plus d'amour-propre que d'affection. Aussi voit-on fréquemment des hommes jaloux de la femme qu'ils ont cessé d'aimer, et même jaloux de plusieurs femmes à la fois.

Raoul était jaloux d'Hermine par crainte du ridicule, et jaloux de la comtesse par amour-propre.

Quoi! Il avait consacré sa jeunesse à cette femme, beaucoup plus âgée que lui, et cette femme se moquait de lui, le trompait presque sous ses yeux.

Fatigué d'ailleurs, de cette ancienne liaison, qui causait du scandale, qui portait ombrage au marquis et qui pouvait le priver d'un héritage, il songea à briser des liens, non pas encore insupportables, mais déjà pesants.

Enfin, s'il n'aimait pas Hermine, il commençait à s'apercevoir de sa beauté. Il la désirait. Et ce désir le refroidissait d'autant plus à l'égard de Théodora.

Il était donc descendu au cottage avec l'intention bien arrêtée de rompre avec celle qu'il n'appelait plus dans sa pensée qu'Hortense Papillon.

La coquette s'attendait à une scène. Elle était sous les armes, prête à engager le combat.

A l'air froid et compassé de Raoul, elle devina à peu près ce qui se passait en lui, et au lieu de garder la défensive, elle prit immédiatement l'offensive.

A demi couchée sur son ottomane, enveloppée d'un long peignoir de velours noir à revers rouges, elle avait un aspect étrange, mais un grand air.

— En vérité, c'est vous! dit-elle avec un soupir. Voilà près d'une semaine que je passe la nuit à vous attendre. Je n'osais plus vous espérer.

Et comme Raoul arpentait la chambre sans mot dire, le sourcil froncé, la narine gonflée, elle reprit ironiquement:

— Sa Majesté daignera-t-elle me dire le motif de cet air sombre et courroucé ? ne serait-ce pas plutôt moi qui devrais vous accabler de ma colère ?

— Ah çà ! repartit Raoul qui éclata, me prenez-vous
pour un niais, pour un bouffon ? Croyez-vous que je ne
m'aperçoive pas de vos manéges ?

— De quels manéges parlez-vous ? dit Théodora, qui
toisa Raoul avec une incroyable candeur.

— Vos coquetteries avec cet imbécile de Gatinais et
avec ce clerc de notaire, ce poëtereau, ce Didier Maurel !
car je ne suis pas dupe, entendez-vous : c'est lui qui, tout
à l'heure sortait de ce cottage par le jardin. Il paraît
qu'il a une clef aussi, lui. Et pendant ce temps, vous
m'envoyiez promener votre vieille caricature de cousine
et son chien galeux...

— Allez, mon ami, allez, je vous écoute. Quand vous
aurez fini, moi aussi je parlerai. Car voilà assez longtemps
que je souffre et que je me tais.

— Si vous n'étiez pas coupable, auriez-vous prié Hermine de me cacher que ce M. Didier a passé la soirée
ici ?

— Ah ! elle vous a dit...

— Certes. Elle, du moins, ne sait pas mentir.

— C'est cela : elle est sincère, elle est candide ; elle a
toutes les qualités qui me font défaut. N'est-ce que pour
me jeter à la face les vertus de votre femme que vous
avez daigné descendre de votre donjon ?

— C'est pour avoir avec vous une explication décisive.

A ces mots, Théodora bondit.

— Ah ! je devine ce que vous voulez. Vous voulez rompre, n'est-ce pas, une chaîne qui vous pèse ?

Raoul se tut.

— Répondez donc. Ayez le courage de votre ingratitude, de votre infamie.

Il continua à garder le silence et baissa les yeux.

Elle avait parlé de rupture sans y croire. Mais le silence affirmatif de Raoul la terrifia.

— Ah! c'en est trop! s'écria-t-elle frémissante, hors d'elle-même. Vous à qui j'ai montré tant de dévouement, d'abnégation, me trahir ainsi, m'abandonner lâchement! Moi, qui aurais pu vivre tranquille, entourée de considération! Voir ma vie ainsi brisée par ce fatal amour!... Vous feignez d'être jaloux; vous ne l'êtes point. Ne vous ai-je pas sacrifié tous mes amis, tous ceux du moins que vos susceptibilités ont voulu éloigner, ceux-là mêmes qui aspiraient à ma main et m'offraient de grandes positions dans le monde? M'accuser de vous tromper pour un clerc de notaire, autant dire que vous cherchez un prétexte. Si c'était moins odieux, ce serait tellement ridicule que j'en rirais. Me traiter ainsi! Moi! Ah! je mourrai de douleur et de honte, oui de honte, d'avoir pu donner mon amour, confier mon honneur et ma vie à un homme tel que vous, vous que j'ai pris la peine de dégrossir, de façonner, de lancer...

— Et de ruiner! ajouta Raoul sarcastique.

— Vous osez m'adresser un tel reproche, à moi qui, au contraire, ai toujours eu soin de vos affaires comme des miennes propres! Pensiez-vous donc vivre à Paris avec les mêmes revenus qu'à Trévières, et conquérir une place parmi les élégants, sans bourse délier? Mais n'est-ce rien que d'être admis dans notre monde?

— Bah! ce monde-là, ma chère, tout compte fait, ne vaut pas mes écuries, ni même mon chenil. Et il n'y a pas une si grande distance entre le Café Anglais et le Grand Café de Trévières.

Théodora resta un instant interdite, atterrée.

Quoi! il osait maintenant parler ainsi, lui qui, si souvent, avait exprimé une si vive reconnaissance pour ses

13

bontés! Que signifiait ce revirement ? Elle crut comprendre : il voulait renoncer à Paris, au monde, pour reprendre sa vie de hobereau.

Pendant un moment, il lui sembla que tout croulait
autour d'elle. Elle était bien réellement abandonnée, ou
sur le point de l'être. Comme elle l'avait dit tout à
l'heure, il ne cherchait qu'un prétexte. Alors, en habile
tacticienne, elle changea subitement ses batteries. Au
lieu de continuer ses reproches, elle s'abandonna à un
désespoir, qui certes n'était pas feint. Elle gémit, pleura,
et finalement s'évanouit.

Elle savait que Raoul ne résistait pas à ces artifices.

En effet, devant ce désespoir qui toujours flattait sa vanité, M. de Tancray s'émut, lui prodigua les plus tendres
soins. Elle ne reprit connaissance que sous ses baisers.

— Et dire que tu m'accuses de coquetterie, soupira-
t-elle, d'infidélité ! Ah, certes, je me le dis quelquefois :
si j'étais plus coquette, peut-être serait-il plus épris. Eh
bien ! oui, c'est vrai, j'ai voulu feindre la coquetterie ; et
c'est pourquoi hier soir, au moment de ton arrivée, j'ai
renvoyé brusquement ce malheureux Didier, qui n'a rien
dû comprendre à un tel procédé. Je voulais te rendre jaloux ; mais j'ai réussi au delà de mes désirs, puisque tu
as douté de moi, au point de me croire désormais indigne de ton amour.

— Pourtant, il avait une clé, insista Raoul avec quelque hésitation.

— Je t'adore, lui dit Théodora, en lui posant sa petite
main sur les lèvres. Viens avec moi au fond du jardin,
affreux saint Thomas, et tu verras que cette clé est encore sur la porte. D'ailleurs, si vous voulez être sûr que
je ne vous trompe pas, qui vous empêche de venir chaque
soir auprès de votre Théo !

Une fois encore l'astucieuse comtesse avait reconquis son amant.

— Et dire que tu songeais à me quitter, mon cher, mon seul bien ! Mais que deviendrais-je sans toi ? Et toi-même, crois-tu donc que tu pourrais aisément m'oublier ? Ah ! n'essayons plus ce jeu-là, va, cela fait trop de mal ; et puis, c'est inutile, nous sommes bien à jamais rivés l'un à l'autre.

— Cependant, reprit Raoul timidement, il nous faudra mettre un peu plus de circonspection dans nos relations. On en glose dans le pays. Hermine les soupçonne, et le marquis menace de me déshériter.

— Tu as raison. Nous aurions tort de heurter l'opinion. Ne te préoccupe plus de ces cancans ; j'aviserai à les faire cesser.

Depuis quelque temps déjà, Théodora pensait à emmener Raoul à Paris ; car cette vie d'isolement au fond d'une province commençait à lui peser. Son amant venait lui offrir un prétexte de quitter Trévières. Elle le saisirait avec empressement. Elle arracherait ainsi Raoul à ces habitudes de campagne, qui dès ce moment lui parurent, de toutes les rivalités, la plus dangereuse.

XXXI

Quelques jours après ces incidents, Théodora était venue déjeuner au château avec M. de Salbris.

On avait projeté de faire dans les environs une promenade aux ruines d'un vieux castel remarquable par ses curiosités archéologiques.

A la grande stupéfaction de la comtesse, Raoul avait

invité Didier, en sa qualité de savant archéologue, ainsi que Gatinais, pour faire nombre, avait-il dit à Théodora.

Que signifiait cette invitation spontanée ? Théodora pensa qu'il voulait ainsi réparer ses torts et lui faire oublier sa mauvaise querelle.

En réalité, Raoul conservait tous ses soupçons à l'égard de sa femme comme à l'égard de sa maîtresse. Il se promettait de les observer toutes deux. Il voulait en finir avec cet état d'inquiétude qu'il ne pouvait dominer, et qui le rendait à la fois odieux et ridicule. Si décidément ce Didier se permettait de marcher sur ses brisées, il saurait en tirer une vengeance éclatante.

Après déjeuner, le temps se couvrit tout à coup. Un orage suivi d'une pluie torrentielle empêcha la partie de plaisir.

Comme le lendemain était un dimanche, par conséquent jour de liberté pour les deux clercs, il fut convenu qu'on passerait la journée et la nuit au château, et que le lendemain de bonne heure on se mettrait en route.

Dans l'après-midi, les invités se réunirent dans le grand salon, tendu d'anciennes tapisseries représentant des chasses au XVI° siècle.

La haute cheminée, les larges et profondes fenêtres, les magnifiques sculptures en chêne noirci par le temps, les vastes fauteuils Louis XIII donnaient à cette antique pièce un aspect grandiose, quasi royal.

Mme de Tancray et la comtesse, en toilettes claires, égayaient ce cadre un peu sombre.

Hermine, assise sur un siége à dossier élevé, travaillait à une broderie, et son pur visage se détachait sur le vieux cuir doré, comme celui de ces vierges qu'on admire dans les fresques à fond d'or.

Théodora, en face d'elle, un livre à la main, émergeait d'un flot de mousseline et de dentelles. A chaque instant elle interrompait sa lecture pour jeter un mot dans la conversation ou pour observer Raoul, Hermine et Didier.

Raoul montrait à Gatinais des armes anciennes d'un grand prix. Didier crayonnait dans un album. Le marquis, le chanoine et M. de Salbris, devant une table de jeu, causaient.

— Eh bien ! messieurs, vous ne jouez donc pas ? demanda Théodora.

— Nous attendons le docteur Duverdier, répondit le marquis.

— Qui donc cela, Duverdier ? questionna la comtesse.

— Notre voisin, médecin et ami, qui vient chaque jour faire notre partie de whist; brave homme au fond, bien qu'enragé démocrate.

— Quoi ! marquis, vous fréquentez si mauvaise compagnie ! fit en riant Théodora.

— Hélas ! à la campagne, quand on a la passion du whist...

— Je comprends. A la campagne, pour se distraire, on est capable de tous les compromis. On commettrait même des crimes. Je gage que ce Duverdier est aussi parpaillot.

— Parbleu !

— Alors, comment le chanoine s'accommode-t-il de cette société ?

— Que voulez-vous ! Cet homme-là, est un saint, moins la religion. C'est à n'y rien comprendre. Je le lui dis souvent : faire le bien sans espoir de récompense, c'est de la duperie.

— Ah ! ces hommes-là, dit. à son tour M. de Salbris,

sont les plus dangereux. Leur honnêteté fait la force du parti républicain.

— Ce sont les principes plutôt encore que les personnalités qui font la force de notre parti, répliqua Didier.

— Jolis vos principes ! exclama le chanoine en humant à petits coups un verre de kirsch, — car la dive bouteille était toujours à portée de sa main. Des principes qui donneraient au premier manant venu le droit de dévaliser ma cave ! Ce sont ces principes-là qui corrompent les masses et conduisent la société à l'abîme.

— Ce qui corrompt les masses, c'est la démoralisation d'en haut. C'est l'empire qui nous vaut la dégradation de la génération actuelle. Voyez, par exemple, nos gommeux...

— Mon cher, interrompit Gatinais, n'attaquez pas les gens qui s'amusent. Ce sont les vrais philosophes, je dirai plus, les vrais socialistes, parce qu'en gaspillant la fortune amassée par leurs pères, ils rétablissent l'équilibre de la richesse.

— Ah çà, ce diable de Duverdier n'arrive pas ! s'écria le marquis.

Pour la vingtième fois, il tira sa tabatière, contempla le portrait de ses souvenirs, prisa, se moucha.

— Vous savez, reprit-il, que devant lui il est absolument défendu de parler politique, car ce brave Duverdier a la tête près du bonnet et s'emporte tout de suite.

— Je regrette, comtesse, que vous ne le voyiez pas, dit Raoul ; c'est un bon type.

— Je préfère ne pas le voir, repartit Théodora. Excepté vous, monsieur Didier, dont j'aime la société, non point parce que vous êtes républicain, mais homme de goût et de talent, ce qui est une aristocratie, j'avoue que la vue de ces ours mal léchés qui s'intitulent démocrates, n'a rien qui me captive.

Elle regardait Didier, et faisait tourner, en souriant malignement, une breloque, qui représentait une fleur de lis.

Cette breloque, elle avait cessé de la porter pendant la courte passion que lui avait inspirée le jeune poëte.

— Cependant, madame, allégua Didier, il n'y a pas un mois, vous pensiez différemment.

— Comment, vous, comtesse, une femme élégante! fit observer le marquis. M. Papillon, votre père, je m'en souviens, avait d'excellents sentiments : il aimait la noblesse, et il ne jurait que par le roi légitime.

La comtesse rougit de cette allusion directe à son origine peu aristocratique. Cependant elle fit bonne contenance, et répliqua d'un ton plaisant :

— Le nom de mon père a sans doute influé sur mon caractère. En fait d'opinions politiques, je papillonne volontiers. Aujourd'hui, je ne suis plus républicaine le moins du monde. Chez moi, les convictions politiques dépendent beaucoup de la température, de mes nerfs, et même de mes affections. Et vous, Hermine, vous ne vous occupez pas de politique ?

La jeune femme leva les yeux, et doucement elle dit :

— Moi, je ne suis pas bien sûre d'avoir une opinion ; mais par caractère, je suis toujours pour les faibles contre les forts, pour les pauvres contre les puissants, pour la justice contre l'injustice.

— Ah! les voilà, ces grands mots : la justice, l'injustice, s'écria M. de Salbris.

— Madame veut dire, repartit Didier : la justice absolue contre la justice relative qui souvent est de l'injustice.

— Détestables doctrines! exclama de nouveau le cha-

noine en élevant son verre, dont il contempla amoureusement le contenu.

— C'est la doctrine du Christ, monsieur le chanoine,
dit Hermine, et je me flatte d'être bonne chrétienne. Le
Christ a émancipé les femmes et les prolétaires. La République poursuit cette œuvre d'émancipation.

— Halte-là! halte-là! se récria le saint homme avec
une vivacité dont on n'aurait pu croire capable cette intelligence obtuse. Jésus les émancipait dans le ciel, ce
qui ne faisait de tort à personne, et la République veut
les émanciper en ce monde; c'est bien différent! c'est
bien différent!

Raoul, pendant cette conversation, n'avait cessé d'observer Hermine et la comtesse.

Il savait qu'une femme partage toujours l'opinion de
l'homme qu'elle aime.

— Si la comtesse l'a aimé, pensait-il, certainement
elle ne l'aime plus. Mais Hermine?

Ne pouvant rien préjuger d'une façon certaine, il con-
tinuerait ses observations.

— Ma foi! puisque Duverdier ne vient pas, fit le marquis, commençons le whist avec un *mort*. Moi, j'ai assez
de politique. Il me reste si peu de temps à vivre, que je
dis volontiers comme Louis XV : après moi le déluge!

Les joueurs se rapprochèrent de la table.

Le marquis battait les cartes, quand on entendit un
pas précipité dans la salle d'armes, qui précédait le salon.

— Ah! le voilà enfin, ce satané Duverdier!

Le vieux docteur entra.

Sa figure tourmentée, irrégulière, était fort pâle.

— Pardon, pardon, dit-il, je me suis fait attendre. Mais

un événement des plus tragiques est cause de ce retard. Encore ne puis-je rester qu'un instant, car il faut que je retourne tout à l'heure sur le théâtre du crime pour les constatations judiciaires. On est allé chercher la justice.

— De quoi s'agit-il donc? s'écria la comtesse.

Hermine écoutait, tout émue.

— Comment! un assassinat? demanda à son tour l'ancien avocat général.

— Clochepin a assassiné sa femme.

— La belle Suzon? exclama Raoul, qui ne put se défendre d'une certaine émotion.

— Cet horrible Clochepin, qui a failli nous noyer? dit Théodora. Et pour quel motif?

— Il l'a surprise, paraît-il, en flagrant délit d'adultère.

— Eh bien! en voilà un que je ne serai pas fâchée de voir monter sur l'échafaud, dit la comtesse. Il ne l'aura pas volé; et s'il ne faut que mon témoignage...

— Mais il ne montera pas du tout sur l'échafaud, fit observer M. de Salbris.

— On lui accorderait les circonstances atténuantes, à ce bandit !

— Il n'a pas besoin des circonstances atténuantes : la loi l'excuse.

— Comment cela?

— Le code est explicite. Article 324 : « Dans le cas d'adultère, le meurtre commis par l'époux sur son épouse ainsi que sur le complice, à l'instant où il les surprend en flagrant délit dans la maison conjugale, est excusable. »

— Alors, insista la comtesse, on peut impunément tuer sa femme dans un mouvement de jalousie?

— Oui, à la condition de la surprendre en flagrant délit, sous le toit conjugal. Et encore, aujourd'hui, on accorde si facilement le bénéfice des circonstances atté-

13.

nuantes, que Clochepin, eût-il tué sa femme ailleurs, ne serait probablement pas condamné.

— C'est un homme crâne, ce Clochepin, dit Raoul, et cet acte énergique le hausse dans mon estime.

— Pauvre Suzon, c'est dommage! soupira le marquis en regardant amoureusememt sa tabatière; c'était un beau brin de fille! Et son complice?

— Il a pu fuir, répondit M. Duverdier.

— Mais Clochepin, qu'est-il devenu? demanda Raoul.

— Il a disparu cette nuit, après avoir fait le coup. C'est tantôt que, voyant les volets clos, les voisins se sont approchés, ont cru entendre à l'intérieur des gémissements et sont allés quérir le garde champêtre, lequel a enfoncé la porte et a trouvé Suzon baignant dans son sang, mais vivante encore. Le barbare l'a tuée en lui plongeant dans la poitrine un couteau de boucher.

— Est-elle morte? questionna Hermine.

— Elle n'en vaut guère mieux.

— C'est horrible! s'écria encore la comtesse. Et cependant, s'il n'en coûtait pas la vie, une femme voudrait être aimée ainsi. N'est-il pas vrai, Hermine?

Hermine ne disait rien; mais elle était fort pâle. Elle venait de rencontrer le regard de Didier qui, lui aussi, avait pâli.

Théodora surprit cette double émotion.

Quel rapprochement se fit dans l'esprit vindicatif d'Hortense Papillon entre le drame intime de ces deux amoureux et la mort tragique de Suzon?

Soudain ses lèvres se contractèrent avec une expression haineuse et ses yeux brillèrent d'une flamme si aiguë qu'elle abaissa les paupières pour voiler ce regard, qu'elle sentait terrible.

— C'est égal, reprit le docteur Duverdier, dont le nez

se fronça jusqu'au sourcil, — ce qui chez lui était le signe
d'un vif mécontentement, — c'est une loi injuste et barbare, celle qui excuse le mari meurtrier. Dans l'infidélité
de la femme, le mari est souvent le plus coupable. Et la
femme eût-elle tous les torts, est-ce une raison pour ad-
juger ainsi au plus fort le droit de vie et de mort sur l'être
faible ! C'est un reste du droit antique, de ce droit inique,
arbitraire, qui attribuait l'autorité à la force. C'est sur ce
principe que se basait l'oppression du roi sur le sujet, du
seigneur sur le vassal, du prêtre sur la conscience, de
l'homme sur la femme. Ce système d'autorité, parfaitement conçu du reste pour maintenir à la fois toutes les
servitudes, tend heureusement à disparaître devant le
droit moderne, basé sur l'égalité et la justice. Aussi faut-
il espérer que nous le verrons bientôt expulsé de notre
code comme de nos mœurs, de la religion comme de la
politique.

— Et moi je pense, au contraire, s'écria Raoul, qu'au
lieu de disparaître, ce système va prévaloir enfin contre
l'anarchie qu'engendrent vos doctrines égalitaires. Partout un bras de fer, sur la terre comme au ciel, dans l'É-
tat comme dans la famille ! C'est pour la société en péril
le seul moyen de salut.

— C'est pourquoi, sans doute, vous reconnaissez aussi
l'infaillibilité du pape ! dit le vieux docteur en narguant
Raoul.

— Parfaitement ! appuya le marquis.

— Alors, que ne souhaitez-vous le retour de l'Inquisition? car tout se tient dans ce beau système !

— Certes, répliqua le béat et sybarite chanoine, si c'é-
tait un moyen de ramener la foi !

M. Duverdier se leva furieux, pourpre d'indignation ;
puis soudain, il fit un effort sur lui-même, prit sans doute

en pitié l'infirmité intellectuelle de ses interlocuteurs, se
rassit et dit en dominant le tremblement de sa voix :

— Donnez les cartes, marquis. Nos opinions sont trop
différentes ; nous ne pouvons que nous heurter, sans jamais nous convaincre.

Mais Raoul n'abandonna pas la discussion. En même
temps qu'il suivait l'impulsion de sa nature violente, il
trouvait l'occasion de menacer indirectement sa femme et
Didier.

— Vous avez beau faire, messieurs les philosophes,
reprit-il, si vous n'admettez pas les lois de Dieu, vous
admettez du moins les lois de la nature. Eh bien! pourquoi la nature aurait-elle fait l'homme plus fort que la
femme, si ce n'était pour lui départir le droit de souveraineté ? Cette force physique dévolue à l'homme n'est
qu'un appoint à sa supériorité intellectuelle. Le mari a
surtout le droit de venger son honneur outragé; à mon
avis, la mort seule peut expier l'adultère.

—Dieu! mon cher, que vous êtes beau dans ce rôle-là !
exclama Gatinais. Parole d'honneur de célibataire! vous
avez, mon cher, un galbe homérique. Le moindre peplum,
et vous paraîtriez grand comme Caton! Pauvres petites
femmes, va! Vous les expédiez dans l'autre monde avec
une désinvolture... Grâce, mon cher, pour ce péché mignon, et les belles pécheresses! Si, à force de massacres,
il n'en restait plus du tout, du tout, hein! mon cher, qui
est-ce qui serait attrapé ?

Raoul coupa vertement la parole à Gatinais.

— Vous savez, Gatinais, que sur ce chapitre je n'entends pas la plaisanterie.

— Quant à moi, dit M. de Salbris, si, dans la vie privée, je suis d'une indulgence sans bornes pour les femmes et leurs charmants délits, dans ma carrière de magis-

trat j'ai toujours su flétrir, condamner l'adultère, ce fléau
social, qui porte le trouble dans les familles, qui entraîne
avec lui non-seulement le déshonneur, mais souvent la
ruine, le suicide et le meurtre.

— Bah! bah! repartit le galant marquis, en souriant
à sa tabatière, moi, je prends le parti de ces aimables
criminelles. Dans la bonne société de mon temps,
un mari se piquait d'envisager la chose fort courtoisement. S'il surprenait le flagrant délit, il provoquait
l'amant en duel; sinon, il fermait discrètement les yeux,
et recevait à merveille les amis de sa femme. Il trouvait
juste que, puisqu'il s'amusait ailleurs, sa femme prit de son
côté quelque distraction. Quant à la jalousie, fi donc!
Passe encore pour l'amant, d'être jaloux; mais le mari!
c'est du plus mauvais goût. Aujourd'hui nos mœurs ont
contracté le ton bourgeois qui domine dans toute la société. Un mari veut bien s'amuser; mais si sa femme
commet une peccadille, elle mérite la mort. Et l'on entend de soi-disant philosophes qui démontrent par A
plus B, par les écritures et la théologie, par la métaphysique la plus amphigourique, qu'un mari trompé a non-
seulement le droit, mais le devoir de tuer sa femme.
Prêchez, prêchez, messieurs, vous ne convertirez pas
ces dames. Le cœur féminin n'entend goutte à vos savants discours, et la nature est plus forte que tous vos
sermons. Dieu, qui s'est complu à créer la femme, n'est
pas si féroce que vous; n'est-il pas vrai, chanoine?

— Les coupables ont pour se purifier les eaux de la
pénitence, répondit sentencieusement le chanoine qui,
suant et soufflant, suivait avec peine la conversation et son
jeu.

— Mais comme vous n'êtes pas coupable, dit Gatinais,
vous préférez vous purifier dans le Saint-Esprit de Cognac!

Personne ne goûta cette mauvaise plaisanterie.

— En effet, ajouta M. de Salbris, cette confession dont vous dites tant de mal, messieurs les libres penseurs, a du moins cela de bon, vous en conviendrez, qu'elle est un accommodement avec les grandes et les petites faiblesses humaines.

— Admirablement pensé, monsieur de Salbris, et très-bien dit! s'écria la comtesse. Vous confessez-vous souvent?

— Moi? jamais! D'ailleurs, il ne s'agit ici que des femmes.

— Et vous, marquis?

— Malheureusement, il y a longtemps que je ne pèche plus.

— Mais, monsieur Didier, reprit la comtesse, vous ne nous dites pas votre opinion sur les droits de l'époux? Vous, un pur, un austère, un impeccable, vous devez être pour le châtiment?...

— Je suis, vous le savez, un égalitaire. Ainsi que M. le marquis, je réclame les mêmes droits pour la femme que pour l'homme. Mais, à faute égale, je voudrais un châtiment plus sévère pour l'homme; car il a plus de responsabilité. Dans le mariage, les situations ne sont pas égales : l'homme, généralement, quand il épouse, sait ce qu'il fait ; la femme ne le sait presque jamais. Aussi la première réforme à introduire dans nos mœurs serait-elle de baser les unions sur l'amour, et non sur de misérables convenances d'intérêt. Cette seule réforme aurait plus d'efficacité que toutes les prédications, que toutes les lois répressives contre cet adultère que vous anathématisez.

— Mais alors, objecta le marquis, si tous les époux étaient heureux et fidèles, ce serait l'anéantissement de la galanterie française, qui est avec la bravoure notre gloire éternelle.

— Atout! atout! atout! cria le docteur Duverdier d'une voix terrible. Vous avez eu trop de bonheur en amour, mon cher marquis, vous voilà décavé. On voit bien que je ne suis pas si galant, moi. Nous autres républicains farouches, ours mal léchés, comme vous dites, nous répudions cette prétendue galanterie, qui entraine fatalement le relâchement des mœurs et l'indifférence pour la vie publique.

XXXII

Cependant la pluie avait cessé. Un rayon de soleil commençait à percer les nuages.

M. Duverdier tira sa montre.

— Quatre heures, dit-il. Le procureur de la République doit arriver à cinq heures environ; il faut que je vous quitte.

Mais au moment de sortir, s'adressant à Hermine :

— Ne pourriez-vous, madame, me remettre quelques linges pour les pansements; et même, si ce n'était pas par trop indiscret, une ou deux paires de draps et une couverture pour changer le lit de la pauvre femme? Car ce ménage est si dénué de tout qu'on n'a pu faire encore disparaître entièrement les traces de cet égorgement.

— Oh! tout ce que vous voudrez, docteur, s'écria Hermine avec élan. Et même, si vous pensiez que mon aide pût vous être de quelque utilité, je suis prête à vous accompagner.

— Il est certain, répondit le docteur, que les bonnes femmes de nos villages ont de tels principes en médecine, que leurs soins inintelligents causent fréquemment de graves accidents.

— Alors, je m'apprête, s'empressa d'ajouter Hermine.

— Y pensez-vous ? objecta Raoul ; aller vous installer dans ce taudis, au chevet de cette Suzon ! Donner vos soins à une femme pareille, ce serait paraître approuver sa coupable conduite.

— Ce serait, au contraire, faire œuvre pieuse, fit l'indulgent marquis.

— La malheureuse n'a-t-elle pas suffisamment expié sa faute ? repartit le docteur. Devant la mort, la charité doit nous faire oublier toutes les indignités, pour ne laisser voir que notre semblable à soulager.

— Est-elle donc si mal ? demanda Théodora.

— Un miracle seul pourrait la sauver... et je ne crois pas aux miracles.

— C'est bien différent, dit Raoul. Je suis tout disposé à vous conduire jusque-là. Venez-vous, comtesse ? Nous visiterons par la même occasion les sources de la Brainne, que vous n'avez pas encore vues, et qui, après cette pluie torrentielle, doivent offrir un spectacle grandiose.

— Volontiers, répondit Mme de Broissac, mais à une condition ; c'est que vous me déposerez d'abord aux sources ; car j'ai horreur du sang, du meurtre, et rien que la vue des malades me fait mal.

— C'est comme moi, ajouta Gatinais, les drames de cour d'assises me tapent désagréablement sur les nerfs. Aussi, je n'ai jamais pu mettre les pieds à l'Ambigu. Les Variétés, les Folies, les Délas'-Com', je ne sors pas de là !

Il consentit donc à suivre la comtesse, mais en se proposant de s'arrêter avec elle en route. Il espérait ainsi un galant tête-à-tête.

Didier, dans cette proposition, ne vit qu'une chose :

accompagner Hermine, la remplacer peut-être, au cas d'un pansement répugnant ou difficile. Il déclara qu'il irait jusqu'à la cabane de Clochepin.

— Oh! vous, on comprend cela, dit Théodora; en votre qualité de poëte, vous aimez les spectacles saisissants, les scènes émouvantes; vous cherchez le réalisme, la couleur locale; vous placerez ce tableau dans un drame ou dans un roman.

— Pauvre Suzon! soupira tristement Didier. Comment pouvez-vous, madame, me prêter de semblables préoccupations? Devant un acte de férocité aussi sauvage, je ne sens que de l'indignation. Je me reconnais tout à fait incapable de ce sang-froid du savant ou du philosophe qui songe à analyser ou à décrire.

— Vous avez le cœur si tendre! fit la comtesse avec une nuance d'ironie; je m'en étais toujours doutée.

On attela le break. Raoul voulut le conduire lui-même.

A mesure qu'on approchait, Hermine semblait plus émue.

Didier également ne pouvait se défendre d'une certaine appréhension.

Comme le docteur craignait d'être en retard, Raoul, au lieu de prendre par les sources de la Brainne, conduisit directement à la demeure de Clochepin.

— Ceux qui ne voudront pas entrer, dit-il, attendront dans la voiture.

Mais Théodora, cédant à cet attrait de l'horrible qui a tant d'empire sur les natures nerveuses, voulut mettre pied à terre. Outre la curiosité, une autre pensée la guidait.

Gatinais se chargea de garder les chevaux.

La cabane du pêcheur était située sur le bord de la rivière.

Un toit de chaume couvrait les murs, construits avec des bois tortueux, entrecroisés et cimentés avec de la terre glaise. Les vitres de l'unique fenêtre étaient remplacées par des torchons de paille ou de linge. Le jour ne pénétrait que par la porte toute grande ouverte.

A l'intérieur, les parois, noircies par la fumée, étaient garnies de filets empoussiérés ou déchirés, dont les effilures pendantes ajoutaient encore à l'aspect misérable du galetas.

Dans ce cadre déjà sinistre se détachait le grabat ensanglanté où gisait la victime.

Les visiteurs, en pénétrant dans ce réduit sombre, s'arrêtèrent un moment, terrifiés.

Suzon, sur sa couchette, était étendue rigide. Ses admirables cheveux se déroulaient sur ses épaules en masses compactes, imprégnées de sang coagulé. Ses yeux, autrefois si rieurs, étaient vitreux et fixes. Une convulsion dernière avait tordu et bleui sa bouche naguère si provocante par le sourire endiablé de ses lèvres purpurines. Des tons livides remplaçaient le carmin de ses joues.

Elle venait d'expirer.

Au pied de la couchette, Clochepin enchaîné, debout entre deux gendarmes, regardait la morte d'un œil farouche.

On attendait la justice pour confronter l'assassin et sa victime.

Le tableau était lugubre.

La comtesse, en entrant dans la cabane, se rejeta vivement en arrière; mais elle domina vite son impression première, et sembla contempler avec avidité les moindres détails de cette scène.

Quant à Hermine, en approchant de la morte, elle pâlit et chancela.

Mais Raoul, qui l'observait, la soutint.

— Une garde-malade, s'écria-t-il, qui ne peut supporter la vue de la mort! Il faut savoir, madame, dominer ces nerfs de petite maitresse!

Et l'attirant par le bras, il la plaça en face du lit.

— Il serait à souhaiter, dit-il, que toutes les femmes pussent avoir sous les yeux cet exemple.

— Et tous les hommes aussi, grommela Clochepin, en dardant sur Raoul ses yeux fauves.

Raoul frémit, mais garda bonne contenance.

— Tu ne te repens donc pas, misérable? fit le docteur.

— Depuis le temps qu'elle me faisait damner! Si c'était à refaire, je recommencerais.

— Tais-toi! malheureux!

— On peut bien m'enchaîner les mains, mais pas la langue. Je m'entends. Il y en a encore un autre à qui je ferai son affaire.

— Il a raison, dit Raoul.

Clochepin leva sur lui un regard moins farouche.

Ainsi, ces deux hommes, que séparait une immense distance sociale, s'entendaient cependant. L'un représentait la force brutale, le droit sauvage du fort sur le faible; l'autre, l'ancien droit féodal, également barbare, également inique, qui domine encore à l'égard de la femme, dans notre législation française.

Cependant Hermine n'avait pu surmonter plus longtemps sa faiblesse. Elle tomba sans connaissance. Didier et le docteur s'empressèrent de lui porter secours. Mais Raoul, la prenant vivement sur ses bras robustes, la porta dans la voiture.

En aspirant l'air du dehors, elle reprit ses sens.

Après ce spectacle émouvant, personne ne se sentit dispos pour la promenade projetée, et le break reprit immédiatement le chemin du château.

XXXIII

Le dîner fut assez triste.

On discourut encore sur le terrible événement. On discuta longuement les paradoxes en vogue sur les fautes des femmes et sur le droit de vengeance du mari. On raconta des histoires terribles et des anecdotes drôlatiques.

Le marquis, à tout moment, regardait sa tabatière.

— Voyons, marquis, dit Théodora, je suis bien tentée de commettre une grosse indiscrétion. Je meurs d'envie, et je gage que tout le monde grille du même désir, de connaître l'histoire de cette tabatière et de ce portrait, auquel vous adressez de si doux regards.

— Ah! c'est le plus cher souvenir de ma vie. Un secret à la fois terrible et charmant. Mais soit! je le veux bien. Ce sera la première fois que cette histoire sortira de mon cœur, où je l'avais ensevelie.

Le marquis se moucha, ouvrit sa tabatière, prit délicatement, entre le pouce et l'index, une prise de tabac d'Espagne, l'aspira avec une grâce un peu prétentieuse, secoua son jabot avec un geste de grand seigneur, regarda le portrait, lui sourit d'un air tendrement mélancolique, et commença ainsi :

— Elle était à la fois belle et jolie. Enfant et grande dame jusqu'au bout des ongles. Mais voyez plutôt!

Il passa la tabatière à Théodora, qui, après l'avoir examinée curieusement, la tendit à son voisin. On la fit circuler de main en main, et tout le monde applaudit au goût du marquis.

« — Quand je la connus, reprit-il, elle avait peut-être trente ans, bien qu'elle en accusât vingt-cinq au plus, tant son heureuse humeur imprimait de jeunesse à ses traits...

« Ce que son portrait ne peut rendre, c'est la mobilité de ce gracieux visage, tour à tour tendre et railleur, candide et voluptueux. C'était la femme-démon sous la forme d'une duchesse, car elle était duchesse, l'adorable créature.

« Voici comment j'eus l'honneur d'être aimé d'elle :

« J'avais vingt-trois ans. J'arrivais à Paris. Et, pour la première fois, j'allais aux Tuileries, où un de mes parents devait me présenter au roi.

« C'était en 1824.

« Donc, je faisais antichambre en compagnie de quelques gentilshommes attachés au service du roi. Ils parlaient femmes, et l'un d'eux nomma la duchesse. C'était la première fois que ce nom arrivait à mon oreille.

« — Vous êtes donc féru, mon cher comte, disait l'un d'eux, par cette endiablée coquette.

« — Coquette? allons donc! Elle n'est pas si cruelle, repartit le comte avec un accent méridional prononcé.

« — Bah! fit un autre, quand on a pour mari un savant empaillé comme le duc, il est bien permis de se laisser aimer par un vrai cœur où du vrai sang palpite.

« — Cependant on la prétend fidèle.

« — Et moi, repartit avec colère le Gascon, je vous dis que ce n'est qu'une Messaline.

« — Auriez-vous été rebuté comme les autres? reprit ironiquement le premier interlocuteur.

« — Rebuté! s'écria le méridional hors de lui. Je vous répète que cette duchesse est la pire des créatures.

« Et il fit suivre cette grossièreté des épithètes les plus malséantes.

« Les autres gentilshommes souriaient sans mot dire.

« Quant à moi, bien que je ne connusse pas cette dame, je fus outré de ce langage, et m'avançant résolûment vers le furieux, je l'apostrophai ainsi :

« — Monsieur, la colère avec laquelle vous parlez de cette dame, dont j'entends prononcer le nom pour la première fois, me donne à croire précisément à sa vertu. Si elle n'avait été cruelle envers vous, vous seriez sans doute moins sévère envers elle. Et puisqu'elle vous a résisté, à vous, qui avez si superbe mine, c'est apparemment qu'elle ne se donne pas au premier venu.

« — De quoi vous mêlez-vous, monsieur le Don Quichotte? M'est avis que vous feriez mieux de retourner auprès des Dulcinées de votre Berry.

« — Vous êtes un insolent! répliquai-je vivement. Je vous répète que je ne puis tolérer qu'on traite devant moi une femme, quelle qu'elle soit, dans les termes que vous avez employés tout à l'heure, et vous allez rétracter vos grossières paroles, ou vous m'en rendrez raison.

« Il me jeta sa carte en ricanant.

« J'appris alors que je venais de provoquer un des plus forts bretteurs de la garde royale.

« Je me battis, et j'eus le bonheur d'être assez grièvement blessé.

« Vous allez comprendre pourquoi je dis : le bonheur.

« Pendant plusieurs jours, j'eus le délire. Quand je repris mes esprits, j'aperçus à mon chevet une femme d'une beauté divine, qui me regardait avec une tendre anxiété.

« — La duchesse! fit Théodora.

« — C'était elle. Mon duel, paraît-il, avait fait grand bruit. Elle en avait eu connaissance et avait voulu soigner elle-même son défenseur inconnu.

« Elle avait une imagination vive, un esprit charmant, peu de préjugés peut-être. Cependant, elle me jura qu'elle n'avait jamais aimé que moi, parce qu'elle n'avait trouvé qu'en moi cet amour et ce respect de la femme qui lui rappelaient les anciens chevaliers, parce qu'en un mot je réalisais son rêve. Au reste, elle me dit tout ce qu'elle voulut; je crus tout. Jamais je ne me permis une question sur le passé. Le présent était si enivrant, que j'eus le bon esprit de m'en contenter. O divine jeunesse! Combien nous fûmes heureux!

« Nous étions au septième ciel de la passion, quand...

— Le mari sortit tout à coup de la boîte à surprise? interrompit Théodora.

« — Vous ne pouvez deviner ce qui arriva, repartit le marquis. Le mari était en effet un savant, un philosophe, qui, tout occupé de ses études, vivait à peu près dans la solitude. Sans être un vieillard, il était cependant beaucoup plus âgé que la duchesse. Il lui montrait néanmoins infiniment d'égards, et se conduisait vis à vis d'elle en parfait gentilhomme, et même en parfait philosophe; car il la laissait libre, tout en la surveillant, comme vous allez voir.

« Un jour que j'allais rendre visite à la duchesse, un laquais m'arrêta au passage et me pria d'entrer chez le duc.

« Que signifiait cette étrange invitation? Je connaissais à peine ce bizarre personnage, que j'entrevoyais seulement les jours de grande réception. J'avoue qu'à l'idée de paraître ainsi inopinément devant lui, je me sentis assez mal à l'aise.

« On me conduisit dans son cabinet.

« Ce cabinet était rempli de grands in-folios, de sphères célestes, de cartes géographiques, de cornues et d'instruments de physique.

« Le duc, à mon entrée, se leva.

« Il était pâle et solennel.

« Devant lui, sur sa table, j'aperçus deux bustes : l'un en marbre, était celui de sa femme; l'autre, en plâtre, était recouvert de lignes bleues et rouges, et d'inscriptions : c'était une tête phrénologique.

« A côté du buste de la duchesse, je remarquai un pistolet, un seul.

« Ce n'était donc pas un duel qu'il voulait me proposer. Songeait-il à m'assassiner?

« Devant cette mise en scène imposante, je ne pus me défendre d'un léger frisson.

« Le duc ne me salua pas. D'un geste il se borna à me désigner un siége.

« Je remarquai qu'il tenait une lettre à la main. D'après la forme du pli, je reconnus le billet que j'avais écrit la veille à la duchesse. Je me sentis alors envahir par une sueur froide.

« Le duc, toujours debout, paraissait inflexible comme la justice. Il garda un instant le silence. De mon côté, je n'osais entamer l'entretien.

« — Monsieur le marquis, dit-il enfin d'une voix sévère, vous êtes l'amant de ma femme.

« J'essayai de nier.

« — C'est inutile, monsieur, repartit le duc, regardez cette lettre. C'est bien votre écriture, n'est-ce pas? demanda-t-il en me tendant le billet qu'il tenait à la main.

« — En effet, balbutiai-je.

« Je devais faire en ce moment assez piteuse figure.

« — Vous le voyez, dit le duc, je n'ai pas décacheté cette lettre, et cependant elle me donnerait certainement la preuve matérielle, irréfutable, de ce que j'avance. Mais

un tel espionnage répugne à ma dignité! Je ne la décachet-
terai pas, la voici.

« Je pris la lettre, fort gauchement sans doute.

« — Votre silence, reprit ce juge impassible, me prouve
suffisamment que mes soupçons ne m'ont pas trompé.

« — Monsieur, répliquai-je, je suis à vos ordres.

« — Nous battre? Non, monsieur, je repousse absolument le duel comme une sottise. Que je prenne votre vie
ou que vous preniez la mienne, ce fait n'empêchera pas
que l'autre fait n'existe, et si vous me tuez, où serait la
réparation?

« — Alors, monsieur, qu'exigez-vous de moi ?

« — Veuillez m'écouter attentivement. Je passe, n'est-
ce pas? pour un personnage bizarre, et en effet je ne pense
pas comme tout le monde sur une foule de questions, mais
particulièrement sur ce qu'on est convenu d'appeler l'honneur du mari. J'ai beaucoup voyagé, beaucoup étudié,
beaucoup lu. Je connais les mœurs, les croyances, de tous
les peuples, dans tous les temps. J'ai appris ainsi que la
morale varie selon les nations, les climats, les religions,
et selon les siècles. Ce qui est crime ici est vertu là-bas.
Ce qui est déshonorant chez nous, est glorieux ailleurs.
Bien plus : chez le même peuple, on remarque les contra-
dictions les plus étranges. En France, par exemple, un
mari trompé par sa femme, fort innocent par conséquent
de ce fait, est un homme déshonoré, tandis que le séducteur, c'est-à-dire le complice, recueille des félicitations
pour sa glorieuse conduite. Quant à la femme, sa faute varie d'importance suivant la classe à laquelle elle appartient. Pour une grande dame qui garde le décorum, la
faute est légère. Pour une bourgeoise, elle est énorme.
Pour une grisette, l'amour n'est honteux qu'autant qu'il
est vénal. Vous le voyez donc, la morale est essentielle-

ment relative aux mœurs, aux classes, aux temps et aux zones.

« En entendant discourir le duc avec cette tranquillité, je commençai à respirer un peu plus librement.

« — En outre, reprit-il après une pause, j'ai fait une étude spéciale de la psychologie, et j'ai été amené à déduire, avec l'école moderne, que l'homme n'est pas absolument libre. Il naît avec une organisation que ni l'éducation, ni la volonté ne peuvent modifier entièrement. En un mot, on n'est, selon moi, que ce qu'on peut être. Il y a des natures tellement inférieures, que jamais, quelque culture qu'elles reçoivent, elles ne pourront s'élever; d'autres, au contraire, tellement élevées, que rien ne peut les faire descendre. Donc, si nous ne sommes pas complétement libres, nous ne pouvons être toujours responsables de nos actes. C'est grâce à cette psychologie nouvelle que nous voyons aujourd'hui la pénalité se modifier à l'égard des criminels, et les juges admettre si facilement les circonstances atténuantes. Ici, je suis juge, maître absolu ; je pourrais vous tuer si bon me semblait ; la loi excuserait cet assassinat.

« Il souleva le pistolet. J'eus un moment d'angoisse. Mais il reposa l'arme aussitôt.

« J'étais littéralement abasourdi du sang-froid que montrait cet homme devant une découverte qui, à mon avis, devait bouleverser son sang et sa bile.

« — Approchez-vous, me dit-il.

« Je m'approchai, tâchant de garder bonne contenance.

« — Regardez ces deux têtes et comparez. Suivez bien mon doigt. Ma femme a, vous le voyez, les protubérances de l'imagination, ou *idéalité*, de l'amour physique, ou *amativité*, de la tendresse, ou *adhésivité*. Vous pouvez

observer que chez elle les instincts placés à l'arrière de
la tête dominent la conscience. Elle a les activités physi-
ques, et non les facultés contemplatives; elle a de l'esprit,
sans avoir une intelligence supérieure. Donc mes études,
mes préoccupations l'ennuient. Il lui faut les fêtes, l'amour,
les plaisirs. Quoi que je pusse faire, c'était fatal : elle devait aimer un homme comme vous, futile, aimable, actif,
voluptueux. Me montrer jaloux, la terrifier par des scènes
de violence, l'enfermer, la surveiller, exiger une rupture
soudaine, ce serait folie. Car, voyez encore : ma femme a,
très-accusées, les bosses de la *combattivité*, autrement
dit de la lutte. Si je vous séparais, vous trouveriez
moyen de vous rejoindre. Les obstacles que je placerais
entre vous, augmenteraient votre passion et vous pousse-
raient peut-être à un esclandre fâcheux. Je crois donc me
montrer éminemment sage et prudent en n'intervenant
qu'indirectement dans les affaires de cœur de la duchesse.

« Il se tut de nouveau.

« — Alors? questionnai-je haletant, car je ne pouvais
prévoir l'issue de ce long préambule.

« — Voici, continua-t-il, ce que j'avais à vous dire :
malgré les défauts de votre caractère un peu superficiel,
vous êtes un parfait chevalier, fort imbu de cet honneur,
tel qu'on l'entend en France, et j'ajouterai même, eu égard
aux préjugés de notre nation, plein de délicatesse. Votre
duel, pour soutenir la réputation d'une femme que vous ne
connaissiez pas, en fait foi. Donc, la duchesse eût pu tomber plus mal. Je sais que tout ce que je vous dis choque
les idées préconçues que vous devez avoir. Je veux donc
simplement vous donner un avertissement.

« — Je vous écoute, monsieur le duc, répondis-je de
plus en plus stupéfait.

« — Avec nos idées françaises sur l'honneur des maris, si votre liaison avec ma femme était connue, je serais un homme non-seulement ridicule, mais déshonoré. Pour sauver mon nom de ce ridicule et de ce déshonneur, je serais forcé de me couper la gorge avec vous ; car je ne suis pas assez dégagé du milieu où le hasard de ma naissance m'a placé, pour rester indifférent au jugement de mes semblables. Jusqu'à présent, je le sais, vous vous êtes conduit en véritable gentilhomme : vous avez été discret. Je continuerai donc, monsieur, à laisser entre vos mains mon honneur et celui de ma femme, son bonheur aussi, car je la veux heureuse. J'aime ma femme, monsieur ; je l'ai épousée par passion, car le cœur des philosophes n'est pas plus insensible que celui des autres hommes. Je savais à quoi je m'exposais, et cependant je cédai à l'entraînement de l'amour. La pauvre enfant, qui était fort jeune, consentit à ce mariage par obéissance ; mais elle ne m'aimait point. Si épris que je fusse, je n'ai pas pu conquérir son affection. Je manquais à ses yeux des qualités brillantes qui devaient la séduire. Mais en l'épousant, j'ai fait un serment que je veux tenir, c'est de la rendre heureuse au prix même de mon bonheur propre. Vous me comprenez, n'est-ce pas? ajouta-t-il avec une émotion qui m'attendrit profondément, de la part de cet homme jusqu'alors glacial.

« — Ah! monsieur le duc, m'écriai-je, votre grandeur d'âme me confond, et je me trouve bien petit devant vous.

« — Pour me résumer, continua-t-il avec un effort pénible, je fermerai les yeux; mais sachez bien que, le jour où vous commettriez la moindre indiscrétion, où je pourrais supposer que ma femme n'a plus le bonheur que vous lui devez, je vous provoquerais, je vous tuerais ; car je suis

prêt à vous prouver que je suis peut-être l'homme de
France le plus adroit au pistolet.

« Il saisit et arma le pistolet qui était sur la table.

« — Dans quelle ville voulez-vous que je place ma balle ?
demanda-t-il en me désignant une carte de France sus-
pendue au mur, à dix pas environ de l'endroit où il se
trouvait.

« — Cette expérience est inutile, monsieur le duc, répondis-je.

« — A Bourges, voulez-vous ? reprit le duc imperturbable.

« Sans viser presque, il pressa la détente. Le coup
partit ; et la balle s'appliqua exactement sur le point noir
qui désignait l'ancienne capitale du Berry.

« Il reposa tranquillement son arme, et dit encore :

« — En outre, monsieur le marquis, je désire que
vous ne répétiez jamais à ma femme notre entretien. Elle
doit ignorer ma tolérance. Les femmes sont si bizarres
qu'elle me mépriserait peut-être et m'en voudrait de mon
indulgence.

« — Elle l'ignorera toujours, monsieur le duc. Mais, en
vérité, je ne puis accepter le rôle que vous m'assignez.
Je serais le dernier des hommes si, après tant de générosité de votre part, je continuais à vous faire souffrir.
Vous me voyez prêt à m'éloigner.

« — Vous éloigner ainsi, brusquement !...

« Le duc hésita, parut réfléchir.

« — Non, fit-il, pas encore. Le dépit, le désespoir
pourraient la jeter dans une intrigue où elle ne trouve-
rait ni la même sécurité, ni le même bonheur.

« — Mais peut-être aussi...

« — Reviendrait-elle à moi ? dit le duc achevant ma
pensée. Hélas ! elle est encore dans l'âge des illusions. Son

14.

imagination est encore trop inquiète, trop ardente. Plus tard, je l'espère. Mais l'instant n'est pas venu. Pour le moment, tout ce que je vous demande, monsieur, c'est un secret absolu vis-à-vis du monde, et vis-à-vis de ma femme.

« Je jurai.

« Alors le duc me fit entendre que l'entretien était terminé.

« Une fois dehors, j'eus honte positivement de tromper un homme aussi magnanime. Au lieu de me rendre chez la duchesse, qui m'attendait, je rentrai chez moi, cherchant un prétexte de rupture. Mais, ne me voyant pas, la duchesse accourut, m'enlaça de ses douces caresses, et je n'eus pas la force de résister.

— Et votre bonheur dura longtemps? demanda Théodora.

« — Plusieurs années. Mais il devait avoir une fin. En profond psychologiste, le duc guettait le moment où il pourrait ressaisir le cœur de sa femme. Il devina sans doute un attiédissement dans notre amour. Nos entrevues étaient-elles moins longues, moins fréquentes? C'est possible. Cette grande flamme suivit les phases ordinaires de toute passion. La fièvre se calma insensiblement et se transforma en une douce affection.

« Un jour donc, je reçus, accompagné de cette tabatière, un billet ainsi conçu :

« Cher marquis,

» Je sais tout. Il m'a tout raconté. Je l'ai trouvé sublime. Après l'avoir si longtemps méconnu, je l'aime aujourd'hui, ce grand cœur. C'est-à-dire que nous ne pouvons nous revoir désormais. Toutefois, par un reste de coquetterie que mon mari me pardonne, je ne veux pas que vous m'oubliiez. Acceptez cette tabatière ornée de mon portrait. Ma dernière prière est que vous ne la quittiez jamais, et que vous gardiez toujours un bon souvenir à celle que vous avez si passionnément et si discrètement aimée. »

— Et vous n'êtes pas mort de chagrin? s'écria la comtesse.

— Sans doute le coup fut rude. Cette liaison était devenue presque une habitude. Mais l'amitié souffrit plus que l'amour du grand vide que cette rupture creusa tout à coup dans mon existence. En somme, je l'acceptai avec assez de philosophie, en songeant au bonheur de l'excellent homme qui nous avait sacrifié le sien si longtemps. Voici pourquoi ce souvenir m'attendrit toujours : c'est qu'il est exempt de tout chagrin, de tout remords. Il domine ma vie, et chaque fois qu'il se présente à mon cœur, il me rappelle les plus heureux jours de ma jeunesse. Comment voulez-vous que je sois sévère aujourd'hui envers ces adorables créatures, de qui nous vient le seul véritable bonheur?

— Permettez-moi de vous faire observer, mon oncle, dit Raoul, que votre histoire est parfaitement immorale.

— C'est égal, ajouta Gatinais, il est d'un bon galbe, ce mari-là. Si jamais je fais une pièce, je drape ce vieux duc en Jupiter ! Un Jupiter qui tiendrait tout à la fois la foudre et de pareils discours, ce serait désopilant.

— Cependant, repartit sérieusement Didier, ces discours étaient raisonnables et justes. Car si l'on doit respecter la liberté humaine, c'est surtout dans les manifestations du cœur.

— Si l'on accordait aux femmes cette liberté-là, opina Raoul, vous verrions de jolies mœurs.

— C'est cela, répliqua Théodora, ces messieurs ne veulent la liberté que pour eux-mêmes.

— Toutefois, reprit Didier, le système du duc n'est pas complet. Le divorce est le seul remède aux situations inextricables que crée l'indissolubilité du lien conjugal. Car il est dans nos lois une contradiction qu'on n'aperçoit pas assez : d'après le code, tout contrat d'association, pour être valable, doit être limité dans sa durée. Seule, l'association du mariage, qui, aux yeux positifs de la loi, devrait être avant tout un contrat d'intérêt, est déclarée éternelle. Et cependant, c'est de toutes les associations celle qui présente le plus d'éventualités de rupture. Mais il est à croire qu'avec le progrès incessant des idées, ce non-sens disparaîtra bientôt de nos lois et de nos mœurs.

— Assurément, fit M. de Salbris.

— Comment ! vous aussi, grave magistrat, vous seriez partisan du divorce ?

— Dans la pratique, comme dans la théorie. A mon avis, l'indissolubilité ne supporte pas l'examen. Elle entraîne, aussi bien pour les enfants que pour les conjoints, des malheurs effroyables. N'est-il pas insensé et barbare de vouloir maintenir, garrottés ensemble, deux êtres qui se haïssent ? Moi, légiste, je réclamerais le divorce le plus libéral : je demanderais qu'on l'appliquât toutes les fois qu'il y a consentement mutuel.

A ces mots, le chanoine, qui s'était endormi pendant le récit du marquis, ouvrit un œil.

— Votre divorce serait un dérèglement, une cacophonie sans pareille, grommela-t-il.

Et sur cette protestation, il vida son verre et referma sa paupière.

— L'Angleterre, l'Allemagne, la Hollande, la Belgique, la Suisse et les États-Unis ont le divorce, repartit Didier, et il est prouvé, au contraire, que dans ces pays les mœurs sont plus pures, les unions plus heureuses.

— Des pays d'hérétiques! grogna encore le chanoine, qui, après cette dernière boutade, fit entendre un ronflement sonore.

— En effet, c'est le catholicisme, tel qu'on l'entend aujourd'hui, qui maintient toutes les oppressions, répliqua Didier.

— Et vous, s'écria Raoul avec emportement, en votre qualité de libre penseur, au nom de la liberté, vous voulez détruire le catholicisme!

— Non, messieurs, riposta vivement Didier. Je veux, comme Béranger, que tout le monde soit libre, même d'aller à la messe. Je prétends seulement que la législation française, qui reconnaît la liberté des cultes, ne doit pas, dans la question du mariage, subir l'influence catholique. Elle doit admettre la loi libérale du divorce. Libre aux catholiques de se croire liés par le contrat religieux. On verrait alors de quel côté serait la vertu.

Il était fort tard; le marquis fatigué par la longueur de son récit, se leva.

— Bah! dit-il, je ne sache rien d'ennuyeux comme ces vertueuses sociétés de luthériens. Mon père avait émigré dans une petite ville d'Allemagne; et je lui ai entendu dire bien souvent que rien n'était fastidieux et monotone comme cette noblesse protestante. Quant aux femmes de la bourgeoisie, c'était pis encore. Mon pauvre père est mort de la nostalgie des Françaises encore plus que de la France. Ah! messieurs les révolutionnaires, de grâce, laissez-nous la Française, ce type de poésie, de séduction, de coquetterie, de perversité même, si vous voulez; car il n'y a qu'elle qui comprenne l'amour.

— On s'aimera avant de se marier, répondit Didier, cela vaudra mieux.

— Bah! l'amour n'est piquant qu'après le mariage. Auparavant, quelle fadeur! Ah! puissé-je mourir avant de voir rétablir dans mon pays cet affreux divorce, qui tuera la galanterie!

Il prit un flambeau, et, après avoir courtoisement baisé la main d'Hermine et de Théodora, il sortit.

Didier voulait se retirer et rentrer à Trévières le soir même.

Mais Raoul insista vivement pour le retenir, prétextant le départ matinal du lendemain.

Théodora ne comprenait rien à cet excès d'amabilité.

— Aurait-il par hasard une idée, se demandait-elle, une idée qui se rapprochât de la mienne? Lui! Non, c'est impossible.

Et cependant, tour à tour, elle observait Raoul et les deux amoureux.

M. de Tancray sortit pour donner des ordres relatifs aux appartements de ses hôtes.

Et, chose inouïe! il prit la peine de conduire lui-même Didier dans l'appartement qu'il lui avait destiné.

Quant à la comtesse, il l'avait fait placer à dessein dans l'aile opposée, entre le marquis et le chanoine, et Gatinais au rez-de-chaussée.

XXXIV

La chambre destinée à Didier était une vaste pièce, avec un haut plafond à la française, dont les poutrelles peintes en rouge sur fond noir portaient, en vingt endroits également espacés, cette devise mélancolique en lettres d'or : *Espoir déçoit*.

François 1er, disait la chronique, avait couché dans cette chambre, qu'on montrait aux visiteurs.

Les portes à billettes développées étaient fort anciennes, et au-dessus de chaque porte se détachait en relief le superbe écusson des de Tanoray, soutenu par des monstres héraldiques.

Le vaste lit à colonnes torses, avec ses grands et lourds rideaux de soie antique, à ramages rouges et noirs, comme le reste des tentures, donnait à cette chambre un aspect à la fois luxueux et sinistre.

En face du lit se trouvait le portrait en pied du premier sire de Tanoray, dans son armure de guerre, l'épée nue.

— En votre qualité d'archéologue, dit Raoul, on vous a donné la chambre de François 1er. Là votre goût pour les anciennes sculptures pourra s'exercer à loisir, car voici un bahut qui remonte au XIIIe siècle. Je vais vous montrer encore quelque chose de bien curieux.

Il pressa un ressort caché ; un panneau s'ouvrit soudain.

— Approchez, fit-il, mais pas trop. Savez-vous ce que c'est que cela ?

— Ce sont des oubliettes.

— Parfaitement. Celle-ci, dit-on, descend jusqu'au bas du rocher. Elle a par conséquent cent mètres de profondeur. Croyez-vous qu'on était bien enterré là-dedans? Il faisait bon vivre alors. Au moins, on se débarrassait aisément d'un ennemi.

— Il faisait bon vivre pour les seigneurs, repartit Didier; mais non pour ceux qu'ils appelaient des manants.

— Ah! j'en conviens. Aussi est-ce comme seigneur que je regrette ce temps-là. Si vous connaissez l'histoire de ma famille, ajouta Raoul avec une certaine inflexion dans la voix, vous devez savoir qu'un de mes aïeux avait adopté pour devise ces mots : La vengeance est le plaisir des dieux et des Tancray.

Il sortit en souhaitant à son ancien camarade des rêves couleur de rose.

Didier se sentait mal à l'aise des plaisanteries de Raoul ; car, préoccupé de son amour, il rapportait tout à son idée dominante. Que signifiait ce soin de le conduire, lui, simple clerc, dans cette chambre la plus luxueuse du château, de lui montrer ces oubliettes, de lui rappeler la devise de son aïeul? Bien qu'il ne fût pas d'un naturel pusillanime, cependant ces paroles, l'accent singulier dont elles avaient été prononcées, l'impressionnaient désagréablement.

Il eut la curiosité de savoir dans quelle partie du château il se trouvait. Il ouvrit sa fenêtre et reconnut avec une émotion vive, que sa chambre était située dans la tourelle Nord, juste au-dessous de l'appartement d'Hermine.

Pourquoi encore ce rapprochement? Était-ce un piége? Il referma doucement la fenêtre.

— Si c'est un piége, pensa-t-il, le misérable en sera
pour ses frais d'invention. Pauvre Hermine, soupira-t-il ;
être pour elle un sujet d'inquiétude, de tourments ! J'aimerais mieux mourir au fond de ces oubliettes.

Il se coucha promptement ; mais, comme il ne sentait
pas venir le sommeil, il laissa sa bougie allumée. Il rêvait
tout éveillé.

Ses yeux erraient tour à tour sur le portrait du terrible
Tancray et sur le panneau de ces oubliettes qui avaient
dû engloutir tant de victimes.

Il ne s'était pas trompé. C'était bien Hermine qui occupait la chambre au-dessus de la sienne ; car bientôt il
entendit son pas léger glisser sur le tapis. Puis il perçut
distinctement la voix de Madeleine qui demandait à sa
maîtresse si elle n'avait pas besoin de ses services.

— Vous pouvez vous retirer, merci, avait-elle répondu
de sa voix douce, un peu traînante.

Ainsi, elle ne lui avait pas menti. Elle était bien seule
dans cette chambre. Raoul n'y pénétrait pas.

Alors, son imagination d'amoureux s'exalta ; il se
représenta Hermine laissant tomber ses vêtements avec
cette lenteur mélancolique, un de ses plus grands
charmes.

Elle pensait à lui, sans doute, comme lui pensait à
elle.

La fièvre le saisit ; le rêve de son cerveau prit de la
réalité ; comme dans une hallucination, il la voyait, se
couchait à ses pieds, lui parlait, accompagnant ses paroles
des plus chaudes effluves de son cœur.

Tout à coup, il l'entendit ouvrir doucement les tiroirs.
Il écouta, retenant son souffle. Elle devait être devant
sa toilette. Son doux visage lui apparut, encadré de ses
cheveux flottants, qu'elle réunissait en faisceau dans sa

15

petite main blanche, et qui, soudain, s'échappant des dents du peigne, s'épanouissaient autour d'elle comme une gerbe d'or. Et sous les boucles légères qui ombrageaient son front d'un vaporeux nuage, ses yeux profonds brillaient.

La pensée ardente de l'amoureux s'égara sur ce cou et ces épaules blanches, aux lignes suaves dans leur gracilité.

Puis il entendit encore ce délicieux bruissement de femme, un doux frôlement de soie et une pantoufle languissamment traînée sur le tapis.

Il lui sembla même l'entendre soupirer.

Ah! sans doute, elle soupirait comme lui.

Ils étaient là, si près l'un de l'autre! Qu'est-ce qui les séparait? l'épaisseur d'un plafond. Mais cet obstacle, c'était tout un monde d'entraves morales, de lois barbares, de préjugés stupides. Et ces montagnes inaccessibles, il ne pourrait jamais les franchir! Car jamais Hermine ne pourrait admettre l'idée d'une souillure. En ce moment, la pensée même de flétrir cette pureté, d'altérer cette blancheur ne lui venait point, tant il aimait.

Ce rêve tout éveillé, plein de douceur et de souffrance, alourdissait son esprit, qui tournait fiévreusement dans ce dilemme : Devait-il s'éloigner, fuir la souffrance, ou se résigner à aimer éternellement sans espoir?

Et il regardait l'amère devise imprimée en lettres d'or sur les poutrelles : *espoir déçoit.*

Il se perdit longtemps dans ces rêveries, devenues douloureuses par l'excès même de leur persistance. Vers deux heures du matin, n'entendant plus aucun bruit, il s'endormit. Mais quel horrible cauchemar troubla son sommeil!

Il se trouvait dans la chambre d'Hermine.

Hermine était couchée, comme il l'avait vue dans la ferm) après l'accident de Bellesaygues. Il était agenouillé devant le lit, la contemplant avec ivresse, la main passée sous sa tête adorée. Ils étaient tous deux plongés dans l'extase.

Tout à coup la serrure céda, la porte s'ouvrit et l'aïeul de Raoul, le grand Tancray, avec son armure et son épée nue, parut sur le seuil, et d'une voix caverneuse il dit :

— La vengeance est le plaisir des dieux et des Tancray !

Puis, furieux, il s'élança sur Didier, le transperça de son épée, et, le poussant de son pied bardé de fer, le fit rouler à terre.

Didier, blessé, mourant, râlant, entendait cependant et voyait.

Alors le farouche Tancray se dépouilla de son armure, et Didier reconnut Raoul, Raoul qui voulait imposer son amour à Hermine qui résistait.

Soudain le voile de la mort lui obscurcit les yeux. Il ne vit plus rien. Mais il entendit des exclamations étouffées et ces mots distincts, prononcés d'une voix saccadée, frémissante :

— Vous êtes folle ! Vos cris vont éveiller votre amant, qui dort en bas.

— Me surprendre ainsi dans mon sommeil, disait Hermine, c'est lâche, c'est infâme !

— Puisque je n'ai pas d'autre moyen de me faire aimer ! N'êtes-vous pas ma femme ! La fenêtre ? Elle est scellée ! De la lumière ? Vous n'en aurez pas ! Pourquoi par une arme ? Ce serait plus tragique !

Didier, haletant, couvert de sueur, se débattait. Il voulait se lever, s'élancer au secours d'Hermine. Mais une mortelle torpeur le clouait à terre.

La lutte recommença plus vive. Et lui, toujours plus inerte, s'épuisait en vains efforts.

Il parvint à se soulever pourtant, à menacer Raoul. Mais Raoul s'avança sur lui, terrible, fit jouer le ressort du panneau et le précipita dans les oubliettes.

Il éprouva comme une grande secousse et s'éveilla.

— Ah! s'écria-t-il, heureusement ce n'était qu'un rêve.

Cependant, il lui restait de ce cauchemar une telle angoisse qu'il se leva, se vêtit, courut à la fenêtre, l'ouvrit, et aspira à pleins poumons l'air frais de la nuit.

Mais, au moment où il refermait la croisée, quelles ne furent pas sa stupeur, son épouvante, en percevant des pas à l'étage supérieur!

Il prêta l'oreille, et entendit distinctement un gémissement. Que se passait-il donc dans la chambre d'Hermine? Il sentit à la racine des cheveux ce frisson qui fait croire que les cheveux se dressent, et son front se couvrit d'une sueur glacée.

Il continua à prêter l'oreille. Il entendit prononcer quelques paroles à demi-voix.

Quoi! Hermine le trompait-elle! Ou bien, dans son rêve, avait-il entrevu la vérité?

Ainsi s'expliquait la conduite de Raoul : il ne le tuait pas; mais il se vengeait en lui imposant de tous les supplices le plus raffiné et le plus cruel.

Son imagination délirante lui représentait Hermine luttant, comme dans son rêve, contre cet odieux amour. Maintenant, il ne distinguait plus le rêve de la réalité. Il lui semblait que son crâne éclatait sous la tempête qui le soulevait.

Il acheva de se vêtir, pour courir au secours d'Hermine, s'il entendait encore menacer ou gémir.

Mais de quel droit irait-il au secours de Mme de Tancray?

Évidemment, l'agresseur ne pouvait être que son
mari.

Ses dents se heurtaient de rage, et de ses mains crispées il se déchirait la poitrine.

Fou de souffrance, il revint à la fenêtre, l'ouvrit de
nouveau, et sans calculer la hauteur qui le séparait du
sol, il sauta à terre et s'élança en courant dans la campagne.

Il rôda dans le bois jusqu'au jour.

Comment pourrait-elle, maintenant, la chaste enfant,
soutenir son regard? Lui-même, pourrait-il la revoir sans
une vive souffrance? D'ailleurs, il lui semblait impossible
de se retrouver en face de Raoul sans avoir envie de lui
sauter à la gorge. Et puis, quelle position serait la
sienne? Quelle contenance garder? Donc, il fallait fuir.
Mais comment expliquer cette fuite?

Cependant, peu à peu, sa douleur perdit de son acuïté.
Sa folie se calma. Quand le jour parut, Didier, recou-
vrant son sang-froid, raisonna plus sainement. Qu'allait-
on penser de son escapade? S'échapper ainsi par la fenêtre, comme un voleur ou comme un gamin, ce n'était
ni digne ni même convenable. Hermine, sans doute, at-
tribuerait son départ au véritable motif. Elle pourrait
croire qu'il la jugeait coupable, et désormais indigne de
son affection... Il lui avait promis une abnégation, un dévouement éternels. Oublierait-il déjà ses serments?

Cependant par quel moyen rentrer au château? Par la
fenêtre? c'était impossible. Guetter le premier domestique
qui ouvrirait la porte? Mais encore, il ne pouvait reparaître, même aux yeux d'un domestique, dans l'état où il se
trouvait. Ses habits et ses chaussures étaient mouillés et

souillés de boue, car il avait marché au hasard dans les
terrains détrempés par l'abondante pluie de la veille.

Que faire? Cet embarras tout matériel acheva de disait
per son délire jaloux.

Il se décida enfin.

Il irait à Trévières pour changer de vêtements, et reviendrait. Il expliquerait sa fugue nocturne par la nécessité de remettre à M. Chapuzot une note importante au
sujet d'un acte qui toute la soirée l'avait préoccupé. Il
dirait à Hermine qu'il était parti depuis deux heures du
matin. Ainsi elle n'aurait pas à rougir devant lui. Ainsi
Raoul serait frustré dans sa vengeance.

Il s'arrêta à ce parti et se rendit à Trévières.

Quand il revint, on se disposait pour l'excursion projetée.

On n'attendait plus qu'Hermine; mais Hermine n'arrivait pas.

Tout à coup, Madeleine, effarée, parut.

— Madame vient encore de se trouver mal, dit-elle. C'est
la seconde fois depuis que je l'habille. Elle prie de ne
pas l'attendre. Elle serait incapable de sortir.

Raoul exprima avec rudesse son mécontentement de ce
malaise.

— Simagrées de femme! fit-il en haussant les épaules.

— Je vais voir cette chère amie, dit la comtesse.

Théodora, en revenant, déclara avec force attendrissement qu'il fallait renoncer à la partie de campagne. La
pauvre Hermine était fort souffrante. Elle-même allait
s'établir à son chevet et la soigner.

D'ailleurs, des nuages fort menaçants annonçaient un
nouvel orage.

Gatinais et Didier reprirent en conséquence le chemin
du bourg.

Mais à peine étaient-ils engagés dans le sentier ombreux qui descend la colline, que le petit berger de la ferme les rejoignit.

— Voici une lettre, dit-il, que Mme de Tancray prie M. Didier de remettre à M. Chapuzot.

Didier prit la lettre en tremblant, et au lieu de lire sur l'adresse le nom de M. Chapuzot, il lut le sien.

— J'irai demain soir chercher la réponse, ajouta l'enfant.

— C'est bien, fit Didier, qui glissa la lettre dans sa poche.

— Ah ça ! mon cher, sois sincère, s'écria Gatinais, tu en tiens pour la petite Hermine. Nom d'un notaire ! Quel relief ! Quand on prend du galbe, on n'en saurait trop prendre ! Joli inventaire, ma foi ! Seulement il y a une première hypothèque, et le mari n'a pas l'air d'un créancier accommodant. Quel Othello ! Tu l'as entendu : il vous tuerait son homme, et sa femme, sans sourciller. Parole d'honneur ! mon cher, il y a des gens qui ont des théories d'un turc renversant...

— Les théories de M. de Tancray m'importent peu, interrompit Didier. Ce serait bien plutôt à toi, mon cher Oscar, de t'en inquiéter. Tu es d'un aimable, d'un étourdissant avec Mme de Broissac !... Or, es-tu sûr que M. de Tancray ait complètement rompu avec elle ? A supposer même que ce fût un fait accompli, si tu connaissais un peu le cœur masculin, tu saurais qu'un homme n'aime pas à être remplacé sous ses yeux.

— Ne me parle pas de cette femme, mon cher ; c'est une infernale coquette.

— Elle te ferait languir ?

— Il y a des moments, foi de Gatinais ! où je serais tenté de croire qu'elle se moque de moi.

— Tu n'y es pas, la comtesse est une femme intelli-

gente en amour, une raffinée en volupté, comme en sentiment. Elle ne veut pas, par trop de précipitation,
gâcher son bonheur. Selon elle, ce qu'il y a de meilleur
en amour, ce sont ces premiers riens immenses, si poéti-
ques, ces premières émotions si délicieuses.

— Elle te l'a dit, mon cher? A quel sujet?

— Allons, tu fais l'innocent, ou du moins tu veux que
je chante ta victoire.

— Elle t'aurait laissé entendre?

— Que tu ne lui déplaisais point, et qu'avec un peu de
patience...

— De la patience? Morbleu! voilà trois mois que je me
morfonds, mon cher, sans avoir obtenu la moindre pri-
vauté. Mais quand donc t'a-t-elle parlé de moi? Et tu ne
m'en disais rien, profond sournois!

— Elle m'avait recommandé le secret.

— Garder avec moi un secret pareil, quand tu sais que
je suis en train de me toquer sérieusement! car, vois-tu,
mon cher, si elle me résiste, je suis capable d'en perdre
tout mon relief.

— Crois-moi, tu garderas ton relief, et même ton
galbe!

Didier, surpris et effrayé des soupçons de Gatinais,
pour les détourner, n'avait trouvé que ce moyen : l'entretenir de ses propres amours, un sujet pour lui toujours
palpitant.

Mais tout en parlant ainsi, il ne pensait qu'à Hermine.

La lettre, placée dans sa poche de côté, lui brûlait la
poitrine.

Qu'avait-elle pu écrire?

Aussitôt en arrivant, il courut s'enfermer chez lui.

Avant de lire, il baisa et pressa sur son cœur ces pages d'une écriture nerveuse, hâtée.

Voici ce qu'elles contenaient :

« Mon ami,

« Je tremble si fort d'indignation, de colère, que c'est à peine si je puis tenir une plume.

« Au moment de vous conter mon malheur, la rougeur me monte au front. Je voudrais pouvoir me retirer du monde, fuir tous les regards.

« Si j'avais une foi religieuse assez profonde, je m'enfermerais dans un cloître pour y cacher mon humiliation, et surtout pour fuir cet homme que je hais.

« Vous avez tout entendu, tout deviné, n'est-ce pas ? Plutôt que de subir un nouvel outrage, je préférerais mourir.

« Emma Bornier prétend que je suis exaltée, romanesque. Soit ! Mais qu'y faire ? Je suis ainsi. Subir l'amour d'un homme pour lequel je n'éprouve qu'une invincible répulsion, c'est un supplice au-dessus de mes forces.

« Je suis mariée, c'est vrai. J'ai consenti à appartenir à cet homme. Mais alors je ne savais pas l'étendue du sacrifice que je faisais à de sottes et puériles convenances. Maintenant, je ne veux plus de ces liens odieux.

« Le monde me répondra : Tant pis pour vous. La loi est là, le contrat est signé. Vous êtes la chose de cet homme que vous ne connaissiez pas hier. Mais qu'est-ce que le monde, qu'est-ce que la loi ont donc à voir dans les droits du cœur ?

« Tous me disent qu'une honnête femme doit vaincre ses répugnances, excuser les défauts de son mari, se soumettre à ses volontés. Mais ce n'est pas seulement une

15.

antipathie morale que j'éprouve pour M. de Taneray, c'est une antipathie physique tellement intense que certainement je ne la pourrai jamais vaincre.

« Ah ! mon ami, mon cœur et mon âme sont bien à vous, à vous, si tendre, si délicat, si bon, je dirai presque si femme dans la douce fraternité que vous m'avez promise, et sur laquelle je compterai toujours.

« C'est cette pure et bienfaisante affection qui, seule, en ce moment, me donne la force et le courage de vivre, toute flétrie que je me sente. C'est votre exquise tendresse qui soulage les meurtrissures de mon âme et me relève de la souillure, bien involontaire cependant, d'un amour détesté.

« Je vous avais juré sur ma vie, sur la vôtre, que la séparation entre mon mari et moi serait éternelle ! Je suis prête à tenir mon serment. Voulez-vous que je meure ?

« Ma situation est si douloureuse, si intolérable, que je ferais bien volontiers le sacrifice de ma misérable existence.

« Mais je crois vous bien connaître ; malgré tout, vous m'aimez encore.

« Que faire ? que devenir ? Vous qui connaissez la loi, n'y aura't-il aucun moyen d'obtenir une séparation ?

« Si je prouvais que depuis trois mois il ne cesse de me tromper ; que depuis trois mois, sous mes yeux, il est l'amant d'une autre femme ; qu'il l'a introduite chez moi ; qu'il a exigé, pour ainsi dire, que j'en fisse ma société, mon amie, pour rendre leurs relations plus faciles ; ne pourrais-je obtenir la protection de la loi et ma liberté ?

« Je vous en supplie, consultez un homme compétent. Compulsez vos livres de droit. Car je vous répète que je ne pourrai rester plus longtemps la femme de cet homme, sans en mourir.

« Venez à mon aide, mon ami. Je réclame votre secours contre l'être odieux auquel mon existence se trouve si injustement rivée. Oui, je dis injustement. En effet, qu'est-ce qu'une jeune fille, élevée avec soin dans l'ignorance des choses de l'amour, peut connaître des obligations du mariage? Peut-elle savoir à l'avance si son cœur et sa chair ne se révolteront pas contre les devoirs qu'on prétend lui imposer? Je n'avais, moi, qu'un vague effroi, qui ne suffisait pas à me faire refuser une alliance souhaitée ardemment par mon père. Mais pour une erreur d'ignorance, de jeunesse, est-il juste que je sois éternellement condamnée au supplice d'une semblable union?

« Non, n'est-ce pas? ce n'est pas juste, ce n'est pas possible. Votre amitié vous fera découvrir quelque moyen de me tirer de cette horrible impasse.

« J'ai souvent entendu dire que la jurisprudence était plus libérale que le Code. Peut-être, en cherchant bien, parviendrez-vous à m'arracher à une mort lente, et en tout cas à un malheur certain.

« Votre amie infortunée,

« HERMINE. »

Que répondre à ce cri de douleur? Comment apaiser ces délicatesses froissées, calmer cette pauvre tête en délire?

Profondément attendri par l'immensité de ce malheur, exalté par la perspective d'un grand sacrifice à accomplir, il saisit sa plume, et les yeux pleins de larmes, le front baigné de sueur, il écrivit cette lettre héroïque :

« Je comprends vos révoltes, mon amie. Que ne puis-

je courir auprès de vous pour vous consoler, pour vous
rassurer surtout, pour vous dire que mon affection est
inaltérable, qu'elle ne peut que s'accroître de votre malheur, de vos souffrances !

« Ces souffrances ne prouvent-elles pas la pureté de
votre âme ? Moins digne et moins fière, éprouveriez-vous
ces indignations et ces désespoirs ? Je vous aime, ma
blanche Hermine, de tous les amours à la fois ! Je men-
tirais, si je vous disais que mon amour n'a pas toutes les
ambitions, toutes les ardeurs ; mais il a en même temps
toutes les tendresses et tous les respects !

« Oui, ma sœur, mon amie, et en même temps la fiancée de mon cœur, oui, vous pouvez toujours et à jamais
compter sur moi.

« Je vous ai juré le dévouement le plus entier, le plus
inébranlable. Je tiendrai mon serment. Tous vos désirs
comme toutes vos restrictions seront pour moi des ordres,
auxquels je me soumettrai aveuglément.

« Vous me demandez s'il n'est aucun moyen de sortir
de la terrible impasse où vous a jetée votre mariage.
Hélas ! je connais assez de droit pour vous dire qu'il n'y
en a pas, pour le moment du moins. Voici les termes
exprès de la loi : « coups, sévices, injures graves, ou in-
troduction de la concubine sous le toit conjugal ; » tels sont
les seuls griefs valables pour une demande en séparation.

« J'ai pensé que le meilleur moyen d'améliorer votre
situation, ce serait de l'exposer à votre père, en le priant
de parler sévèrement à votre mari. Lui seul aurait l'autorité de le faire. Je vais donc tout à l'heure prévenir
M. Chapuzot que vous êtes souffrante et que vous avez
manifesté le désir de le voir.

« Faut-il vous dire, mon adorée, tout ce que j'ai ressenti en lisant votre lettre ? Une jalousie aiguë, d'abord,

puis une douleur immense de vous savoir malheureuse, et un profond désespoir de mon impuissance à vous secourir ; enfin un scrupule, un remords, une anxiété vive. Je m'accuse d'être peut-être la cause de vos souffrances ! Peut-être, si je n'étais pas venu me placer entre vous et votre mari, auriez-vous pu l'aimer, ou du moins vous seriez-vous résignée sans trop de révolte !

« Ah ! si c'est moi, moi votre ami le plus dévoué, qui trouble ainsi votre existence... plutôt que cette inquiétude, que cet intolérable remords, je préfère tout, tout... même la privation de vous voir, de vous écrire, même... ma plume se refuse à tracer le reste de ma pensée...

« Je conçois que la conduite de votre mari vous indigne et vous éloigne de lui. Mais peut-être votre père obtiendrait qu'il cessât ces relations offensantes pour vous, et alors... Mon amie, c'est avec des larmes de feu que je trace ces mots. Eh bien oui ! je vous le dis, je vous le répète du fond de mon cœur : pour assurer votre tranquillité, je sacrifierais ma vie sans hésiter, je ferais plus encore, je renoncerais à la félicité suprême, c'est-à-dire à votre chère affection, si ce sacrifice pouvait vous rendre le repos, ou une apparence de bonheur, sinon le bonheur complet que vous étiez en droit d'espérer, ma belle, ma tendre, mon adorable amie.

« Je me prosterne à vos pieds, comme devant la seule divinité de mon cœur.

« Votre DIDIER. »

A onze heures, le berger vint chercher la réponse.

Aussitôt Didier, quoique ce fût un dimanche, se rendit chez M. Chapuzot.

Quand il pénétra dans le cabinet de son patron, il

trouva l'imposant notaire absorbé, le front assombri par les soucis, dans une volumineuse correspondance.

— Tiens, c'est vous ! fit-il.

— Oui, une indisposition de Mᵐᵉ de Tancray a fait remettre indéfiniment la partie projetée.

— Alors, tant mieux que vous reveniez, car vous le voyez, le courrier de Paris est très-chargé. Il y a, en outre, dans l'étude, plusieurs affaires importantes pour lesquelles je manquais de renseignements; vous m'obligeriez de voir cela.

— Sans vouloir vous inquiéter, insista Didier, je voulais vous prévenir que Mᵐᵉ Hermine...

— Veuillez dire : Mᵐᵉ de Tancray, mon ami ; ce titre me coûte assez cher pour que j'aie du moins le plaisir de l'entendre.

— Eh bien ! je crois que Mᵐᵉ de Tancray, outre son indisposition, éprouve quelque ennui et aurait le désir de vous voir.

— Bah ! des enfantillages, sans doute. Vapeurs de jeune femme ! Une mariée de trois mois ! On sait ce que signifient ces intéressantes indispositions. Cela veut dire tout bonnement qu'avant la fin de l'année je serai grandpère. Allons ! vite à la besogne, n'est-ce pas ? mon ami ; le courrier est pressant ; tantôt j'enverrai chercher des nouvelles de Mᵐᵉ de Tancray ; et si elle n'est pas rétablie, j'irai en prendre demain moi-même.

Didier, malgré son grand désir d'envoyer immédiatement du secours à Hermine, comprit qu'il était inutile d'insister.

XXXV

Le lendemain, M. Chapuzot monta à Tancray. Mais ce n'était pas seulement pour voir sa fille. Il avait une question bien autrement importante à traiter avec son gendre. Il s'agissait de la seconde échéance prise pour le paiement de la dot d'Hermine : deux cent mille francs qu'il n'avait pu réaliser. Aussi comptait-il, pour obtenir un délai, sur le bonheur que devaient causer à M. de Tancray ses espérances de paternité.

Depuis la veille, Hermine n'avait pas quitté sa chambre.

La lettre de Didier l'avait tout d'abord bouleversée. Quoi ! il pensait à l'abandonner, croyant que cet abandon pourrait lui rendre le calme et le bonheur.

Sa première impression fut que Didier n'osait affronter les conséquences d'une telle affection.

Mais en analysant attentivement sa lettre, elle découvrit dans chaque mot, chaque phrase, le véritable sentiment qui l'avait dictée : une tendresse infinie, un dévouement sans bornes.

Elle la relut vingt fois, cette lettre, et chaque fois elle y trouvait de nouvelles preuves de son attachement. Elle se recueillait dans cet amour, elle s'y réfugiait. Puis, tout à coup, elle se révoltait contre les obstacles qui les séparaient. Et l'instant d'après, devant l'impossible, elle retombait dans ses désespoirs, dans des abattements prolongés, d'engourdissantes rêveries.

M. Chapuzot, en arrivant au château, trouva dans la cour son gendre qui s'apprêtait à descendre au cottage.

Raoul était d'humeur massacrante, fouettant ses chiens, grondant Baptiste, faisant retentir l'air des plus formidables jurons.

— Oh ! oh ! quelle tempête ! s'écria M. Chapuzot, la bouche en cœur.

— Ah ! vous arrivez fort à propos, monsieur Chapuzot. Peut-être aurez-vous raison des singuliers caprices de votre fille. Elle ferait damner les anges, et certes, je ne me pique pas d'être angélique.

— Quoi ! Hermine vous aurait mécontenté ? fit le parfait notaire, en prenant un air de circonstance.

— Voilà deux jours qu'elle s'obstine à rester dans sa chambre. J'ai appelé le docteur Duverdier, qui ne la trouve pas malade. Le pouls est bon ; mais elle refuse de manger, et reste enfermée chez elle.

— Que dit-elle pour expliquer sa conduite ?

— Je n'en sais rien, elle m'interdit sa porte.

— A vous ?

— A moi, à moi surtout.

— Vous aurez eu ensemble quelque querelle d'amoureux.

— Ah ! oui, ils sont jolis, nos amours ! Nous avons débuté par la lune rousse, et maintenant nous en sommes à la lune de fiel.

— Comment ! comment ! comment ! dit M. Chapuzot en nuançant ces trois exclamations d'incrédulité et de surprise, vous, monsieur de Tancray, vous ne sauriez pas mettre à la raison cette petite tête-là ? Quoi ! Hermine, si douce, si craintive, oserait vous résister ? Je n'en puis croire mes oreilles. Mais alors il faut qu'il se soit opéré en elle une transformation singulière. Ne serait-ce pas un de ces accidents bizarres, comme on en observe parfois au commencement d'une grossesse ?

— Rien de pareil. Nous sommes si peu mariés..

— Vous me voyez abasourdi.

M. Chapuzot l'était en effet, car, devant la mauvaise disposition de son gendre, il redoutait le surcroît de mécontentement qu'allait lui causer le retard dans le paiement de la dot.

— M'est avis, monsieur Chapuzot, dit Raoul, que vous auriez pu surveiller un peu mieux votre fille. Je crois que, lorsque vous me l'avez donnée, elle avait déjà fait un autre choix.

— Elle ! mais elle me l'aurait dit. Et je vous jure...

— Vous avez des clercs fort séduisants.

— Gatinais ?

— Eh ! il s'agit bien de Gatinais.

— Didier ? vous revenez encore à cette idée-là. C'est absolument faux, j'en réponds.

— Je vous ai prévenu déjà. Vous avez dédaigné mon avertissement. Mais aujourd'hui nous sommes dupes, vous et moi, j'en ai peur.

— Didier ! Hermine ! répétait M. Chapuzot au comble de la stupéfaction. Assurément, les apparences sont trompeuses ! Ma fille descendre si bas, oublier ses devoirs, le respect qu'elle doit à votre nom, au mien ! Non, encore une fois, cela ne se peut pas. Permettez-moi de l'interroger. En tout cas, si pour votre tranquillité vous exigez que je congédie mon clerc, je le congédierai !

— Il y a trois mois que ce devrait être fait, dit Raoul avec une colère contenue.

— Alors, dès demain il aura son compte, je vous le promets. Mais d'abord, je dois à ma fille des remontrances, une admonestation sévère. Je vous en prie, veuillez m'attendre ici; il faut que tout cela s'explique aujourd'hui même.

L'auguste et sage notaire monta chez Hermine.

Dans son indignation, il soufflait, suait, haletait.

— Comment, Hermine! Que vient de me dire ton mari?
Il se pourrait!...

— Quoi donc? mon père, demanda la jeune femme
avec un regard si candide, si surpris, que M. Chapuzot,
interdit, hésita à porter contre elle une aussi grave accusation.

— En vérité, dit-il, je ne puis ajouter foi à de semblables articulations!

— Parlez, mon père ; de quoi se plaint M. de Tancray?

— D'abord, que tu ne l'aimes pas.

Il s'arrêta.

Hermine garda le silence.

— Eh bien, est-ce vrai, cela? J'ai prétendu que tu es
une honnête femme, et qu'une honnête femme qui connaît ses devoirs aime toujours son mari.

— Cependant, mon père, M. de Tancray vous a dit la
vérité ; je ne l'aime pas.

— Ainsi, il se pourrait... Toi! toi! une enfant que je
croyais si douce, si affectueuse...

— Mon père, l'affection ne se commande point.

— Qu'entends-je? As-tu donc perdu tout sentiment de
dignité, de devoir? Mais où as-tu puisé de semblables
idées, de si épouvantables principes?

— Il n'y a là ni idées, ni principes; je ne puis aimer
M. de Tancray. Le cœur n'obéit ni à la volonté, ni à la loi.

— Malheureuse! Tu es coupable, doublement coupable! Tu manques ainsi à tous tes serments!

— Vous savez bien, mon père, que je ne me suis mariée que pour vous obéir.

— Mais aux yeux de Dieu, aux yeux de la loi, tu es
tenue d'aimer ton mari.

— Encore une fois, mon père, si Dieu, comme vous le prétendez, voulait que j'aimasse mon mari, il m'eût mis ce sentiment dans le cœur. Quant à la loi, malgré mon désir de respecter ses commandements, elle ne peut, que je sache, transformer en amour une répulsion invincible; car je ne sens pour cet homme, à qui vous m'avez liée pour jamais, que du dégoût.

En prononçant ces mots, son œil s'était allumé, ses narines s'étaient soulevées; tout son visage, si doux d'ordinaire, exprimait l'indignation, presque la haine.

Devant cette explosion inattendue, M. Chapuzot, atterré, resta un moment silencieux, cherchant à rassembler ses esprits troublés par une révélation aussi inattendue.

Jusque-là, il avait cru de bonne foi sa fille parfaitement heureuse. Que pouvait-elle ambitionner au delà du sort qu'il lui avait préparé? M. de Tancray était sans contredit le plus beau garçon du pays, et le plus noble.

— Mais enfin, reprit-il, en quoi ton mari a-t-il pu motiver cette répulsion et ce mépris?

— Il est inutile que je m'explique. Vous ne me comprendriez pas. Ce sont de ma part des délicatesses que vous taxeriez très-probablement de sottes exagérations.

— Assurément, car je ne vois qu'une chose dans le mariage : La femme doit à son mari fidélité et obéissance. Or, il paraît que vous n'êtes ni fidèle, ni soumise. M. de Tancray vous accuse de manquer à tous vos devoirs d'épouse, et de vous oublier jusqu'à... — mais en vérité, j'ai peine à formuler une accusation semblable, — jusqu'à accorder l'affection que vous lui devez, à Didier, un garçon que j'ai comblé de mes bienfaits, et qui, en retour, se conduirait envers moi comme le dernier des misérables. Mais cette basse intrigue aura un terme. Dès aujourd'hui j'entends que tout rentre dans l'ordre; je congédierai cet homme sans délicatesse, sans honneur, et vous ne le reverrez jamais.

A ces mots, Hermine s'était levée toute pâle, comme pour échapper au coup que lui portait son père.

— Vous chasseriez Didier! s'écria-t-elle. Vous commettriez une injustice semblable! Lui, si délicat, si dévoué, si respectueux... O mon père, mon père, je vous en supplie, ne faites pas cela!

M. Chapuzot regardait sa fille avec une stupéfaction croissante.

L'amour d'Hermine pour Didier n'était que trop réel : dans ce cri du cœur, elle venait de le révéler.

— Ainsi, c'est bien vrai, dit-il, vous aimez ce malheureux qui a abusé de sa situation dans ma maison pour surprendre le cœur de mon enfant. Ah! eût-il volé ma caisse, que je n'en serais pas plus douloureusement frappé.

— Mais encore une fois, mon père, je vous jure qu'il est innocent. C'est le cœur le plus droit, l'âme la plus loyale!

— Tais-toi, malheureuse, tu l'aimes. Il faut qu'il sorte de chez moi sur l'heure. D'ailleurs, M. de Tancray l'exige.

— M. de Tancray ose exiger quelque chose, lui qui chaque jour me trompe, et cela sous mes yeux!

— Comment! lui aussi? Mais que se passe-t-il donc dans cette maison? Et moi qui croyais... Voyons, j'écoute tes plaintes.

M. Chapuzot s'était radouci soudain.

Au lieu d'arpenter la chambre avec indignation, il vint s'asseoir dans le fauteuil placé au chevet d'Hermine.

Son gendre, ayant eu des torts graves, serait plus coulant dans leurs comptes.

— Je ne me plains pas, moi, dit Hermine, je renferme mes griefs au fond de mon cœur. Au fait, pourquoi me plaindrais-je ? Qu'il cherche ailleurs l'amour que je lui refuse, que m'importe !

— Il aime ailleurs. Et qui donc ?

— Ne savez-vous pas qu'il est depuis cinq ans l'amant d'Hortense Papillon ?

— Je croyais ces relations rompues depuis longtemps.

— Elles sont plus intimes que jamais.

— Que dis-tu là ? Tu en as la preuve ?

— J'en ai la preuve.

— Laquelle ?

— Presque chaque nuit, vers une heure du matin, je l'entends seller son cheval et partir pour le cottage.

— D'autres aussi l'ont entendu ?

— Je l'ignore.

— Ah ! ah ! Et sait-il que tu connais ces sorties intempestives ?

— J'ai dédaigné de le lui dire.

— C'est un tort, ma fille, c'est un tort.

— En paraître offensée, c'eût été lui faire trop d'honneur. Cet homme ne mérite que notre mépris; car il nous a trompés tous deux pour une misérable somme d'argent qu'il fallait jeter à ses innombrable créanciers.

— Il avait de nombreux créanciers ?

— Chaque jour encore arrivent des réclamations.

M. Chapuzot avait repris sa promenade de long en large. Perplexe, il gardait le silence.

— Savez-vous maintenant quelle sera ma vie ? continua Hermine en s'animant de plus en plus. Un effroyable isolement, un martyre de toutes les heures, un enfer véritable ! Ah ! ce n'est pas ainsi que je comprenais le mariage. Pour moi, c'était l'union étroite de deux cœurs, de deux intelligences, de deux âmes ; une affection solide, basée sur l'estime et sur une sympathie complète ; un lien que rien ne peut briser, pas même la mort. Au lieu de cela, une chaîne indissoluble me rive à un homme que je hais. Toute ma vie il me faudra traîner ce boulet odieux. Parfois, quand ma pensée se heurte aux barreaux de cette cage de fer, je me sens devenir folle, et il me vient de coupables et sinistres pensées. Si encore je pouvais obtenir une séparation !...

— Une séparation ! exclama M. Chapuzot. Un scandale ! Tu n'y penses pas. Voyons ! voyons ! calme-toi. Tu parais réellement malade. C'est la fièvre qui te fait parler ainsi. Tout ce que tu viens de me débiter là est véritablement de la démence. Décidément la solitude ne te vaut rien. Je vais parler à ton mari, m'expliquer avec lui sur les agissements que tu me dénonces, et l'engager à te soustraire au plus tôt à ce dangereux isolement. Que dirais-tu d'un voyage à Paris ?

— Non, je veux rester avec vous, à Trévières.

— Allons, tu parleras plus sainement quand tu seras rétablie.

M. Chapuzot sortit.

— Une séparation ! pensait-il. Quelle folie ! Il faut calmer tout cela. Que deviendrait cette affaire superbe, que nous devons monter cet hiver avec le nom de mon gendre !

Il rejoignit Raoul, qui l'attendait en bas.

— Eh bien ? demanda M. de Tancray.

— Elle est très montée contre vous. Elle vous prête des torts fort graves. Il paraît que vous auriez déjà donné quelques coups de canif dans le contrat. Mais à l'animosité même qu'elle montre en parlant de vos incartades, je crois qu'au fond elle vous aime plus qu'elle ne se l'avoue à elle-même. Elle est jalouse, et, vous le savez, femme jalouse ne raisonne pas. Je ne crois aucunement à son affection pour Didier, et même permettez-moi de vous dire qu'un pareil soupçon est tout à fait indigne d'elle et de vous; et Didier, pauvre garçon, n'a guère la tournure d'un amoureux. C'est un piocheur qui ne songe qu'à la besogne.

— J'ai des soupçons, fondés ou non, et je ne veux pas que ma femme soit exposée à rencontrer encore ce monsieur.

— Vous voulez que je le congédie, j'y consens. Laissez-moi seulement quelques jours pour me pourvoir. Mais là n'est pas la grave question. J'ai trouvé Hermine sérieusement malade, beaucoup plus que vous ne le croyez peut-être. Il lui faudrait de la distraction. Et surtout il importe que vous lui fassiez un sacrifice, j'entends parler de vos relations affectueuses et beaucoup trop intimes avec Mme de Broissad. Si j'avais pu supposer que cette liaison n'était pas complètement rompue, je ne vous eusse certes pas accordé la main de ma fille.

— Ces griefs, je les nie absolument, repartit Raoul. Mais après tout, votre fille, dès le premier jour, m'a montré une répulsion qui justifierait toutes les infidélités.

— Elle a eu des torts, c'est possible. Quoi qu'il en soit, aujourd'hui, il faut bien que vous le sachiez, elle parle d'une demande en séparation. Et en effet, si nous pouvions prouver que vous avez reçu votre maîtresse ici, chez vous; et d'un autre côté, si nous établissions, ce qui n'est peut-être pas impossible, que les premiers trois cent mille francs de la dot, versés le jour du contrat, au lieu de recevoir un remploi, ont été affectés, comme elle

l'affirme, à payer vos créanciers, je crois qu'il serait facile
d'obtenir gain de cause. Croyez toutefois, monsieur de
Tancray, qu'il me serait extrêmement pénible de recou-
rir à ces moyens extrêmes. Mais comme il y va peut-être
du bonheur, que dis-je ! de la vie de mon enfant, mon
devoir me défendrait d'hésiter. J'en aurais d'autant plus
de regrets qu'aujourd'hui, en venant solder ma seconde
échéance, je voulais vous parler d'une affaire magnifique,
une affaire d'or, que mon correspondant de Paris me propose de monter en participation... Mais tout ce que je
viens d'apprendre va retarder nécessairement et le paiement des deux cent mille francs que je vous apportais,
et la communication de ce projet, car avant tout il faut
que j'assure le repos de ma chère Hermine.

M. Chapuzot, en parlant ainsi, était magnifique d'autorité, de fermeté.

Raoul ne soupçonna pas un instant la comédie paternelle que venait de jouer le Tartufe de Trévières.

Cette dot, à laquelle il avait sacrifié sa liberté, cette
affaire magnifique dont lui parlait son beau-père, cette
fortune, objet de son ambition, allaient lui échapper.

Il était prêt à accéder à toutes les conditions de
M. Chapuzot. Cependant, il ne voulut pas paraître se
soumettre, et il répondit avec sa hauteur habituelle :

— En vérité, monsieur, il vous sied bien de m'adresser une semblable mercuriale, quand tous les torts sont du
côté de votre fille. Qu'elle revienne franchement à moi !
Et de mon côté, je suis prêt à sacrifier à ses susceptibilités, quelque peu motivées qu'elles soient, mes relations
purement amicales avec Mme de Broissac.

— Bien ! Mais ce n'est pas tout. Il faut aussi que vous
éloigniez d'ici Hermine momentanément ; car l'existence
qu'elle mène dans ce château isolé peut contribuer à

exalter son esprit. Si la solitude n'est pas bonne pour l'homme, elle l'est moins encore pour la femme. La diversion, je n'en doute pas, lui ferait oublier toutes ses chimères. Elle ne connaît pas Paris ; que ne l'y conduisez-vous pour passer l'hiver ?

— Faire un voyage à Paris, certes j'y consentirais volontiers ; mais pour nous installer à Paris avec le luxe qui convient à mon nom, il me faudrait des revenus que je n'ai pas.

— Précisément, c'est à quoi j'ai pensé. Si nous montons l'affaire en question, il serait essentiel que j'eusse un représentant à Paris, et je comptais vous confier cette mission. Cette entreprise, si elle réussit, comme je l'espère, vous permettra tout le faste que vous pouvez souhaiter.

— Moi ! dans les affaires ! se récria Raoul, vous n'y songez pas. Je consentirais encore à vous prêter l'appui de mon nom, parce que je crois aveuglément en votre parfaite loyauté ; mais contrôler quoi que ce soit, j'en suis absolument incapable.

— Il ne s'agit pas de contrôle. Votre présence suffirait. Mais je vous expliquerai cela une autre fois plus au long. Pour le moment, je redescends à Trévières, et je prends mes mesures pour remplacer Didier, puisque vous me demandez de l'immoler à vos soupçons, à vos ressentiments.

— Et moi, ajouta Raoul, je vais au cottage signifier à la comtesse que je dois cesser de la voir.

— Allons ! on ne m'avait pas trompé ; tout mauvais sujet que vous êtes, mon gendre, nous pourrons cependant nous entendre.

Raoul et le notaire se quittèrent les meilleurs amis du monde, bien décidés toutefois à ne tenir ni l'un ni l'autre leurs promesses.

16

XXXVI

M. Chapuzot pensa qu'une fois à Paris, M. de Tancray ne songerait plus guère à son clerc.

De son côté, Raoul s'empressa de raconter en riant à Théodora l'algarade de son majestueux beau-père, et tous les détails de leur conversation.

— Comme cela se trouve ! s'écria Théodora ; je voulais justement vous décider à partir. Je m'ennuie ici ; car décidément vous devenez trop rare. Sous prétexte de vous lever le matin pour aller à la chasse, vous négligez un peu trop le cottage, et votre Théo languit. A Paris, nous serons plus libres, vous serez plus à moi. Nous pourrons recommencer nos délicieuses parties tout intimes. Et puis, quand vous me reverrez au milieu de ma cour, peut-être me trouverez-vous plus enviable qu'entre ma cousine Fontange et mon vieux Salbris.

Raoul voulut protester.

— Ne niez pas. Le cœur de l'homme est ainsi fait. Vous m'aimez moins depuis que vous n'avez pas de rivaux dignes de vous. Je vais sur l'heure donner l'ordre du départ ; car vous ne devez pas me revoir ici, c'est entendu.

Raoul qui s'attendait à de terribles scènes, fut enchanté de cette brusque décision.

— Ainsi, reprit Théodora, votre femme s'est plainte à son père de vos infidélités. Elle se mêle donc d'être jalouse, à présent ! C'est bon, je me charge de la mettre à la raison, la petite mijaurée.

Aussitôt en rentrant, Raoul, qui tenait aux deux cent mille francs, écrivit à M. Chapuzot :

« Mon cher beau-père,

« Le sacrifice que vous avez demandé est consommé. Mᵐᵉ de Broissac part demain pour l'Italie. Quelque douloureuse qu'ait été pour moi la rupture de cette ancienne amitié, c'est un fait accompli. Je suis prêt à entendre vos propositions, et je compte que vous emploierez toute votre influence sur Hermine pour la ramener à de meilleurs sentiments.

« Votre dévoué,

« RAOUL DE TANCRAY. »

Depuis deux jours, Théodora avait mûri son projet de vengeance. Si cette séparation apparente contrecarrait un peu ses plans machiavéliques, ce départ simultané pour Paris en hâterait peut-être l'exécution.

De son côté, elle écrivit sur-le-champ à Didier, et lui fit porter la lettre par un exprès.

Ce billet laconique était ainsi conçu :

« Venez ce soir sans faute. Il y va de votre intérêt, de celui d'Hermine surtout. Un grand danger vous menace tous deux. Je tiens à vous montrer à quel point je suis votre amie. — Théodora. »

A huit heures, Didier arrivait chez l'artificieuse comtesse, qui lui conta la jalousie de Raoul et le projet de M. Chapuzot de le congédier.

— Mais vous parliez d'un danger pour Mᵐᵉ de Tancray, dit Didier, peu sensible à ce qui pouvait le menacer personnellement.

— Ce danger, c'est celui d'être séparée de vous, et de rester sans défense exposée aux exigences de son mari.

En parlant ainsi, Théodora semblait vouloir scruter la pensée de Didier, de son regard aigu, pénétrant. Par l'amoureux, elle espérait savoir si Raoul s'imposait à sa femme.

La pâleur subite du jeune homme l'éclaira.

— Un amour comme le vôtre doit être jaloux, ajouta-t-elle.

— Oh! madame, repartit Didier, vous avez, il est vrai, surpris le secret de cette profonde affection, beaucoup trop profonde pour s'appeler du nom que vous lui donnez. Mon amour! soupira-t-il avec un amer sourire. Puis-je avoir la prétention d'enchaîner à ma pauvre et obscure destinée cette femme si parfaite? Ce serait un égoïsme dont je ne songe même pas à me rendre coupable. Je lui ai écrit dans ce sens. Ce que je veux avant tout, c'est son repos. Quant à moi, qu'importe! Je serai heureux de son bonheur, si même c'est un autre, son mari, qui le lui donne.

— Allons, allons, vous êtes sublime, tout bonnement! On a de ces moments-là : des rages d'abnégation et de sacrifice. Mais cela ne dure pas. Vous parlez de votre obscurité? Eh bien! moi, je vous veux célèbre, oui, célèbre, et avant un an. Je me charge de vous lancer, soit dans le journalisme, soit au théâtre. Vous devez avoir écrit quelque tragédie, ou comédie. Qui n'a pas commis une ou deux pièces de théâtre? Voyons! confiez-moi vos péchés de jeunesse : poëme, drame ou roman, quoi que ce soit, je veux le voir, et par mes amis, qui sont nombreux et puissants, je vous donnerai cette célébrité à laquelle nécessairement vous aspirez.

Didier, en entendant la comtesse, croyait rêver.

— Mais en vérité, madame, comment ai-je pu mériter un si grand intérêt de votre part?

— Vous me plaisez. Je crois deviner en vous l'étoffe d'un homme de talent, d'un homme de grand talent. Je veux contribuer à votre éclosion. C'est ma manière à moi de faire le bien. A mon âge, car il faut bien l'avouer, je ne suis plus jeune, dit-elle avec un sourire plein de douce coquetterie, on a des velléités de maternité. Et quand, comme moi, on a la passion des lettres, des arts, on veut mettre au jour son petit grand homme.

Didier, par modestie, voulut se récrier.

— Je vous adopte, monsieur Maurel, continua-t-elle en prenant son air de reine. Je veux que vous soyez illustre. Et vous savez : ce que femme veut, le diable le veut. Enfin, ce qui prouve que le sentiment que vous m'inspirez est bien un sentiment maternel, c'est que je m'intéresse même à vos amours. Je puis bien vous l'avouer, à présent que j'ai abdiqué vis-à-vis de vous toutes prétentions : un moment j'ai rêvé d'être aimée de vous. Mais à la tranquillité avec laquelle j'ai appris que votre cœur appartenait déjà à une autre, j'ai compris qu'un sentiment plus élevé et plus doux me poussait vers vous.

Comment Didier, devant tant de générosité, aurait-il pu soupçonner la trahison? Ému, embarrassé, il cherchait des termes assez véhéments pour exprimer sa reconnaissance.

— Votre reconnaissance, ajouta la comtesse, vous me la prouverez en acceptant ma proposition. Donc, dans un mois au plus tard à Paris, avec votre hottée de manuscrits. Car j'ai deviné juste, n'est-ce pas? c'est tout un bagage.

— En effet, répondit en riant le jeune poëte.

— Quel bonheur pour moi de déchiffrer tous ces gri-

16.

moires et de trouver la perle qui va me donner mon grand homme !

Didier objecta toutefois ses vieux parents, et surtout la modicité de ses ressources pour attendre à Paris la célébrité que lui promettait Théodora.

— Bah ! repartit la comtesse, j'ai un mien ami fort influent au ministère de l'intérieur. Par lui, nous obtiendrons une place qui vous permettra non-seulement de vivre, mais encore de soutenir vos parents.

Didier hésitait encore à accepter les bienfaits de cette femme, qui, malgré tant d'obligeance, n'était pas encore parvenue à détruire toutes ses préventions.

— Je vois ce qui vous préoccupe, dit-elle, vous voulez l'assentiment d'Hermine. Eh bien ! écrivez-lui. Je me charge de lui faire remettre immédiatement votre lettre.

Et sans attendre la réponse de Didier, elle se leva et disposa ce qu'il fallait pour écrire.

— Mon valet de pied va immédiatement seller un cheval et porter votre billet à Madeleine, qui le remettra à Mme de Tancray.

En effet, Didier, avant de prendre ce grand parti, voulait consulter Hermine. Il était résolu à lui obéir aveuglément. Emporté par l'élan affectueux de la comtesse, il écrivit :

« Madame,

« Il paraît que mon congé a été décidé entre M. de Tancray et M. Chapuzot. Vous allez vraisemblablement partir pour Paris avec votre mari. Mme de Broissac m'offre de m'obtenir un emploi à Paris. Que dois-je faire ? Ma vie vous appartient ; je suis prêt à vous obéir en esclave respectueux et soumis.

« DIDIER. »

Théodora remit la lettre au valet de pied, qui partit sur-le-champ.

Deux jours après, Hermine eut une explication amiable avec son mari, et répondit à Didier ces simples mots, qu'elle lui fit porter par le berger de la ferme :

« Je pars en effet. Acceptez. »

Quand Didier vint communiquer cette réponse à Théodora, elle ne put en dissimuler sa joie. Pour la seconde fois, Didier surprit dans son regard cette acuité féroce qui déjà l'avait inquiété. Et cependant, comment conserver de la défiance envers une femme qui lui témoignait un pareil dévouement ?

Le lendemain, Théodora, sous prétexte de partir pour l'Italie, quittait les Valtis et gagnait Paris.

Le départ de M. et de Mme de Tancray fut fixé aux premiers jours d'octobre.

La nouvelle de ce départ atterra les deux oncles de Raoul.

— Et si une nouvelle indigestion me mettait encore en danger, s'écria le chanoine avec son égoïsme habituel, que deviendrais-je sans ma garde-malade ?

— Revenez-nous le plus tôt possible, ma chère nièce, dit le marquis. J'avais pris la douce habitude de voir une femme présider à nos repas. Cela me rendait l'appétit. Votre jeune visage éclairait ces vieux murs. Vous partie, tout va retomber dans la tristesse. La vie sans la femme, hélas ! ajouta-t-il, en regardant amoureusement sa tabatière, n'est qu'une steppe aride ; il n'est pas une joie, pas un doux souvenir qui ne nous viennent de cet être adorable.

Quant à Gatinais, en apprenant que Mme de Broissac allait partir, il courut aux Valtis, car depuis sa conversation avec Didier, il n'avait pas perdu tout espoir de séduire la hautaine comtesse.

— Comment! s'écria-t-il, vous partez ainsi sans prévenir! Vous voulez donc qu'on se brûle la cervelle ? Voilà une trahison qui manque de galbe !

— J'ai peur de vous, monsieur Gatinais; je fuis le danger.

— J'avais retrouvé ici un coin de Paris. Je croyais au bonheur. Que voulez-vous que je devienne désormais ?

— Eh! mon Dieu, perfectionnez vos études sur le cor de chasse !

— Ah! perfide, traîtresse, ingrate sirène, adorable monstre, dit-il en se jetant résolûment à ses pieds, votre amour ou la mort! Si vous me repoussez, je me poignarde sous vos yeux.

— Vrai, monsieur Gatinais, vous avez dans cette pose un galbe remarquable. Avez-vous au moins un poignard ? Tenez, derrière vous, sur cette étagère ! Surtout, n'allez pas vous manquer ; sachez expirer noblement, sans contorsions, sans grimaces. Un homme comme vous doit mettre du relief, même dans sa mort. Eh bien! voyons, vous ne vous tuez pas ?

— Non, réflexion faite, je ne me tuerai pas: au lieu de me plaindre, vous seriez capable d'en rire. Mais donnez-moi au moins un mot d'espoir, de consolation, ou, sérieusement, j'en tomberai malade.

— Et moi, je vous prédis, monsieur Gatinais, que dans quinze jours vous engraisserez.

Thérèse apprit bientôt que M. et Mme de Tancray devaient passer l'hiver à Paris.

Elle comprit alors pourquoi Didier s'était décidé aussi brusquement à partir.

Toutes ses appréhensions maternelles l'assiégèrent de nouveau.

— Mon enfant! mon enfant! lui répétait-elle sans cesse avec des larmes dans les yeux, pense que nous n'avons que toi au monde. Ne t'expose pas, soigne notre bien, sois prudent surtout ; songe que ta pauvre mère mourrait, s'il t'arrivait malheur.

XXXVII

Le correspondant de M. Chapuzot découvrit à l'entrée de la rue Bellechasse un hôtel tout récemment décoré et meublé pour un prince russe, qui, rappelé brusquement en Russie, remit pour un prix relativement fort minime cet ameublement princier.

M. Chapuzot voulait installer son gendre avec assez de magnificence pour recevoir et éblouir le faubourg Saint-Germain, sur lequel devait s'appuyer la grande entreprise financière qu'il méditait.

Hermine, d'abord un peu dépaysée dans ce milieu nouveau pour elle, s'y habitua vite cependant, grâce à sa distinction, à son élégance natives. Elle espéra trouver une distraction à son malheur, à son amour, dans les fêtes, les visites, les œuvres charitables surtout. La fièvre avec laquelle elle cherchait le bruit, le mouvement, prouvait que ces plaisirs superficiels ne parvenaient pas à lui rendre le calme intérieur.

Par les soins de Mme de Broissac, Didier avait obtenu une place dans un ministère.

Théodora lui montrait toujours un dévouement dont il était impossible de se défier. Elle continuait à le recevoir,

malgré les emportements de Raoul. Une fois ou deux,
M. de Tancray avait menacé de le jeter par la fenêtre,
si elle ne le mettait à la porte. Mais avec une adresse
toute féline, tantôt par une douce moquerie, tantôt par
une tendre câlinerie, Théodora savait calmer les jalousies de son amant.

— Je suis si heureuse que tu sois jaloux, disait-elle
d'autres fois avec un regard plein de passion, que je con-
tinuerais à le recevoir, ne fût-ce que pour jouir des
colères de mon cher Othello ! Ne vois-tu pas d'ailleurs
qu'il n'est pour moi qu'un bouffon agréable, un boute-en-
train pour mon salon ! Son esprit original tranche sur la
monotonie désespérante qui règne aujourd'hui partout.
Enfin ne suis-je pas un peu reine ? Cela m'amuse de protéger ce garçon-là. En quoi peut-il te porter ombrage ?
Regarde-le à côté de toi. Tu as la beauté de la force dans
la toute-puissante acception du mot. Jaloux de lui, toi,
mon Hercule Farnèse ! Mais c'est t'abaisser, t'avilir.
Prenez un peu plus de soin de votre dignité, mon cher
Dieu !

C'est par ces flatteries excessives que Théodora avait
su dominer Raoul, conserver aussi longtemps son amour,
réduire et apaiser ses brutales jalousies.

Sa connaissance du cœur masculin lui avait appris que
l'exagération de la louange réussit toujours, même auprès
des hommes d'esprit, à plus forte raison auprès des
fats.

Elle savait également à volonté exciter ou calmer les
soupçons de Raoul à l'égard d'Hermine et de Didier.

Quoi qu'en pût dire M. Chapuzot, les deux femmes
avaient repris leurs relations, un instant interrompues.
Hermine, malgré ses répugnances pour ces fréquenta-

tions, avait consenti à accepter les invitations de Théodora, parce que c'était le seul moyen de rencontrer quelquefois Didier. Mais la société mêlée de la comtesse choquait ses instincts honnêtes. D'un autre côté, sa beauté, sa pureté, sa réserve lui valaient dans ce milieu de nombreux hommages.

Tous ces succès, elle les rapportait à Didier. Elle voulait être belle pour lui. Sa beauté, d'ailleurs, ne la devait-elle pas à la transfiguration que produit un grand et pur amour?

Ces ovations, obtenues par sa rivale, aiguisaient encore la haine de Théodora. Ce n'était plus elle qu'on entourait, qu'on adulait. La reine de ses salons, désormais, c'était la belle Mme de Tancray. Et cependant elle supportait cet écrasement, non-seulement avec un air de résignation, mais avec une affectation de contentement. Elle marchait ainsi lentement, mais sûrement à son but, c'est-à-dire à sa vengeance.

Peu de temps après l'installation de M. de Tancray à Paris, M. Chapuzot vint y fonder cette vaste entreprise financière sur laquelle il basait de si magnifiques espérances.

Cette entreprise devait s'appeler la *Banque de l'Union*. Par ses fondateurs elle avait une couleur clérico-légitimiste très-tranchée. Que ne pouvait-on avec l'appui du clergé et des congrégations! On devait établir des comptoirs dans toutes les villes importantes, avec des représentants dévoués à la cause du droit divin. Ses prospectus annonçaient la fondation d'un *Crédit* agricole et industriel en faveur des paysans et des ouvriers. Son but avoué, c'était la guerre à l'usure, qui ruine les cultivateurs et les artisans. Son but véritable était de recruter

des partisans au Roy. Le moment venu, cette puissante
organisation pourrait, grâce à ses capitaux, à ses ramifi-
cations infinies et au dévouement éprouvé de ses chefs et
de ses principaux acolytes, rendre de grands services à
la sainte cause. On faisait entrevoir aux actionnaires l'appui du comte de Chambord. M. Chapuzot, d'ailleurs,
promettait d'aller le solliciter jusqu'à Frohsdorf, s'il en
était besoin.

Mais le but intime du notaire de Trévières, c'était de
relever sa fortune, ébréchée par les spéculations aventu-
reuses, et tout récemment fort compromise par la débâcle
scandaleuse d'un célèbre financier impérialiste.

Cependant, il rencontra pour la réalisation de ce grand
projet politique et financier plus d'obstacles qu'il n'en
avait prévus.

Raoul de Tancray n'était pas un homme assez sérieux
pour conquérir à cette affaire de bien hauts appuis.

Au lendemain des graves événements de la guerre et
de la Commune, la confiance générale était fort ébranlée.
Tant d'affaires véreuses avaient croulé sous le mépris
public, que les nobles personnages auxquels s'adressa
Raoul répondirent, soit par des atermoiements, soit par
des fins de non-recevoir polies.

Cependant on échafauda tant bien que mal une organisation avec un conseil de surveillance suffisamment re-
commandable. On installa des bureaux luxueux boulevard
Montmartre, et on dit l'affaire montée. Mais les capitaux
n'arrivèrent point. Les légitimistes, confiants dans le cœur
de Jésus, comptaient plus sur le ciel que sur M. Chapuzot
pour ramener leur roy.

On avait fait des frais énormes, et l'imprudent notaire,
pour combler les vides de sa caisse, jouait à la Bourse, et,
par conséquent, négligeait son étude.

Par l'entremise de Raoul, Mme de Broissac avait placé dans cette entreprise des fonds importants.

En conséquence, M. Chapuzot se montra beaucoup moins sévère dans l'exécution des promesses de son gendre. De rupture, il n'en était plus question. Lui-même assistait aux grandes réceptions de la comtesse.

Tout à coup Théodora changea de conduite à l'égard des amoureux.

Elle avait espéré, en amenant à Paris Hermine et Didier, précipiter un dénouement qu'elle croyait fatal. En effet, en les arrachant au milieu bourgeois de la province pour les jeter dans le tourbillon parisien, dans une société de mœurs faciles, elle avait espéré que leurs scrupules céderaient bientôt, et qu'ils succomberaient à un amour rendu plus véhément par les incitations de la vie mondaine.

Pendant trois mois, elle les avait mis en présence fréquemment, facilitant leurs entretiens, prolongeant à dessein leurs tête-à-tête. Et cependant il lui était facile de voir que Didier était toujours l'ami respectueux d'Hermine, et qu'Hermine ne soupçonnait même pas la possibilité d'une liaison plus étroite.

Cette persistance dans la vertu déroutait toutes ses prévisions.

Elle essaya donc d'une autre tactique.

Au lieu de les réunir, elle s'appliqua à les séparer. Quand elle invitait Didier à un dîner, à une soirée, Hermine n'était pas conviée. Quand elle se trouvait forcée de les inviter ensemble, elle plaçait Hermine de telle sorte qu'il était impossible à Didier de l'approcher.

Elle comptait que leur amour s'irriterait de ces entraves, qu'ils trouveraient quelque autre moyen de se voir, et que si Hermine n'osait encore aller chez Didier, elle lui donnerait rendez-vous à la promenade.

17

Mais il n'en fut rien; Hermine souffrit de cette séparation, sans commettre aucune imprudence.

XXXVIII

Un matin, Hermine vit arriver M. Chapuzot, la figure
pâle, décomposée.

— Qu'avez-vous donc, mon père? lui demanda-t-elle
effrayée.

— Un grave embarras, répondit-il en passant la main
sur son front soucieux. Vois-tu toujours Didier?

— Quelquefois, chez Mme de Broissac. Vous le savez
bien. Mais il y a plus d'un mois que je ne l'ai rencontré.

— Ah! fit-il d'un air désappointé.

— Pourquoi cette question? reprit Hermine émue, car
le nom seul de Didier suffisait à l'impressionner.

— Vous êtes toujours amis cependant? interrogea
M. Chapuzot.

— Je l'espère.

— Si tu lui demandais un service, un grand service,
crois-tu qu'il te le rendrait?

— J'en suis sûre.

— Eh bien! chère enfant, écris sous ma dictée.

— Quoi? interrogea Hermine avec quelque défiance.

— Ces simples mots : « Cher monsieur Didier, mon
père a un grand service à vous demander. Je vous prie
de le lui rendre, et vous en serai reconnaissante comme
d'un service personnel. »

— Quel est ce service, mon père?

— Tranquillise-toi. Ce service l'obligera en même
temps. Je veux lui offrir d'être mon caissier, avec cinq

mille francs d'appointements, tandis que sa place au ministère lui en rapporte au plus deux mille.

— Et vous croyez mon entremise nécessaire pour lui faire cette proposition ?

— Je crains qu'il ne garde quelque ressentiment de notre séparation à Trévières.

— Mais vous savez les préventions de M. de Tancray contre M. Didier.

— Je me charge de les faire tomber.

Elle entrevoyait, dans cette combinaison, un moyen de se rapprocher de son ami.

Elle n'était point cependant sans quelque inquiétude, car elle ne s'expliquait pas la figure bouleversée de son père.

Une fois M. Chapuzot parti, elle envoya sur-le-champ ce second billet à Didier :

« Mon ami, je viens de vous écrire, sous la dictée de mon père, une lettre dont je ne puis au juste apprécier la portée. Ne faites que ce que vous croirez devoir faire. »

Didier était employé au ministère de l'intérieur, à la télégraphie du cabinet.

On se trouvait alors au milieu d'une crise ministérielle fort grave, qui exerçait une influence désastreuse sur les opérations de Bourse.

A une heure, M. Chapuzot entrait dans le cabinet de Didier.

Il y avait désarroi général dans l'administration. Didier, toujours ponctuel et consciencieux, était seul à son poste.

M. Chapuzot lui remit la lettre de sa fille.

Il remarqua qu'en la lisant le jeune homme tremblait.

Bien qu'il fût prévenu, Didier éprouvait en effet une émotion vive. Que signifiait cette démarche de M. Chapuzot? Quel service si grave avait-il donc à lui demander que, pour l'obtenir, il crût nécessaire d'employer sa fille comme intermédiaire?

— Cette lettre était tout à fait inutile, monsieur Chapuzot. Je n'ai pas oublié nos excellentes relations, vos bontés pour moi, et vous me voyez prêt à vous prouver mon dévouement.

— Merci, mon jeune ami, merci. Je comptais en effet sur votre cœur. Voici ce dont il s'agit : j'ai perdu hier à la Bourse une somme importante. Si je ne me relève pas aujourd'hui, je suis un homme à la mer. Il ne me restera plus qu'à me brûler la cervelle.

— Peut-être exagérez-vous votre situation, repartit Didier, fort ému toutefois à la nouvelle de ce désastre.

— Non, mon ami. Les affaires vont mal pour la légitimité. La *Banque de l'Union* n'inspire pas de confiance. Les capitaux sont craintifs. Cependant Mme de Broissac m'a remis, ces jours derniers, des titres pour une valeur de 200,000 francs. Or, au lieu de les placer dans la banque, qui périclite, j'ai voulu spéculer sur ces titres, afin de rétablir ma situation par un grand coup. Je n'ai pas réussi. Je suis à découvert d'un million. Si demain je ne paie pas, je serai exécuté. Vous le voyez, ma situation est désespérée, à moins que je ne répare aujourd'hui même ce désastre.

— En vérité ! s'écria Didier atterré. Mais je ne vois pas en quoi je puis vous aider.

Pourtant il entrevoyait vaguement où voulait en venir M. Chapuzot.

Après une pause, le notaire, embarrassé, reprit :

— La crise ministérielle touche à une solution, n'est-ce pas?

— On attend, en effet, d'une minute à l'autre, la formation du cabinet. Cependant, depuis trois jours, voilà trois ministères qu'on nous annonce comme définitifs, et qui, quelques heures après, n'existent plus.

— Oui, mais cela ne peut se prolonger davantage. Aujourd'hui même, tous les bruits s'accordent à ce sujet, nous aurons un ministère. Or, si je pouvais en apprendre la composition une demi-heure seulement avant qu'elle ne fût connue à la Bourse, je réaliserais des bénéfices assez importants pour réparer tous mes désastres.

— Et vous attendez de moi cette communication? Vous ignorez sans doute que le secret le plus absolu nous est prescrit. Commettre une indiscrétion pour favoriser une opération de Bourse, ce serait plus qu'une infraction à mes devoirs d'employé ; ce serait une indélicatesse.

— Je le sais, mon ami, vous êtes l'homme le plus discret, le plus consciencieux que je connaisse; et si je vous prie de me rendre service dans cette circonstance, c'est qu'il ne s'agit point, comme vous le supposez, d'un tripotage de Bourse. Il s'agit seulement de sauver la *Banque de l'Union* du naufrage qui la menace. Si dans le nouveau ministère nous avons, comme on le suppose, un ou deux ministres légitimistes, nos actions haussent immédiatement. Aujourd'hui je rachète mes propres actions en baisse, et demain je les revends en hausse. En réalité, je ne lèse personne.

Didier voulut répondre; mais M. Chapuzot lui coupa la parole.

— Songez, mon ami, supplia-t-il, qu'il s'agit non-seulement de ma fortune, de mon honneur, mais avant tout du bonheur d'Hermine. Pauvre Hermine! C'est pour elle surtout que je vous implore! Son mari la dédaigne et la maltraite déjà. Que serait-ce, si je ne pouvais remplir mes engagements envers lui, et s'il se trouvait frustré dans ses espérances de fortune? Il faut que demain je sois à flot, ou c'en est fait de moi et de mon enfant.

L'air égaré et le ton de supplication qu'exagérait à dessein M. Chapuzot, bouleversaient Didier, qui au premier instant, devant une situation aussi terrible, se sentait véritablement troublé, perplexe, éperdu.

Mais bientôt sa conscience d'honnête homme domina les hésitations de son cœur; et il refusa.

En ce moment arriva une dépêche.

Un employé entra aussitôt.

— Eh bien ! demanda-t-il, est-ce la composition définitive du ministère ?

Didier lui passa le télégramme.

Comme l'employé lisait cette dépêche que M. Chapuzot couvait du regard, une sonnette, placée dans le cabinet de Didier, s'agita vivement.

C'était le chef de bureau qui sonnait.

Didier fit un soubresaut, comme si le bruit de cette sonnette lui causait une crispation nerveuse.

Il sortit précipitamment.

L'employé posa le télégramme dans le buvard placé sur le bureau de Didier et sortit à son tour.

M. Chapuzot, une fois seul, se précipita sur le buvard, en tira la dépêche, la lut avidement, la replaça dans le même buvard, mais au milieu d'autres papiers, de telle sorte qu'on ne pût la retrouver immédiatement.

Puis, le regard illuminé par l'espoir, il traça ces quelques mots sur une feuille volante : « A quatre heures, chez Hermine. Si je n'y suis pas à cinq heures, préparez-la à ma mort. — CHAPUZOT. »

Il s'élança dehors, traversa une antichambre remplie de reporters en quête de nouvelles, et descendit l'escalier en courant.

Une voiture l'attendait dans la rue.

— A la Bourse! cria-t-il au cocher. Si j'y suis dans cinq minutes, vingt francs pour vous!

Cinq minutes étaient à peine écoulées que M. Chapuzot gravissait les degrés de la Bourse.

Didier n'avait pas encore reparu dans son cabinet.

Lorsqu'il y rentra, et qu'il lut les lignes tracées par M. Chapuzot d'une main fiévreuse, une sueur froide l'inonda.

La dépêche, où était-elle?

Il appela l'employé auquel il l'avait remise, et qui lui dit l'avoir placée dans le buvard. Ils feuilletèrent les papiers un à un. Quand ils la retrouvèrent, dix minutes s'étaient écoulées.

Didier devina la ruse de M. Chapuzot.

Le nouveau cabinet comptait deux députés légitimistes.

Le père d'Hermine serait peut-être sauvé; mais à quel prix!

En sortant du ministère, Didier se rendit rue Bellechasse.

Ce jour-là, Hermine, fatiguée d'une nuit passée au bal, était languissamment assise au coin du feu, les deux mains appuyées sur les bras du fauteuil.

Ses doigts effilés, si pâles qu'ils semblaient diaphanes, jouaient distraitement avec les glands de soie mauve.

Elle songeait à ce bal où elle avait obtenu un succès de beauté et d'élégance.

Quel vide profond, quel amer dégoût ces plaisirs insipides, ces louanges banales laissaient en elle!

Puis elle pensait à Didier, et à ce souvenir un pesant soupir soulevait sa poitrine.

Madeleine vint lui demander quelle toilette elle devait préparer pour le spectacle du soir.

— Je n'irai pas, répondit-elle.

A quoi bon me parer? pensait-elle. Pour qui?... Tous ces regards d'hommes me blessent; toutes les galanteries, les fadeurs qu'ils me débitent, m'écœurent. Toutes ces jalousies de femmes me froissent. N'est-il pas absurde de sacrifier son repos, sa santé à ces relations mondaines où tout est affèterie, faux semblants; où l'on n'entend pas une parole sincère, où l'on ne rencontre ni un sentiment vrai, ni une joie pour le cœur? L'affection! On ne comprend pas même le vrai sens du mot. Et cependant les émotions du cœur sont les seules qui vaillent la peine de vivre.

Elle se sentait oppressée, malade de la vie qui lui était faite par ce mariage, si opposé aux aspirations de sa nature élevée et tendre.

— Ah! murmura-t-elle, comment me distraire de l'ennui qui me tue? Les lettres de mon ami...

Elle tira de son sein un papier qu'elle lut longuement, qu'elle baisa, et qu'elle reploya à regret.

— Ces lettres, loin de me consoler de son éloignement, me font souhaiter plus ardemment sa présence. Et je ne puis le voir! Pour me distraire, je n'ai donc que le monde, ce monde plein de vanités puériles, de rivalités mesquines, de basses intrigues. Ah! plutôt que de vivre toujours dans ce milieu que je méprise, que je hais, qui me dégoûte, je préfère la mort.

En ce moment, on annonça M. Didier Maurel.

A ce nom, elle tressaillit, se leva toute droite.

— Mon sauveur! toujours! balbutia-t-elle.

Puis elle retomba vaincue par l'émotion qui la terrassait.

Mais le danger que courait Didier en osant venir chez
c'le, lui fit promptement dominer cette faiblesse.

— Vous ici, exclama-t-elle ; vous n'y songez pas !
Mon mari va rentrer peut-être, et s'il vous trouvait
chez moi...

— C'est M. Chapuzot qui m'a donné rendez-vous ici
pour une affaire grave.

— Eh bien ! que voulait-il vous demander?

— Un service que malheureusement je n'ai pu lui
rendre.

— J'étais fort inquiète ; je craignais qu'il n'abusât de
votre dévouement.

— Laissons cela, mon amie, repartit Didier fort soucieux.

M. Chapuzot, il est vrai, avait le ministère qu'il souhaitait. Mais les jeux de Bourse offrent tant de péripéties,
que Didier conservait une grande inquiétude.

Hermine remarqua l'air contraint et préoccupé de son
ami.

— Mais qu'avez-vous? s'écria-t-elle anxieuse. Vous
semblez triste, embarrassé de vous trouver en ma présence. Après une si longue séparation, pourtant ! Est-ce
que vous ne m'aimez plus?

— Ah ! mon amie, que ne pouvez-vous voir le fond de
mon cœur !

— Ce cœur m'appartient toujours, n'est-ce pas ? Il y a
des moments où je doute, je crains. Paris offre tant de
distractions, de séductions.

Didier ne put répondre. Il ne trouvait aucune parole
pour protester. Il ferma les yeux pour voiler les larmes
qui les emplissaient.

Sa bouche triste avait une telle expression de tendresse, de douleur, qu'Hermine se leva, s'avança vers lui.

17.

— Oh! pardon, pardon, mon ami, de ma sotte question. Je le sais, j'en suis sûre, vous m'aimez; je n'en ai jamais douté un seul instant.

Didier serra longuement la main qu'elle lui tendait.

Maintenant il levait sur elle ses yeux humides, rayonnants d'amour.

— Si vous saviez ce que je souffre d'être depuis si longtemps séparé de vous? dit il; vos lettres, mon amie, sont bien douces, bien tendres; mais elles ne valent pas un seul de vos regards.

— Je pensais de même tout à l'heure, murmura Hermine.

— Pourquoi n'étiez-vous pas au dernier thé de Mme de Broissac?

— Elle ne m'avait pas invitée, sous prétexte qu'elle ne réunissait ce soir-là que des hommes.

— Et la semaine dernière?

— C'était une autre défaite. Elle me trouvait l'air fatigué; et comme elle m'emmenait le lendemain à l'Opéra, elle ne voulait pas, disait-elle, abuser de ma santé, un peu éprouvée par les fêtes de l'hiver.

— C'est vrai, repartit Didier. Autrefois, je m'inquiétais presque du soin qu'elle mettait à nous réunir; tandis que maintenant elle ne me parle même plus de vous, et j'ose à peine lui demander de vos nouvelles.

— Sans doute M. de Tancray s'oppose à ce que nous nous rencontrions si souvent.

— Est-elle venue vous voir? demanda Didier.

— Oui, hier; mais j'étais sortie.

— Peut-être devriez-vous aller lui faire une visite.

— Vous l'avouerai-je, mon ami, je n'aime pas cette femme. Ce n'est pas jalousie, certes; au contraire, je lui

sais gré plutôt de retenir M. de Tancray et de me soustraire ainsi à ses attentions. Elle s'est toujours montrée
pour moi pleine de prévenances, d'affection même. Enfin
elle vous témoigne un dévouement exceptionnel. A tous
ces titres, je lui devrais de la reconnaissance. Je m'ef-
force même parfois de lui exprimer une amitié que je ne
puis éprouver. Mon cœur, quoi que je fasse, la repousse.
Je sens qu'au fond elle ne m'aime point. Elle m'inspire
plus que de la répulsion, une véritable crainte.

— Je comprends cela. J'ai lutté longtemps contre un
sentiment semblable.

— Et vous en avez triomphé?

— Les auteurs sont si faibles, si lâches, si aveugles
devant la flatterie! Et puis, elle semblait nous montrer
à tous deux un si grand intérêt!

— C'est vrai; mais il y a chez cette femme tant de sécheresse, de dissimulation, de calcul, de perversité, que
je tremble de mettre ainsi à sa merci ce que nous avons
de plus cher, notre affection.

— Mais alors, mon Hermine, comment nous voir?

— Je ne sais pas.

— Promettez-moi, dit-il timidement, que vous ne vous
offenserez pas de la proposition que je vais vous faire.

— Rien de votre part ne peut m'offenser.

— Ne pourrions-nous quelquefois nous rencontrer
ailleurs que chez Mme de Broissac?

— Où cela? demanda Hermine, à voix si basse qu'on
eût dit qu'elle craignait de s'entendre elle-même.

— Le soir, au théâtre, quand M. de Tancray va au
Club, et peut-être, ajouta-t-il tremblant, le matin à la
promenade.

Mais remarquant soudain la pâleur d'Hermine :

— Qu'avez-vous, mon amie?

— Rien, ce n'est rien, dit-elle. L'espoir de nous voir quelquefois... le bonheur... et la peur aussi. Je n'étais pas préparée à cette émotion-là.

— Vous consentez donc?

— J'ai toute confiance en vous.

En ce moment, un pas rapide retentit dans la pièce voisine.

— M. de Taneray! fit Hermine effarée.

— Non, c'est plutôt M. Chapuzot.

— C'est mon mari! vous dis-je.

Éperdue, elle lui désignait une issue.

— Rassurez-vous : il n'y a aucun danger.

C'était Raoul, en effet.

En entrant, il toisa tour à tour sa femme et Didier. Le pli profond qui rapprochait ses sourcils olympiens, annonçait le courroux du demi-dieu.

— Ah! M. Maurel! exclama-t-il avec une impertinence sarcastique et sans lui tendre la main, je ne m'attendais guère à vous rencontrer ici.

— Aussi n'eussé-je pas pris la liberté de me présenter dans votre maison, si M. Chapuzot ne m'y avait donné rendez-vous.

Tournant le dos à Hermine, et plaçant un doigt sur ses lèvres, il lui tendit le billet de M. Chapuzot.

Un violent coup de sonnette, qui retentit dans tout l'appartement fit tressaillir Raoul et Didier, qui tous deux se regardèrent en pâlissant.

Quelques instants après, M. Chapuzot se précipitait dans le boudoir d'Hermine.

L'imposant notaire avait oublié sa solennité.

Il alla à Didier et lui serra les mains avec effusion.

— Que se passe-t-il donc? questionna Raoul.

— Laissez-moi d'abord remercier notre ami.

— Pardon, monsieur Chapuzot, repartit Didier, je ne sache pas avoir le moindre droit à votre reconnaissance.

— Toujours modeste! toujours délicat!

Raoul fit un mouvement d'impatience.

— Je désire vivement, monsieur Chapuzot, dit-il, que vous m'expliquiez ce billet.

— J'ai à vous parler, mon gendre, mais à vous seul. J'ai un petit compte également à régler avec vous.

Raoul le conduisit dans son cabinet.

Et toujours soupçonneux, il jeta en sortant un regard de défiance à sa femme et à Didier.

— Je m'éloigne, fit Didier.

— Non, restez un instant, mon cher ami, insista M. Chapuzot. Je vous invite à dîner au café Anglais et je vous offre une place à l'Opéra.

M. de Tancray restait abasourdi de la joie que manifestait le notaire et des avances qu'il osait faire à Didier sous ses yeux.

Une fois dans le cabinet de Raoul, M. Chapuzot, sans attendre ses questions, sans lui parler des désastres passés, lui conta la victoire de la journée.

C'était à Didier, lui dit-il, qu'il devait de relever avec éclat le crédit de la *Banque de l'Union*, et de réaliser en même temps un bénéfice considérable.

Mais il s'abstint de parler de sa supercherie, tandis qu'il fit ressortir les immenses services que, dans sa position, Didier pouvait lui rendre encore.

Raoul depuis quelques jours avait fait des pertes assez considérables au baccarat; il ne se montra donc pas trop rigoureux envers son beau-père, qui jouait ainsi sur un coup de Bourse l'avenir d'une affaire à laquelle lui, le descendant des de Tancray, avait attaché son nom.

Les cinquante mille francs que lui compta M. Chapuzot achevèrent de lever les scrupules qu'il eût pu manifester.

En rentrant dans le boudoir, Raoul alla à Didier, et lui tendant la main avec cordialité :

— Vous serez des nôtres, ce soir, n'est-il pas vrai ?

Didier, devinant le motif de ce revirement, se sentait fort mal à l'aise.

Laisser croire, même à M. de Tancray, qu'il avait rendu à M. Chapuzot un service de cette nature, le blessait dans sa dignité. Il comprenait que son ancien patron, par tant d'amabilité, voulait acheter de lui de nouveaux renseignements.

Il hésitait à accepter cette invitation ; mais un regard suppliant d'Hermine le décida.

Pendant le dîner, M. Chapuzot apprit à Didier que le père Gatinais était mort depuis un mois, et qu'il serait forcé de retourner à Trévières pour la liquidation de l'héritage, qu'il évaluait à près de deux millions.

— Alors, s'écria gaiement Raoul, nous ne tarderons pas à voir arriver l'aimable Oscar. Quel galbe, quel relief il va se donner avec ses millions !

XXXIX

Après le dîner au café Anglais, on se rendit à l'Opéra.

Raoul n'était qu'un médiocre amateur de musique.

Quand il allait à l'Opéra, c'était par genre, ou pour y rencontrer des amis. Aussi, après le premier acte, n'ayant découvert dans la salle aucun visage de connaissance, il prétexta un rendez-vous pris la veille au club pour disparaître, et chargea M. Chapuzot du soin de reconduire Hermine.

M. Chapuzot n'était pas précisément non plus un dilettante. Fatigué des émotions de la journée, il ne tarda pas à s'endormir d'un profond sommeil.

Les amoureux étaient donc seuls, à demi-cachés dans la pénombre d'une baignoire d'avant-scène.

On jouait la *Favorite*.

Ils n'écoutaient point la musique ; mais ils étaient bercés par la mélodie.

Leurs cœurs aussi chantaient l'amour.

Ils ne parlaient pas ; leurs regards noyés suffisaient à exprimer toute la tendresse dont leurs âmes étaient pleines.

Par instants, Hermine pâlissante fermait les yeux.

— Êtes-vous souffrante, mon amie ? lui demanda Didier.

— Non, répondit-elle, non ; je me recueille, pour ne rien perdre de cet instant de bonheur. A entendre cette musique suave, élevée, d'un sentiment si profond, il me semble que c'est mon âme qui s'élance dans l'infini. N'êtes-vous pas, comme moi, parfaitement heureux ?

— Je ne rêve pas non plus de félicité plus grande. Mais ce bonheur, nous pourrons le trouver encore, souvent, puisque tout à l'heure vous m'avez promis...

— Chut ! mon ami, ne parlons plus de cela, je vous en prie. Quand vous me l'avez demandé, j'ai éprouvé un moment de vertige. En y réfléchissant, je vois que c'est impossible, impossible ! Par quelles émotions, quels tourments, quelles angoisses, quels dangers même il nous faudrait acheter ces entretiens intimes ! D'ailleurs, puis-

que vous voilà réconcilié avec M. de Tancray, nous pourrons nous voir facilement. Mais expliquez-moi donc cette
réconciliation, à laquelle je n'ai absolument rien compris.

— Permettez-moi de vous taire mes appréhensions à
ce sujet, répondit Didier à voix plus basse, en désignant
du regard M. Chapuzot. J'ai tout lieu de croire que cette
réconciliation sera de courte durée.

Au commencement du troisième acte, un mouvement
se produisit dans la loge en face de celle qu'ils occu-
paient.

Mais, absorbés dans leur contemplation intérieure, ils
ne virent rien.

Raoul, en allant au club, avait passé chez sa maîtresse.
Théodora, apprenant que Didier et Hermine étaient à
l'Opéra, s'était habillée en hâte et venait d'arriver.

Elle voulait voir et juger par elle-même à quel point
se trouvait l'intrigue, qu'elle conduisait avec autant d'habileté que de perfidie.

Elle se dissimula dans le fond de sa loge afin de les
observer. Elle vit la félicité rayonner sur leurs visages.
Mais aux regards respectueux et souvent embarrassés
de Didier, à la langueur voilée d'Hermine, elle reconnut
bientôt que la situation n'avait pas changé, et que cet
amour s'opiniâtrait à rester platonique.

Il fallait donc trouver quelque nouvelle combinaison
pour les perdre.

Dans l'entr'acte elle entra résolûment dans leur loge,
et réveilla ainsi M. Chapuzot.

Les amoureux ne purent entièrement cacher à l'œil
perspicace de la comtesse leur contrariété d'être ainsi
dérangés dans leur tête à tête.

— Je ne résiste pas, dit-elle à M. Chapuzot, au plaisir
de venir vous féliciter de vos brillants exploits.

— Je compte vous porter demain, lui répondit le galant notaire, d'assez jolis dividendes, sans parler de mes hommages.

— Non point. Je veux que vous les gardiez. J'entends les dividendes. Et même, j'ai l'intention de vous confier définitivement l'administration de ma fortune, car mes petits 80,000 francs de rente sont bien modestes relativement à mes besoins. Par le temps qui court, une femme qui se respecte ne peut vivre à moins de deux cent mille francs par an. J'ai reçu hier la note de mon tailleur, — car nous avons des tailleurs à présent, monsieur Chapuzot; — elle se monte à 25,000 francs, le tiers de mon pauvre revenu.

— Et en quoi consistent ces revenus?

— En valeurs au porteur, pour la plus grande partie.

— Je suis à vos ordres, dit M. Chapuzot, qui sut assez bien dissimuler son immense contentement.

Grâce à cette fortune, il allait pouvoir rendre ses comptes à la liquidation Gatinais, et relever ainsi son crédit, de plus en plus ébranlé à Trévières, car on y avait eu vent de ses tripotages financiers.

Deux semblables aubaines en un jour!

Il crut, cette fois, avoir ressaisi la veine.

Vers onze heures, Raoul revint au théâtre. Cependant il avait dit à Théodora qu'il se rendrait à minuit chez elle, en sortant du club. Quel motif le ramenait auprès de sa femme? Encore la jalousie, sans doute! Il ne s'en rapportait pas à la vigilance de M. Chapuzot. Il craignait que Didier ne reconduisît Hermine.

Elle devina ce sentiment au regard dont M. de Tancray enveloppa les amoureux en rentrant dans la loge.

A peine, au premier moment, s'étonna-t-il de la présence de Mme de Broissac, que cependant il avait laissée une heure auparavant, dolente, au coin de son feu.

Ces nuances, Théodora les surprit.

— Ce n'est plus moi qui l'intéresse, ce sont eux, c'est elle !

Raoul s'avança sur le devant de la loge, pour jeter un coup d'œil dans la salle.

Il aperçut un de ses anciens amis, et sortit de nouveau pour aller le saluer.

C'était un prince étranger, grand amateur de femmes, et qui avait lancé plusieurs reines du monde galant. Ses jugements sur les femmes, grâce à ses goûts artistiques, et plus encore à sa grande fortune, faisaient loi. En vain Théodora lui avait-elle adressé ses plus provocantes œillades ; en vain avait-elle plusieurs fois sommé Raoul de le lui amener, il avait toujours décliné ses invitations. On lui prêtait même un mot très-dur sur la comtesse :

— Sa figure, avait-il dit, est un pastel qu'elle rajeunit tous les ans.

Au bout d'un instant, Raoul le présenta dans la loge.

Théodora pensa qu'enfin le prince cédait à ses impérieuses séductions. Aussi l'accueillit-elle avec un air d'impératrice sûre de son triomphe. Mais le prince se borna à la saluer cérémonieusement, et s'adressant à Hermine :

— Vous voyez devant vous, madame, un homme qui, depuis le commencement du spectacle, est le plus intrigué de vos admirateurs. Moi qui avais la prétention de connaître toutes les jolies femmes d'Europe, voilà plus de deux heures que je vous contemple, en me demandant de quel coin du monde pouvait bien nous arriver cette perle incomparable ! Et j'apprends à l'instant que cette ravissante apparition est tout bonnement la femme de mon ami de Tancray. Me permettrez-vous, madame, en

qualité d'admirateur passionné de l'Art et de la Beauté,
d'aller vous présenter demain mes hommages?

— Comment donc! mon cher prince, s'empressa de répondre Raoul; mais nous serons toujours trop honorés
de votre visite.

Théodora se sentit souffletée en plein visage.

Ce prince, qui l'avait dédaignée, sollicitait devant elle
la faveur d'être admis auprès de la petite provinciale de
Trévières!

Elle suffoquait. Si en cet instant il eût suffi d'un cligne-
ment d'yeux pour donner la mort, elle eût foudroyé non-
seulement Hermine, mais Raoul, le prince et Didier.
Pouvait-elle tolérer que cette femme, cette enfant, cette
Chapuzot, l'éclipsât plus longtemps, elle, la belle, la célèbre Théodora?

Une dernière goutte, la goutte qui fait déborder le vase,
vint s'ajouter à sa coupe enfiellée.

En sortant du spectacle, M. de Tancray, au lieu de
s'empresser à reconduire sa maîtresse, dit à M. Chapuzot :

— Puis-je compter sur vous, mon cher beau-père,
pour accompagner jusque chez elle Mme de Broissac?

Ainsi, pendant que Raoul reconduisait Hermine, il lui
offrait, à elle, la société de M. Chapuzot. C'était trop
d'humiliation pour son orgueil. Ivre de colère, elle fut
sur le point d'éclater, de faire un scandale, d'ordonner à
M. de Tancray de la suivre. Mais elle eut la force de surmonter cette tentation terrible, qui peut-être allait la
séparer de Raoul et faire crouler ses projets.

— Comment, vous rentrez déjà, vertueusement, au do-
micile conjugal? dit-elle de sa voix la plus féline. Je
croyais que vous deviez passer la nuit au club, pour ce
fameux lansquenet dont m'avez parlé hier. Savez-vous

que vous m'avez vivement intéressée à cette partie, autant par le portrait que vous m'avez fait des joueurs que par l'énormité des enjeux. Donc si, comme je le suppose, vous retournez au club tout à l'heure, soyez assez aimable pour passer chez moi m'annoncer le résultat.

— Je me sens fatigué ce soir, repartit Raoul, et je ne ressortirai pas.

Théodora fixa sur lui ce regard impératif, implacable, auquel d'ordinaire il ne pouvait résister.

Mais il détourna les yeux, pour se soustraire à la fascination de ce regard.

Au même instant, Hermine et Didier se regardaient aussi, et leurs âmes passaient dans leurs yeux pour exprimer les troublantes ivresses et l'ineffable espoir qui les emplissait.

Didier vint saluer Théodora dans sa voiture.

— Montez donc à côté de moi, lui dit-elle assez haut pour que Raoul l'entendit.

Mais Didier balbutia quelque mauvaise excuse.

Théodora comprit trop bien la cause de ce refus embarrassé.

— Alors à demain, fit-elle, à quatre heures. Peut-être aurai-je une bonne nouvelle à vous annoncer.

Ainsi, à cause d'Hermine, tous à la fois l'abandonnaient, la repoussaient.

Pendant la nuit, la comtesse ne put dormir.

La fièvre de la vengeance la transportait, la folie du crime l'envahissait avec furie.

Par instants, elle essayait de réagir contre cette démence qui égarait ses esprits. Était-ce par honnêteté? Non, cette femme égoïste, vaniteuse et futile n'avait pas de conscience. Mais elle entrevoyait avec effroi les suites possibles de sa trame : un procès, la cour d'assises, une condamnation, la prison peut-être.

Bah ! Oserait-on la condamner, la soupçonner même ? D'ailleurs M. de Salbris saurait obtenir que son nom, dans cette affaire, ne fût point prononcé. Et puis son action serait si détournée, si prudente, qu'elle dérouterait les plus fins limiers. Enfin, sa complicité comme instigatrice fût-elle démontrée, que la jalousie, la passion lui serviraient de circonstances atténuantes. Bref, que lui importait ! Sa haine débordait. Il lui fallait une victime.

Une femme se mettait en travers de sa vie. Elle supprimerait cette femme.

Était-ce bien là, véritablement, se demandait-elle, une épouvantable action ? Elle évoquait le souvenir de ces reines terribles qui condamnaient irrémissiblement tous ceux qui faisaient obstacle à leurs passions. Elle cherchait ainsi à rehausser la basse vengeance qu'elle méditait.

Toutefois, ces pensées horribles, en traversant son cerveau, y laissaient des empreintes brûlantes qui la faisaient dresser sur son séant.

Elle prenait alors le petit miroir toujours à portée de sa main. Elle regardait, tâchait de sourire. Mais sa bouche grimaçante et ses yeux étincelants de haine l'effrayaient.

Jusqu'alors cette femme n'avait commis que des crimes de boudoir. De gaieté de cœur elle avait corrompu, désespéré, tué à coups d'épingle, en pleine force, en pleine sève, des hommes devenus sa proie. Séduisant et irrésistible vampire, elle avait vidé le cœur, l'âme, l'intelligence de tous ceux qui l'avaient aimée.

C'étaient là jeux de femme, amusements de coquette. Jamais à ce sujet une hésitation ni un remords ne lui étaient venus. Mais devant un drame sanglant, ses nerfs frémissaient, sa chair se révoltait.

LX

A neuf heures du matin, Raoul vint.

Elle était couchée, languissante, l'œil fiévreux cependant. L'altération de ses traits frappa Raoul.

— Quoi ! vous êtes malade ? dit-il avec intérêt.

— On le serait à moins, ce me semble, répondit-elle d'une voix éteinte.

— Comment vouliez-vous, chère amie, que je vous suivisse hier soir ?

— Je ne vous fais ni questions, ni reproches. Je comprends trop, hélas ! que vous ne m'aimez plus.

Raoul, en rentrant chez lui, la veille, avait fait sans succès une nouvelle tentative de rapprochement auprès de sa femme. Il revenait donc à Théodora le cœur enfiellé par la résistance d'Hermine.

— J'aime ma femme, peut-être ? dit-il avec amertume et dépit.

— Oui, vous l'aimez. Seulement, comme elle aime ailleurs, elle vous repousse. Et c'est à ses refus que je dois le semblant d'amour que vous daignez m'accorder.

— Elle aime ailleurs ; vous en êtes sûre ? s'écria Raoul avec un soubresaut.

— Sont-ils drôles, ces maris ! fit-elle avec un sourire ironique.

— Didier, n'est-ce pas ?

— Vous n'attendez pas, j'espère, que je remplisse le rôle de duègne à l'égard de votre femme ?

— Vous savez ? vous avez des preuves ?

— Pas le moins du monde. Seulement j'ai des yeux.

— Tandis que moi, je suis aveugle ! C'est ce que vous voulez dire.

Raoul, en parlant ainsi, s'était levé et marchait dans la chambre avec un emportement qu'il ne pouvait dissimuler.

— Vous êtes très-amusant, reprit Théodora.

— Ah ! si j'étais sûr ! grommela-t-il entre ses dents.

— Que feriez-vous ?

— Je...

Il passa la main sur son front avec une sorte d'égarement.

— Vous ne les tueriez pas, j'imagine, pour une semblable peccadille ?

— Peccadille ! vous appelez cela peccadille !

— Comment voulez-vous que je l'appelle ?

— Un crime.

— Un délit, tout au plus.

— Un crime, qu'ils paieraient de leur vie, m'entendez-vous ?

— Vous êtes superbe, décidément, dans ce rôle d'Othello. Et moi, je ne suis pas moins admirable dans le mien : défendre ma rivale !

— Ne riez pas. Je suis exaspéré. Quand je songe à la possibilité... je me sens devenir fou.

— Cette possibilité, tous les maris philosophes, qui ont une jolie femme, devraient l'admettre. Mais vous à plus forte raison...

— Pourquoi cela ?

— Parce que vous n'aimez pas Hermine. Car vous ne l'aimez pas, vous me l'avez dit cent fois, et tout à l'heure encore. Pourquoi en seriez-vous jaloux ? Vous avez une maîtresse, elle a un amant, c'est justice.

— Elle a un amant! vous le répétez?

— Tout le monde le suppose.

— Tout le monde? Vous dites que tout le monde le suppose?

— Je l'imagine ainsi, car il n'est pas bien difficile de deviner des amoureux, et je gage même qu'hier soir le prince...

— En effet, interrompit vivement Raoul en devenant pourpre, il m'a demandé quel était ce jeune homme à figure expressive, et maintenant je crois me rappeler... oui, il a souri... Adieu, je pars, je reviendrai tantôt.

Il prit son chapeau et se disposa à sortir.

— Où allez-vous, malheureux? s'écria Théodora. Quelle sottise allez-vous commettre?

— Je vais immédiatement provoquer ce Didier.

— Un duel! allons donc, vous ne ferez pas cela. Ce serait insensé, car vous donneriez une apparence de vérité à une pure hypothèse.

— Que disiez-vous tout à l'heure, qu'ils étaient amants?

— Tout à l'heure, je disais qu'ils s'aimaient, voilà tout. Mais de là à la faute il y a loin encore. Hermine a des préjugés. De plus elle est froide, quoique un peu romanesque. Quant à Didier, c'est très-sûrement un parfait honnête homme. Réfléchissez donc avant de commettre un pareil esclandre, ou du moins attendez d'avoir des preuves.

— Attendre! Me laisser berner! devenir un sujet de risée!

Théodora ne voulait pas de provocation. Un duel détruisait son plan machiavélique. Aussi, faisant prompte diversion, elle ramena Raoul sur un autre terrain.

— Non, non, ce n'est pas ce faux point d'honneur qui vous domine. Vous êtes jaloux de votre femme, vous

dis-je. Et cette jalousie, que depuis longtemps je soupçonne, m'est la meilleure preuve que vous ne m'aimez
plus. Autrement, que vous importerait qu'Hermine aimât
ou n'aimât pas Didier?

— Il m'importe que mon nom ne soit pas déshonoré.

— C'est pourquoi vous voulez faire du tapage, vous
battre avec un petit employé de ministère, un Didier
Maurel! Si réellement il vous avait offensé, vous lui devriez des coups de canne, et non un coup d'épée.

— Vous avez raison : je ne puis me commettre avec un
homme de cette condition. Mais des coups de canne! vous
voulez plaisanter. Pour une pareille offense, il faut du
sang.

— Comme vous êtes tragique aujourd'hui! Rappelez-
vous l'histoire du marquis : tant qu'ils ne causent pas de
scandale, laissez-les donc tranquilles, ces tourtereaux!

— Je le sais, vous les soutenez, vous les défendez. Il
y a des moments même où je crois que vous favorisez
leurs amours.

— Tachez d'être logique, mon ami. Ne m'avez-vous pas
accusée plus de cent fois d'aimer ce Didier?

— Il est certain qu'il y a dans votre conduite une am-
biguïté que je ne m'explique point.

— Ma conduite est bien explicable pourtant.

— Non. Je pense parfois que vous cherchez à me faire
perdre la tête.

— En effet, je voudrais vous faire perdre la tête, mais
non point comme vous l'entendez, Raoul, dit Théodora
avec un amoureux soupir. Voyons, calmez-vous; laissons
ce sujet irritant. Venez ici; demandez-moi pardon de
tous vos mauvais soupçons.

Elle lui tendit la main.

Raoul ne la prit pas.

18

— Quoi! vous m'en voulez de vos mésaventures conjugales! fit Théodora avec un petit rire aigu et sardonique.

— Ne prononcez pas ces mots-là, qui me mettent hors de moi, repartit Raoul.

— Eh bien! mon amour, si je t'aidais à découvrir la vérité!

— Vous la savez? s'écria Raoul frémissant.

Il se rapprocha.

— O ma Théo, je t'en supplie, fais cela par amitié pour moi. Comment n'y ai-je pas encore songé? Oui, toi seule peux les surprendre; car, vois-tu, en continuant à vivre ainsi dans le doute, dans les soupçons, dans les rages impuissantes, il m'en vient des vertiges qui par instant me font croire que la raison m'échappe. Il y a des moments où, devant le silence opiniâtre, le calme impénétrable d'Hermine, j'ai envie de la tuer. Je t'en conjure, aide-moi. Pour un pareil service je te donnerai ma vie tout entière.

— Elle ne m'appartient donc pas encore?

— Si, elle est à toi. Mais ce qui me détourne parfois de l'amour que je t'ai voué, ce sont précisément ces inquiétudes, ces incertitudes exaspérantes.

— En un mot, ce qui vous détourne de moi, c'est votre femme.

Raoul protesta avec une énergie passionnée de son absolue et exclusive affection.

Ainsi Théodora, avec une rare perfidie, surexcitait la jalousie de Raoul. Elle sut se faire arracher la promesse de surveiller les amoureux et d'instruire son amant de ce qu'elle aurait découvert.

XLI

Au moment où Théodora complotait contre son bonheur, Didier, la tête dans les nues, le cœur plein d'amour et d'espoir, arrivait au ministère.

Il était onze heures.

Il trouva tous les visages glacés. C'est à peine si ses camarades le saluèrent.

Son entrée au ministère, entrée due uniquement à la faveur, puis une augmentation accordée au bout de quelque temps, lui avaient suscité de nombreuses animosités.

L'employé qui, la veille, avait cherché avec lui la dépêche, couvait contre lui une rancune que Didier était fort éloigné de soupçonner.

Cet employé s'était donc hâté de parler de cette dépêche, adroitement dissimulée dans un buvard, et d'un monsieur entre deux âges ayant l'aspect d'un boursicotier en quête de nouvelles. On avait vu ce personnage suspect traverser en hâte l'antichambre, descendre précipitamment et se jeter dans une voiture ; puis Didier, presque aussitôt après, quitter le ministère.

Ses ennemis avaient donc soupçonné quelques tripotages de Bourse. Ils en avaient immédiatement et perfidement tiré parti, en colportant à demi-mot cette manœuvre d'agiotage.

Le bruit était parvenu aux oreilles du chef de bureau qui, en raison des opinions politiques de Didier, lui avait toujours montré de l'hostilité.

A peine Didier était-il installé à son bureau, que le terrible grelot s'agita avec une insistance impérative qui l'exaspéra. Chaque fois, ce grelot qui établissait sa servitude, le faisait tressauter. Sa nature indépendante et nerveuse se révoltait contre cette sonnerie autoritaire, dont les vibrations retentissaient douloureusement dans toutes ses fibres. Et ce grelot avait un langage. Il était tantôt violent, tantôt saccadé, tantôt solennel, quelquefois, mais rarement, adouci et bienveillant. Didier connaissait toutes les intonations significatives de ce grelot, qui était sa torture.

A l'air froid et imposant de son chef, il comprit aussitôt qu'une conspiration s'était ourdie contre lui.

Didier donna en toute franchise les explications que lui demanda son supérieur. Mais celui-ci n'en parut point complétement satisfait. Il ne voulait pas l'être. Il lui adressa même une mercuriale assez désobligeante sur les conséquences que pouvait entraîner la violation du secret professionnel.

Ces reproches injustes, quoique indirects, piquèrent au vif son âme honnête, scrupuleuse même jusqu'à l'exagération.

Il répondit avec impatience et amertume à son supérieur, qui lui riposta d'un ton blessant.

Rentré dans son bureau, Didier, après un instant d'agitation et de perplexité, prit une résolution héroïque. Les doutes offensants que venait d'émettre son chef, ne lui permettaient pas de conserver une heure de plus cet emploi, dont la sujétion d'ailleurs lui était devenue odieuse. Si, un moment, il avait hésité, c'était en considération de son père et de sa vieille mère, si fiers et si heureux à la fois de la position qu'occupait leur fils.

Mais une autre pensée le détermina : M. Chapuzot reviendrait à la charge ; ses prévenances de la veille n'avaient certainement pas eu d'autre but. Combien il lui serait

pénible de refuser au père d'Hermine des renseignements
qu'il solliciterait au nom de sa fille !

Il prit une grande feuille de papier et traça quelques lignes d'une écriture rapide, saccadée. C'était sa
dé. ission.

Il fit porter immédiatement le pli dans le cabinet du
nouveau ministre, et sortit.

Avec quel soupir d'allègement il passa pour la dernière
fois le seuil de ce bureau, d'où il avait vu se mouvoir
toutes les ficelles de la triste comédie politique qui affli-
geait alors notre pays !

Il était libre ; mais à quel prix ? Il avait sacrifié à cette
liberté l'insouciance de la vie matérielle, pour lui et ses
parents. Il allait falloir se créer une autre position.

Soutenu par l'amour d'Hermine et par une grande
force de caractère, il saurait lutter.

Depuis la veille, il se laissait aller à l'espérance. Il
entrevoyait la vie plus belle, plus facile. Il brûlait de se
rendre digne de celle qu'il aimait. Il rêvait la gloire.
Pour s'élever jusqu'à Hermine, si recherchée déjà, si
entourée, il voulait conquérir la célébrité, afin qu'elle fût
fière de lui.

En attendant l'heure où il devait se rendre chez Théodora, il courut chez Mme de Tancray.

Elle était seule. Didier lui dit quelle grande résolution
il venait de prendre. Hermine, qui ne pouvait en deviner
le motif, l'en gronda.

Il lui parla ensuite avec enthousiasme de ses idées de
gloire. Elle en montra de la tristesse, presque de
l'effroi.

Elle se taisait en le regardant avec une expression
d'inquiétude.

18.

— Un mot, une parole d'encouragement, mon amie ! supplia Didier, et j'aurai la force de soulever des montagnes.

Hermine répondit par un soupir.

— Quoi ! vous n'approuvez point mes projets ? Je le vois, vous n'avez pas de confiance dans mon talent, dans mon énergie.

— Ah ! mon ami, je ne doute ni de votre caractère, ni de votre intelligence. Mais la carrière des lettres est, paraît-il, hérissée de tant de difficultés que les plus braves y succombent. Cependant, si cette gloire peut vous rendre heureux, je la souhaite pour vous. Mais pour moi, elle serait plutôt un sujet de tourment. Ce qu'il me faut à moi, ce n'est pas l'éclat, le bruit : c'est un bonheur modeste, caché ; c'est votre tendresse si dévouée et si exclusive. Penserez-vous autant à moi dans le tourbillon où vous allez vous lancer ?

— Votre souvenir, chère bien-aimée, est si étroitement lié à ma pensée, qu'il est maintenant partie intégrante de mon être. Il me semble, s'il me quittait un seul instant, que la vie m'abandonnerait aussitôt. Oui, j'ambitionne la gloire ; mais c'est afin de conserver votre amour. Ne m'en veuillez pas si quelquefois, vous voyant adulée par des hommes plus ou moins illustres par leur nom, leur talent ou leur position, j'ai peur, je crains...

— Que craignez-vous ? demanda Hermine avec une sereine assurance.

— Qu'il n'arrive un jour où vous cessiez d'aimer le pauvre être obscur.

— Et si je vous disais que pour moi la véritable grandeur, c'est le cœur qui la donne !

— Alors, parlez, que désirez-vous que je fasse ? car je suis avant tout votre esclave, et je veux placer toute ma gloire dans votre amour.

— Non, Didier, je refuse une telle abnégation. Ce que je veux, c'est que vous suiviez votre destinée. Puisque votre organisation vous pousse vers les luttes du journalisme, les émotions du théâtre, je me reprocherais toute ma vie de vous avoir détourné de cette voie, où peut-être vous trouverez la célébrité et la fortune.

L'arrivée de M. Chapuzot interrompit l'entretien des amoureux.

La démission de Didier l'atterra. Il voulut connaître le motif de cette résolution, que Didier, par générosité, attribua au maudit grelot, ce grelot qui, dit-il, eût abrégé ses jours.

M. Chapuzot ne fut pas dupe de ce prétexte. Après un instant de réflexion :

— Quels étaient vos appointements au ministère ? demanda-t-il.

— Deux mille cinq cents francs.

— Eh bien ! je vous en donne cinq mille pour tenir nos livres. J'ai besoin justement d'un homme intelligent et sûr.

Didier ne répondit pas.

Cependant c'était l'aisance pour lui et pour ses vieux parents.

Hermine attachait sur lui un regard anxieux et suppliant.

— Je vous suis profondément reconnaissant, dit-il, de cette offre qui m'honore. Mais la *Banque de l'Union* n'a-t-elle pas un but politique ?

— Sans doute.

— Et ce but n'est-il pas complètement opposé à mes opinions ?

— Sans doute, sans doute ; mais, comme caissier,

vous n'avez rien à voir à la partie politique de l'entreprise.

— Cependant, monsieur Chapuzot, ma conscience s'oppose à ce que je prête un concours quelconque à une combinaison ayant pour but le retour de la monarchie.

— Vos scrupules sont exagérés, mon ami.

— Non, mon père, dit Hermine, M. Maurel a raison. Il ne doit pas accepter l'emploi que vous lui proposez.

— .Voilà bien les jeunes gens ! grommela M. Chapuzot.

Le notaire-banquier montra instantanément un refroidissement marqué à son ancien clerc, qui désormais ne le pouvait en rien servir. Et Didier comprit qu'il serait de nouveau expulsé de cette maison où la veille on l'avait si bien accueilli.

Il était trois heures ; il se leva pour se rendre chez la comtesse. En sortant, il jeta à Hermine un regard désespéré, un regard qu'elle comprit.

XLII

Devant la maison de Mme de Broissac, un élégant phaéton, attelé de deux pur sang d'un grand prix, s'arrêta en même temps que Didier.

Un jeune homme en deuil le conduisait. Il jeta les rênes au groom, qui, par derrière, se tenait assis, les bras croisés.

Absorbé dans ses pensées, Didier ne vit ni le phaéton ni le jeune homme. Mais un cri de surprise le tira de sa préoccupation.

— Tiens ! c'est toi ! s'écria Gatinais.

— Comment, à Paris déjà ! repartit Didier.

— Eh! mon cher, j'ai pleuré sincèrement mon pauvre père, quoiqu'il se soit montré souvent dur pour moi. Aujourd'hui, je bénis sa mémoire, devant la belle fortune qu'il m'a si soigneusement amassée.

— Et que tu vas t'empresser de gaspiller.

— Ne veux-tu pas que j'attende, pour la manger, de n'avoir plus de dents? L'argent est fait pour rouler, comme on dit à Trévières. Et puis, mon cher, la vie est si courte! Rester là-bas avec de l'or en poche, regarder couler la Brainne, ce ne serait point d'un philosophe. Enfin, j'ai hâte de voir M. Chapuzot et de lui faire rendre ses comptes; car on dit ses affaires légèrement enchevêtrées. Est-ce que, par hasard, ce vertueux marguillier laisserait entamer son magot par quelque rat d'Opéra?

— Allons donc! c'est invraisemblable.

— Tu diras ce que tu voudras. Le Chapuzot a le galbe d'un vieux corrompu. Il a parfois dans l'œil un relief de perversité. Mais, et toi, mon cher, que fais-tu, que deviens-tu? Tu grignotes toujours au râtelier d'un ministère?

— Non, je viens de donner ma démission.

— Alors, tu es à pied. Tant mieux, mon cher, nous allons nous amuser.

— Hélas! je n'ai pas le temps; il faut que je travaille à me créer une autre position.

— Mais tu as, dit-on, des protecteurs puissants; on dit même des protectrices. Qui jamais se serait douté de ta scélératesse! Car tu viens, comme moi, chez la comtesse?

— Oui.

— Marcherais-tu sur mes brisées?

— Tu poursuis donc tes projets de séduction?

— Mais je ne viens à Paris que pour cela. Contemple,

mon cher, ajouta-t-il en lui montrant son phaëton. Quel
relief ! Et mes chevaux ? Hein ! Quel galbe ! Je vais faire
courir. Je reprends l'écurie de lord Derbling. Crois-tu
qu'une femme puisse résister à un pareil éblouissement ?

— Allons, je reconnais mon aimable toqué de Gatinais.

— Toqué n'est pas assez dire. Je suis fou positivement
de la belle Théodora. Aussi tu vois : le temps de me har-
nacher convenablement, et j'accours ! Dès ce matin, mon
cher, j'ai envoyé un bouquet anonyme, un bouquet
monstre. Mais avant de commencer dans toutes les règles
le siège de la place, j'ai besoin de quelques renseignements. Est-ce toi, par hasard, qui commandes le fort ?

— Je n'y ai pas la moindre prétention.

— Oh ! toi, en ta qualité de poëte, tu rêvasses toujours
des amours impossibles. Alors le beau Raoul est encore
en titre ?

— Je le suppose.

— Eh bien, vrai ! je ne serais pas fâché de mettre à la
porte, ou même de faire passer par la fenêtre cet insolent
Tancray. Parole de millionnaire ! je tiens à lui montrer
que mes banks-notes valent bien ses parchemins vermoulus.
Veux-tu m'aider ?

— Hélas ! je n'entends rien à ces sortes d'intrigues.

— Ecoute ; sans en avoir l'air, je suis fort ému à l'idée
de paraître tout à l'heure devant elle. Et si je blague si
longtemps avec toi, c'est afin de me donner de l'aplomb.
Il ne tient qu'à toi, mon cher, de me préparer une entrée
splendide. Monte d'abord. Amène-la devant la fenêtre,
qu'elle voie mes chevaux et ma voiture. Fais-lui entrevoir
mes futurs triomphes sur le turf.

— C'est entendu ; mais comme j'ai d'abord à l'entretenir d'une affaire personnelle, attends quelques instants.

— J'attendrai. Quand tu ouvriras la fenêtre, ce sera le signal. Je saute à bas de mon siège, avec tout le galbe vainqueur que m'a départi la nature. Je jette négligemment les rênes à mon groom, et je me précipite sous la porte cochère.

— Ne monte pas trop vite, toutefois. Tu serais essoufflé.

— C'est juste ; elle pourrait croire que l'émotion me suffoque, et je perdrais tous mes avantages.

Théodora attendait Didier.

Il craignait qu'elle ne lui reprochât d'avoir renoncé aussi facilement à une position qu'elle avait obtenue à grand'peine. Mais, au contraire, elle applaudit à cette résolution.

— Où cet emploi vous eût-il conduit ? dit-elle. Dans dix ans, avec des protections, à la place de sous-chef ; dans vingt, à la décoration. Consciencieux comme vous l'êtes, vous ne pouviez suivre à la fois la carrière ministérielle et celle des lettres. Vos brillantes facultés se fussent atrophiées dans ce travail routinier. Quelle lugubre existence que cette vie de bureau ! Et pour ployer à cette sujétion une nature indépendante comme la vôtre, que d'efforts douloureux ! Enfin, devant les injustices, les passe-droits, que de déboires, de rages sourdes ! Encore une fois, ce n'était pas la position que j'avais rêvée pour vous, mon cher poëte. C'était bon en attendant. Mais aujourd'hui, j'ai mieux à vous offrir. Apprêtez-vous à une grande et bonne nouvelle : votre pièce, le *Supplice de l'amant*, est reçue au Vaudeville.

Ce résultat, en effet, était si inespéré, qu'un instant Didier en demeura comme étourdi. Ce jour même, il se proposait de redemander à Mme de Broissac le manuscrit qu'il lui avait confié depuis plusieurs mois déjà.

— Décidément, madame, vous êtes une fée, une fée protectrice.

— Une amie, tout bonnement, qui veut vous prouver son amitié. Il n'est pas de miracle que la ferme volonté d'une femme ne puisse accomplir.

— Et vous ne me disiez rien de vos courageuses démarches !

— Je craignais de vous donner de fausses espérances.

— Et moi qui croyais mon pauvre manuscrit oublié !

— Je n'oublie rien de ce qui intéresse mes amis. Ce que j'ai promis, je le tiens toujours.

— Me direz-vous du moins par quelle merveilleuse filière vous avez pu arriver aussi promptement à faire lire et admettre l'humble pièce d'un inconnu ?

— Oui, au risque de perdre un peu de mon prestige. C'est tout simple. Je connais un critique influent. Je lui ai recommandé votre pièce comme une œuvre originale et puissante. J'ai excité ainsi sa curiosité. Il a trouvé en effet dans votre comédie des qualités dramatiques remarquables, bien qu'il jugeât le sujet un peu bien scabreux pour le théâtre. Mais depuis si longtemps le Vaudeville est poursuivi par la malechance, que le directeur a compris le besoin de se relever par une pièce qui sortît un peu de la banalité. Je n'oserais cependant vous donner trop grand espoir de succès. Le critique en question m'a dit : — je vous répète sa phrase textuelle : — ce sera un immense succès ou une chute effroyable. Il y a des scènes très-risquées et des théories un peu trop avancées pour le public actuel. Néanmoins le directeur consent à tenter l'aventure.

Didier buvait les paroles de la comtesse, et il ne trouvait aucune expression pour lui témoigner sa reconnaissance. Ainsi, son rêve allait être réalisé ; son œuvre allait

vivre. Peut-être touchait-il à cette célébrité, objet de
son ambition.

— Donc, mon ami, reprit Théodora, présentez-vous
dès demain chez le directeur. Les répétitions commence-
ront immédiatement. Avant un mois, nous assisterons à
votre première bataille. Avec quel bonheur je vous ap-
plaudirai! Comme je serai fière de vous, mon cher grand
homme!

Puis, passant à un autre sujet :

— Eh bien! continua-t-elle, vous voilà donc réconcilié
avec M. Chapuzot et M. de Tancray. Hermine doit en
être bien heureuse. Voyons, mon ami, où en êtes-vous
de vos amours? Je m'y intéresse, vous le savez, au moins
autant qu'à vos succès littéraires. Toujours platoniques?...

— Ah! madame, cette question même est offensante
pour moi et pour Mme de Tancray.

— Vous êtes donc un saint?

— Je suis un honnête homme.

— Autrement dit : un amoureux transi. Ecoutez-moi ;
j'ai quelque expérience. Eh bien! il est peu de femmes
qui pardonnent le respect trop prolongé. Avez-vous lu un
délicieux roman, plein d'esprit et d'observation, intitulé :
l'Idéal? Il y a là une femme comme votre Hermine, et un
amoureux exactement comme vous, perdu dans le bleu.
Mais il arrive un moment d'exaltation où cette femme dit
au Céladon : ma vie est à vous; prenez-la, si vous le
voulez. L'amoureux, par excès de délicatesse, et surtout
par entêtement dans son idéal, refuse. Eh bien! qu'ad-
vint-il? Cette femme ne lui pardonna point ce refus. Elle
se donna par dépit au premier hussard qui lui témoigna
une passion moins éthérée. Je connais la chère Hermine.
C'est une belle âme. Mais en elle il y a aussi la femme ;
et la femme ne veut pas être dédaignée.

19

Didier allait répondre, quand un violent coup de sonnette ébranla l'appartement.

Il pensa à Gatinais, Gatinais qui attendait dans la rue et qui sans doute s'était lassé.

— Ciel ! j'oubliais ! Une visite inattendue !

Il se précipita vers la fenêtre, l'ouvrit pour donner le signal convenu.

Mais, au même instant, Gatinais entra.

— Madame, dit-il avec volubilité, ce n'est plus mon cor de chasse et mon existence que je brûle de déposer à vos pieds, c'est la vie de ce misérable Didier, de cet ami félon qui, depuis une demi-heure, me laisse sur le siége de ma voiture me morfondre, moi et mes chevaux, des chevaux superbes, comme vous pouvez vous en convaincre, par cette température hyperboréenne, avec une fièvre ardente... oui, madame, pas mes chevaux... mais votre humble serviteur... la fièvre que donne un sentiment que... un sentiment qui... bref, la passion insensée dont je n'ai cessé de brûler pour vous... Ouf ! ajouta-t-il en s'essuyant le front.

— Vous avez dans ce rôle-là, monsieur Gatinais, un galbe étourdissant, fit en riant Théodora.

— Vous avez ri, oh ! merci, madame. En me présentant inopinément devant vous, je craignais votre courroux ; mais votre sourire enchanteur, quoiqu'un peu moqueur, me rassure et me ravit. Que vois-je ! mon bouquet à la place d'honneur, sur votre table ! Vous avez deviné, n'est-ce pas, de qui vous venait ce bouquet ?

Théodora essaya de protester.

— Ne vous récriez pas, reprit-il vivement, laissez-moi m'enivrer de cette chimère qui m'est douce. Avouez du moins, comtesse, que l'amour opère de singulières trans-

formations. Gatinais sentimental, c'est vous qui faites ce
miracle ! O amour, voilà de tes coups ! Mais veuillez remarquer aussi que, depuis que je vous parle, je n'ai pas
une seule fois employé ces deux expressions qui vous
horripilaient...

— Et qui cependant, interrompit Théodora, donnaient
tant de galbe et de relief à vos discours.

— Mais ce n'est pas tout, continua Gatinais, vous le
voyez, je suis habillé comme tout le monde. Mes cos-
tumes excentriques n'avaient pas le don de vous séduire.
Je vais essayer d'une tenue digne et sévère. Si l'amour
allait me transformer en homme grave, ah ! madame, je
vous en conjure ! n'exigez pas cela : ce serait trop ennuyeux. La vie est courte, et je plains sincèrement les
malheureux qui, pour faire de la pose et du genre, la passent à se gourmer. Encore un mot...

Théodora voulut répondre ; mais il lui coupa de nouveau la parole.

— Plus qu'un mot, ajouta-t-il. J'ai en vue, là tout
près de vous, rue de Courcelles, un ravissant petit hôtel,
avec des écuries pavées de marbre blanc. Il faudra que
vous voyiez cela. Boudoir et fumoir à la turque ! Vous
l'avouerai-je ? j'ai toujours eu un faible pour les mœurs
de ces coquins de Turcs.

— Par esprit de contraste, sans doute, fit la comtesse,
railleuse.

— Encore une de vos malices à l'emporte-pièce ! Mais
dans cette poitrine qui vous semble étriquée, il y a un
immense cœur et du souffle... Quel souffle ! ajouta-t-il
avec un gros soupir.

Didier sortit, laissant Gatinais à ses divagations amou-
reuses.

Tout à la joie que lui causait la réception de sa pièce, Didier ne pouvait tenir en place. Il avait besoin de mouvement, d'agitation. Il se jeta dans une voiture et se fit conduire au bois.

C'était une de ces belles journées de mars, froides mais sereines, où le soleil, dominant les brumes de l'hiver, apporte aux mortels transis un peu de chaleur et de gaîté, réveille la nature en lui adressant un sourire de fête ; un de ces jours enfin où le *tout Paris* élégant et désœuvré se donne rendez-vous au Bois. L'air était vivifiant. Il communiquait à tous les êtres ce besoin d'expansion qu'on éprouve à la montée de la sève. Les arbres, aux rameaux dépouillés, se découpaient sur un fond d'azur. On voyait les couples d'amoureux se promener dans les allées solitaires, et les enfants, comme les oiseaux, s'ébattre gaiement. Les chevaux fringants, les pimpants cavaliers, les luxueuses calèches, où se renversaient coquettement de jeunes femmes en robes élégantes, circulaient lentement autour du lac. On se reconnaissait, on se saluait, et surtout on se faisait voir.

Didier, machinalement, regardait les voitures se succéder ; mais aucune femme n'attirait son attention. Il pensait à Hermine. Cette seule image emplissait ses yeux comme sa pensée.

Tout à coup, il tressaillit.

— C'est elle ! murmura-t-il.

C'était Hermine, en effet, nonchalamment étendue dans une voiture découverte. Sa ravissante toilette, bleu-marine et bouton-d'or, à demi cachée cependant par une vaste fourrure, attirait les regards. Raoul, à côté d'elle, recueillait les hommages adressés à sa femme comme à son attelage, regardait les toilettes, échangeait des saluts.

Hermine ne voyait rien, ne parlait pas. Son œil, d'azur sombre, semblait perdu dans le bleu infini de ce ciel pur.

Au second tour, Didier, fort éloigné de soupçonner l'irritation nouvelle de Raoul contre lui, se pencha à la portière, leur faisant un signe de la main.

Hermine ne put retenir un mouvement de surprise, une légère exclamation.

Raoul vit Didier ; mais il ne répondit pas à ce signe amical, et toisant Hermine avec ce regard rouge qui dénotait en lui une fureur sur le point d'éclater :

— Vous lui avez donné rendez-vous ici, dit-il, sous mes yeux ! Cette audace passe toute mesure.

Ces mots saccadés sortaient avec peine de ses dents serrées.

Puis, s'adressant au cocher :

— Rentrez, ordonna-t-il.

Hermine ne put réprimer un soupir.

— Vous soupirez, dit-il avec sarcasme, de son désappointement tout à l'heure en ne vous voyant plus.

Hermine dédaigna de répondre.

— Vous ne pouvez nier votre connivence, reprit-il. Un employé à deux mille francs d'appointements ne se paye pas des voitures pour se pavaner au bois, quand il n'a pas l'espoir d'y rencontrer quelqu'un.

Hermine conserva son attitude fière et silencieuse.

— Vous n'osez le nier.

— Pourquoi lui aurais-je donné rendez-vous, puisque je l'ai vu tout à l'heure ? répondit simplement Mᵐᵉ de Tancray.

— Tout à l'heure, chez vous ?

— Chez moi.

— Il a osé ?

— Il venait m'apprendre qu'il quittait le ministère.

— Que va-t-il faire maintenant ?

— De la littérature, je suppose.

A cette nouvelle, Raoul ne garda plus aucun ménagement.

— Je vous défends de le recevoir, dit-il. Je ne veux pas que des bohèmes viennent traîner chez moi leurs chapeaux graisseux et leurs bottes déculées.

— Soit ! Il ne reviendra pas.

— Vous le lui écrirez ?

— Sans doute.

— Vous êtes donc en correspondance avec lui ? Je vous défends de lui écrire. Je vous surveillerai, entendez-vous ?

— Cependant, il y a quatre mois à peine, vous me promettiez de respecter ma liberté.

— J'ai changé d'opinion. Il ne me reste qu'un moyen de vous mater.

— Lequel, s'il vous plaît ?

— Vous parler dorénavant en maître.

— Il est vrai que ce moyen vous a si bien réussi ! fit Hermine avec un dédaigneux sourire.

— Que voulez-vous dire par ces paroles ?

Hermine se tut de nouveau.

— Vous voulez dire, n'est-ce pas ? que ce sont mes justes exigences qui vous ont jetée dans les bras de ce monsieur ?

— Je ne vous permets pas de pareilles suppositions, repartit Hermine en se redressant avec une dignité superbe.

Au moment de franchir la porte du bois, Raoul aperçut l'équipage du prince. Il donna ordre d'arrêter ses chevaux.

Le prince, de son côté, descendit de voiture et s'avança galamment pour saluer Hermine.

— Comment, s'écria-t-il, vous rentrez déjà ! Je viens, madame, de chez vous, vous porter mes hommages. On m'a dit que vous étiez au Bois, et j'accourais vous rejoindre.

Pendant ce colloque, un grand nombre de voitures se croisaient dans l'avenue ; et parmi ces voitures, celle de Théodora, accompagnée du phaëton de Gatinais.

Le prince était monté dans la voiture de Raoul, et il se tenait vis-à-vis d'Hermine dans une attitude respectueuse et admirative.

Théodora passa tout à côté d'eux ; mais ni le prince ni Hermine ne la remarquèrent. Raoul se borna à lui adresser un salut cérémonieux.

Tandis qu'elle traînait à sa suite le grotesque Gatinais, Théodora voyait Hermine, sa rivale, recueillir les hommages du prince, les regards adulateurs de ce public fashionable dont elle avait conquis autrefois la faveur. Ainsi, Hermine lui prenait tout : sa place, comme femme de Raoul, Didier, le prince, le monde. Il ne lui restait à elle que l'amour d'un bouffon.

XLIII

Didier avait deviné la colère de Raoul dans ses yeux, dans son départ brusque.

Ainsi, c'était une nouvelle rupture. Il s'y était attendu. Comment désormais pourrait-il voir Hermine ? L'hiver était terminé. Il ne la rencontrerait plus guère dans le monde. Sans doute Mme de Broissac lui prêterait son concours; mais il lui répugnait de confier à un tiers leurs entrevues.

L'entretien qu'il venait d'avoir avec Théodora, au sujet des déconvenues de l'amour idéal, lui avait causé une sorte de malaise. Pourquoi donc cette femme le poussait-elle à rompre, vis-à-vis d'Hermine, la réserve que lui imposaient sa vénération et son affection profondes?

Il ne dîna point... sa joie était complétement tombée. Le cerveau agité par les événements de la journée, il prévit qu'il ne dormirait pas. Au lieu de se coucher, il voulut relire sa pièce, chercher à en découvrir les côtés faibles comme les passages susceptibles d'exciter les applaudissements, et revoir avec soin les scènes capitales.

Mais son amour dominait tellement sa pensée, que la perspective même d'un prochain succès ne parvenait pas à l'en distraire. Son travail pénible était entrecoupé par de longues et douloureuses rêveries.

A minuit, il se coucha. Il venait d'éteindre sa bougie, il allait s'endormir, quand il crut entendre un timide coup de sonnette.

C'était une méprise sans doute. Il ne bougea point. Mais un second coup plus vif le fit dresser sur son séant. Il prêta l'oreille.

A un troisième coup de sonnette, il se leva. Que signifiait cette visite nocturne?

— Qui est là? demanda-t-il.

On ne répondit pas.

Il ralluma sa bougie, se vêtit à la hâte et alla ouvrir. Mais il recula stupéfait.

C'était une femme; et à travers le double voile qui couvrait le visage de la visiteuse...

Était-ce un rêve? Il se frotta les yeux.

— C'est moi, dit une voix mourante.

— Hermine, vous ! murmura-t-il.

Il la fit entrer. Il dut la soutenir, car elle chancelait.

A peine eût-il refermé la porte, qu'elle s'affaissa dans ses bras.

Il la porta jusqu'au lit, arracha son voile épais.

Que vit-il ? Son suave et charmant visage était ensanglanté. D'une large entaille au front le sang coulait encore.

Il étendit sur le lit ce corps alangui, si touchant dans sa faiblesse.

Il baigna d'eau fraîche les tempes et la blessure.

Comme il tremblait ! Son cœur gonflé de tendresse et de douleur suffoquait aussi.

Hermine, enfin, revint à elle.

— Qu'est-il arrivé ? demanda-t-il.

— Une nouvelle scène de violence. Et comme je me révoltais, il me poussa si rudement que je tombai, et mon front frappa contre mon lit. Il s'éloigna furieux, sans daigner me porter secours. L'indignation me prêta des forces. Je lavai ma blessure, je me rhabillai, et je sortis pour me rendre chez mon père, car je ne voulais pas rester une heure de plus sous le toit de ce brutal. Mais là, on m'apprit qu'appelé précipitamment à Trévières par une dépêche, mon père venait de partir, et qu'il ne serait de retour qu'après-demain. Que faire ? Que devenir ? Rentrer ! Non, je ne pouvais pas, je ne voulais pas revoir cet homme. Je suis donc venue vous trouver, mon ami, vous mon seul soutien, mon seul confident. Mais qu'avez-vous ? Vous me regardez avec anxiété, avec effroi.

— Ne craignez-vous pas, chère Hermine, que tout à l'heure votre mari, s'apercevant de votre absence, ne vienne vous chercher ici?

19.

— En me quittant, il est sorti, et quand il sort à cette heure-là, c'est pour le reste de la nuit.

— Si un remords, une inquiétude le ramenait plus tôt !

— Lui, un remords ! Il n'a pas de cœur. Il me hait au moins autant qu'il me désire. Je suis sûre qu'il serait heureux de ma mort. Sans doute, mon ami, en venant ici, j'ai pris un parti décisif. Dans le trouble où je me trouvais, j'ai suivi plutôt l'impulsion de mon cœur qu'un raisonnement. Mais, à présent, je m'en applaudis. Par cette démarche j'ai rompu à tout jamais avec mon mari et avec le monde. Maintenant je vous appartiens, Didier. Que je suis heureuse ! Pour moi les orages sont finis. Je me repose tout entière dans votre amour. Je suis à vous, tout à vous, mon Didier. Je suis votre femme devant Dieu, puisque les hommes nous ont séparés. Nos cœurs faits l'un pour l'autre sont unis à jamais. Demain nous partirons, nous fuirons. Nous irons bien loin, dans un pays où personne ne nous connaîtra, un beau pays plein de soleil et de poésie, un de ces pays où il y a toujours des fleurs. Là, plus de froid, plus de souffrance ! Un printemps doux et éternel comme notre tendresse, comme notre bonheur ! Dis, veux-tu, mon cher poète ? J'ai pris mes bijoux. Avec cela, nous pourrons vivre sans souci du lendemain.

Elle parlait ainsi avec une exaltation fiévreuse.

Didier éperdu, à genoux devant le lit, la regardait, les yeux ivres, le visage baigné de larmes.

Elle lui jeta ses bras au cou et appuya tendrement contre lui sa tête endolorie, son front blessé.

L'émotion paralysait Didier. Il n'osait même déposer un baiser chaste sur ces joues pâlies par la douleur et par l'amour. Il ne pouvait croire encore à ce qu'il voyait, à ce qu'il entendait : Hermine était là et se donnait à lui. Elle était fière, pour le suivre, de rompre avec sa famille, avec le monde. Elle quittait sans regret une vie de luxe et de plaisirs pour se réfugier avec lui dans une existence de solitude et de pauvreté. Hermine s'appuyait sur lui, se blottissait dans ses bras, le suppliant de la défendre contre son mari qui l'opprimait et la battait.

Tous ces bonheurs depuis si longtemps rêvés étaient maintenant une réalité.

— Ma femme, oui, ma femme adorée, s'écria-t-il, cédant à l'emportement de la passion.

Il la serra dans ses bras avec transport et couvrit de baisers frénétiques le front et les cheveux de la pauvre blessée.

Bouleversée, à demi morte, Hermine s'abandonnait.

Mais soudain Didier se leva, s'élança vers la fenêtre, l'ouvrit. Il aspira l'air glacé, qui calma son délire.

Une réaction s'était faite en lui. Sa conscience un instant troublée lui avait montré les dangers d'une pareille situation. Son honnêteté s'était cabrée contre son entraînement. Profiter d'un moment de colère, d'exaltation pour lier à jamais la vie d'Hermine à la sienne ; briser ainsi l'existence de cette femme qu'il adorait et lui causer peut-être d'éternels regrets ! Non, il devait, il saurait résister à cette vertigineuse tentation.

Cependant, l'histoire que Théodora lui avait racontée dans l'après-midi, lui revint en mémoire. Hermine, qui se donnait à lui, lui pardonnerait-elle sa réserve ?

Quelle lutte terrible, quelle tempête s'élevèrent en lui !

Il aimait Hermine avec toutes les effervescences de son âge, avec toutes les fougues d'une nature passionnée. A force de volonté et d'amour, il avait vaincu le désir. Mais ce désir si longtemps comprimé se réveillait intense, impérieux. Son sang bouillonnait ; ses tempes sifflaient ; il voyait trouble.

Il allait à Hermine, lui pressait les mains sur son cœur, la dévorait de son regard sombre, ardent, lui disait son amour tantôt avec douceur, attendrissement, tantôt avec véhémence.

Mais sa conscience inexorable se dressait entre Hermine et lui. Jamais il n'avait transigé avec le devoir. Cependant, il hésitait... Il se sentait faiblir...

Tout à coup, faisant un effort suprême, il réagit contre cette défaillance. De nouveau il s'éloigna d'Hermine, afin de recouvrer la possession de lui-même. Et sa volonté triompha.

Il revint auprès de son amie, mais cette fois apaisé. Il s'agenouilla encore devant elle, appuya sur ses mains qu'il tenait réunies dans les siennes son front couvert d'une sueur glacée :

— Merci, mon amie, merci de votre confiance. Mais, avant d'accepter le sacrifice que vous voulez me faire, il faut que je sois sûr que vous avez mûrement réfléchi. Je crains qu'en cet instant vous ne cédiez à un mouvement d'irritation contre votre mari. Il ne peut s'agir entre nous d'une liaison éphémère. Je sais qu'en vous donnant à moi, c'est votre vie tout entière que vous me donnez, et qu'en retour je vous dois la mienne. Ce serait un mariage, plus qu'un mariage, car il n'aurait pour sanction que notre amour et notre volonté. Or, chez vous, cette volonté et cet amour sont-ils assez mûris pour rester inébranlables ? Ah ! mon amie, si un jour je surprenais en vous un regret, un remords, jamais je ne me pardonnerais la faiblesse d'avoir cédé trop précipitamment à l'attrait du bonheur que vous m'offrez. Enfin, mon Hermine, nous ne pouvons entièrement subordonner à notre amour la question de la vie matérielle. Vous me dites que le prix de vos bijoux nous permettra de vivre sans souci du lendemain. Je ne puis accepter de fuir ainsi comme un voleur. Avant de lier ma vie à la vôtre, il faut au moins que je sois certain de pouvoir vivre honorablement de mon travail.

Il lui conta alors son entrevue avec Théodora, la réception de sa pièce, et par conséquent la réalisation peut-être prochaine de ses espérances.

— Alors, mon amie adorée, reprit-il, si je réussis, j'obtiendrai à la fois gloire et fortune, et je pourrai vous offrir une existence digne de vous. En invoquant les violences de M. de Tancray, vous arriverez à obtenir une séparation. Une fois séparée légalement de votre mari, vous serez à peu près libre, et nous pourrons contracter une de ces liaisons que le monde parisien tolère, le monde des artistes du moins. Et nous vivrons heureux et considérés ; car, mon amie, quelque détachement que vous montriez vis-à-vis des conventions sociales, vous ne pourriez, j'en suis sûr, vous passer de l'estime et de la considération du monde.

Hermine se taisait. Elle attachait sur son ami un regard attristé, mais soumis. Elle croyait comprendre que Didier lui préférait la gloire, et que s'il refusait de fuir avec elle, c'était afin d'assurer auparavant le succès de sa pièce.

— C'est vrai, dit-elle enfin avec une courageuse abnégation, je suis un peu folle. Je vous ai dit tantôt que je me ferais scrupule d'entraver votre carrière littéraire, et je viens précisément me jeter entre vous et le noble but que vous poursuivez.

— Vous méconnaissez mes intentions, répondit Didier. Votre bonheur seul occupe ma pensée.

— Vous avez raison, sans doute, mon ami, même au point de vue de mon bonheur. Je le vois ; il faut que je retourne chez moi.

Elle voulut se lever ; mais les forces lui manquèrent. A l'idée de se séparer déjà de son ami pour reprendre son odieuse chaîne, il lui semblait rouler dans le néant.

Didier la ranima par de si tendres protestations qu'elle reprit un peu de courage. Elle voulut qu'il l'accompagnât jusque chez elle. Il était deux heures quand elle rentra. Personne ne s'était aperçu de son absence.

Cependant, un doute lui restait, malgré toute la tendresse que Didier lui avait montrée, un doute douloureux, une déception cruelle. Elle craignait que Didier ne l'aimât plus autant qu'à Trévières.

— Autrement, se disait-elle, il eût tout surmonté, les scrupules de sa conscience, les désillusions possibles de l'avenir.

XLIV

La pièce de Didier se monta rapidement.

Théodora connaissait quelques journalistes, et elle obtint qu'on annonçât cette pièce avec un certain fracas.

Didier ne savait comment reconnaître tant de preuves d'amitié. Cependant, ce n'était pas l'amitié qui guidait Mme de Broissac, mais sa haine implacable. Elle poursuivait imperturbablement son but, une vengeance atroce. Elle espérait que le succès de Didier enivrerait Hermine et lui ferait commettre cette faute qu'elle attendait si impatiemment. Elle comptait aussi sur la jalousie, une jalousie qu'elle excitait avec sa perfidie accoutumée.

Jusqu'alors Hermine n'avait jamais douté de la constance de son ami. La pensée qu'il pourrait, même au milieu du tourbillon parisien, lui faire une infidélité, ne lui était jamais venue.

Mais Théodora sut lui peindre sous des couleurs si séduisantes les mœurs des coulisses, l'esprit des actrices, leurs charmes piquants, leurs provocations aux auteurs pour en obtenir des rôles qui les mettent en évidence, que pour la première fois Hermine connut les tortures de la jalousie.

Depuis sa visite à Didier, depuis les émotions de cette nuit terrible, émotions auxquelles tous deux avaient été si près de succomber, son amour avait pris un autre caractère. Il était descendu des hauteurs platoniques où il s'était maintenu jusqu'alors. La passion, une passion pleine d'anxiété, d'irritations, d'impatiences, troublait son cœur, enfiévrait ses nuits.

On était à la fin du carême. Les soirées étaient terminées. Ils se rencontraient donc difficilement. D'ailleurs Didier, qui jouait une partie peut-être décisive pour son avenir littéraire, évitait les distractions. Il passait l'après-midi au théâtre. Le soir il travaillait aux modifidations exigées par le directeur et les acteurs.

Cependant, il écrivait à Hermine, comme par le passé, sous le couvert de Madeleine. Mais ses lettres étaient plus courtes, plus hâtées. Comme elle en méditait chaque phrase, chaque mot, cherchant à y découvrir le fond de son cœur et de sa pensée ! Il lui semblait parfois que ses protestations étaient moins profondément senties qu'autrefois. Elle souffrait ; mais elle n'osait lui exprimer des appréhensions qui le blesseraient peut-être : malgré sa souffrance, elle eût craint de lui causer la peine, même la plus légère, par des reproches immérités.

Le grand jour arriva.

Hermine et Théodora avaient assisté à la répétition générale. Chacun croyait à un immense succès. Les acteurs semblaient vouloir se surpasser. On concevait pour le lendemain les meilleures espérances.

Au grand étonnement d'Hermine, Raoul, au lieu de s'opposer à ce qu'elle parût à cette première représentation, se disposa à l'y accompagner.

Que signifiait cette condescendance inaccoutumée? Avait-il le secret espoir de voir tomber la pièce de Didier, ou bien répondait-il simplement à un désir de Mᵐᵉ de Broissac? Ils devaient occuper ensemble la même loge, une loge d'avant-scène.

Que de péripéties dans une première représentation! Le drame est plus encore dans la salle que sur la scène. Quelles émotions pour l'auteur qui débute et pour les amis qui viennent l'appuyer! Avec quelles anxiétés ils observent le public, son inquiète curiosité, ses hésitations, ses enthousiasmes! Ses silences font trembler autant que ses ironies. Avec quelles perplexités on épie tour à tour un sourire, un murmure, une larme!

Le public des premières représentations était au grand complet. Il paraissait sympathique. On remarquait toutefois un certain nombre de jeunes gens disséminés à l'orchestre, et plus connus dans le monde du sport que dans le monde littéraire. C'étaient des membres du Jockey-Club, auquel appartenait Raoul.

La donnée de la pièce était ce thème éternel de l'adultère. L'originalité de cette œuvre dramatique ne résidait donc pas dans le sujet lui-même, mais dans la hardiesse des idées, dans l'analyse fine et profonde des sentiments, dans la vigueur de certaines situations, dans l'étrangeté de la mise en scène. Il régnait, en outre, dans toute la

pièce un souffle de passion qu'on ne rencontre plus guère
dans le théâtre actuel, devenu terne et frivole comme nos
mœurs et nos caractères.

L'exposition sobre et dramatique, rapide et bien dessi-
née, fut accueillie de la masse du public par un silence
plutôt approbateur. On s'observait dans la salle. On attendait. On voulait savoir si l'on pouvait compter les uns
sur les autres. La malveillance interrogeait et se fortifiait
de cette froideur apparente.

Dès qu'une approbation se hasardait à rompre ce silence, çà et là, dans les rangs de l'orchestre, s'élevaient
de sourds murmures, préludes d'une bataille animée, peut-
être d'une tempête.

Hermine s'efforçait de cacher sous un air indifférent
les émotions qui l'agitaient. Mais ces émotions se trahissaient malgré elle. Si un applaudissement se faisait entendre, involontairement elle cherchait des yeux celui
qui venait d'applaudir, et semblait lui adresser un regard
de reconnaissance.

Au premier acte, on prévoit les chocs qui vont se pro-
duire entre l'amant et le mari, tous deux passionnément
épris. On assiste aux tortures de la femme qui aime son
mari d'une réelle affection, mais qui a cédé à un entrai-
nement d'imagination, inspiré par un amour exceptionnel.
Les trois héros de la pièce sont également sympathiques.

Au second acte, le mari découvre la faute de sa femme.
Il l'amène à la confesser. Cette confession, pleine de tendresse, de repentir, émeut tout l'auditoire. On applaudit à outrance des retours de scènes d'un effet saisissant,
l'emportement du mari, puis son désespoir, puis son attendrissement, sa pitié pour cette femme qu'il aime
éperdument, et qu'il allait tuer dans un transport de
jalousie.

Cet acte renfermait de telles beautés que la toile se baissa sur une triple salve qui couvrit entièrement quelques timides coups de sifflet.

Hermine rayonnait. Elle croyait le succès assuré. Son émotion était si vive que ses yeux s'emplirent de larmes.

Théodora, qui l'observait, semblait heureuse également. Seul Raoul souriait méchamment. Il sortit, dans l'entr'acte, sans doute pour donner un mot d'ordre à ses amis.

Au troisième acte, la lutte s'engagea. Les hostilités se dessinèrent.

Le mari est un chimiste distingué, un inventeur. Il poursuit une importante découverte qui doit opérer une révolution scientifique.

Dans ce troisième acte, au lieu de provoquer dans un duel vulgaire l'amant de sa femme, comme il a besoin d'un aide pour une expérience dangereuse et décisive, il lui propose d'exposer leur vie en même temps, avec les mêmes chances de mort et de salut; non pas sottement et inutilement comme dans un duel, mais au profit d'une grande découverte. L'amant, désespéré de se voir séparé de celle qu'il aime, accepte : car il faut que l'un des deux meure.

Ce duel scientifique provoqua de nombreux murmures. La cabale s'agita. Un ou deux sifflets retentirent, isolément d'abord.

A ce signal, courut bientôt dans la salle comme une sourde rumeur, qui alla grandissant, semblable à ces vents sinistres qui annoncent l'approche de la tempête, jusqu'au moment où elle éclata en ricanements, en coups de sifflet prolongés.

Les amis de l'auteur opposèrent à l'orage des protes-tatations d'autant plus énergiques. Mais cette fois leurs applaudissements ne parvinrent pas à couvrir les clameurs hostiles.

Le public impartial restait encore indécis.

Le public des théâtres ne goûte pas l'étrangeté. Il n'admet la nouveauté qu'avec défiance et à faible dose. Il se complaît dans la banalité des idées courantes.

Aussi la cabale devait-elle triompher.

C'était Raoul qui l'avait montée; car Hermine remarqua parmi les agitateurs plusieurs amis de son mari. Elle comprit: il se vengeait. Il n'était venu à cette représentation que pour assister à la chute qu'il avait préparée. Il souriait ironiquement à l'angoisse visible de sa femme.

Hermine ne pouvait rien pour sauver Didier. Elle n'avait que ses deux faibles mains pour applaudir. Et encore Raoul lui disait-il:

— Prenez donc garde, ma chère, vous vous affichez. Une femme de notre monde n'applaudit pas à tout rompre, comme vous le faites. A peine donne-t-elle une marque d'approbation du bout des doigts ou du bout de son éventail.

Elle n'entendait pas son mari. Il lui vint une inspiration subite dont elle ne prévit pas l'imprudence. Les amis de Didier semblaient abandonner la partie. Les acteurs chancelaient, la défaite paraissait imminente, lorsque au milieu du désarroi général, Hermine lança son bouquet sur la scène.

En un pareil moment, une telle protestation attira les regards de toute la salle sur cette femme jeune, belle, élégante et si audacieuse.

Il y eut un moment de surprise, de silence, de répit. Il se fit même comme un revirement dans l'esprit du public. Les partisans de Didier se ranimèrent. Les acteurs se relevèrent.

De leur côté, les amis de Raoul, en voyant un bouquet partir de sa loge, crurent à un nouveau mot d'ordre. Ils firent trève.

Le troisième acte s'acheva au milieu des applaudissements. On put croire la pièce sauvée.

Mais une scène violente se passait dans la loge de Raoul. Furieux contre sa femme, qui osait s'afficher ainsi, il voulait l'entraîner dehors.

Comme elle résistait à ses menaces, il recula devant un scandale.

Dans l'entr'acte, il sortit de nouveau pour ranimer la cabale.

Aussi la réaction factice opérée par la démonstration d'Hermine fut-elle de courte durée.

Au quatrième acte, le dernier, la scène représente un laboratoire de chimie. On voit une série d'alambics placés sur un brasier vif. Les deux opérateurs sont là. A un moment donné, le mari explique la nature du danger qu'ils vont courir et les précautions à prendre pour l'éviter. Mais avant l'expérience, l'amant a eu une entrevue avec sa maîtresse. Elle lui a avoué qu'elle ne l'aime plus; que la bonté, l'amour de son mari l'ont touchée. Dans son désespoir, il veut mourir. Il préfère ce suicide à un autre. Il se fait répéter les recommandations, non pas pour les observer, mais pour les enfreindre. Le moment définitif arrivé, il commet une maladresse volontaire. Le mari s'en aperçoit aussitôt. Son rival va périr. Mais devant le péril, sa haine disparaît. Il n'écoute que l'humanité. Au risque de sa propre vie, il détourne le danger. La cornue supérieure éclate. Le chimiste a l'une de ses mains mutilée.

L'amant a vu le mouvement généreux de cet homme qu'un instant auparavant il haïssait, et que maintenant il est forcé d'aimer.

Dans la scène finale, le mari qui a remarqué, de son côté, le courage de son adversaire, et qui l'attribue également à un mouvement de générosité, prend une résolution héroïque. Il se résoudra au malheur de l'isolement si sa femme, qu'il regarde avant tout comme son enfant, lui préfère son rival.

Mais l'amant touché de tant de magnanimité, pousse sa maîtresse dans les bras du mari. Quant à lui, il disparaîtra.

La femme s'agenouille, et le mari pardonne, s'attribuant en partie la faute de sa femme, qu'il n'a peut-être ni assez aimée ni assez surveillée.

Désormais il s'occupera moins de chimie, et davantage de son bonheur intime.

Cet acte souleva dans la salle un véritable ouragan. Les sifflets firent rage. Les applaudissements de plus en plus rares devinrent de plus en plus timides.

La pièce se termina au milieu des sifflets, des piétinements d'impatience et des murmures improbateurs.

La chute fut complète.

Hermine, voyant la partie perdue sans retour, voulut se lever pour sortir; mais aussitôt elle retomba, succombant aux émotions de cette terrible soirée.

Elle surmonta bientôt cette défaillance. De sa loge à sa voiture, elle put entendre encore les quolibets, les sarcasmes s'égayer sur le rôle de ce mari débonnaire.

— A la bonne heure! disait Raoul, le bon sens du public proteste contre ces théories, non seulement subversives de la morale et de la société, mais encore contraires à la nature humaine.

Didier avait promis de venir, après la représentation,

saluer Théodora. Il ne venait point. Il était désespéré sans doute.

A cette pensée, Hermine était prise d'un tremblement nerveux qu'elle ne pouvait dominer et qui redoublait la colère de son mari.

Cependant à la porte du théâtre, ils aperçurent sur le boulevard le malheureux auteur, accompagné de Gatinais. Il était pâle, défait, mais moins abattu qu'on ne l'eût supposé. Il conservait quelque espoir pour le lendemain.

— Il y avait cabale évidente, dit-il. Le directeur espère qu'avec quelques coupures la pièce pourra se relever.

Il ne put en dire davantage. Raoul poussa Hermine dans la voiture, et il y monta lui-même sans daigner saluer Didier.

C'était une rupture ouverte.

Hermine eut à subir de la part de son mari une nouvelle scène de violence. Mais elle ne répondit mot. A peine l'écoutait-elle, tant sa pensée comme son cœur étaient remplis de Didier.

Ce silence exaspérait encore la colère de Raoul, qui des reproches passa aux injures grossières.

Ils étaient arrivés tous deux à un état d'irritation tel, qu'un éclat pouvait seul dénouer une situation aussi intolérable.

XLV

Théodora sentait aussi que le moment était venu de hâter le dénoûment du drame qu'elle conduisait avec une si effroyable certitude du succès. Raoul était exaspéré. Il fallait pousser cette exaspération jusqu'au paroxysme.

En rentrant chez elle, au lieu de se coucher, elle se mit à son bureau, et rédigea un entrefilet dont elle pesa avec soin tous les termes, et qu'elle envoya sur-le-champ à un de ses amis, reporter de théâtres dans un journal à scandales.

Elle accompagna cet article d'un billet ainsi conçu :

« Cher ami,

« Ci-joint une petite note strictement exacte, avec prière de l'insérer dans votre numéro de demain. Ci-inclus également un billet de 500 francs pour prix de l'insertion, au cas où votre directeur ferait des difficultés, ainsi que pour dix numéros que vous voudrez bien adresser immédiatement au Jockey-Club. »

A. rès avoir fait cet envoi, elle se coucha et dormit d'un paisible sommeil.

Or, au lieu de dix exemplaires, l'ami consciencieux en adressa vingt au Jockey-Club. Les tables en étaient inondées.

Vers quatre heures de l'après-midi, quand Raoul entra, on s'empressa de lui mettre sous les yeux le perfide entrefilet, dont voici la rédaction :

« Hier, pendant la représentation émouvante et orageuse du Vaudeville, on remarquait dans une loge d'avant-scène une jeune et jolie femme qui, dit-on, appartient au plus grand monde, et qui paraissait suivre les péripéties du drame avec une émotion singulière.

« Cette pièce roule sur l'adultère et sur le pardon du mari, un mari bénévole comme il n'y en a pas. Le public protesta énergiquement contre ce rôle hors nature. Mais avec un courage dont la femme aimante seule est capable, la jeune spectatrice protesta hautement contre l'arrêt du public en jetant son bouquet sur la scène. Comme les sifflets redoublèrent, elle prit le parti de s'évanouir.

« On assure que pendant que cette aimable personne donnait ainsi à l'auteur les preuves de son admiration et de son dévouement, le mari sifflait à tout rompre. Appartiendrait-il à la catégorie des maris grincheux qui ne pardonnent pas? Silence et mystère! Respectons le mur de la vie privée. »

A la lecture de cet article, Raoul éprouva comme un éblouissement, un transport de fureur.

— Une canne! s'écria-t-il, que j'aille rompre l'échine de l'insolent qui a écrit cet entrefilet!

Il détourna violemment ses amis qui voulaient le retenir et sortit avec précipitation.

Il s'arrêta chez un marchand de cannes et acheta un gourdin. Il se jeta dans une voiture et se fit conduire au bureau du journal.

— Le directeur? demanda-t-il.

Il frémissait; ses yeux sortaient de leurs orbites.

— Le directeur est absent, répondit l'employé auquel il s'adressa.

— Il y est. Je veux le voir sur-le-champ.

L'employé persista dans sa dénégation.

— Alors, je l'attendrai.

Il tenait à la main le journal, et il montra l'article à l'employé.

— Quel est le rédacteur de cette note? Je veux le voir.

— Il est parti ce matin pour l'Espagne.

Raoul crut que l'employé se moquait de lui. Il fit un geste terrible avec son gourdin.

— Vous n'avez pas non plus l'adresse du directeur?

— Non.

— Eh bien! alors, je vous casse les reins; car il faut que je tue quelqu'un.

L'employé terrifié donna l'adresse du directeur qui demeurait à Passy.

— Mais vous ne le trouverez pas, ajouta-t-il. Le directeur ne rentre que tard dans la soirée.

Raoul retourna chez lui; car il lui fallait assouvir sa colère. Il venait mettre sous les yeux d'Hermine cet article qui les déshonorait tous deux.

Hermine ébranlée par les émotions de la veille, était au lit avec une fièvre ardente.

Mais Madeleine, par les ordres de sa maîtresse, répondit que Mme de Tancray, un peu souffrante, était allée se promener au Bois.

Au même instant le valet de chambre de Raoul lui remit une dépêche télégraphique arrivée déjà depuis plusieurs heures.

Il la lut :

« Trévières.

« Le marquis à toute extrémité. Venir en hâte. »

Ce coup de foudre fit momentanément diversion à sa fureur.

— Préparez ma valise pour un voyage de quelques jours, ordonna-t-il. Je partirai ce soir à onze heures. Vous porterez cette valise au chemin de fer pour le cas où je ne rentrerais pas.

Madeleine, présente, courut avertir sa maîtresse de ce qui se passait.

— Monsieur ne reviendra pas dîner? demanda le valet de chambre.

— Je n'en sais rien.

Raoul consulta sa montre; Il était cinq heures. En six heures il aurait le temps d'asséner une correction, soit au directeur, soit au rédacteur. Mais, en cas de lutte, il voulut se munir d'une arme. Il passa dans son cabinet, ouvrit un écrin richement ciselé, en tira un revolver. C'était une arme sûre. Il l'examina, le chargea, le mit dans sa poche.

Il regagna sa voiture et se fit conduire à Passy.

Là, on lui répondit que le directeur ne rentrait qu'à trois heures du matin.

A cette réponse, une bouffée de sang lui monta à la tête. Sa cravate l'étouffait. Ses jambes tremblaient.

Il entra dans un café et but un verre d'absinthe, sa boisson favorite.

— Au Bois ! dit-il au cocher.

Peut-être il y rencontrerait sa femme.

Dissimulé dans le fond de sa voiture de place, il pourrait s'assurer si elle n'avait pas donné rendez-vous à Didier.

Il fit deux fois le tour du lac sans rien découvrir.

Où donc était Hermine ? Peut-être se promenait-elle avec son amant dans les allées écartées.

A cette pensée, il lui semblait que son crâne éclatait. Il n'y voyait plus.

Il revint à Paris, et se fit arrêter en passant chez Théodora.

Elle était chez elle, attendant Raoul. Elle s'étonnait même de ne l'avoir pas vu plus tôt.

Il lui montra l'article.

Théodora feignit la consternation.

— En vérité, lui dit-elle, cet article est fort désobli-

geant; mais vous venger par des coups de canne! vous
n'y pensez pas. Vous auriez un procès. Il y aurait scandale. Les coups de canne vous retomberaient sur le nez.
Croyez-moi; vous n'avez qu'une chose à faire: Laisser
passer cela.

— Laisser passer cet article que tout le Jockey-Club
a lu, a commenté; faire rire à mes dépens, me laisser insulter par cet écrivailleur, ce cuistre! C'est impossible.
Je préférerais me brûler la cervelle.

Il sortit à demi de sa poche son revolver.

A la vue de cette arme que Raoul portait sur lui, Théodora eut une inspiration subite. Sa prunelle verdâtre
brilla d'un éclat satanique.

— Voyons! cher ami, calmez-vous, dit-elle d'un ton
câlin. Vous devez partir ce soir. Restez là-bas quelques
jours. Qu'Hermine, de son côté, s'abstienne de se montrer en public, et avant une huitaine, personne ne songera
plus à cette histoire!

— J'y songerai, moi; la blessure est saignante. Ce
journaliste m'a marqué au front d'un fer rouge. Je ne
puis laver mon honneur qu'avec du sang. Il faut que ce
monsieur sache, que tout Paris sache que je suis un de
ces « maris grincheux qui ne pardonnent pas », et que je
me venge autrement qu'en sifflant une pièce comme un
collégien.

Il marchait de long en large. Sa figure était injectée
de marbrures violettes. Ses yeux avaient un regard rouge
qui eût effrayé tout autre que Théodora.

Cette colère, au contraire, causait à la haineuse coquette une joie intérieure qu'elle avait peine à dissimuler
et que Raoul surprit.

— On croirait, lui dit-il, que vous êtes heureuse de ce
qui m'arrive.

— Pouvez-vous penser cela, mon ami? Quoique... une autre à ma place... après tout ce que vous m'avez fait souffrir, verrait peut-être avec une certaine satisfaction les événements se charger ainsi de la venger. Qui se serait douté que cette petite bourgeoise de Trévières aurait assez d'esprit pour vous infliger la peine du talion!

— Ah! ne revenez pas en ce moment sur le passé, s'écria Raoul. Ne m'excitez pas contre cette femme. Je suis content de ne pas l'avoir rencontrée tantôt; car dans l'état où je me trouvais, je crois que j'aurais fait un malheur.

— Croyez-moi, mon ami, reprit Théodora, affectant l'anxiété, ne rentrez pas en ce moment; car je serais trop inquiète. Malgré tout le mal que m'a fait votre femme, je crains, en effet, dans l'exaspération où vous êtes, que vous ne soyez pas maître de vous et que vous ne fassiez quelque sottise.

— Il faut que je rentre donner quelques ordres.

— Et vous reviendrez dîner avec moi, promettez-le.

— Dîner? Ne voyez-vous pas que j'ai une fièvre ardente?

Théodora se suspendit à son cou pour l'empêcher de sortir.

Mais Raoul se dégagea.

— Au moins jurez-moi que vous reviendrez ce soir avant de partir; car autrement je serais jusqu'à votre retour dans une mortelle inquiétude.

Raoul le jura. Il viendrait, avant de se rendre à la gare, passer quelques instants auprès d'elle.

Dès qu'il fut dehors, Théodora regarda la pendule.

— Six heures! murmura-t-elle. C'est l'heure où Gatinais rentre chez lui pour s'habiller.

Elle alla à son bureau, un bureau de bois de rose, y

prit une feuille de papier parfumée, à vignette emblématique, et écrivit :

« J'ai besoin de vous voir, cher ami, je veux éprouver votre immense dévouement. Venez tout de suite.

« En hâte, Théodora. »

Elle envoya ce billet en recommandant d'attendre la réponse.

Une demi-heure après, le valet de pied annonçait Gatinais.

XLVI

Gatinais trouva Théodora assise sur un divan, devant une table surchargée de journaux.

C'étaient toutes les feuilles du jour. Elle semblait lire avidement les comptes rendus concernant la pièce de Didier.

Ils étaient unanimes. On reconnaissait généralement à l'auteur des aptitudes dramatiques; mais le sujet était déplorable, le mari, grotesque à force de générosité. On traitait même le quatrième acte de bouffonnerie. Jamais, disait-on, le public parisien, que les plaisanteries de Molière ont habitué à rire des maris trompés, n'admettrait qu'on réhabilitât, qu'on rendît intéressant et digne un mari, qui non-seulement absout la femme coupable, mais sauve la vie de son amant. C'était là de l'héroïsme hors nature. Or, le public des théâtres veut avant tout de la vie réelle et des personnages de chair et d'os, dans lesquels il puisse se reconnaître. Il veut vivre de la vie des héros qu'on fait agir devant lui, partager leurs impressions et leurs sentiments.

20.

Pour présenter au théâtre des théories aussi étranges sur le pardon, il eût fallu une autorité que le débutant ne pouvait avoir encore.

Telle était l'appréciation sommaire des critiques les plus indulgents, les plus sérieux.

Mais dans les journaux frivoles de second et de troisième ordre, c'étaient des charges désopilantes sur ce mari grandiose, abracadabrant, surhumain.

La pièce était enterrée. On pouvait espérer cependant la relever, grâce à la curiosité que le sujet éveillerait chez les belles pécheresses.

Au fond, peu importait à Théodora.

Gatinais entra, la bouche en cœur.

— Je vous présente un esclave, dit Gatinais, qui dépose à vos pieds sa vie, son cœur et ses jambes.

— Pour aujourd'hui je n'ai besoin que de vos mains.

— Mes mains, les voici ; serait-ce pour les baiser ? Ah ! madame, j'en rougis ; mais j'y consens volontiers.

— Pas d'inconvenantes plaisanteries ! Vous me voyez plongée dans la consternation.

— Alors, je m'y plonge avec vous. Mais il faut, au contraire, que mes mains vous en sortent. Apprenez-leur donc comment elles doivent s'y prendre pour tirer de la consternation une femme aimable.

— Vous ne serez donc jamais sérieux !

Gatinais, prenant aussitôt un air consterné :

— M'y voilà, dit-il. Parlez, je me recueille et je bois vos paroles.

— La pièce de ce pauvre Didier...

— Oui, je sais : four complet.

— J'ai lu attentivement toutes les critiques.

— Rire homérique sur toute la ligne. Cet infortuné mari manque absolument de galbe et de relief... sauf

votre respect. Il lui était si facile de laisser sauter
l'amant de sa femme. La morale eût été sauvée; sa main
aussi.

— M. Maurel voulait combattre d'absurdes préjugés.

— Et les préjugés l'ont battu.

— La mission de la comédie est de châtier les mœurs.
Il faut bien que quelqu'un commence.

— On laisse commencer les autres.

— Les autres échoueraient de même.

— Oui ; mais s'ils ne sont pas nos amis, peu nous importe !

— Vous avez une supériorité de raisonnement, monsieur Gatinais...

— Ce que vous me dites ne m'étonne pas. Je m'en suis
toujours douté. Mais daignez remarquer, madame, que
je ne cesse de tendre vers vous mes mains suppliantes.
Encore une fois, que doivent-elles faire pour vous servir?

— J'aurais voulu assister ce soir à la seconde représentation de la pièce, comme je l'ai promis à Didier.
Malheureusement, je ne le puis pas.

— Alors, il faut que j'aille en prévenir mon ami.

— D'abord; mais ce n'est pas tout.

— Je commence à entrevoir ce que vous voulez faire
de mes blanches mains. Des battoirs ?

— C'est cela même. Je crois que ce soir la cabale sera
en désarroi. Avec des coupures, un peu d'entrain chez les
spectateurs, un bon chef de claque, la pièce pourrait,
sinon se relever tout à fait, du moins se soutenir.

— Et vous m'instituez chef de claque?

— Vous devez bien cela à ce pauvre Didier.

— C'est juste. Si je n'étais pas hier au premier rang,
c'est que mon deuil m'empêchait de m'afficher. Mais
dès qu'il s'agit de rendre service à un ami et de vous être

agréable, les mânes de mon père me pardonneront.

— Donc, c'est entendu. Je compte sur vous. Venez ce soir après la représentation m'annoncer ce qui se sera passé ; car autrement je ne pourrais dormir.

— Je vous apporterai ces mains en marmelade. Pour les guérir, il faudra bien peu de chose ; un regard tendre, une parole d'espoir. Et demain, si vous l'exigez, elles retourneront au feu.

Comme Gatinais se disposait à sortir, elle le rappela, réservant pour post-scriptum la chose importante.

— J'oubliais, dit-elle. Mᵐᵉ de Tancray est très-souffrante des émotions de la soirée d'hier. Elle n'assistera pas non plus à la représentation de ce soir. Mais elle voudrait bien comme moi connaître le résultat. Dites donc à Didier d'y passer après le spectacle.

— Mais, objecta Gatinais, M. de Tancray avait hier un air furibond. Il n'a pas même répondu à son salut. Comment le recevrait-il à cette heure indue ?

— Il part ce soir à onze heures pour Trévières. Le marquis est au plus mal et le demande par dépêche télégraphique.

— C'est différent. Didier ira, j'en réponds ; car j'ai toujours pensé...

— Pas de méchantes suppositions, dit Théodora en affectant un air sévère. Hermine est la femme la plus vertueuse que je connaisse, et Didier, l'homme le plus honnête et le plus délicat. Mais vous n'avez pas de temps à perdre. C'est l'heure de l'absinthe. Faites un tour de boulevard. Recrutez vos amis. Tenez, voici un paquet de billets. Placez-les sûrement et tâchez de nous enlever un succès d'estime.

— En vérité, quel intérêt vous portez à Didier ! Jurez-moi du moins que ce n'est pas un rival.

— L'enverrais-je ce soir auprès d'Hermine, et vous
prierais-je de venir ici ? Dites-lui même, si vous le
voulez, qu'Hermine est assez gravement indisposée. Vous
serez plus sûr qu'il se rendra à son appel.

— Alors, c'est Mme de Tancray qui le demande ?

— Peut-être. En vérité, vous m'arrachez les mots de
la bouche.

Quand Gatinais fut dehors, elle alla à la pendule et la
retarda d'une heure.

En poussant l'aiguille, sa main tremblait légèrement.

Elle jeta en même temps un coup d'œil à la glace. Son
image lui fit peur.

Elle soupira, comme pour se débarrasser d'une oppression qui l'étouffait.

— Bah ! se dit-elle, qu'est-ce que la vie humaine,
après tout ? Un combat où les plus forts étouffent les
faibles... Qu'est-ce que la mort ? Une convulsion, et tout
est fini. Quand on voit des peuples s'entre-tuer pour
obéir aux caprices d'un souverain, ne me serait-il pas
permis, à moi, de sacrifier deux vies à mon repos, à ma
vengeance ?

Cependant, elle éprouvait une émotion singulière. Des
mouvements nerveux agitaient ses doigts. Elle ne pouvait
tenir en place.

— Le premier pas coûte toujours, murmura-t-elle.
Et d'ailleurs, qu'est-ce que je fais après tout ? Rien.
Péché caché, dit-on, est à moitié pardonné. Qui jamais
pourra trouver les traces de ma complicité ? Pas un mot
d'écrit, pas une parole inconsidérée. Au contraire, les
plus tendres sympathies pour les victimes, les preuves les
moins suspectes de dévouement.

Cependant l'oppression continuait. Elle manquait d'air. Elle s'approcha de la fenêtre.

C'était un beau soleil couchant d'avril. Dans un rayon d'or de petites mouches voltigeaient. Une d'elles vint se poser contre la vitre.

Théodora la saisit, et la serrant entre le pouce et l'index, l'étouffa.

— Et voilà un meurtre ! fit-elle en riant. Quelle si grande distance sépare donc les êtres vivants, ceux-ci et ceux-là ? Ce qui donne une si grande importance à la vie humaine, c'est uniquement l'orgueil de l'homme.

En cet instant, la mouche qu'elle tenait toujours entre ses doigts, et qu'elle regardait attentivement, eut une convulsion.

Théodora tressaillit, jeta la mouche avec un mouvement d'effroi et mit le pied dessus pour l'écraser tout à fait.

Mais cette mouche écrasée laissa une trace sur le parquet. Il lui sembla voir une traînée de sang.

Elle se recula, épouvantée.

— Est-ce que je deviens folle ? dit-elle.

Néanmoins, elle prit à côté du foyer un petit balai, afin d'effacer entièrement la trace de son meurtre.

Comme elle se surprit encore à regarder de ce côté, elle passa dans sa chambre pour échapper à cette obsession.

— Le remords, pensa-t-elle, est-ce que je serais capable d'en éprouver ? Allons donc ! quelle sottise !

XLVII

Raoul, en quittant Mme de Broissac, retourna au bureau
du journal. Il n'y rencontra, comme l'aprés-midi, ni le
directeur, ni le rédacteur.

Il revint alors au club et prit à part deux de ses amis,
leur conta l'affaire, leur montra la dépêche qui l'appelait à Trévières et l'obligeait à s'absenter deux ou trois
jours.

— Pendant ce temps, leur dit-il, je vous charge d'aller
à la découverte du directeur de cette feuille infecte.
Informez-vous si l'on peut décemment se battre avec lui ;
et, dans ce cas, réglez avec lui les conditions du duel. S'il
refusait, à mon retour, je saurais bien le trouver pour lui
administrer publiquement la correction qu'il mérite.

Il écrivit une insolente provocation, la remit à ses amis
et rentra chez lui.

Hermine s'habillait pour assister au dîner ; car elle ne
voulait pas que son mari soupçonnât qu'elle était malade
encore des émotions de la veille. C'est pourquoi déjà,
dans l'après-midi, elle avait fait dire par Madeleine à
M. de Tancray qu'elle était sortie.

Il était entré avec le projet de rester à peu près calme.
Mais en voyant Hermine l'accueillir du haut de son
regard dédaigneux et triste, tous ses emportements lui
revinrent.

— Tenez, lisez, lui dit-il hors de lui.

Hermine lut en tremblant le journal qu'il lui tendait.
Un voile obscurcit ses yeux. Elle fut obligée de s'appuyer
à un meuble pour se soutenir.

— Croyez-vous que votre déshonneur et le mien soient assez publics ? s'écria Raoul. Je viens du club, où cet entrefilet est le sujet de toutes les conversations, où j'ai eu à subir les regards railleurs, les condoléances humiliantes de mes amis. Voilà la situation que vous me faites, à moi, un de Tancray ! par vos légèretés, vos folies, vos basses amours !

Hermine, atterrée, restait silencieuse.

Il s'approcha d'elle et la secouant violemment par le bras :

— Eh bien ! que dites-vous de ce joli scandale ?

— Je dis que je ne suis point responsable des suppositions qu'il plaît au premier venu de faire sur mon compte.

— Il n'y a pas de fumée sans feu. Vous aimez ce Didier. Vous le laissez voir au point que les personnes même qui ne vous connaissent pas peuvent le deviner.

Il est une heure dans la vie de toutes les femmes, a dit un profond analyste du cœur humain, où elles se font gloire d'avouer hautement ce qu'elles ont longtemps pris soin de cacher à tous.

Hermine, irritée et lasse enfin des brutalités de son mari, se redressa fièrement, et le regardant en face :

— Eh bien ! oui, je l'aime, dit-elle.

A cette déclaration, Raoul éprouva comme un vertige.

— Vous l'avouez donc enfin ! s'écria-t-il avec un ricanement terrible.

Il posa sa main sur la poche où se trouvait son revolver.

— Répétez-le, répétez-le, ajouta-t-il.

— Je puis l'avouer sans honte, répondit Hermine avec une dignité hautaine, car cette affection est si pure, que le mari le plus susceptible n'aurait pas le droit de s'en offenser.

Cette réponse arrêta l'explosion près d'éclater.

— Un mari, répliqua-t-il, ne doit tolérer aucune affection en dehors de lui. On sait ce que deviennent entre homme et femme ces sentiments qui se déguisent sous le nom de platonisme ou d'amitié. Aussi je vous défends, entendez-vous, mais absolument, de revoir ce Didier et d'avoir avec lui aucun genre de correspondance. Vous voyez où peut conduire une imprudence. Il va falloir, à mon retour de Trévières, que je me coupe la gorge avec ce journaliste, ou s'il refuse de se battre, que je lui casse les reins.

— A mon avis, dit Hermine, en faisant tant de bruit, vous donneriez beaucoup trop d'importance à ce propos.

— Un de Tâncray ne pense pas comme une Chapuzot. Il ne peut admettre qu'un soupçon même effleure son honneur.

— Un homme de bon sens, répondit Hermine, devrait mettre son honneur à mépriser des insinuations calomnieuses et anonymes.

— Nous ne nous entendrons jamais à ce sujet. Dès mon retour, j'y mettrai bon ordre. D'ici là, je vous engage à surveiller votre conduite. Je vous défends même de sortir, de vous montrer, soit au Bois, soit au spectacle.

— Comme j'ai conscience de n'avoir rien fait qui m'oblige à me cacher, je sortirai, si bon me semble.

— Ah ! taisez-vous, ne m'exaspérez pas, je ne sais en ce moment à quelle extrémité pourrait me pousser la colère !

— Je ne sais, moi non plus, ce que pourrait m'inspirer la révolte où me jettent vos inconvenantes menaces.

— Pas un mot de plus ! vous dis-je.

21

Et Raoul leva la main.

— Battez-moi, tuez-moi, repartit Hermine avec calme ; car jamais ma dignité ne s'abaissera devant votre orgueilleux despotisme. Tuez-moi donc, si bon vous semble. Ce sera du moins une issue à la triste situation que vous m'avez faite.

— Des récriminations en ce moment ! Il vous sied bien, en vérité !

— Puisque nous ne pouvons nous entendre, pourquoi ne pas nous séparer à l'amiable ?

— C'est cela : donner au monde le scandale de notre dissentiment et de vos coupables amours ! Oubliez-vous que, séparée, même judiciairement, vous porterez encore mon nom ?

— Je reprendrai avec bonheur mon nom de jeune fille.

— C'est votre liberté que vous voulez ?

— Oui.

— Eh bien ! Je ne vous la rendrai pas ; car je sais l'usage que vous en voulez faire.

— Cependant, nous ne pouvons toujours vivre ainsi. Cette existence est pire qu'un enfer, et je n'ai pas la force de la supporter.

— Pourquoi alors persistez-vous dans vos entêtements et vos idées romanesques ? Il faudra que vous changiez. Ou bien !...

— Ou bien, quoi ? interrogea-t-elle avec sa fière attitude.

— Vous le voyez, vous cherchez à me pousser à bout. Je fais des efforts surhumains pour me contenir ; mais craignez qu'il n'arrive un moment où je ne serai plus maître de moi. Tenez, c'est assez. A mon retour, je saurai bien vous faire plier.

Il sortit, en fermant la porte avec fracas.

Il était huit heures. Il se rendit chez Théodora.

Dès qu'il fut dehors, Hermine prit un nouvel et violent accès de fièvre, et se remit au lit.

XLVIII

Théodora attendait Raoul avec une vive impatience. Elle craignait déjà qu'il n'eût, par quelque emportement, dérangé ses profondes et machiavéliques combinaisons.

Elle voulut l'attirer sur le divan et le forcer à s'asseoir à côté d'elle.

— Non, je ne veux pas m'asseoir, dit-il. Je ne puis tenir en place. La fièvre me brûle.

Elle affectait de vouloir l'apaiser par de magnétiques caresses. Mais comme elle ne voulait pas qu'il s'apaisât, tout en l'enveloppant des plus tendres câlineries, elle poussait dans sa chair vive un aiguillon envenimé.

Tout à coup, se redressant, elle dit :

— Il est une manière de me prouver que vous n'aimez que moi, que vous n'aimez pas votre femme.

— Laquelle ?

— Restez avec moi jusqu'à votre départ. Promettez-moi de vous rendre directement au chemin de fer sans passer chez vous.

— Mais cette preuve, vous l'avez déjà ; car j'ai prévenu que je ne rentrerais pas, et j'ai donné l'ordre de transporter ma valise à la gare.

— O merci !

— Cependant, je voudrais bien savoir si Hermine,

après la défense que je lui ai faite, oserait assister à la deuxième représentation de la pièce de Didier.

— Vous le voyez, vous cherchez déjà un motif pour rentrer.

— Je cherche simplement à surprendre Hermine en faute.

— Elle n'ira pas à cette représentation, c'est évident. Après l'article que vous lui avez montré, c'est même impossible. Mais, je le vois, vous voudriez trouver un prétexte pour lui pardonner.

A ces mots, Raoul tressauta. Ses yeux étincelèrent.

— Lui pardonner, moi ! s'écria-t-il.

— Que les hommes sont iniques ! dit Théodora. Ils veulent avoir le privilége de l'infidélité. Pourquoi donc votre femme ne vous tromperait-elle pas, puisque vous la trompez ? Si vous aviez quelque sentiment de justice, vous jugeriez cette réciprocité parfaitement légitime et naturelle.

— Ce n'est pas la même chose : les conséquences sont bien différentes.

— Cependant la faute est exactement la même.

— Non, elle n'est pas la même. La femme est le complément de l'homme, sa chose, sa propriété. Par le mariage, l'homme prend réellement possession de la femme. Il la soumet, l'asservit par un acte de volonté supérieure.

— Quelle singulière métaphysique me débitez-vous là ! Le contraire peut aussi bien se soutenir. Vous parlez, vous, de l'amour brutal du sauvage. Mais l'amour, tel que l'a fait notre civilisation, intervertit les rôles. C'est la femme qui domine l'homme par l'attrait, par la séduction. Elle le domine surtout par sa coquetterie, sa fantaisie, son caprice, des actes de volonté bien supérieurs

à celui dont vous parliez tout à l'heure. Je dirai plus :
les hommes n'aiment ardemment et fidèlement que les
femmes qui les dédaignent. C'est pourquoi, malgré vous,
vous aimez Hermine, qui repousse votre amour.

— Je la hais, vous dis-je, je ne pense à elle qu'avec le
désir de la broyer.

— Cette haine est elle-même une forme de l'amour.

— Non, non, non. Mais parlons d'autre chose, voulez-
vous ?

Il se leva, marcha dans la chambre avec agitation. De
temps à autre il passait la main sur son front, comme pour
en chasser une obsession pénible.

Théodora garda un instant le silence. Elle observait
Raoul. Elle voyait son angoisse, la flamme qui brillait
dans ses yeux courroucés.

Puis elle regarda la pendule, qui marquait neuf heures.
Donc il en était dix. C'était pour Raoul le moment de se
rendre au chemin de fer, car le train partait à onze heures ;
et pour aller des Champs-Élysées à la gare d'Orléans, il
fallait bien une heure.

— Encore vingt minutes, pensa-t-elle, et il ne pourra
partir.

Il fallait le distraire violemment, pour empêcher qu'il
ne tirât sa montre.

Elle reprit aussitôt :

— Vous m'avez chargée, n'est-ce pas, de surveiller ces
tourtereaux ?

— Eh bien ? fit Raoul, qui s'arrêta brusquement.

— Eh bien ! je les surveille.

— Auriez-vous déjà surpris quelque indice ?

— Peut-être.

— Quoi ? parlez.

Il posa machinalement la main sur son arme.

— Vous avez donc toujours votre revolver dans votre poche ?

— Dites, qu'avez-vous surpris ?

— Rien encore ; seulement j'ai tendu mes batteries, et ils seront bien habiles s'ils échappent à ma surveillance. Mais ils n'échapperont pas ; ils sont tellement épris que fatalement ils commettront l'imprudence que je prévois.

— Ils sont tellement épris ! s'écria Raoul.

Théodora fit entendre un éclat de rire argentin.

— Un mari a beau être jaloux comme un tigre, dit-elle, il a toujours une certaine dose de cécité. Il croit voir ce qui n'existe pas ; mais ce qui crève les yeux lui échappe.

— Ainsi vous m'assurez que cela crève les yeux !

— Puisque le prince lui-même, en moins de dix minutes, s'en est aperçu.

— Et vous voulez que je tolère une pareille impudeur, une semblable honte ! Non, non, je ne puis vivre plus longtemps avec ce doute qui m'exaspère et me rend fou.

— Voyons, calmez-vous, mon ami, vous vous faites mal.

Théodora s'avança tout près de lui, passa ses petites mains parfumées sur le front brûlant de son amant ; mais lui, d'un geste brusque, la repoussa.

— Me calmer, quand vous jetez à plaisir le salpêtre dans mes veines !

— Alors, je me tairai ; je ne vous dirai plus rien. Je croyais vous être agréable en vous aidant à éclaircir ce doute qui vous obsède. Il paraît, au contraire, que cela me rend odieuse à vos yeux. N'en parlons plus.

— Si, parlez, je vous prie.

— Non, vous ne saurez rien de moi.

— Pardonne, ma Théo, ce mouvement d'humeur. Mais

depuis que j'ai lu cet article, je suis tellement surexcité que je ne sais plus ce que je dis, ce que je fais. Merci de m'aider à me calmer et surtout à connaître la vérité ; car il faut que je la connaisse et que je les châtie, s'ils sont coupables. Le sont-ils ? Crois-tu ?

— S'il est une chose dont on ne puisse jurer... fit-elle en souriant.

— Cependant, vous disiez tantôt que leur affection était si élevée, si pure !...

— Sans doute. Mais où commence l'impureté dans l'amour ? La passion, comme le feu, purifie tout. Arrivé d'ailleurs à un certain degré, l'amour est si impérieux dans son égoïsme qu'il sacrifie sans hésitation tout ce qui s'oppose à son but. Et ce but, quoi qu'on en dise, est toujours la possession.

— Ils en seraient arrivés à cette phase ?

— Je le crois.

— Vous le croyez, et vous ne me le disiez pas !

— Eh bien ! qu'eussiez-vous fait pour empêcher votre malheur ? Vous n'auriez pas, j'imagine, enfermé votre femme...

> ... Les verrous et les grilles
> Ne font pas la vertu des femmes et des filles.

Les obstacles, au contraire, précipitent le dénouement. Rappelez-vous l'histoire de ce pauvre marquis ; et s'il vous lègue sa tabatière, portez-la sur vous comme talisman contre la jalousie... Mais, à propos du marquis, vous oubliez l'heure.

— Comment ! quelle heure est-il donc ? demanda Raoul.

Il regarda la pendule.

— En effet, voici dix heures. Il est temps de partir.

Théodora s'avança à son tour.

— Dix heures ! exclama-t-elle. Mais ma pendule retarde d'une heure. Il en est onze.

Raoul tira sa montre et resta stupéfait.

— Impossible de partir ! Quel ennui ! Que ne m'avez-vous averti plus tôt !

— Etes-vous sûr que votre montre n'avance pas un peu ? Peut-être qu'avec une voiture très-rapide...

— Il est trop tard. Le train part à dix heures cinquante-cinq.

— Alors il faudrait télégraphier ce retard.

— C'est cela : je vais courir jusqu'à la Bourse.

— Et vous me reviendrez ?

— Non, je rentrerai chez moi.

— Je préfère que vous reveniez ici, dit Théodora, qui affecta un grand effroi.

— Qu'avez-vous donc ? demanda Raoul inquiet.

— J'ai mon idée. Je ne veux pas que vous rentriez chez vous ce soir à minuit.

— Pourquoi ? insista Raoul avec impatience.

— Je ne puis vous le dire.

— Vous me le direz.

— Non, quand vous devriez me broyer.

— Je comprends: ils sont ensemble; vous le savez.

— Je vous jure que je l'ignore. Mais vous avez prévenu chez vous, n'est-ce pas, que vous partiez à onze heures et que vous vous rendriez directement au chemin de fer ?

— Oui.

— Eh bien ! les amoureux sont toujours si impatients de se voir, si empressés de profiter de l'absence du mari...

— Vous supposez que ce Didier, en mon absence, oserait entrer chez moi ?

— Je ne sais. Je craindrais plutôt qu'Hermine...

— Ne fût sortie pour aller chez lui, dit Raoul terrible.

— Mon Dieu ! je ne sais rien, je ne suppose rien. J'ai peur, voilà tout. Et c'est pourquoi je ne veux pas que vous sortiez. Non, vous ne sortirez pas. Votre regard m'épouvante. Je vais faire porter votre dépêche. Quant à vous, vous êtes mon prisonnier.

Elle l'entoura de ses bras.

Mais Raoul se dégagea violemment.

Théodora se précipita vers la porte, la ferma, enleva la clef.

— Donnez-moi cette clef !

— Non.

— Je vous la prendrai de force, s'il le faut.

Théodora avait les yeux fixés sur la pendule, calculant intérieurement l'heure à laquelle elle devait le laisser sortir.

— Mais cela n'a pas le sens commun, s'écria-t-elle en éclatant de rire. Didier assiste à la représentation de sa pièce. Il ne peut être encore auprès d'Hermine.

Raoul la regarda dans les yeux, comme s'il soupçonnait son jeu.

Pour échapper à ce regard, Théodora lui tendit la clef.

— La voici, dit-elle. J'aurai conscience d'avoir tout fait pour prévenir un malheur. Tâchez du moins d'arriver assez tôt pour les empêcher de commettre une imprudence ; car voilà bientôt minuit, c'est-à-dire la fin du spectacle.

Théodora conduisit Raoul jusque dans l'antichambre.

Quand il fut dans l'escalier, elle s'avança contre la porte, y colla son oreille, et retenant son souffle, l'écouta descendre.

21.

Elle se redressa.

— Il descend lentement, se dit-elle. Donc il attend, il veut les surprendre.

Et repassant dans son esprit tous les incidents de leur entretien :

— Bien joué ! murmura-t-elle.

Et ses yeux de tigresse prirent une effrayante expression de triomphe.

Elle rentra dans sa chambre. Elle éprouvait comme un frisson. Et cependant son front était brûlant.

Elle ouvrit sa fenêtre, regarda dans les Champs-Elysées et distingua la haute stature de Raoul.

D'abord, il marcha lentement, la tête baissée. Il s'approcha d'un bec de gaz, tira sa montre. Puis il reprit sa marche. Mais cette fois, il allait vite ; il courait presque.

Quand Théodora l'eut perdu de vue, elle referma sa fenêtre.

Elle s'assit regardant dans le vague, d'un œil fixe.

Par instants sa poitrine haletait.

Elle avait peur.

Elle sonna Caroline afin de n'être pas seule.

Pendant que Caro la déshabillait, elle parlait sans suite, avec précipitation, passant brusquement d'un sujet à l'autre.

— Comme madame est excitée ce soir ! dit Caro ; on dirait que madame a un peu de fièvre.

— Oui, c'est vrai, j'ai des frissons. Étends un matelas sur le divan, ma bonne Caro, et couche à côté de moi. Je crains d'être souffrante cette nuit.

Mais bientôt Caroline l'importuna. Elle la renvoya.

XLIX

A la seconde représentation, la pièce de Didier ne se releva pas entièrement. Cependant, grâce au chaleureux appui de Gatinais et de ses amis, elle obtint un demi-succès, que sans doute le public du lendemain ne ratifierait pas.

Didier, en apprenant qu'Hermine était malade et l'appelait, oublia tout : sa pièce, la froideur du public et la mauvaise humeur du directeur. Si Hermine souffrait, c'était à cause de lui sans doute.

Il avait lu, lui aussi, l'article malveillant qui interprétait si perfidement cette héroïque protestation. Son premier mouvement avait été de courir, comme M. de Tancray, au bureau du journal. Mais la réflexion lui avait aussitôt démontré le danger d'une telle démarche.

Il se réjouit du départ de Raoul, car il savait qu'il ne manque point d'amis officieux, empressés d'annoncer les fâcheuses nouvelles.

Puisqu'Hermine le priait de passer chez elle, c'est que son mari était réellement parti.

Aussitôt la toile tombée, il y courut.

Quand il arriva rue Bellechasse, il était minuit. Tous les domestiques étaient couchés. Madeleine seule veillait auprès de sa maîtresse. Elle fut étonnée d'entendre sonner, et bien plus étonnée encore en reconnaissant Didier qui se dit appelé par Mᵐᵉ de Tancray.

Hermine ne dormait pas. Après la scène que lui avait faite son mari, ce n'était cependant ni à elle-même, ni à sa triste situation qu'elle songeait.

Depuis huit heures, c'est-à-dire depuis le moment où
la représentation avait commencé, elle y assistait en pensée. Elle en suivait avec angoisse les péripéties. Elle
vivait ainsi de la vie de Didier, elle partageait ses émotions. Aussi, quand il se présenta, ne songea-t-elle pas à
se demander comment il osait venir. Elle supposa la vérité: c'est-à-dire qu'il avait appris par Mme de Broissac
le départ de son mari, et qu'il accourait lui dire le résultat
de la soirée.

Sans autre réflexion, elle ordonna à Madeleine de le
faire entrer.

— O merci, mon ami, d'être venu ! s'écria-t-elle. Vous
m'épargnez ainsi une affreuse nuit d'insomnie et d'inquiétudes. Eh bien ? que s'est-il passé ?

— Demi-succès, qui peut-être demain ne se soutiendra
pas. Pour un début, j'ai été trop audacieux. Mes idées assurément sont justes, honnêtes, libérales. Je crois l'avoir
démontré jusqu'à l'évidence. Mais hélas ! l'évidence ne
suffit point pour convaincre. La vérité qui apparaît inopinément, déconcerte. Ce n'est que par un lent travail qu'on
peut arriver à déraciner des préjugés qui ont mis des
siècles à se fortifier. Il y a si peu d'esprits indépendants !
La faute en est à nos systèmes d'éducation autoritaires,
à nos méthodes routinières. Donc, je me suis trompé. Je
ne connaissais pas suffisamment mon public. Je suis allé
trop vite. Mais la critique a compté avec moi, a discuté
ma pièce. Je me relèverai bientôt, et brillamment, j'espère, de cet échec. Ainsi, mon amie, soyez sans aucune
inquiétude. J'ai la foi et surtout l'amour, qui soulèvent
les montagnes.

En parlant ainsi, Didier était comme transfiguré. Il
avait cette expression de force et de grandeur à laquelle
se reconnaît un homme vraiment supérieur. Dans son

œil profond et fixe brillait la flamme du génie. Les natures faibles se laissent abattre par un insuccès. C'est, au contraire, le propre des organisations puissantes de réagir contre l'obstacle, de s'exciter par la lutte.

En cet instant, il était réellement beau.

Hermine, rassurée, le contemplait avec admiration. Elle lui tendit la main.

— Que vous êtes beau et grand, Didier, et bon surtout! ajouta-t-elle. Je vous aime.

— C'est vous, répondit-il, qui me donnerez le courage de travailler, de vaincre. Oui, soutenu par votre amour, je vaincrai ce public, hostile aujourd'hui, mais qui demain me jettera ses couronnes. Si vous saviez comme on est fort avec un semblable levier!

— Mon cœur ne vous fera jamais défaut, fit-elle.

Elle attira la main de Didier; et, comme à la ferme de Bellesaygues, elle la plaça sous sa tête endolorie. Elle ferma les yeux pour se recueillir dans sa félicité; et, comme autrefois aussi, de douces larmes coulèrent de ses paupières fermées.

Ils restèrent quelque temps ainsi, ivres tous deux, oubliant le reste du monde.

— Sans doute, reprit Didier, je suis bien heureux déjà, puisque j'ai votre cœur. Mais je voudrais votre vie tout entière. Je suis jaloux de tous les instants que vous ne me donnez pas.

— Moi non plus, je ne puis vivre maintenant éloignée de vous; je suis d'ailleurs à bout de courage. Rester plus longtemps avec cet homme grossier me serait impossible... ce soir encore...

— Il vous aurait encore maltraitée?

— Ne parlons pas de cela, mon ami. Dans la colère, cet homme est fou. Il m'a dit ce soir que, si je ne pliais

pas, il me broierait. Il me broiera, car je ne plierai pas.
Humilier devant lui ma dignité, feindre la soumission
quand tout mon être se révolte, je ne le puis pas. Donc
il arrivera certainement un moment où, dans un accès de
fureur, il me tuera.

— Non, non, il ne vous tuera pas. Je saurai vous protéger, mon adorable amie. Il faut profiter de son absence pour
prendre une décision. Dès demain j'irai trouver votre père,
et je lui soumettrai votre intolérable situation.

— Mais il vous accusera de l'avoir causée.

— Eh bien! je m'adresserai à un avocat, au parquet,
s'il le faut, car vous ne pouvez être exposée à des violences qui mettent vos jours en danger.

Hermine alors releva sa manche et montra sur son bras
si délicat, d'une blancheur si diaphane, l'empreinte vio-
lette des doigts du brutal.

Dans un élan de pitié, de tendresse, Didier y colla ses
lèvres.

Ce baiser fut l'étincelle qui alluma l'incendie.

— Hermine, ma femme, murmurait-t-il, en couvrant
de baisers fiévreux ses mains, son bras meurtri, ses cheveux, ses yeux alanguis, extatiques.

Hermine, affaiblie par la fièvre, s'abandonnait. Mais
elle réagit soudain contre sa faiblesse et, doucement,
elle repoussa les caresses de Didier.

— Ah! mon ami, dit-elle, n'oubliez pas que c'est la
pureté de notre amour qui fait ma force vis-à-vis de mon
mari, et qui plus tard, si je plaidais en séparation, m'obtiendrait gain de cause.

— Ce qui fait notre force, repartit Didier éperdu,
c'est notre amour lui-même. Qui donc pourrait nous séparer?

Il l'étreignit avec délire.

En ce moment, Raoul, depuis la cour de l'hôtel, apercevant de la lumière dans la chambre de sa femme, se glissait sans bruit dans le vestibule, montait l'escalier, traversait le salon, dont le tapis amortit ses pas, et, l'oreille collée à la serrure, entendit des voix, reconnut celle de Didier.

Il entra brusquement, le bras tendu, armé de son revolver.

Son œil semblait sortir de l'orbite. Sa figure contractée par la colère était terrible.

Hermine se dressa effarée sur son séant. Elle vit le canon du revolver dirigé contre Didier.

— Grâce! grâce! s'écria-t-elle.

Mais le coup partit. Didier tomba à la renverse.

Hermine jeta un grand cri, voulut se lever pour porter secours à Didier.

Au même instant, elle reçut en pleine poitrine une balle qui la cloua sur son lit.

Alors, Raoul, ivre de fureur, s'approcha de ses victimes, déchargea presque à bout portant un troisième coup dans la tête de Didier. Puis il revint à Hermine, et lui appuyant le canon du revolver sur le cœur, il tira deux derniers coups qui l'achevèrent.

Quand il eut terminé cette boucherie et qu'il vit à ses pieds ces deux cadavres râlant, sa colère s'apaisa subitement. Saisi d'effroi, il jeta son arme et sortit précipitamment.

Il se dirigea vers les Champs-Elysées, suivit l'avenue du bois de Boulogne et erra toute la nuit comme un fou.

Quand le jour parut, il revint aux Champs-Elysées, avisa un café ouvert, y entra, demanda de l'absinthe, en but un grand verre.

Puis se sentant plus ferme, il monta chez Théodora.

Elle-même avait passé la nuit dans l'angoisse.

En voyant l'air égaré de Raoul, elle affecta la surprise.

— Qu'avez-vous fait? grand Dieu! s'écria-t-elle.

— Je les ai tués tous les deux, répondit-il.

Et il s'affaissa sur le divan.

— Malheureux! Ce que je prévoyais est arrivé, fit-elle.

Elle voulut connaître tous les détails du crime. Elle lui arrachait une à une des phrases saccadées, sans suite. Il était haletant.

Théodora l'écoutait avidement. Malgré la joie intérieure qu'elle éprouvait d'être enfin débarrassée de ces deux êtres qu'elle haïssait, elle tremblait. Ses genoux s'entrechoquaient et fléchissaient.

Elle alla s'asseoir à côté de Raoul pour lui prendre la main.

Mais il la repoussa et se leva vivement.

— J'ai la bouche sèche, dit-il, donnez-moi à boire.

— Quoi, un verre de Bordeaux?

— Non, de l'absinthe, pour me remettre et me donner appétit; car ma poitrine est horriblement serrée. J'étouffe.

Il défit le nœud de sa cravate pour respirer plus librement.

— Ne vous inquiétez pas. Il y aura procès; mais vous serez acquitté. Si vous ne préférez vous constituer vous-même prisonnier, rentrez chez vous pour attendre qu'on vous arrête.

— Rentrer chez moi, revoir ces deux cadavres! Non. Que la justice fasse son œuvre comme elle l'entendra.

— Mais si l'on vous trouvait chez moi, on pourrait croire que je suis votre complice, que sais-je? l'instigatrice du crime peut-être.

Raoul l'écoutait, dardant sur elle sa prunelle sombre.

— Et peut-être, dit-il d'une voix sourde, ne se tromperait-on guère.

— Vous l'oseriez penser! Moi qui, au contraire, hier encore, ai fait tous mes efforts pour vous empêcher de rentrer chez vous!

Raoul venait de boire un second verre d'absinthe. Son regard, tout à l'heure fixe, vacillait. Sous l'empire d'une grande surexcitation nerveuse, il avait entrevu la vérité. Maintenant sa lucidité était passée.

Cependant, ce doute qu'il venait d'exprimer, suffit à bouleverser Théodora. Il allait peut-être la mettre en cause, l'accuser.

Quand Raoul voulut se lever, il chancelait un peu.

— Bah! il est ivre, pensa-t-elle. Il n'a rien deviné. Il divaguait.

Elle écrivit et envoya sur-le-champ deux billets : l'un à M. de Salbris, l'autre à Gatinais.

Elle revint auprès de Raoul, qu'elle trouva plongé dans une sorte de torpeur extatique. Son visage avait perdu son expression farouche. Il souriait. L'absinthe lui avait apporté l'oubli. Il ne voyait plus les deux cadavres dont l'image l'avait poursuivi toute la nuit.

A neuf heures arrivèrent Gatinais et M. de Salbris.

Théodora envoya Gatinais aux journaux pour obtenir que, dans le récit du meurtre, on dissimulât au moins les noms, et pria M. de Salbris de conduire Raoul à la Préfecture de police pour qu'il se constituât prisonnier.

La justice se rendit sur le théâtre du crime.

Hermine était morte, mais Didier vivait encore. On le transporta dans une maison de santé. Sa vie et sa raison, car il était grièvement blessé à la tête, furent longtemps en danger.

L

Ce procès, qui s'annonçait comme une cause célèbre, eut cependant peu de retentissement.

Grâce à de hautes influences, les journaux se montrèrent discrets.

L'affaire s'instruisit rapidement et se jugea en une seule audience.

L'article 324 absolvait cet assassinat :

« Dans le cas d'adultère, le meurtre commis par l'époux sur son épouse, ainsi que sur son complice, à l'instant où il les surprend en flagrant délit dans la maison conjugale, est excusable. »

Sans doute, il était difficile de prouver l'existence du délit. Mais toutes les apparences s'étaient réunies pour en convaincre Raoul ; et cela suffisait pour l'innocenter.

Toute préméditation d'ailleurs ayant été écartée, M. de Tancray fut acquitté.

Le juge d'instruction, en interrogeant Théodora, eut bien quelques soupçons de sa complicité. Mais elle avait montré tant d'habileté dans ses instigations, qu'il fut impossible d'en découvrir aucune trace. L'assassin d'ailleurs se trouvant complètement disculpé, pouvait-on se montrer plus rigoureux envers sa complice ?

On le voit, grâce à cet article de la loi, un crime odieux avait pu être impunément commis avec la plus lente, la plus perfide préméditation. C'était une sorte d'assassinat légal.

Dans la nuit même du meurtre, le marquis mourut ou plutôt s'éteignit.

En apprenant que son neveu, le dernier des Tancray, avait commis un meurtre et qu'il était en prison, le chanoine, qui venait de terminer un copieux repas, fut frappé d'apoplexie foudroyante.

Raoul était entré ainsi en possession du titre de marquis et de l'héritage de ses deux oncles. Il jouissait de cette grande position convoitée par Théodora. Aussi poursuivit-elle ses projets de mariage.

Tant que dura l'emprisonnement préventif, elle lui montra un dévouement que chacun admira. Non-seulement elle obtint de le voir chaque jour, mais elle s'occupa activement, de concert avec M. de Salbris, de lui trouver un avocat et de fournir des notes pour la défense; car Raoul était plongé dans un tel abattement qu'il semblait indifférent à l'issue de son procès.

Quand il fut hors de prison, il ne songea pas même à aller remercier Mme de Broissac, et s'abstint de répondre à ses pressants appels.

Le troisième jour, Théodora, n'y tenant plus d'impatience, se rendit rue Bellechasse et demanda M. de Tancray.

— Il est sorti, lui répondit le valet de chambre.

— Alors, je l'attendrai.

Le domestique fut donc obligé d'avouer que M. de Tancray était chez lui, mais qu'il avait donné l'ordre rigoureux de ne recevoir personne.

— C'est qu'il ne prévoyait pas ma visite. Annoncez-moi, dit-elle impérieusement.

Elle suivit de près le valet de chambre, qui, à sa grande stupéfaction, au lieu de se diriger vers le cabinet de Raoul, pénétra dans la chambre d'Hermine.

Elle entendit la réponse de Raoul.

— Je n'y suis pas ! s'écria-t-il avec emportement.

Elle était congédiée, congédiée brutalement.

Aussi, ne tenant aucun compte de ce refus, elle ouvrit vivement la porte et se présenta.

M. de Tancray était assis devant une table, l'œil atone, le teint animé. Un léger tremblement agitait ses membres. Il tenait d'une main un verre et de l'autre, un flacon d'absinthe.

Depuis longtemps, Raoul s'adonnait à cette boisson toxique. Mais depuis l'assassinat, il doublait et triplait la dose. Tourmenté par le remords, il s'enivrait pour chercher l'oubli.

En effet, quand il commençait à boire la liqueur empoisonnée, il éprouvait tout d'abord cet état de bien-être dans lequel les ivrognes cherchent l'effacement des préoccupations pénibles. Peu à peu, à cette torpeur trompeuse succédait l'exaltation. Les idées se réveillaient confuses, pressées, violentes. Et l'exaltation produisait l'hallucination.

Théodora s'avança rapidement vers lui, lui enleva son verre et sa bouteille.

Cette contrariété détermina la crise.

D'atone, l'œil de Raoul devint brillant, injecté, horrible. Les muscles de la face s'agitèrent convulsivement. Il se mit à crier d'une voix rauque, tremblante :

— A moi ! mon revolver ! le spectre !

Il sortit l'arme de sa poche.

Théodora terrifiée se rejeta vivement en arrière.

— Ne craignez rien, dit tout bas le valet de chambre. J'ai eu soin d'enlever les balles. Depuis trois jours il est ivre. Il ne mange pas, ne dort pas, et fait le vacarme à lui tout seul.

Le domestique riait.

— Et vous lui donnez à boire dans l'état où il est ? s'écria Théodora.

— Dame ! j'obéis à monsieur.

— Mais il est malade, très malade. Il a le délire. Il est fou.

Raoul tira les huit coups de son revolver contre des fantômes imaginaires. Il semblait éperdu et criait d'une voix altérée par l'épouvante :

— Ils veulent me tuer. Au secours ! Grâce, grâce, messieurs les juges ! L'échafaud ! non, vous ne m'y traînerez pas. Je préfère me tuer.

Après avoir fait le simulacre de se suicider, il resta un instant immobile, comme s'il se croyait mort.

Tout à coup, il se redressa, arracha de ses mains crispées les vêtements qui couvraient sa poitrine.

— Qui donc me ronge ainsi le cœur ? s'écria-t-il. Des rats, des serpents ! Arrachez-les, ces vampires !

Théodora, effrayée de ce délire, envoya immédiatement chercher son médecin. Puis, s'approchant de Raoul, elle lui dit avec douceur et câlinerie :

— Voyons, mon ami, il faut vous coucher et tâcher de dormir.

Raoul fixa sur elle ses yeux hagards.

— Hermine, c'est toi, dit-il, ma douce Hermine ! Ah ! cruel fantôme, ne me regarde pas ainsi avec tes yeux caves. Et là, cette autre tête de mort qui ricane, c'est ton Didier. Tu as beau rire, va, je me moque de toi, je n'ai pas peur. Ah ! ne m'approche pas ! ne m'approche pas !

Et poussant un cri, ou plutôt un rugissement, il s'élança vers la fenêtre.

Théodora le regardait avec désespoir.

Soudain Raoul se rapprocha d'elle en marchant sur ses mains, comme un animal.

— Un tigre ! dit-il, non, c'est une tigresse. Ces yeux-là, je les ai déjà vus. Comment ! c'est toi, Théodora, te voilà tigresse à présent... Je te reconnais bien, va, tu veux la proie... Non, non, pas moi, c'est fini, je te hais... J'aime Hermine, Hermine, mon seul amour... Toujours ce spectre, quand je l'appelle !

Maintenant, couché à plat ventre, il rampait comme pour échapper au fantôme. Puis tout à coup d'horribles convulsions secouèrent tous ses membres.

Le médecin arriva, examina le malade, s'informa.

— Y a-t il longtemps que M. de Tancray s'adonne à l'absinthe ? demanda-t-il.

— Depuis longtemps il en prend tous les jours ; mais je ne l'ai jamais vu ivre, répondit Théodora.

— C'est beaucoup plus grave que s'il s'était enivré quelquefois, en restant sobre dans l'intervalle.

— Mais enfin, est-ce une maladie ou un état accidentel ?

— C'est une affreuse maladie, c'est l'alcoolisme. Il a déjà atteint la période aiguë. Vous venez d'assister à un accès d'épilepsie, causé par le *delirium tremens*.

— Le *delirium tremens* ! exclama Théodora terrifiée.

— Ces accès durent de deux à six jours. Dans six jours, s'il n'est pas mort, nous pourrons le sauver de cette première crise, grâce à sa jeunesse et à sa forte constitution. Mais il boira encore, c'est fatal. Il ira, s'abrutissant peu à peu, jusqu'au dernier accès, qui l'emportera.

Théodora l'écoutait pâle, tremblante. Elle ne pouvait croire à la ruine de ses espérances.

— Vous vous trompez sans doute, docteur ; ce ne peut être cette horrible maladie.

— Je ne me trompe pas. Le *delirium tremens* parfois

éclate, indépendamment de tout excès actuel, sous l'influence d'une commotion morale violente ou de toute autre cause qui jette brusquement un grand trouble dans les fonctions de l'organisme. L'absinthe est ici la cause première. Les émotions du meurtre et du procès sont la cause déterminante.

— Mais quel traitement suivre ?

— Le séjour momentané dans une maison d'aliénés serait le meilleur.

Théodora fit un geste d'effroi.

— Alors, reprit le docteur, la campagne, la chasse, la privation absolue d'alcool, et surtout d'absinthe. C'est là la grande difficulté du traitement. Car vous savez le proverbe : Qui a bu, boira. Enfin, voulez-vous mon avis sincère ? Eh bien ! si M. de Tancray n'a pas lui-même l'énergique volonté de se guérir, c'est un homme perdu.

En entendant cet arrêt, Théodora resta atterrée. Elle voyait ainsi crouler toutes ses ambitions, s'évanouir son rêve, ce rêve pour la réalisation duquel elle avait longuement, froidement médité, préparé un meurtre. Sa vengeance se tournait contre elle. Dans son délire, Raoul la haïssait et il aimait Hermine morte.

Toutefois le titre de marquise et la fortune de Raoul la tentaient si fort, qu'elle fit cet odieux calcul : si, comme l'espérait le médecin, Raoul se guérissait de cette première crise, elle l'épouserait. Puis, s'il continuait à se livrer à l'absinthe et reprenait un nouvel accès, elle le ferait enfermer dans une maison d'aliénés. Ainsi, elle serait marquise et jouirait de la fortune, tout en se débarrassant d'un mari gênant et malade.

En rentrant chez elle, Théodora trouva Gatinais qui

l'attendait, et qui, la figure décomposée et morne, lui annonça une terrible nouvelle.

M. Chapuzot, exécuté la veille à la Bourse, avait disparu, emportant le peu de capitaux qui restaient à la *Banque de l'Union.*

Théodora, complètement abusée par les dividendes énormes que lui remettait chaque mois M. Chapuzot, lui avait confié toute sa fortune. Elle se trouvait donc totalement ruinée.

Gatinais, lui, ne perdait relativement qu'une faible somme. Ses propriétés, qu'il n'avait pas encore hypothéquées, lui restaient en entier.

Ébranlée déjà par la scène terrifiante à laquelle elle venait d'assister, par la consultation peu rassurante du docteur, Théodora ne put supporter ce dernier coup. Elle fut prise soudain d'un tremblement et d'un frisson si intenses qu'elle dut se mettre au lit. Une fièvre ardente se déclara. Elle fit une longue et grave maladie.

Quand elle reprit connaissance, sa première pensée fut de demander un miroir. A la vue de son visage terreux, de ses yeux caves, de ses joues creuses ridées comme celles d'une femme de soixante ans, de ses cheveux presque entièrement blanchis, elle s'évanouit.

Elle était en effet méconnaissable. Autrefois elle était maigre; mais à présent c'était un squelette. Sa peau avait des tons d'ocre et par endroits de terre de Sienne. Les paupières et les lèvres étaient affreusement plissées. L'abus des cosmétiques de tout genre, plus encore que la maladie, avait causé ces ravages.

Elle demanda Caroline. Elle voulait savoir immédiatement s'il ne serait pas possible de remédier à cette dévastation.

On lui apprit qu'à la nouvelle de sa ruine, Caroline s'était empressée de la quitter.

Mais alors, qui donc s'occupait d'elle, qui la faisait soigner?

— M. de Salbris, lui fut-il répondu.

— Et M. de Tancray, où est-il? demanda-t-elle. Pourquoi n'est-il pas ici?

— Il est parti pour le Berry.

— Quelles sont les personnes, questionna-t-elle encore, qui sont venues pendant ma maladie prendre de mes nouvelles?

— M. Gatinais, dans les commencements. Voici plusieurs cartes de lui. Mais il est parti, lui aussi, pour la saison de la chasse.

— Alors, allez chercher M. de Salbris; que je lui parle tout de suite!

— Il est également depuis quelques jours en villégiature.

Ainsi, elle était seule, abandonnée. Le vide s'était fait instantanément autour d'elle, au lendemain même de sa ruine. Elle n'avait plus un seul ami.

Elle n'eut dès lors qu'une idée : se rétablir au plus vite et partir pour Trévières rejoindre Raoul, reprendre sur lui son empire et se faire épouser.

Vers la fin de septembre, après avoir réuni les débris de sa fortune, vendu son luxueux mobilier, elle partit pour le Berry.

A la gare, dans la salle d'attente des secondes, elle aperçut un jeune homme affaissé, la tête enveloppée d'un bandeau noir. Son visage exprimait plus que l'amertume des illusions perdues, une immense et incurable douleur.

C'était Didier qui également retournait à Trévières.

Le remords vivant qui lui apparaissait soudain, frappa Théodora en pleine poitrine.

22

Elle passa vite pour l'éviter.

Quant à Didier, il ne reconnut point Mme de Broissac.

La comtesse partait par le train express, Didier, par le train omnibus. Ils ne purent donc se rencontrer dans le voyage.

En arrivant à Trévières, au lieu de descendre à l'hôtel, Théodora se fit conduire directement au château de Tancray.

Ce fut le vieux Baptiste qui la reçut.

— M. de Tancray, que fait-il? Comment va-t-il? questionna-t-elle.

Le vieux serviteur secoua tristement la tête.

— Il m'a tout l'air de filer un mauvais coton. Bien sûr, s'il continue à se calfeutrer dans son chagrin, notre jeune marquis ne vivra pas aussi longtemps que l'autre.

Mme de Broissac se fit conduire immédiatement auprès de lui.

Baptiste crut devoir faire, en faveur de l'amie de M. de Tancray, une infraction à l'ordre sévère qu'il avait reçu de ne laisser entrer personne.

— Mais où donc me conduisez-vous? demanda Théodora.

— Dans la chambre de feu Mme de Tancray; c'est là qu'il passe toutes ses journées.

Théodora frémit.

Ici comme à Paris, il se réfugiait dans la chambre d'Hermine. Sans doute il continuait à boire. C'était un maniaque.

Elle le trouva encore assis devant une table, ayant à portée de sa main l'éternel verre et l'éternelle absinthe.

Depuis deux mois, quel changement dans toute sa personne! On eût eu peine à reconnaître le beau, le fashionable Raoul d'autrefois. Ses vêtements usés et déchirés, son linge maculé, sa cravate dénouée, ses cheveux en désordre, son teint violacé, sa lèvre pendante, son œil hébété, tout en lui décelait le buveur d'absinthe.

Il se trouvait cependant dans un moment de calme et de lucidité.

Théodora, malgré la répugnance que lui causait l'état de malpropreté où elle retrouvait son amant, voulut se jeter à son cou. Mais il l'écarta froidement.

— Que voulez-vous, ma chère? fit-il d'un ton glacial.

— Est-ce ainsi que vous m'accueillez, moi qui ai fait le voyage tout exprès pour vous voir, vous soigner, vous sauver malgré vous?

— Me soigner! mais je me porte à merveille. Et je ne cours, que je sache, aucun danger.

— Cette bouteille! s'écria Théodora en désignant le flacon d'absinthe d'un geste théâtral, c'est pour vous le poison, la mort, la mort la plus hideuse et la plus effroyable.

— Si vous êtes venue de Paris pour jouer cette nouvelle comédie, ce n'était pas la peine en vérité de vous déranger.

— Raoul, revenez à vous, reconnaissez-moi, je suis votre Théo. Votre ingratitude a déjà failli me tuer. Je sors d'une longue et douloureuse maladie. Il n'y a que moi qui puisse vous guérir. Dites, le voulez-vous?

M. de Tancray ne répondit pas.

Elle s'approcha pour lui prendre la main.

— Ne me touchez pas! s'écria-t-il en faisant un geste violent. Toutes les femmes me font horreur. Je n'en ai jamais aimé qu'une, une seule, et celle-là, je l'ai tuée. C'est vous qui en êtes cause.

— C'est moi, dites-vous? fit Théodora qui ne put dissimuler son anxiété.

— Oui, c'est vous; car, si je ne vous avais pas connue, je ne me serais pas ruiné, je n'aurais pas épousé Hermine et je ne l'aurais pas tuée.

— Ainsi, vous me reprochez à présent de vous avoir sacrifié ma vie. Ah! vous ne savez pas, Raoul, à quel point je vous ai aimé, vous ne le saurez jamais. Eh bien! si, je vais te le dire, car je veux partager tes remords. A deux, nous souffrirons moins. J'ai souffert plus que toi peut-être. Vois plutôt.

Elle releva son voile.

Raoul fit un mouvement en arrière.

— Vos yeux me font peur, murmura-t-il avec une sorte d'effarement.

— Écoutez, dit-elle véritablement émue, d'une voix haletante, vous êtes innocent, vous. C'est moi qui ai armé votre bras. C'est moi qui ai envoyé Didier auprès d'Hermine. C'est moi qui vous ai volontairement retenu à Paris en retardant ma pendule, en attisant votre jalousie. Vous n'avez donc été qu'un instrument de ma volonté. Pourquoi ai-je voulu ce meurtre? parce que j'étais jalouse, parce que cette femme avait pris ma place et que je la voulais reprendre. Vois donc, Raoul, à quel point je t'ai aimé. Maintenant, accable-moi, si tu l'oses. Tue-moi, si tu veux; mais ne me repousse pas. Je serai ta femme, ta servante. Je te garderai, je te soignerai, je te sauverai malgré toi. Cette place qu'elle m'a volée, je la veux. Je l'ai bien gagnée. Nous sommes dignes l'un de l'autre, tu le vois bien.

— Vous, ma femme, malheureuse! Et vous venez me dire que c'est vous qui avez armé mon bras! Ah! prenez garde, fuyez, car je crains de commettre encore un meurtre.

Cette entrevue, cette colère soudaine venaient de provoquer chez Raoul un nouvel accès de démence, plus furieux, plus grave que le premier.

Le docteur Duverdier, appelé en hâte, observant la forme de son délire, qui redoublait d'intensité chaque fois que Théodora reparaissait, lui enjoignit de s'éloigner, si elle ne voulait causer la mort de M. de Tancray.

En quittant le château, comme elle descendait la colline, elle entendit dans la forêt un cor de chasse.

Ce cor de chasse lui rappela Gatinais. Gatinais, qu'elle avait autrefois dédaigné et bafoué, lui apparut soudain, dans sa détresse, comme un sauveur.

Elle se fit conduire chez sa cousine Fontange. De là, elle écrirait à son grotesque amoureux de venir la voir.

Elle trouva Mme Fontange plongée dans les larmes. Jupin était malade, Jupin était expirant, Jupin râlait. Elle donna ce prétexte pour faire entendre à Mme de Broissac, sa belle cousine, aujourd'hui ruinée, qu'elle ne pouvait, au milieu d'une pareille désolation, lui offrir l'hospitalité.

L'infortunée comtesse, rebutée de tout côté, revint à Trévières et s'installa à l'hôtel de Paris, dans cette même chambre où, dix-huit mois auparavant, elle avait appris le mariage de Raoul.

Elle manda aussitôt Gatinais, qui s'empressa d'accourir.

Mais en apercevant celle qu'on appelait autrefois la belle Théodora, il fit un haut-le-corps involontaire.

La recherche même de sa toilette trop juvénile, ses cheveux teints — car depuis qu'ils étaient à peu près blancs, elle ne les poudrait plus, — son maquillage imparfait, tous ces artifices, au lieu de la rajeunir, la vieillissaient encore.

23.

Elle lui tendit coquettement sa main amaigrie, cependant toujours blanche et soignée.

Dans sa mansuétude, l'excellent Gâtinais la baisa.

Mais, au lieu de s'abandonner à ses divagations habituelles, il prit immédiatement un ton sérieux.

— Vous venez sans doute, lui dit-il, pour savoir où en est la liquidation Chapuzot, et tâcher de recueillir quelque épave de ce gigantesque naufrage. Le scandale est immense. Le saint homme ne laisse qu'un déficit de quinze cent mille francs. Dans tout Trévières, c'est un chorus de malédictions; car il avait su si bien capter la confiance publique, que les plus petits rentiers de Trévières et des environs lui avaient confié leurs épargnes. L'étude s'est vendue pour un morceau de pain. C'est moi qui l'ai achetée, afin de tirer ce pauvre Didier de la misère. Je l'ai fait venir de Paris. Il est ici depuis deux jours. Désirez-vous le voir?

— Non, répondit Théodora; mais comme je lui porte un vif intérêt, permettez-moi de vous dire que, si vous en faites un notaire, c'est un homme à la mer.

— Ce n'est pas ainsi que je l'entends. Il va remonter l'étude; puis nous la revendrons; je lui abandonnerai la plus-value; et il pourra ainsi retourner à Paris et y suivre avec plus d'indépendance la carrière des lettres.

— Il se console donc, qu'il commence à calculer?

— C'est moi qui calcule ainsi, et qui l'ai fait revenir de Paris. Lui, est toujours plongé dans un abattement profond. L'occuper, c'est le seul moyen de l'arracher à ses douloureux souvenirs. Il m'a avoué hier que, s'il n'avait pas à soutenir ses vieux parents, il n'aurait pas le courage de vivre.

Théodora sut ramener la conversation sur le terrain de la galanterie.

Mais Gatinais restait froid. Il comprenait fort bien que les avances de la comtesse étaient moins adressées à sa personne qu'à ses millions.

Désorientée, perdant la tête, Théodora, tout en minaudant, parla de son désir de se retirer du monde, au fond d'une campagne. Elle adorait l'agriculture. Elle aimerait à diriger une exploitation. Et enfin, elle lâcha le grand mot, le mot de mariage.

Tout en développant ses bucoliques, elle souriait tendrement.

Gatinais en frémit de la tête aux pieds. Il tira vivement sa montre.

— Pardonnez, chère comtesse, s'écria-t-il tout à coup en se frappant le front. Mon professeur m'attend.

— Quel professeur? demanda Théodora, interloquée par cette brusque diversion.

— Ne m'avez-vous pas autrefois conseillé de me perfectionner sur le cor de chasse? Tous vos conseils sont des ordres. J'ai pris un professeur. Il m'attend. Je me sauve.

Il se précipita hors de l'hôtel en courant, comme s'il venait d'échapper à un immense danger.

— Me marier avec ce squelette! Brrr!... se dit-il, j'en ai froid dans les moelles. Pauvre femme! soupira-t-il, elle a encore un certain galbe; mais quelle absence de relief!

Le lendemain, comme il ne reparut pas, Théodora lui adressa un nouveau billet, rempli de sous-entendus provocants.

Gatinais s'empressa de répondre :

« Trop aimable comtesse,

« Depuis que je vous ai revue, je reperds le sommeil.

J'ai conservé de vos ironies et de vos cruautés un si cuisant souvenir, que, dans la crainte de m'exposer de nouveau à un pareil supplice, je pars, je fuis le danger. Où vais-je diriger mes pas? je l'ignore. En Turquie probablement. Vous connaissez mon rêve : Posséder un sérail, et mourir !

« Votre ami dévoué et profondément respectueux,

« GATINAIS. »

En recevant cette lettre, Théodora éprouva comme un vertige. Elle comprenait le véritable motif qui faisait fuir Gatinais.

Ainsi, il ne lui restait personne, pas un parent, pas même un ami. La considération publique, que lui avaient autrefois donnée sa position et sa fortune, lui échappait aussi.

En traversant les rues de Trévières, elle surprit des regards gouailleurs attachés sur elle, et elle entendit ces mots :

— Ce qu'elle est devenue, cette Hortense Papillon !

Le soir même elle partit pour Paris.

Ce printemps dernier, vers la fin d'avril, Didier, toujours poëte, toujours rêveur, malgré ses fonctions de notaire, trompant la vigilance de la bonne Thérèse, qui depuis le tragique événement le surveillait comme un enfant, s'échappa un soir pour aller rêver dans les bois.

Il écrivait, il rimait toujours. Ses élégies étaient empreintes d'un amer désespoir. De temps à autre, le journal de Châteauroux insérait ses poésies et ses nouvelles, en portant aux nues le jeune auteur. On s'étonnait qu'il ne poussât pas plus haut son ambition littéraire.

Donc, la nature, les grands bois sombres, le calme

imposant et triste d'une belle soirée, c'était maintenant la seule passion de ce cœur à jamais brisé.

En marchant au hasard, il s'égara. Et la lune, se dégageant tout à coup de l'horizon, lui montra le lieu où il se trouvait.

Il était en face et à une faible distance du château de Taneray.

Un obsédant souvenir l'attirant sans doute, il se glissa de taillis en taillis, et arriva bientôt au pied de la tourelle où autrefois il avait passé une nuit de délicieuse rêverie.

Il s'appuya à un sapin et la main sur ses yeux, il revit le passé, se retraça la douloureuse histoire de cet amour encore si vivant dans son cœur.

Tout à coup, en relevant la tête, il aperçut de la lumière dans la chambre d'Hermine.

Il se dressa en sursaut. Était-ce une hallucination? Quoi! Hermine répondrait-elle à son évocation passionnée?

Mais ce n'étaient ni un rêve ni une hallucination. Quelqu'un osait profaner ce sanctuaire. Une jalousie rétrospective lui étreignit le cœur. Car ce quelqu'un, ce ne pouvait être que Raoul. Cet homme féroce venait-il se repaître du souvenir de sa victime?

Didier se disposait à s'éloigner, afin de se soustraire à cette souffrance aiguë, quand soudain il entendit des cris, des vociférations, des appels désespérés: Au secours! au secours!

Il aperçut contre la croisée éclairée se profiler une haute silhouette, avec des cheveux hérissés, des vêtements en désordre, faisant des gestes d'épouvante ou de menace. Il reconnut Raoul.

Il s'arrêta.

— Cet homme est fou, pensa-t-il, c'est le châtiment.

Mais soudain la fenêtre s'ouvrit. Il vit un grand corps s'élancer dans le vide; puis il entendit le bruit sourd d'une masse qui tombait sur la pelouse.

Il entendit encore quelques soupirs étouffés, un râle et... plus rien.

Il s'avança, se baissa.

C'était Raoul, en effet, qui dans un accès de délire pour échapper à un danger imaginaire, s'était précipité par la fenêtre, ainsi qu'il arrive parfois aux alcoolisés atteints de *delirium tremens*.

Cependant il n'était pas mort. Un tremblement l'agitait encore.

A la lueur de la lune, Didier vit sa face tuméfiée, devenue ignoble, horriblement convulsée.

L'assassin d'Hermine, son propre assassin était là, étendu à ses pieds. Pour se venger, il n'avait à faire ni un geste ni un mouvement. Il suffisait de le laisser mourir.

Cependant, si élevée, si héroïque était son âme de philosophe et de poëte, qu'il s'empressa de secourir cet implacable ennemi.

Il sonna au château.

Baptiste accourut, reconnut Didier.

— Comment! c'est vous qui...

— Hâtez-vous, répondit-il simplement.

Ensemble, ils le transportèrent dans l'intérieur du château. Mais aussitôt Raoul expira.

Didier vit alors en pleine lumière ce cadavre sordide. Il le contempla un instant, sans joie, sans haine; et il détourna les yeux avec dégoût.

Le remords, la conscience, cette justicière divine, avaient accompli l'œuvre de justice que les hommes n'avaient pas faite.

Le mois dernier, Gatinais passait sur la place de la Bourse avec un de ses amis.

Il était trois heures, c'est-à-dire le moment de la grande agitation parmi les gens de Bourse.

Sur les degrés de l'édifice, et sous le péristyle, de nombreux groupes discouraient sur la hausse et la baisse.

Dans la promenade plantée d'arbres qui s'étend autour de la Bourse, un certain nombre de femmes attendaient, anxieuses, l'issue des opérations, dont elles suivaient fiévreusement les péripéties.

La joueuse de Bourse est un type curieux. Elle est vieille généralement. Le négligé de sa toilette, son œil inquiet, son teint hâve ou couperosé disent assez ses avides et exclusives préoccupations. La plupart de ces femmes, empoignées par la fièvre du jeu, appartiennent à la classe ouvrière. Elles viennent là engloutir leurs modestes économies.

— Chaque fois que je passe ici, dit Gatinais, je m'amuse à regarder ces bons types de boursicotières. Elles ont un galbe qui m'enchante.

— Dites qu'on en frémit, repartit son interlocuteur.

En ce moment s'avançait une femme d'une tournure encore élégante et surtout prétentieuse. Sa toilette était excentrique, recherchée, mais démodée, avec force volants fripés; ses gants avaient subi plusieurs nettoyages.

Elle portait à sa main un petit sac de cuir usé aux angles.

Sous son voile épais se dessinait un visage anguleux et dur; ses yeux avaient le regard aigu, ardent de l'oiseau de proie.

Gatinais, après une hésitation pleine d'étonnement, salua.

— Comment, lui demanda son ami, vous connaissez cette femme? On dirait une goule.

— C'est Mme de Broissac, célèbre, il y a trois ans encore, par son luxe et son élégance.

— La belle Théodora! C'est le jeu qui l'a précipitée dans cet abîme?

— Le jeu et bien autre chose qu'il serait trop long de vous raconter. Quand elle a tout perdu, elle m'écrit une lettre pour me proposer sa main. Je sais ce que cela signifie. Je lui envoie cinq cents francs, et je lui annonce mon départ pour Constantinople.

— C'est donc un ancien amour.

— Fort ancien, comme vous voyez, mais jamais heureux. Un homme tombé dans ses griffes était un homme perdu. Aussi est-ce par reconnaissance de ses cruautés que je lui viens en aide. Malheureusement, je serai bientôt ruiné, et une fois retiré à Trévières dans mon étude, que deviendra-t-elle?

— Bah! ce que deviennent dans l'âge mûr toutes les femmes galantes, qui ne peuvent se passer de bruit et d'intrigue. Elle tiendra une table d'hôte ou une maison de jeu clandestine.

— Oh! triste! soupira Gatinais. C'est ainsi que finissent toutes les splendeurs humaines, y compris la mienne. Quand je pense que je vais bientôt aller croupir dans mon étude de notaire, le peu de cheveux qui me restent s'en dressent sur ma tête.

— En seriez-vous déjà réduit à cette extrémité?

— Hélas! j'ai eu le malheur de retrouver Tata; vous savez, cette endiablée Tata, mon premier péché de jeunesse. Elle arrivait de Russie. Elle n'avait fait que quatre bouchées d'un boyard et de ses mines d'argent. Aussi sous prétexte qu'elle venait se distraire à Paris, a-t-elle croqué mes deux petits millions, absolument comme on croque deux pralines.

— Et maintenant?

— Aujourd'hui qu'elle pressent le désarroi de mes finances, elle me répète tous les jours qu'elle me sacrifie sa jeunesse et son avenir. Si je ne veux m'exposer à recevoir un de ces beaux matins mon congé en forme, ou plutôt sans aucune espèce de formes, il faut que je prenne les devants en prenant la fuite.

— Mais, mon pauvre Gatinais, pour parler votre langage, vous n'avez guère le galbe du parfait notaire.

— Je le prendrai.

— Vous vous marierez?

— Moi! Jamais! Vous ne connaissez donc pas ma théorie sur le mariage?

— Non.

— Alors suivez bien mon raisonnement; vous en reconnaîtrez la profondeur et la sagesse. Sur dix hommes, vous admettrez comme moi, n'est-ce pas? qu'on en rencontre à peine un de constant. Vous ne voudriez pas désobliger le beau sexe en soutenant qu'on ne trouve guère qu'une femme fidèle sur vingt? Soyons galant, adoptons l'égalité et disons : une sur dix. Si cet homme, de nature essentiellement constante, pouvait espérer en se mariant rencontrer la femme fidèle, rien de mieux; car on aurait une chance sur dix d'être heureux en ménage et l'on pourrait tenter l'aventure. Mais à la façon dont on bâcle les mariages en France, c'est-à-dire en quinze jours, entre un monsieur qui a vécu peu ou prou, qui, en tout cas, ne s'est jamais piqué de constance, et une ingénue qu'il ne connaît pas, qui ne se connaît pas elle-même, ces deux caractères fidèles ne peuvent se rencontrer que par l'effet du plus grand des hasards, c'est-à-dire à peine

23

une fois sur mille. De là tous les malheurs du mariage.

— Votre théorie est drôle; mais elle n'est pas d'une logique rigoureuse. L'infidélité ne dépend pas seulement des caractères, mais aussi des circonstances. Il est des situations où elle est difficile. Ainsi, une fois que vous serez notaire à cent lieues des Nini et des Tata, en épousant une bonne petite bourgeoise de campagne...

— Et mes clercs! La campagne, d'ailleurs, n'exclut pas le sentiment, au contraire. Et il faut y compter avec l'ennui. L'ennui, voilà ce qui perd les femmes. Tata, dans les steppes, avec son hoyard, un vrai tigre, le trompait, m'a-t-elle dit, uniquement pour se désennuyer. N'ai-je pas un autre terrible exemple sous les yeux? Pauvre Hermine! Pauvre Didier!

— A propos, qu'est devenu ce malheureux Didier, dont vous m'avez conté l'histoire?

— Il se meurt d'une maladie de langueur. Il n'a pas pu se consoler. C'était un homme constant; Hermine, une femme fidèle. Leur histoire vient à l'appui de ma thèse. Ils se sont rencontrés, mais trop tard. C'est pourquoi, averti par l'expérience d'autrui, j'attendrai, pour me marier, que nos législateurs nous aient octroyé le divorce. Il est vrai qu'à défaut du divorce nous jouissons de l'article 324 qui permet au mari de tuer sa femme. Brave code! Comme on voit bien que ce sont les hommes qui l'ont fait!

FIN.

Imprimerie Eugène Heutte et Cⁱᵉ, à Saint-Germain.